낙룡의 진주

낙룡의 진주 1

2021년 9월 6일 초판 1쇄 인쇄
2021년 9월 9일 초판 1쇄 발행

지은이 소낙연
발행인 김정수 강준규

기획 편집 이은정 황지인
마케팅 지원 배진경 임혜솔 송지유 이영선

발행처 (주)로크미디어
출판등록 2003년 3월 24일
주소 서울시 마포구 성암로 330 DMC첨단산업센터 318호
편집 문의 (02)6365-5156 **구입 문의** (02)3273-5135
홈페이지 rokmedia.blog.me
E-mail romance@rokmedia.com

© 소낙연, 2021

값 10,000원

ISBN 979-11-354-6816-2 04810 (1권)
ISBN 979-11-354-6815-5 04810 (세트)

낙룡의 진주

1

소낙연 장편소설

목차

Prologue

강원도 두메의 설룡산雪龍山은 언제나 새하얀 빛깔에 휩싸여 있다.

봄가을엔 목화솜처럼 두터운 흰 구름이 빈틈없이 설룡봉을 감싸고, 여름이면 흰 안개가 짙게 끼어 한낮이 되어도 잘 걷히지 않는다.

겨울에는 사흘에 한 번꼴로 눈보라가 치는데, 내린 눈이 녹기도 전에 또다시 눈이 내려 춘분이 될 때까지 빙설로 뒤덮여 있다. 사시사철 항상 하얀 산이라 항백산恒白山으로도 불린다.

전설에 따르면, 먼 옛날 눈보라가 세차게 치던 날 하늘에서 용이 떨어져 설룡산이라는 이름이 붙었다고 한다. 그 용은 생사를 넘나들 정도로 큰 부상을 입고 있었는데, 한 처녀의 정성어린 간호로 치유되어 본래 힘을 되찾았다고 한다.

용은 은혜를 갚고자 처녀와 마을을 위험에서 항상 지켜 주었고, 오랜 세월이 흐른 뒤에는 마을을 보호하듯 휘감고 잠들어 산이 되었다는 것이다.

그런 이유로 설룡산 사람들은 한겨울 눈보라를 용의 축복으로 여긴다. 이곳에서 '용신龍神이 내린다'는 말은 눈보라가 친다는 말과 같은 뜻이며, 거세찬 바람 소리는 '용울음'이라 하여 액운을 쫓아 준다고 믿는다.

첨단 기술이 범람하는 21세기에도 오랫동안 뿌리내려 온 전설은 여전히 생명력을 갖고 있었다. 비록 전설과 상관없이 인구는 해마다 줄어 지금은 열두 가구밖에 남아 있지 않지만.

"그러니까 그 용이 떨어진 자리가 바로 여기란 말이제."

오늘도 당골 할머니는 뒷마당 눈밭에 대추 쪼가리를 던지며 용 이야기를 꺼냈다.

지붕 위를 맴돌던 까치가 기다렸다는 듯 날아와 할머니가 던진 대추를 쪼아 먹는다. 아장아장한 뱁새 한 무리가 종종거리며 눈밭을 헤집다 간다.

"와, 진짜요? 정확히 어디에 떨어졌는데요. 저기 수풀 쪽이요? 아님 벼랑 쪽? 저 앞의 옛날 우물 자리?"

해루는 입안 가득 들어찬 대추를 오물오물 씹으며 호기심으로 눈을 빛냈다. 올 때마다 할머니는 이런저런 옛날 얘기를 해 주셨지만, 가장 자주 풀어놓으시는 건 단연 용에 대한 이야기였다.

용이 떨어진 자리.

그게 정확히 이 산의 어디일지 한 번도 궁금해 본 적은 없다. 그저 그런 전설이 있다니까 그런가 보다 했을 뿐.

사실 전설 같은 건 믿지도 않았다. 어차피 용이란 존재 자체가 환상의 동물이 아니던가. 하지만 할머니의 이야기는 궁금했다. 세상에 흔히 떠돌아다니는 용 얘기들과는 많이 달랐기 때문이다.

"전부 다."

할머니의 대답은 간결했다. 알쏭달쏭하기도 했다.

"에? 전부 다라뇨."

"저어기 바다 쪽 벼랑부터 저어기 앞 소나무 숲 끝까지. 우물이랑 이 집터 자리도 다 들어가고."

"범위가 너무 넓잖아요. 어림잡아 천 평은 되겠어요. 한 마리만 떨어진 게 아닌 거예요?"

의아해하는 해루의 말에 할머니가 주름진 눈을 가늘게 뜨며 빤히 쳐다보았다. 무슨 그런 철딱서니 없는 소리를 하냐는 듯한 표정이었다.

"아따 한 마리제! 용이 태산만치로 크니까 그라제."

해루는 그 크기를 가늠해 보며 입을 쩍 벌렸다. 천 평짜리 용이라니, 대체 얼마나 큰 거야.

그렇게 큰 용이 떨어졌다면 땅이 무너지고 지진도 엄청 일었을 거다. 게다가 그런 동물을 실제로 봤다면 무척 징그러웠겠다는 생각도 들었다.

따지고 보면 용도 파충류가 아니던가. 그녀가 싫어하는 뱀의 비늘이 떠오르자 소름이 오소소 돋았다.

"와. 용이 그렇게까지 큰 줄은 몰랐어요. 그래서 옛날에 무당들이 다 여기로 모여들었던 거예요? 용이 떨어진 자리라 신통하니까?"

"그라지. 무당들이 젤로 좋아라하는 자리여. 용맥이 펄펄 뛰어 신기가 절로 찾아든다니까."

조선 시대에 무당이 많이 살아 당골이라 불렸다는 이곳은 마을 사람 모두가 기피하는 곳이었다. 산 중턱의 갈림길에서 험난한 바윗길을 지나 한참을 올라와야 하는데, 설룡산 사람이면 그 누구도 이쪽으로는 오지 않는다.

자세한 내막은 모르지만 오래전 이 부근에서 사람이 많이 죽었다는 것 같았다. 무당들도 다 떠나고 지금은 아무도 살지 않는다. 해루 또한 어릴 적 눈 폭풍 속에서 길을 잃지 않았더라면 절대 이곳을 알지 못했을 것이다.

"근데요, 할머니. 그렇게 용한 자리인데 왜 여기서 사람들이 많이 죽었을까요? 그때는 용신이 안 지켜 준 걸까요?"

"천벌이여, 천벌. 다들 맘보를 곱게 쓰지 못했응께."

할머니의 목소리는 그저 담담했다. 하지만 얼굴엔 뭔지 모를 슬픔이 서려 있었다.

"그럼 그때 죽은 사람들이 다 나빴다는 거예요?"

"그라제. 세상엔 사람 모양을 하고도 사람같이 못 사는 것들이 엄청시리 많응께."

할머니는 하늘을 바라보며 나직이 한숨을 내쉬었다. 겨울 산의 칼바람이 웅웅 소리를 내며 불었다. 벼랑 쪽에서 은은한 바다 내음도 밀려들었다.

할머니가 가끔씩 섞어 쓰는 느직한 사투리는 도통 어느 동네 말인지 알기 힘들다. 뜻은 대충 통하지만 강원도 말씨는 분명 아니다.

어디서 오신 건지, 언제부터 이곳에 사신 건지는 모르겠지만, 그녀가 알기로 할머니는 당골에 살고 있는 유일한 사람이었다.

마을에서 알게 된다면 불길하다며 할머니를 쫓아낼지도 몰랐기에, 해루는 이곳에 할머니가 산다는 사실도, 가끔 몰래 만나러 온다는 사실도 혼자만의 비밀로 하고 있었다.

행여 부모님이 아시게 되는 날에는 절대 못 오게 할 것도 뻔한 일이었으니까.

"근데 할머니는 왜 당골에 사세요? 무당도 아니라면서요."

문득 생각나서 묻자, 할머니는 대추 한 쪽을 또다시 마당에 던지며 지그시 웃었다.

"사람 없고, 풍경 좋고, 대추 잘 크고. 이만한 데가 또 없제."

"그래도 이런 데서 혼자 살면 외롭잖아요."

당연한 듯 흘러나온 그녀의 말에, 할머니가 가만히 쳐다보다 크게 웃음을 터뜨렸다.

"아따, 뭣 땀시 내가 혼자여? 까치도 있고 토끼도 있고 두더지도 있는데. 요로코롬 이쁜 아가도 가끔씩 놀러 와 주고."

이쁜 아가라는 말에 해루는 배시시 웃었다. 열여덟이나 먹은 그녀에게 아가라는 호칭은 안 어울렸지만 애정 어린 그 말이 싫지 않았다. 친할머니도 외할머니도 안 계신 까닭에 할머니란 존재가 주는 푸근함이 그저 좋았으니까.

"아하. 그러고 보니 친구가 많군요. 뭐, 할머니만 좋으면 됐죠. 할머니, 나 대추 하나 더."

해루는 빙긋 웃으며 할머니의 팔을 꼭 쥐고 입을 벌렸다. 할머니는 손녀딸 대하듯 굵직한 대추 한 알을 골라 입에 넣어 주었고, 해루는 흡족하게 빨간 대추를 꼭꼭 씹었다. 달콤한 향기가 입안 가득 퍼지자 입꼬리가 저절로 솟아오른다.

할머니의 대추는 그냥 대추가 아니라 산대추라고 하는데, 보통 대추처럼 길쭉하지 않고 구슬처럼 아주 동그랗게 생겼다. 색도 몹시 영롱하게 붉어서 보기만 해도 군침이 돈다.

산 아래에도 산대추나무가 많이 있지만, 여기처럼 완벽하게 동그란 대추는 달리지 않았다. 크기도 훨씬 작고 때깔도 어둡고 맛도 그저 그랬다.

"근데 시방 저 삼들은 언제 캐 갈겨?"

동쪽을 바라보던 할머니가 문득 벼랑 가까이에 자라고 있는 장뇌삼들을 가리켰다.

몇 년 전에 약초 농사를 짓는 아버지가 버린 씨앗들을 가져와서 뿌려 봤는데, 신기하게도 아직까지 무럭무럭 잘 자라고 있었다.

아버지가 쓸모없는 씨앗들이라고 해서 처음 가져왔을 땐 싹이나 틀까 싶었는데 말이다.

할머니 말처럼 이곳은 용맥이 펄펄 뛰어서 그런지, 한겨울에도 잎들이 떨어지기는커녕 싱싱한 초록빛이 무성하기만 했다.

"저 대학 갈 때요. 등록금 밑천 하려고요."

해루는 어깨를 으쓱하며 웃었다. 뿌듯하게 밝힌 포부였지만, 할머니는 그저 코웃음을 쳤다.

"아따. 시방 꿈도 야물딱지지. 소 몇 마리씩은 팔아야 대학을 보낸다는데 저걸로 밑천이 된당간?"

"어머, 저거 되게 비싸요. 저래 봬도 산삼이라 한 뿌리에 만 원은 받는다고요. 오래된 건 몇 배 더 받고요. 못 돼도 500만

원은 되겠네."

해루는 눈을 동그랗게 뜨며 손가락 다섯 개를 빳빳하게 펴 보였다. 적금 붓듯 애지중지 공들여 키운 산삼들이었다. 나중에 아버지가 아시면 아마도 깜짝 놀라시겠지.

매년 씨앗을 채취해 또다시 뿌려서 그녀의 장뇌삼들은 새끼에 새끼를 쳤다. 내년이면 훨씬 더 풍성해질 테니 그 정도 돈은 마련할 수 있을 것이다.

동생 유주가 아파서 돈이 많이 드는 터라 부모님께 등록금 얘기까지 꺼낼 염치는 없었다. 장학금을 받을 수 있다면 좋겠지만 그게 어디 말처럼 쉬운 일인가. 지금의 성적으로는 목표한 서울의 대학에 붙는 것만도 감지덕지한 상황이었다.

해루는 툇마루에서 팔짝 뛰어내려 벼랑 쪽으로 달려갔다. 그녀의 산삼밭은 아슬아슬한 벼랑 끝이라 그 뒤로는 바다가 보인다. 까마득한 낭떠러지 아래로 짙푸른 동해바다가 우렁차게 넘실대고 있었다. 활기찬 바다와 씩씩한 그녀의 산삼이 몹시도 잘 어울렸다.

"할머니, 한 뿌리 드실래요? 원래 겨울에는 잘 캐지 않지만, 얘네는 잎도 무성한 게 보통 삼이랑 한참 다르니까요."

"일 없당께. 삼 먹고 열 내서 뭘 더 하려고. 내는 그저 대추가 좋구만."

인심 좋게 말해 봤지만, 할머니는 피식 웃으며 손을 휘휘 저었다. 역시나 또 대추 타령이셨다.

그러고 보면 이상하게 할머니의 대추는 한겨울에도 싱싱했다. 보통은 가을에 따서 말려 두는 터라 겨울엔 쪼글쪼글 말린 대추를 먹기 마련인데, 할머니는 한겨울에도 항상 물이 한껏

오른 생대추를 주신다.

눈이 잔뜩 쌓인 지금도 마당 어귀의 대추나무 세 그루엔 대추가 한 가득 매달려 있었다. 보통은 그것이 희한한 일이겠지만, 보통과 다른 이곳에서 제일 희한한 것은 벼랑 쪽에서 휘어져 자라는 늙은 대추나무였다. 그 나무엔 이파리 하나 없이 대추가 꼭 한 알만 달려 있었기 때문이다.

언제나 홀로 당당하게 매달려 있는 붉고 영롱한 대추 한 알.

해루가 이곳에 처음 왔던 8년 전에도 저 나무엔 대추가 꼭 한 알이었다. 그때는 할머니가 일부러 남겨 둔 까치밥인가 했지만, 까치도 저 대추만큼은 절대 건드리지 않았다.

매번 보이는 그 대추가 이전의 그 대추일까 의심하지만, 한 번도 나무가 텅 비어 있는 건 본 적이 없다. 그러니 딴 적도 없다는 얘기다.

"근데요, 할머니. 저 대추는 왜 안 따요?"

문득 궁금해져서 물어보자, 할머니는 대수롭지 않게 말했다.

"응, 그거? 시방 주인이 따로 있응께."

"주인이요? 누군데요?"

"글쎄. 와 봐야 알겠지. 기다려도 기다려도 주인이 안 나타낭께."

바다 쪽을 바라보는 할머니의 눈길이 아련했다. 혹시 누군가를 기다리고 계시는 걸까.

그런데 와 봐야 안다는 말씀은 또 뭐람. 할머니의 말대로라면 누군지도 모르고 언제 올지도 모른다는 것 같은데, 그녀의 짧은 인생으로는 도무지 이해하기 힘든 이야기였다.

해루는 밀려드는 바다 내음을 한껏 들이마셨다. 같은 설룡산에 살지만, 그녀의 집은 산꼭대기 남쪽이고 바다는 동쪽이라 집에선 바다를 볼 수 없었다. 산모퉁이를 돌아서 한참 가야 바다가 보이는데, 그곳의 바다 풍경은 이곳보다 한참 못했다.

"아가, 이제 가 봐야 하지 않아? 금방 해가 질 텐데."

기울어 가는 해를 바라보던 할머니가 손짓하며 그녀를 불렀다. 집까지 가려면 또 한참이니, 아쉽지만 서둘러 나가야 했다.

"가야죠. 할머니, 이거."

해루는 얼른 툇마루로 뛰어가 올려 둔 짐 꾸러미들을 풀어 헤쳤다.

"이건 우리 집 감자랑 옥수수고요, 이건 산 아래 닭집에서 덤으로 받아 온 구운 계란이에요. 굴이랑 쥐포도 덤으로 하나씩 받아 왔고요. 이건 방학 기념으로 선생님이 반 애들한테 돌린 초콜릿. 이건 오는 길에 따 온 버섯이고요."

등굣길에 엄마 몰래 창고에서 감자랑 옥수수를 몇 개 챙기고, 하굣길에 장 봐 오면서 덤으로 얻은 음식들도 챙겼다. 이곳에 올 때면 가끔 담아 오는 소소한 것들이지만 할머니는 늘 좋아하셨다.

"고맙게 잘 먹으마, 아가."

화사하게 웃는 할머니의 표정에 그저 기분이 좋다.

책가방을 둘러멘 해루는 장 봐 온 비닐꾸러미들을 주섬주섬 주워 들고 집을 나섰다. 언제나처럼 할머니는 숲길까지 따라오셨다. 숲이 끝나는 그곳에서 배웅하듯 한참을 바라보다 들어가신다.

"아가, 오늘 밤엔 집 밖으로 나오지 마라. 큰 눈이 불어 닥칠 겨. 용신도 아주 꽹장한 용신이 내리시겠구먼."

할머니가 어깨를 톡톡 두드리며 신신당부를 했다. 해루는 싱긋 웃으며 고개를 끄덕였다.

"네. 할머니도 조심하세요. 아, 요새 멧돼지가 극성이래요. 건넛마을에선 사람까지 죽었다고 하더라고요. 문단속 잘 하고 주무세요."

"암만. 내 걱정은 말고 어여 가. 이거 잘 넣어 가고."

할머니가 주머니에서 대추 한 알을 꺼내 해루의 코트 주머니에 쏙 넣어 주었다.

보통 먹던 대추랑은 조금 달랐다. 짙붉은색이 아닌 밝은 주홍빛. 저녁노을을 연상시키는 아름다운 빛깔이었다.

"와. 이건 무슨 대추예요? 색깔이 되게 예뻐요."

"약대추여. 귀하고 귀한 거니께 숨넘어갈 일이 생기거든 그때 쓰라고."

또다시 알쏭달쏭한 말을 던지는 할머니였다.

숨넘어갈 일이라니, 혹시 유주 이야기를 하시는 걸까. 어릴 적부터 내내 아팠던 유주였기에 해루는 조금 불안해졌다.

"네 동생 얘기는 아니니까 그런 걱정은 붙들어 매. 아프기는 하겠다만."

갑자기 할머니가 속을 들여다본 것처럼 말했다.

해루는 너무 놀라서 눈을 휘둥그렇게 떴다. 8년을 알아 온 사이였음에도 불구하고, 유주 얘기는 한 번도 꺼낸 적이 없었기 때문이다.

말로는 무당이 아니라고 하시지만 가끔 이런 말을 들을 때

16

면 소름이 좍좍 돋는다. 용하다는 게 바로 이런 게 아닐까.

"와. 와. 저 엄청 놀랐어요. 그럼 혹시 제가 숨이 넘어가는 걸까요? 아니면 엄마 아빠가요?"

"나도 몰라. 혹시나 해서 주는 거니까 너무 마음에 담지는 말고."

할머니가 인자하게 웃으며 담담히 어깨를 보듬어 주었다.

놀람이 한참을 가시지 않아서 해루는 꿈꾸는 듯한 기분으로 그저 고개만 끄덕였다. 주머니 속의 대추에서 따뜻하게 열이 오르는 것만 같았다.

"유주야!"

뛰다시피 집으로 들어서며 해루는 평소처럼 동생부터 불렀다. 늘 집 안에만 틀어박혀 있는 터라, 그녀가 학교에서 돌아오는 걸 오매불망 기다리는 유주였기 때문이다.

짐을 던지듯 내려놓고 책가방도 훌쩍 벗어 던졌다. 하지만 바로 방에서 얼굴을 내밀던 평소와는 달리 유주는 아무런 답이 없었다.

"유주야!"

벌컥 열어젖힌 유주의 방은 뜻밖에도 비어 있었다. 화장실에도 없고 부엌에도 없었다. 베란다까지 나가 봤지만 유주의 모습은 보이지 않았다. 텅 빈 집을 떠도는 적막한 공기에 좋지 않은 예감이 들었다.

아니나 다를까, 황급히 거실로 나가 보니 탁자에 쪽지가 놓여 있었다.

「병원에 다녀오마.」

아버지가 바쁘게 휘갈겨 쓴 한마디 문장이 상황을 단번에 말해 주었다. 유주의 상태가 나빠져서 급하게 병원으로 가신 모양이었다. 1년에 두어 번은 꼭 있는 일이었다.

유주의 병은 사례도 거의 없는 희귀병으로 시내 병원에선 전혀 손을 쓰지 못했다. 아마 늘 가던 서울의 유명 대학병원으로 가셨을 것이다.

바로 핸드폰으로 전화를 해 보았지만 엄마도 아빠도 받지 않았다. 병원이라 통화가 힘드신 모양이었다.

어쩌지. 유주의 상태가 걱정돼 해루는 저도 모르게 손톱을 깨물었다. 파리한 그 얼굴이 연신 눈앞에 아른거렸다.

'네 동생 얘기는 아니니까 그런 걱정은 붙들어 매. 아프기는 하겠다만.'

문득 할머니의 말이 떠올랐다. 설마 이 상황을 예견하고 하신 말씀인 걸까. 너무 걱정하지 말라는 뜻이었을까.

투박했던 그 말이 그나마 위안이 되어 주었다. 상태가 나쁘긴 하겠지만 목숨이 위급할 정도는 아닐 거란 뜻이었으니까.

해루는 불안을 가라앉히며 장 봐 온 짐들을 펼쳐서 냉장고에 넣었다. 계란, 두부, 생선, 문어, 쥐포, 귤, 오이, 포도주스. 모두 유주가 좋아하는 것들이었다.

어렸을 때부터 부모님은 항상 집을 비우기가 힘이 드셨다. 유주의 상태가 언제 어떻게 될지 몰라서였다.

두 분이 번갈아 약초 농사도 지어야 하고 유주도 보살펴야 하기에, 바깥의 볼일은 거의가 해루 몫이었다. 시장에 들러 장을 봐 온다거나 영농조합과 주민센터 서류 제출 같은 소소한 일들.

'유주가 네 반의반만 건강했어도 좀 나았을걸.'

엄마의 한탄이 떠올라 해루는 더욱 우울해졌다. 그녀를 탓하는 말은 아니었지만 그런 말을 듣는 게 마음이 편치만은 않았기 때문이다.

유주와 그녀는 쌍둥이로 태어났다. 5분 먼저 태어나서 그녀가 언니다. 비록 하나도 닮지 않은 이란성 쌍둥이지만.

엄마 아빠의 좋은 유전자만 골라서 물려받은 듯한 유주는 천사 같은 얼굴에 우수한 두뇌, 거기에 나쁜 말이라고는 못 하는 고운 마음씨까지 가진 완벽한 동생이었다.

몸만 그렇게 아프지 않았어도 도시에서 사람들의 선망 어린 눈길을 받으며 아주 멋지게 살았을 거다.

유주가 아플 때마다 늘 죄책감이 들었다. 배 속에 있을 때 그녀가 영양분을 너무 많이 뺏어 먹어서 유주가 그렇게 아픈 것 같았기 때문이다.

내가 조금 덜 건강했으면 좀 나았을까.

복잡한 마음에 해루는 거실을 서성거렸다. 쪽지를 한참이나 내려다보다 방으로 들어가 컴퓨터를 켰다. 걱정만 하면서 서성거리느니 뭐라도 하는 게 나을 듯했다.

인터넷 강의를 틀어 놓고 책상에 앉아 참고서를 펼쳐 들었다. 필기도 열심히 하면서 강의에 집중하려 애썼다.

하지만 채 5분을 가지 못했다. 명강의로 소문이 자자한 1타 강사의 세계지리 강의였지만, 오늘따라 하나 귀에 들어오지 않았다.

유주는 괜찮은 걸까.

핸드폰을 만지작거렸지만 걸려 오는 전화는 없었다. 통화 버튼을 한 번 더 눌러 봤지만 엄마는 여전히 전화를 받지 않았다.

심란한 마음으로 강의를 듣고 있자니, 강사의 설명과 함께 세계지도가 화면을 가득 채운다. 나라별로 알록달록하게 칠해진 대륙, 파란색 단색으로 뒤덮인 바다.

강의는 유럽 대륙에 관한 것이었지만, 엉뚱하게도 바다 쪽으로 시선이 갔다. 그 순간 저도 모르게 당골 할머니의 이야기가 떠올랐기 때문이다.

'아가, 인간은 자신들이 세계의 주인인 줄 알지만 실상은 그게 아니여. 따지고 보면 세상의 4분지 3은 바다잖여. 그 커다란 바다를 다스리며 천지사방 우주까지 내다보는 것이 바로 용신들이구먼.'

나직한 할머니의 목소리가 들려오는 듯해서 피식 웃음이 나왔다. 바로 오늘 다녀온 당골인데도 금세 그리워졌다.

지은 지 100년은 된 듯한 낡은 흙벽집, 햇살이 노랗게 비쳐 드는 빛바랜 툇마루, 할머니가 한 알 한 알 입에 넣어 주시는 달콤한 대추, 조곤조곤 이어지는 옛날이야기.

'본디는 세상이 모두 물이었잖여. 용들은 그때부터 있었지. 인간이 생겨나기 수억 년 전부터 세상을 다스려 온 진짜 주인인 거여. 하늘에서 내려와 천룡이라 불렸는데, 물을 부리고, 동물을 부리고, 지구가 큰 위험에 처할 때마다 고강한 영력으로 세상을 지켜 주었제.'

할머니 말로는 용들의 세계에선 태평양을 동대해, 대서양을 서대해, 인도양을 남대해, 대륙 위쪽 차디찬 북극해를 북대해라 부른다고 했다.

그것을 네 명의 용신들이 나누어 다스리는데 동해용왕, 서해용왕 같은 말이 용신들을 지칭한다는 것이었다. 그리고 그 위에는 용들의 우두머리인 용 황제, 용제龍帝가 있다고 했다.

할머니가 제일 힘주어 말하는 바다는 단연 황해였다. 황해는 본디 '황제의 바다皇海'란 뜻으로, 용 황제가 머물던 곳이라고 했다.

놀랍게도 원래는 한반도 주변의 동서남쪽 3000리가 모두 황해였다고 한다. 만 년 전에 용제가 떠나면서 그 의미는 퇴색되었고, 세월이 흘러 사람들이 모두 잊으면서 지금은 반도 서쪽에 황해란 이름만 덩그러니 남았지만 말이다.

해루는 강의를 정지시키고 화면에 떠있는 세계지도를 확대해 보았다. 태평양이 점점 확대되면서 대륙은 사라지고 화면엔 짙푸른 바다만 가득해진다.

바다. 용들이 지배한다는 또 다른 세계.

1등 항해사였던 아버지께 들었던 것과는 전혀 다른 할머니의 바다 이야기.

결국 강의는 포기하고 책상에 엎드려 잠깐 눈을 감았다. 할머니와의 대화가 꿈결처럼 아득하게 밀려들었다.

'용들은 지금도 세상의 주인이지만, 인간들은 용을 볼 수가 없어. 영력이 미천하니께. 바다를 암만 떠다녀도 해류가 용궁 쪽으로는 흐르지 않고, 인공위성을 암만 띄워도 구름에 가려서 보이지 않제. 하지만 막상 용이 코앞에 있다 해도 보기는 힘들 겨. 눈앞의 공기도 못 보는 인간이 그리 신령스런 존재들을 어찌 보겠어. 시력이 한 10.0쯤 된다면 모를까.'

'그래도 옛날엔 본 사람도 있었다면서요.'

'그라제. 간혹 용이 스스로 모습을 드러내는 경우도 있었응께. 하지만 그런 경우가 어디 흔했당간? 시방은 도통한 도사들이나 신통력이 뛰어난 무당들이나 그런 사람들만 겨우 볼 수 있었제.'

'혹시 할머니도 본 적이 있으세요?'

'암. 보았제. 아주 오래전에. 엄청시리 눈이 부셔서 제대로 쳐다볼 수도 없었제.'

'와. 와. 진짜요? 그럼 얘기도 해 보셨어요?'

'고건 못 해 봤구먼. 아주 천추의 한이여. 시방 머릿속이 하얘지도록 빛줄기가 잔뜩 밀려드는데, 그 빛이 얼마나 엄청난지 아주 손가락 하나 꼼짝을 못 했다니께. 그런데 무슨 얘기를 혀. 그저 들려오는 대로 듣기만 했지.'

용을 보았다는 할머니의 말이 진짜인지 가짜인지는 모르겠다. 대뜸 믿어 버리기엔 너무 터무니없고, 그렇다고 믿지 않기엔 지나치게 생생한 이야기였다.

이것저것 다 떠나서, 할머니의 이야기에 휘말려 있노라면 모든 게 가능할 것만 같은 기분이 들었다.

세상의 상식과는 동떨어진 얘기지만 기분 좋은 상상들로 가득해진다. 수능이나 유주의 병 같은 고달픈 현실들은 아득히 사라질 만큼.

해루는 벌떡 일어나 앉아 핸드폰을 열어 보았다. 엄마 아빠의 연락은 아직 없었다.

마우스를 움직여 다시 강의 영상을 재생시켰다. 낭랑한 강사의 목소리가 고요한 방 안을 가득 울린다.

바깥엔 눈발이 흩날리고 있었다. 금방 굵어지기 시작한 것이, 할머니의 말처럼 폭설이 될 것 같았다.

쿠르르릉!

집을 울리는 요란한 소리에 해루는 잠에서 깼다. 눈을 떠 보니 책상에 엎드려 있었던 것이, 앉은 채로 깜빡 졸았던 모양이다.

거센 바람에 창문이 깨질 것처럼 흔들거린다. 낡은 창틈으로 칼바람이 냉랭하게 새어 들었다.

눈보라가 치는 날이면 늘 있는 일이지만 오늘은 평소보다 더욱 심했다. 바깥엔 두꺼운 함박눈이 사정없이 휘몰아치고 있었다.

졸린 눈을 비비며 핸드폰부터 열어 보았다. 잠든 사이 엄마에게서 문자 메시지가 와 있었다.

다행히 유주의 상태는 많이 안정되었지만, 검사하고 치료를 받으려면 열흘은 입원해야 한다는 내용이었다. 솥에 감자를 삶아 놨으니 굶지 말고 잘 챙겨 먹으라는 당부도 있었다.

해루는 다행이라 생각하며 희미하게 웃었다. 유주의 상태가 나아졌다니, 졸였던 마음이 한결 누그러진다. 긴장이 풀어진 배에서 꼬르륵 소리도 났다.

감자.

그러고 보니 저녁도 먹지 않았다. 해루는 부엌으로 들어가 렌지 위의 솥뚜껑을 열어 보았다. 언제나처럼 수십 개는 되는 감자가 곱게 삶아져 있었다.

유주를 병원으로 데려갈 때면, 한시가 급한 상황에서도 엄마는 항상 감자를 삶아 두고 가셨다. 이제는 다 커서 밥 정도는 혼자 해 먹을 수 있는데도.

유주가 처음 크게 앓았던 것이 열 살 때, 눈 폭풍이 거세게 몰아치던 날이었다.

그날 그녀는 학교에서 돌아오다 길을 잃었고, 다행히 당골 할머니를 만나 그 집에서 하루를 잤다. 눈보라가 너무 심해서 집으로 돌아올 수 없었기 때문이다.

다음 날 아침에 크게 혼날 거라 생각하며 집에 왔는데, 빈 집에는 아무도 없었다.

핸드폰도 없었던 때라 부모님은 탁자 위에 쪽지만 남겨 두고 가셨다. 유주가 아파 병원에 다녀온다는 이야기, 밥통의 밥을 다 먹으면 삶아 둔 감자를 먹으라는 이야기가 쓰여 있었다.

처음엔 다행이란 생각부터 들었다. 절대로 가면 안 된다던 당골에 갔던 것도, 피치 못할 사정이었지만 외박을 한 것도 들키지 않았기 때문이다.

며칠을 아무렇지 않게 감자를 먹고 학교에 가고, 감자를 먹으며 숙제를 했다. 하지만 그렇게 나흘쯤 되자 서글퍼졌다. 감자를 먹는데 괜스레 눈물이 핑 돌았다.

엄마는 저녁마다 전화를 해 주었지만, 산꼭대기 빈집에 덩그러니 혼자 있으려니 그저 무섭고 춥기만 했다. 유주와 부모님은 보름이 지난 후에야 집으로 돌아왔다.

이듬해에도 그런 일은 세 번이나 있었다. 그다음 해에도 비슷한 상황이 반복되었다.

차츰 그런 생활에 익숙해지면서, 초등학교 졸업할 무렵엔 혼자 집을 지켜도 아무렇지 않게 되었다. 서글픈 마음에 눈물을 흘렸던 것도 4학년 때가 마지막이었다.

하지만 언제부턴가 감자는 그녀에게 외로운 음식이 되었다. 몇 날 며칠을 까먹으면서 홀로 긴긴 밤들을 보내야 하는. 그래서 평소에는 굳이 잘 먹지 않는다.

'너무 많은데.'

해루는 산더미 같은 감자를 바라보며 피식 웃었다. 물리도록 먹어야 할 감자지만 엄마의 사랑이 싫지 않았다. 경황없는 와중에도 그녀를 생각해 주었다는 뜻이었으니까.

쿠르르릉!

감자 하나를 꺼내 드는데, 느닷없이 바깥에서 커다란 천둥소리가 들렸다. 웅웅 울리는 바람 속에서도 또렷하게 들릴 만큼 엄청난 굉음이었다.

몰아치는 눈보라 사이로 우람한 번개가 요란하게 번쩍거린다. 푸른 섬광을 뿜어내는 새하얀 빛줄기가 사방으로 세차게 뻗어 내렸다. 온 산을 울리는 천둥소리에 낡은 집이 여기저기

삐걱거렸다.

파지직. 파직.

그렇게 감자를 한입 베어 물던 순간이었다. 느닷없이 불길한 소리가 들렸다. 전등이 몇 번 깜박인다 싶더니, 일시에 사방이 깜깜해졌다. 정전이었다.

해루는 어둠 속에 우두커니 선 채로 먹던 감자를 일단 마저 먹었다. 갑작스럽게 전기가 나가다 보니 뭐부터 해야 할지 잘 생각이 나지 않았다.

아, 그렇지. 두꺼비집.

현관으로 나가서 입구에 걸린 손전등을 찾았다. 신발장에 불을 비춰 공구함을 꺼내 들고는 아버지가 하시던 대로 거실벽의 두꺼비집을 열었다.

이리저리 살펴봤지만 차단기는 내려와 있지 않았다. 혹시나 싶어 퓨즈를 갈아 끼워 봤지만 그것도 소용이 없었다. 아무래도 바깥의 전선이 끊어지거나 전봇대가 무너지거나 한 모양이었다.

어쩌지. 비상용 발전기를 돌려야 하나. 그런 건 한 번도 해본 적이 없는데.

깜깜한 건 그럭저럭 견딜 수 있다 쳐도 보일러가 문제였다. 이런 날씨에 전기가 오래 끊겼다간 보일러가 돌지 못해 동파될 위험이 높았으니까.

밖에선 계속 벼락이 일고 천둥이 쳤다. 번개가 요란하게 번쩍거릴 때마다 흠칫 놀랐다. 연신 우르릉거리는 뇌성이 불안을 더했다.

해루는 급한 대로 핸드폰을 집어 들었다. 인근에 사는 곰씨

26

아저씨한테 도움을 청해 볼 생각이었다. 마을 사람들 대부분이 산 아래나 중턱에 멀리 살아서, 근처에 있는 집이라고는 곰씨 아저씨의 사슴농장이 유일했다.

하지만 당황스럽게도 핸드폰은 터지지 않았다. 집 전화도 마찬가지였다. 바깥의 상황이 엉망이니 통신망도 두절돼 버린 모양이었다. 아주 가끔이지만 산에서는 익히 있는 일이었다.

이제 어쩌지.

암담한 마음에 한숨만 흘러나왔다. 결국 어떻게든 혼자 해결해야 할 모양이었다. 아니면 극심한 눈보라를 뚫고서 곰씨 아저씨네 농장으로 달려가 도움을 청하든지.

해루는 마음을 단단히 먹고 점퍼를 챙겨 입었다. 목도리까지 꽁꽁 둘러 중무장을 하고는 손전등 불빛에 의지하며 밖으로 나왔다.

되든 안 되는 발전기부터 돌려 볼 요량이었다. 최소한 사용법은 어딘가에 적혀 있을 테니까.

눈바람이 쌩쌩 부는 바깥은 난리 통이었다. 여기저기 나무들이 꺾여 있었고, 울타리 앞에 쌓아 뒀던 퇴비 포대들도 와르르 무너져 있었다.

아버지가 애용하는 외발 손수레는 저 멀리까지 굴러가 쓰러져 있고, 가지런히 세워 뒀던 농기구들도 모두 넘어져 눈밭에 파묻혀 버렸다.

심란한 광경에 정리부터 할까 싶었지만 날이 밝으면 하기로 했다. 어차피 이런 눈 폭풍 속에서는 애써 정리해 봤자 금방 도로 아미타불이 되어 버릴 것이다.

해루는 창고를 향해 조심조심 걸음을 옮기기 시작했다. 발전기를 보관해 둔 창고는 집에서 그리 멀지 않았다.

하지만 급격히 쌓인 눈이 벌써 무릎 높이를 넘어서 있어서 한 발 한 발 내딛는 것도 쉽지 않았다. 몰아치는 강풍에 다리가 다 휘청거렸고, 거센 눈발이 얼굴로 날려들어 앞도 잘 보이지 않았다.

쿠르르릉!

하늘에서 또다시 우레가 쳤다. 비슷한 벼락이지만 아까랑은 조금 달랐다. 섬광탄이라도 터진 것처럼 하늘이 온통 눈부시게 밝아지더니, 흩날리는 눈발 위로 거대한 푸른빛이 쏟아져 내렸다.

저건 또 뭐지.

해루는 그 자리에 우뚝 멈춰 하늘을 올려다보았다. 심상치 않은 광경에 당황이 크게 일었다.

하늘에서 땅끝까지 주단처럼 뻗어 내린 웅장한 푸른빛. 사파이어 빛깔의 거대한 빛기둥이 새하얀 눈보라 속에서 파도처럼 넘실대고 있었다.

몹시도 초현실적인 빛이었다. 번개라기보다는 마치 극지방의 오로라 같은. 어디선가 UFO가 튀어나온다 해도 이상하지 않을 것만 같았다.

그렇게 몇 초쯤 지났을까.

어느 순간 거대한 푸른빛이 토네이도처럼 회오리를 그리며 빠르게 휘감아 돌았다. 포효하듯 요동치는 소용돌이 속에서 새파란 불꽃이 격렬하게 일었다.

그리고 채 깨닫기도 전에 짙푸른 무언가가 쏜살같이 떨어져 내리기 시작했다.

이쪽으로 온다는 걸 눈치챈 순간은 이미 늦은 뒤였다. 거대한 푸른 불덩이가 바로 코앞에 있었기 때문이다. 온 산을 다 덮을 것만 같은 엄청난 크기였다.

'아악!'

해루는 본능적으로 눈밭에 엎드리며 눈을 가렸다. 동시에 빛의 폭발이 거대하게 일었다. 초신성이 터지듯 웅대한 빛이 감은 눈에도 느껴질 만큼 눈부시게 밀려들었다.

이렇게 빛에 타 죽는 걸까. 행여 산이 무너지는 건 아닐까.

질끈 감은 눈에 공포가 일었다. 하지만 몹시 긴장한 것이 무색하게 폭발은 더 이상 이어지지 않았다. 몸이 뜨겁지도 않았고, 파편 같은 게 날아들지도 않았다. 당연히 산이 무너지는 일도 없었다.

해루는 한참이 지나서야 엎드렸던 몸을 주춤주춤 일으켰다. 온몸에 뒤범벅된 눈을 털어 내며 팔다리를 이리저리 움직여 보았다.

주위는 그저 캄캄했다. 푸른 불도, 푸른빛의 토네이도도 사라지고 없었다. 천둥번개도 언제 그랬냐는 듯 말끔하게 그쳐 있었다. 하염없이 내리는 눈만 세차게 얼굴을 때렸다.

그런데 대체 무슨 일일까. 운석이라도 떨어진 걸까? 아니면 설마 정말로 UFO?

해루는 떨어뜨렸던 손전등을 멍하니 주워 들었다. 두 눈으로 똑똑히 보았음에도 현실 같지 않던 광경이 머릿속을 맴맴 돌았다.

눈밭을 서성이며 조심스레 주위를 비춰 보았다. 하지만 근처에 운석 같은 건 보이지 않았다. 당연히 UFO도 있을 리 없었다.

그럼 대체 뭐였을까. 눈앞에서 그렇게 엄청난 폭발이 일었으니, 분명 미미한 흔적이라도 남았을 텐데.

뭐라도 찾아보고 싶었지만 날이 너무 추웠다. 손은 벌써 꽁꽁 얼어 있었고, 눈을 잔뜩 뒤집어쓴 점퍼는 차갑고 축축했다.

무엇보다 발전기가 급했다. 이대로라면 집 안도 금방 냉골이 되어 버릴 것이다.

해루는 언 손을 호호 불며 부랴부랴 걸음을 떼었다. 걸을 때마다 발이 눈에 푹푹 파묻히는 통에 창고까지 가는 것도 난관이었다.

그렇게 어렵사리 창고에 도착해 겨우 자물쇠를 열었을 때였다.

"……루."

갑자기 어디선가 목소리가 들렸다.

해루는 깜짝 놀라서 주위를 두리번거렸다. 이런 날씨에 해발 800m의 산꼭대기까지 올라올 사람은 없었기 때문이다. 사고를 자초할 작정이 아니고서야.

하지만 '루'라니. 나를 부른 것일까.

그녀는 조심스럽게 손전등을 비춰 보았다. 사방으로 천천히 움직이며 목소리의 주인을 찾아 헤맸다. 하지만 캄캄한 어둠 속에 눈보라만 가득할 뿐 사람이라곤 보이지 않았다.

"누구세요? 곰씨 아저씨세요?"

해루는 가능성 있는 유일한 사람을 떠올리며 다급히 외쳤다. 가까운 이웃이라 이런 날 문제가 생기면 아버지와 서로 도움을 주고받았기에, 곰씨 아저씨가 찾아온 걸지도 몰랐다.

"곰씨 아저씨? 저 부르셨어요?"

또다시 외쳐 봤지만 들려오는 답은 없었다. 윙윙거리는 바람 소리만 귓가를 먹먹하게 울렸다.

갑자기 무서운 기분이 들었다. 이런 날 캄캄한 산 위에 혼자뿐이라니. 어릴 적 들었던 몽달귀신 이야기까지 떠오르면서 오싹 소름이 끼쳤다.

바, 바람 소리였겠지. 그래, 날이 이렇게 엉망이니까.

해루는 스스로를 달래며 황급히 창고로 뛰어들어 문을 닫았다. 캄캄한 창고 안을 손전등으로 비추며 목표한 것을 부지런히 찾았다.

발전기는 저 안 깊숙이 있었다. 오랫동안 사용하지 않아서 거미줄이 잔뜩 낀 채로.

그녀는 복잡하게 늘어선 농기구들을 헤치며 서둘러 발전기 쪽으로 다가갔다.

"……루."

또다시 목소리가 들려온 것은 바로 그때였다. 그녀는 장승처럼 우뚝 멈춰 서고 말았다.

창고 문을 닫았는데도 소리는 아까보다 더욱 또렷하게 울렸다. 게다가 귀에 들렸다기보다는 머릿속에 울려 온 기분이었다.

"누, 누구 있어요?"

무서운 마음에 손전등으로 미친 듯이 창고 안을 비췄다. 당연히 보이는 사람은 없었다. 내내 잠가 뒀던 창고 안에 사람이 있을 리 만무했으니까.

싹트기 시작한 공포심이 점점 커졌다. 별일 아니라 생각하려 해도 몸이 흠칫 떨렸다.

"……루."

또다시 목소리가 울리자, 해루는 그대로 창고를 뛰쳐나오고 말았다. 무서워서 도저히 뭘 할 수가 없었다.

푹푹 빠지는 눈을 밟으며 사정없이 뛰었다. 발전기고 뭐고 지금은 빨리 집 안으로 들어가야 안심이 될 것 같았다.

두 번을 눈에 미끄러지고서야 겨우 현관문에 닿았다. 신발도 벗는 둥 마는 둥 하면서 황급히 집 안으로 뛰어들었다.

눈에 젖은 점퍼를 벗어 던지고, 안방으로 들어가 이불장부터 열었다. 18년 평생에 이렇게 무서워 보기는 처음인 듯싶었다.

이불을 잔뜩 꺼내서 그녀의 침대로 가져왔다. 침대 위에 겹겹이 이불을 펼쳐 놓고는 그 안으로 쏙 들어가 머리까지 뒤집어썼다. 젖은 몸에 공기까지 차가워 벌써 이가 딱딱 부딪치고 있었다.

이불 속으로 몸을 깊숙이 파묻으며 억지로 잠을 청했다. 날이 밝으면 발전기부터 돌려야겠다는 생각을 하며 눈을 꼭 감았다.

"……루."

해루는 화들짝 놀라 몸을 파르르 떨었다. 어찌된 영문인지 목소리는 이불 속에서도 들렸다. 그것도 아주 또렷하게.

설마 진짜 귀신이라도 있는 걸까. 정말 나를 쫓아다니는 걸까. 공포심이 한계치까지 올라가고 있었다.

자야 돼. 자면 사라질 거야.

하지만 아무리 애써도 잠은 오지 않았고, 점점 더 미칠 듯한 지경이 되었다.

해루는 이불을 박차고 벌떡 일어나 앉았다. 주문처럼 '괜찮아'를 연발하며 귀신이 싫어할 만한 것들을 애써 떠올려 보기 시작했다.

부적, 팥, 십자가. 대충 그런 것들이 생각났지만 안타깝게도 집에는 없었다.

그렇지, 소금!

소금이 생각나기 무섭게, 그녀는 무작정 부엌으로 뛰어가 소금독을 열었다. 대접으로 한 가득 소금을 퍼서 그녀의 방에 가져다 정신없이 뿌렸다. 거실에도 뿌리고 현관에도 뿌렸다.

그러고도 안심이 되지 않아서, 양재기에 소금을 가득 채워 현관문을 열고 나왔다. 댓돌 위에 주춤주춤 올라선 채로 사방에 소금을 흩어 뿌렸다.

그렇게 양재기를 마지막까지 탈탈 털어 내고 막 뒤를 돌았을 때였다.

현관문을 열려던 해루는 무언가가 마음에 걸려서 다시 몸을 돌렸다. 뭔지는 모르겠지만 집 앞의 자작나무 숲 쪽에서 천 쪼가리 같은 것이 미미하게 펄럭인 것 같았기 때문이다.

"……루."

그리고 또다시 소리가 들렸다. 오싹한 마음에 눈을 질끈 감았다. 소금도 별 소용이 없는 모양이었다.

현관문을 벌컥 열고 집 안으로 뛰어들다가, 문득 스쳐 가는 생각이 있어서 멈칫했다.

목소리가 들려온 곳은 자작나무 숲인 듯했다. 뭔가가 보인 듯한 곳도 분명 그쪽이었다.

어쩌면 곰씨 아저씨가 그녀를 부르고 있는 건지도 모른다. 다치거나 해서 움직이지도 못하고 겨우 목소리만 내는 걸지도 몰랐다. 요 근래 기승을 부리는 멧돼지 때문에 옆 마을에서 사람이 받혀 죽었다는 얘기도 떠올랐다.

가 볼까.

무서운 마음에 망설임이 들었지만 선택의 여지가 없었다. 이런 날 부상을 입은 채로 밖에 방치됐다간 동사하기 십상이었으니까.

결국 두려움을 꾹꾹 누르며 조심조심 자작나무 숲으로 향했다. 나무 사이를 천천히 돌면서 신중하게 사람의 흔적을 찾았다.

바람은 조금 잦아들었지만 굵은 눈발은 여전했다. 푹푹 빠져드는 다리는 차가운 눈에 푹 젖어서 감각이 점점 사라져 가고 있었다.

그런데 기분 탓일까.

어둠에 잠긴 숲은 평소와 다르게 푸른빛이 돌고 있는 것 같았다. 내리는 눈도, 하얀 자작나무 줄기도, 손전등 불빛이 지나는 곳마다 푸른 기운이 느껴졌다.

마치 커다란 숲 전체를 청명한 푸른빛의 공기가 은은하게 떠돌고 있는 듯했다.

이상한 기분에 빨리 숲을 떠나고 싶어졌다. 하지만 금방 찾을 줄 알았던 사람의 흔적은 생각보다 쉽게 찾아지지 않았다.

"아저씨!"

무언가를 발견한 것은 숲을 한참이나 헤매고 난 뒤였다. 하얗게 뒤덮인 눈밭 위에서 옷깃인 듯 보이는 천의 일부가 어슴푸레 펄럭이고 있었다. 옷의 주인은 이미 눈에 깊이 파묻혀 있는지 형체조차 보이지 않았다.

"아저씨! 괜찮으세요?"

해루는 다급히 외치며 눈밭에 거의 엎어지다시피 하여 눈을 파내기 시작했다. 경황없이 달려온 터라 장갑도 끼지 못했다. 맨손을 호호 불어 가며 쌓인 눈을 바지런히 긁어내었다.

다행히 얼마 지나지 않아 눈 아래 파묻힌 사람의 형체가 드러났다. 하지만 무언가가 조금 이상했다.

곰씨 아저씨가 키가 이렇게까지 컸던가.

게다가 골격 또한 굉장히 우아하고 늘씬해 보였다. 전직 특수부대 출신인 아저씨는 늘씬하다기보다 우람한 체격인데.

그럼 대체 누구지?

해루는 당혹을 삼키며 미지의 인물을 뒤덮은 눈을 부지런히 긁어내었다. 얼굴에 쌓인 눈을 옷소매로 닦아 내고는 다급히 손전등을 비춰 보았다. 그러다 저도 모르게 헉 소리를 내고 말았다.

의식을 잃은 듯 눈을 감고 누워 있는 사람은 굉장히 아름다운 남자였다. 얼굴의 윤곽은 뚜렷했고, 이목구비의 선은 유려했다. 용도를 알기 힘든 특이한 옷차림에선 고급스런 분위기가 흘렀다.

손전등의 불빛 탓일까. 희미한 푸른빛이 남자를 감싸고 있는 듯했고, 검고 긴 머리에도 그 빛이 스민 듯 검푸르게 보였다.

"이보세요! 정신 차리세요!"

해루는 서둘러 남자의 몸을 흔들었다. 이런 눈보라 속에서 의식을 잃다니 대체 무슨 일일까.

하지만 궁금한 건 나중 문제였다. 이대로 방치해 두었다간 내일 아침 시신으로 마주하게 될 확률이 몹시 높았다.

"이보세요! 눈 좀 떠 보세요!"

아무리 흔들어도 남자는 눈을 뜨지 않았다. 얼굴을 때려 보고 발로 차 보기도 했지만 모두 소용없었다. 어쩌면 벌써 죽음을 향해 가고 있는 건지도 모른다.

해루는 남자의 몸이 얼음장처럼 차다는 것을 깨달았다. 부랴부랴 가슴에 귀를 대 보았지만 박동도 제대로 느껴지지 않았다. 설마 벌써 숨이 다하기라도 한 걸까.

불안에 떨던 순간, 남자의 입술이 희미하게 떨렸다. 분명 입술을 뗀 것 같지 않았는데 목소리가 들렸다.

"……루."

해루는 흠칫 놀라 그대로 눈밭에 주저앉았다.

귀가 아니라 몸 전체로 울려 드는 듯한 묵직한 목소리. 창고에서도 방에서도 또렷하게 들렸던 목소리. 내내 그녀를 불렀던 그 목소리였다.

1. 북해의 주인

검푸른 북대해北大海에 우뚝 솟은 얼음산은 흩날리는 눈보라 속에서 웅혼한 위용을 자랑하고 있었다. 심해의 가장 깊은 곳에서부터 저 하늘 구름 위까지 창대하게 솟아오른 경이로운 산. 수억 년 전 태초의 용이 내려왔다는 용들의 성역.

'북해빙성北海氷城'이라 불리는 이 거대한 얼음산은 북해의 주인인 북해용왕의 거처였다. 겉보기엔 하나의 빙산처럼 보이지만, 실제로는 일곱 겹의 드높은 빙벽으로 이루어진 천혜의 요새이기도 했다.

낮과 밤이 구분되지 않는 청금빛 하늘, 휘장처럼 드리워진 형형색색의 오로라, 사시사철 끊이지 않는 희디흰 눈보라가 북해빙성의 신비로움을 더하고 있었다.

「만 년 만이던가.」

북해빙성을 향해 가는 먼 구름 위에서 용제龍帝 테오도라가 감회에 젖은 눈으로 말했다. 옅은 갈색 피부에 온화한 고동색 눈동자를 가진 그녀는 400년 전부터 용계를 다스려온 덕망 높은 용제였다.

2만6천 년이란 긴 세월을 살아온 만큼, 눈가에는 주름이 패고 태양 같던 금발은 빛이 바랬다. 하지만 '금랑金浪의 현자賢者'라 불렸던 별칭답게 눈빛에선 여전히 영명한 총기가 흘렀다.

「정확히는 1만 21년이지요.」

곁에 선 대재상 델키온이 낮게 대답했다. 곱슬곱슬한 회록색의 짧은 머리와 한쪽 눈을 가린 검은 안대가 그의 트레이드마크였다. 만 년 전 마룡들과의 전쟁에서 패배해 왼쪽 눈을 잃은 뒤 긴 세월을 절치부심해 온 그였다.

그 시절 치욕적으로 빼앗겼던 북해빙성이 바로 눈앞에 있었다. 몇 달 전 새로운 주인을 맞이한 채로.

만 년이나 얼음산을 휘감고 있던 짙은 먹구름은 말끔히 걷혀 있었고, 오랜 세월 북해를 흐르던 음산한 마기魔氣도 희미하게 옅어져 있었다.

청명함을 되찾은 바다엔 벌떼처럼 들끓던 마룡들 대신 북극고래 수십 마리가 평화롭게 헤엄치고 있었다.

「내 치세에 이곳을 되찾게 되리라곤 생각지 못했네. 그때의 그들은 그토록 막강했으니까.」

오래전의 전쟁을 떠올리는 테오도라의 목소리는 깊은 회한에 젖어 있었다.

「아니요, 저는 반드시 되찾을 거라 믿었습니다. 비록 제 손으로 되찾지는 못했지만 말입니다.」

델키온은 굳건한 목소리로 흔들림 없이 말했다. 그의 품에서 짙붉은 재가 되어 흩어지던 그들의 군주, 용맹했던 선선대 용제의 뼈아픈 마지막이 아직도 눈에 선했다.

만 년 전 용계를 파탄으로 몰고 갔던 마룡들과의 끔찍한 전쟁에서, 그들은 숱한 친우와 가족을 잃고 목숨 같던 연인을 잃었다. 역대 최강이라 불리던 용맹한 군주를 잃었다.

천 년이나 이어진 수만 번의 전투 속에서, 수많은 이들이 초개와 같이 목숨을 바쳤지만 그들은 결국 승리하지 못했다.

후일 '진주대전眞珠大戰'이란 이름으로 남게 된 치열했던 성역 쟁탈전은 천룡 세력의 무참한 패배로 끝났다. 바다가 갈라지고 심해가 뒤집혔다. 인간계에선 가장 번성했던 대륙이 가라앉았다.

북해를 마룡들에게 내주는 것으로 전쟁은 일단락 됐지만, 그 후과는 만 년이 지난 지금까지도 계속 이어지고 있었다.

그런 북해를 되찾았다라.

400년이란 단기간 만에, 그것도 황궁의 지원 하나 없이 고작 2천의 소규모 병력으로.

이미 서해와 남해의 일부가 마룡 세력에 잠식되고, 인간의 영역인 대륙에까지 그들의 마수가 깊게 뻗쳐 있는 상황이었다. 그런 가운데 전해진 북해의 탈환 소식은 그래서 더더욱 기적처럼 느껴졌다.

지슈카 폰 세인트드래곤.

북해를 평정한 새로운 정복자의 이름은 그랬다.

그리고 그들은 지금 그를 만나러 가는 중이었다. 그리 혁혁한 전과를 올려 놓고도 황궁을 찾지 않으니, 용제가 직접 예방을 하겠다고 나선 터였다.

델키온은 칼날 같은 눈을 하고 황궁을 떠나던 지슈카의 마지막 모습을 떠올렸다. 마땅히 계승해야 할 황위를 테오도라에게 넘겨 버리고, 부친의 시신에 그 어떤 미련도 보이지 않은 채 그길로 마룡 사냥에 나섰던 선대 용제의 3황자.

400년간 그는 단 한 차례도 황궁을 찾지 않았다. 북해를 떠돌며 숱한 전투를 치르고 있다는 소식만 간간이 들려왔다.

처음 300년은 고전을 면치 못하는 듯했다. 누구도 큰 기대는 하지 않았다. 전투보다는 예술에 능했고, 작물을 키우거나 유약한 생물들을 돌보는 데만 온 용력을 쏟던 그였으니까.

지슈카를 정 많고 온화했던 3황자로만 기억하는 이들은 그가 아버지를 잃은 충격을 못 이겨 무모한 일을 벌이는 거라 우려했었다.

마룡들이 득실거리는 검은 바다에서 아무런 성과도 없이 한 줌 물거품으로 사라지지 않을까 노심초사하는 이들이 태반이었다.

하지만 결국 지슈카는 마룡 세력을 대파하고 당당히 북해의 주인으로 군림했다. 흑암으로 가득했던 북해를 마침내 평정했으며, 천룡들의 자존심과도 같은 북해빙성을 탈환해 냈다. 그 이면에 얼마나 많은 좌절과 피눈물이 있었는지는 하늘만이 아실 것이다.

「그대의 힘이 컸지. 지슈카를 그토록 강인하게 키워 낸 것이 바로 그대가 아니던가.」

북해빙성으로 향하는 구름의 속도를 높이며 테오도라가 말했다. 언제나 그렇듯 그에 대한 깊은 신뢰를 담은 눈길이었다.

델키온은 굳은 얼굴로 가만히 고개를 저었다.

「전투를 가르치긴 했어도 무武에는 전혀 뜻이 없던 아이입니다. 아시잖습니까, 지슈카를 그리 만든 건 그 누구도 아닌 선대 용제라는 사실을.」

해묵은 아픔이 테오도라의 얼굴에 그늘을 드리웠다. 하지만 그녀는 이내 표정을 갈무리했다.

「다마르칸도 오늘의 북해를 보았더라면 틀림없이 기뻐했을 것이네. 오랜 세월 선정을 펼쳤던 현군賢君이 아닌가. 비록 마지막이 아름답지 못했다 해도.」

델키온은 목 끝까지 차오르는 반박을 누르며 침묵을 지켰다. 다마르칸의 일로 누구보다 깊은 상처를 받았을 이가 테오도라였기 때문이다.

그에 대한 믿음이 송두리째 무너졌을 때, 테오도라는 그 충격으로 며칠을 먹지도 자지도 못했다. 델키온 역시 마찬가지였다.

다마르칸은 선대 용제이기 이전에 그들의 더없는 친우이자 사선을 함께 넘은 굳건한 전우였다. 배신감은 그래서 더욱 컸다. 하물며 지슈카는…….

파아아아아!

갑자기 들려온 굉음에 생각이 끊겼다. 평온하던 바다가 폭발하듯 솟구쳐 올랐다. 그와 함께 질긴 어둠의 덩어리들이 바다 곳곳에서 튀어 올랐다. 거대한 뱀의 형체에 우람한 박쥐의 날개를 가진 마룡들이었다.

「조심하십시오, 폐하. 마룡입니다!」

델키온은 신속하게 용제를 막아서며 구름 위로 방어막을 펼쳤다. 푸르게 타오르는 투명한 장막이 이글거리는 비눗방울처

41

럼 구름 전체를 감쌌다. 곁을 날던 친위대도 일사불란하게 전투태세를 갖췄다.

불시에 나타난 마룡들은 맹렬하게 바다를 가르며 엄청난 속도로 북해빙성을 향해 돌진해 가고 있었다. 그들이 지나간 자리마다 물고기들이 허옇게 배를 드러내며 물 위로 떠올랐다. 음습한 탁기濁氣가 출렁이는 해수면을 가득 덮었다.

극악한 흑주술로 무장한 마룡들은 몸 전체가 움직이는 독이었다. 끝이 뾰족한 검은 비늘, 등줄기를 따라 날카롭게 곤두선 가시, 창처럼 파고드는 박쥐같은 날개와 기나긴 발톱. 그 모두가 위험했지만, 가장 치명적인 것은 몸에서 안개처럼 뿜어내는 검은 독기였다.

'흑안개'로 불리는 그 맹독은 마룡의 주위로 끊임없이 퍼져 나가 인접한 모든 것을 즉사 시킨다. 때문에 마룡들이 지나간 자리에는 항상 숱한 생명체들의 떼죽음이 이어졌다.

그들의 잔혹한 독기를 견뎌 낼 수 있는 존재라고는 지구상에 인간이 유일할 것이다.

천룡들도 예외는 아니어서, 흑안개에 잠식되면 본신本身의 비늘이 붉게 타들어 가기 시작해 종국에는 재가 되어 흩어지고 말았다. 마룡들과의 싸움이 시작부터 불리한 가장 큰 이유였다.

쿠오오오!

줄기차게 바다를 헤쳐 가던 마룡 한 마리가 갑자기 괴성을 내지르며 날아올랐다. 짙게 타오르는 검붉은 눈동자가 구름 위로 향하고 있었다. 그것을 신호탄으로 마룡들이 일제히 날개를 펼쳤고, 용제의 구름을 향해 날아오기 시작했다.

기습인가.

놈들이 용제의 행차인 것을 알고 있을 리는 만무했지만, 천룡의 기운을 느낀 것은 분명했다.

델키온은 방어막을 넓게 확장하며 그의 주 무기인 부메랑을 소환했다. 친위대도 진열을 갖추어 용제의 구름을 에워쌌다.

검은 독안개가 가까이 다가오는 것을 느끼며, 그는 용력으로 소환한 수십 개의 부메랑을 일시에 날렸다.

방어막을 뚫고 날아간 부메랑들은 선두에서 달려들던 마룡 무리의 목을 날리고 날개를 찢었다. 그리고 되돌아오기 무섭게 그의 손을 거쳐 다시 날았다.

델키온이 선제공격으로 기선을 제압하는 동안, 테오도라는 손 안에서 금빛 안개를 만들어 내고 있었다.

극도로 불리했던 마룡들과의 전쟁에서 그나마 천 년이나 버텨 낼 수 있었던 강력한 보호막, 테오도라의 금빛 안개는 서서히 방어막 밖으로 흘러나가 마룡들의 흑안개를 중화시키기 시작했다.

금빛 안개의 보호 아래 놓인 군사들이 날렵하게 공격을 시작했고, 델키온의 부메랑이 쉴 새 없이 날았다. 하지만 상황은 그리 유리하지 못했다. 바닷속에서 마룡들이 끊임없이 치솟아 올라왔기 때문이다.

「포탈인가 봅니다.」

수십 놈을 해치웠음에도 불구하고 다시 그 몇 배나 되는 마룡들에게 에워싸인 상황이 되자, 델키온이 짤막한 한숨을 뱉으며 말했다.

바닷속 어딘가에 다른 곳과 연결된 포탈이 있어서 마룡들이 그곳을 통해 끝도 없이 출현하는 듯했다.

「오늘은 날이 아닌 것 같군. 피하는 게 나을 듯싶네. 이대로는 승산이 없고, 포탈을 막으려면 희생이 생길 수밖에 없으니.」

테오도라의 말에 델키온이 고개를 끄덕이며 서눌러 답했다.

「게이트를 만들겠습니다.」

그의 손에서 흘러나간 푸른빛이 둥글게 원을 그리기 시작했다. 하지만 게이트가 채 완성되기도 전에 격렬한 굉음이 천지를 울렸다.

쿠구구궁!

눈부신 섬광과 함께, 바다에서 거대한 빙벽이 솟아오른 것은 바로 그 순간이었다.

번개보다 빠르게 치솟은 빙벽은 그들과 마룡들 사이를 순식간에 격리시켰다. 그와 동시에 빙벽의 바깥으로 사방팔방 빽빽하게 얼음가지가 뻗어 나가기 시작했다.

가히 빛의 속도였다. 새하얀 얼음이 모든 방향으로 빈틈없이 뻗어 나가 화염을 얼리고, 주위를 시커멓게 뒤덮었던 흑안개를 얼려 버렸다. 종국에는 주위에 몰려 있던 수백의 마룡들을 통째로 결빙시켰다.

그리고 델키온이 채 상황을 파악하기도 전이었다. 굉장한 결기를 내뿜는 은빛 기갑의 군사들이 대거 등장했다. 아무것도 없던 허공에 갑자기 등장한 그들은 일사불란하게 움직이며 얼음을 부수기 시작했다.

결빙된 흑안개를 먼지로 날리고, 거대한 얼음 조각이 되어 버린 마룡들을 검으로 강하게 내리쳐 순식간에 박살내 버렸다.

이윽고 바닷속에서 거대한 폭발이 일었다. 요란한 굉음과 함께 바다가 휘몰아치며, 태산 같은 해일이 떠도는 빙하를 덮쳤다.

천지를 울리는 광폭한 소리는 분명 심해의 땅이 무너지는 소리였다. 델키온이 떠올린 것은 꼭 하나였다. 포탈의 파괴. 더 이상 이곳에서 마룡들의 출현은 없으리란 뜻이었다.

상상도 못 한 놀라운 광경에 친위대의 입이 쩍 벌어졌다. 하지만 델키온은 중후한 백전노장답게 무표정한 얼굴로 상황을 묵묵히 지켜보았다. 테오도라 역시 금빛 안개를 걷어 내며 요동치는 바다를 진중히 응시하고 있었다.

문득 바람에 흩날리는 검푸른 머리카락이 시야에 들어온 것은 그때였다.

밤바다처럼 고고히 물결치는 흑청색의 긴 머리. 진주처럼 매끄러운 새하얀 피부. 그리고 북해의 얼음 바다를 그대로 옮겨 놓은 듯한 은청색 눈동자.

델키온은 밀려드는 반가움에 가슴이 시큰해 오는 것을 느꼈다.

지슈카였다. 근 400년 만에 마주한 그의 사랑스러운 황자. 더없이 자랑스러운 북해의 주인.

남자는 빙벽의 꼭대기에 태산처럼 우뚝 서 있었다. 더없이 익숙하면서도 낯선 모습을 한 채로.

강풍 속에 고고히 멈춰 선 남자에게선 고대의 군신軍神을 연상시키는 냉혹한 기품이 뿜어져 나왔다. 구름 사이를 뚫고 내려온 햇살이 조각 같은 그 모습에 빛을 더했다.

군림하듯 위풍당당하게 서 있는 강인한 그 모습에서 기억

속의 다정다감했던 소년은 사라지고 없었다.

「지슈카.」

놀람과 반가움을 한껏 담은 채, 테오도라가 그를 향해 다가서며 자상하게 미소를 지었다.

남자는 웃지 않았다. 대신 절도 있게 허리를 굽히며 격식에 맞는 예를 갖췄다.

「오셨습니까, 폐하. 그리고 대재상.」

서늘한 북풍 속에서 묵직한 목소리가 조용히 울렸다. 델키온은 반가이 허리를 숙였지만 속내가 몹시 복잡해졌다.

눈앞의 남자는 그가 익히 안다고 생각했던 그 청년이 아니었다. 400년의 모진 풍파는 분명 다감했던 황자를 강인한 전사로 변모시켰다. 하지만 동시에 많은 것을 앗아 가 버린 듯했다.

늘 미소가 가득하던 입가는 서늘하게 굳어 있었고, 장난기로 반짝이던 은청색 눈동자엔 칼날 같은 삭막함만이 남아 있었다. 언제나 주위를 온화하게 만들던 따스한 기운 또한 압도적인 냉랭함으로 뒤바뀌어 있었다.

전투 귀신.

델키온은 언제부턴가 군사들 사이에서 떠돌기 시작한 그의 별칭을 자연스레 떠올렸다.

칼바람이 떠도는 북해여서일까. 그 움직임 하나하나에서 싸늘한 얼음 조각들이 부서져 날리는 것만 같았다.

「무모하셨습니다. 군단 병력도 아니고 고작 친위대 스물로 이곳을 찾으시다니.」

궁으로 들어 마주 앉기 무섭게 지슈카가 말했다. 인사치레

한 마디 없는 건조한 어투였다.

테오도라는 온화한 웃음으로 우려 섞인 질책을 맞받았다.

「400년 만이네. 환영도 하기 전에 핀잔부터 주는 것인가.」

「아직 위험이 상존하는 곳입니다. 미리 연통을 주셨더라면 안전히 모셔 올 수 있었을 것을.」

지슈카는 그녀와 대화하는 중에도 팽팽한 긴장을 늦추지 않았다. 크리스털 벽면에서 흘러나오는 홀로그램 영상을 확인하며 경계 태세를 점검하고 있었다.

빠르게 변화하는 영상에선 북대해의 주요 거점들과 북해빙성 안팎의 상황이 연속적으로 비춰지고 있었다.

마룡의 습격에 그리 빨리 달려왔던 것도 내내 지켜보고 있었기 때문이겠지.

테오도라는 믿음직하게 느껴지면서도 더없이 낯선 사내가 되어 버린 그 모습을 뼈아프게 눈에 담았다. 잘 벼린 칼처럼 날 서 있는 지슈카에게선 오래도록 잊고 있던 전쟁의 냄새가 났다. 참혹하고 쓰라린 피바람의 냄새. 심장이 찢어지는 고통의 냄새.

「마룡들의 침공이 잦은 것인가.」

「한 달에 스무 번은 쳐들어옵니다. 흑주술로 은밀히 숨겨 둔 포탈들이 도처에 포진해 있지요. 모두 찾아내 제거하려면 시일이 좀 걸릴 겁니다.」

지슈카의 설명에 테오도라는 어두운 얼굴로 고개를 끄덕였다.

들끓던 마룡들을 몰아내긴 했지만, 만 년이란 긴 세월을 어둠이 점령해 온 북대해였다. 어디 포탈뿐이겠는가. 그들이 설치해 둔 치명적인 덫이며 함정이 곳곳에 산재해 있을 가능성이 높았다.

흑주술의 위력은 은밀히 숨겨진 지뢰 같다는 점에 있었다. 겉으로는 평온하게 위장되어 아무 일도 없는 것처럼 보이지만, 스위치가 켜지는 순간 단번에 문제를 일으켜 막대한 피해를 양산해 낸다. 그 흔적을 모두 없애려면 상당한 시간이 필요할 터였다.

「헌데 북왕궁의 위치가 바뀐 것 같습니다.」

둘의 대화를 지켜보던 델키온이 넌지시 말을 꺼냈다.

본래 만 년 전의 북왕궁은 북해빙성의 가장 안쪽, 일곱 번째 빙벽을 지나서 나오는 성스러운 땅의 중심부에 있었다.

일곱 겹의 두터운 빙벽과 그 사이사이의 너른 바다, 그 모두의 보호를 받으며 광대한 얼음산의 한가운데에 자리한 성스러운 땅. 그 중심에 성역이 있고, 성역의 외곽을 원형으로 빙 둘러서 지어진 것이 북왕궁이었다.

그런데 지금 그들이 들어선 궁은 성의 가장 바깥인 첫 번째 빙벽 안에 자리하고 있었다. 화려함이라고는 일체 없이 순백의 대리석과 크리스털로 지어진 실용적인 궁이었다. 왕궁이라기보다는 차라리 전투지휘소에 가깝게 느껴지기도 했다.

「성역과 옛 왕궁 주변은 아직 복구하지 못했습니다.」

지슈카는 그렇게만 답해 왔다. 하지만 짧은 말이 함축한 의미는 분명했다. 성역도, 북왕궁도 복구하기 힘들 만큼 참혹하게 망가져 있다는 뜻일 터였다.

「그토록 험하게 훼손되었습니까.」

「보시겠습니까.」

더 말하는 대신, 지슈카는 크리스털 벽면에 영력을 흘려 홀로그램 영상을 불러냈다.

정체 모를 영상에선 검은 색의 두꺼운 원형 띠가 물결처럼 빠르게 출렁이고 있었다. 그가 영상을 차츰 확대해 가자, 귀청을 찢을 듯 요란한 소리가 울리며 검은 띠의 정체가 서서히 드러났다.

「저건 까마귀 떼가 아닌가.」

테오도라가 눈을 가늘게 뜨며 말했다. 공중을 날고 있는 까마귀 떼는 수천만 마리가 족히 될 정도로 많아 보였다. 검고 스산한 새떼가 몹시 불길한 느낌을 주었다.

공중을 비추던 영상이 점점 아래쪽으로 향했다. 짙붉은 선으로 이루어진 촘촘한 격자망 밑으로, 기괴하게 타들어 간 거대한 숲과 까마귀들로 뒤덮인 검붉은 호수가 보였다. 본디는 무지갯빛으로 찬란하게 빛나던 신성한 호수, 티아마트의 진주.

죽음의 땅으로 변해 버린 그곳을 알아보기 무섭게, 테오도라는 터져 나오는 분노를 억누르며 입을 막았다. 눈에는 핏발이 서고, 감아쥔 주먹엔 떨림이 일었다.

「저곳이…… 저곳이 진정 성역이란 말인가.」

「알아보시겠습니까.」

「믿을 수가 없네. 어찌…… 어찌 이런…….」

테오도라는 밀려드는 치욕감으로 말을 다 잇지도 못했다.

수억 년을 이어져 내려온 신성한 땅이었다. 본디는 신비로운 은빛 안개가 꺼져 가는 생명을 부활시키고, 하늘의 기운을 불러들이는 천신의 나무들이 가득하던 곳.

세 번의 위대함을 지닌 티아마트 트리스메기스투스의 특별한 심장이 숨쉬고, 선택받은 자들에겐 태초의 용울음이 들려오던 곳.

영상이 점점 확대될수록 참혹한 상황은 더욱 선명하게 드러났다. 산산이 부서진 치유의 크리스털 산이며, 한때는 황금빛으로 빛났던 시커먼 왕궁 건물들의 폐허며, 사방에 산처럼 수북이 쌓여 있는 인간의 유골들까지.

그 사이사이마다 마룡들의 흑주술 흔적인 펜타스컬 문양이 핏빛으로 새겨져 유령처럼 떠돌고 있었다.

「실은 문제가 좀 생겼습니다.」

영상에서 눈을 돌리며 지슈카가 말했다. 담담한 표정이었으나 어딘지 석연치 않은 목소리였다.

「문제라니.」

「성역의 흑주술 흔적들이 제거가 되지 않습니다.」

「그게 무슨 소린가.」

「마룡들이 설치한 격자망과 펜타스컬들 말입니다. 성역을 되찾자마자 며칠에 걸쳐 모두 제거했으나, 다음 날이 되니 또 다시 고스란히 나타나 있더군요. 다시 없애도 다음 날이면 계속 나타나고. 벌써 석 달째 반복 중입니다. 이러다 성역 복구는 영영 물 건너갈지도 모르겠습니다.」

「그들의 흑주술이 그리 강하단 말인가.」

「다른 곳에서는 모두 제거가 되었습니다. 아마도 성역의 신성력이 문제인 듯합니다.」

「신성력과 결합한 흑주술이라니. 생각지도 못했던 일이네.」

「저는 성역을 잘 모릅니다. 신성력이 어디까지인지도 알 수 없지요. 하니 복원과 치유는 신관들 손에 맡기시는 것이 좋을 듯합니다.」

처참했던 홀로그램 영상을 흩어 버리며 지슈카가 말했다.

성역에서 받은 충격이 어떻게 해도 가시지 않았지만, 테오도라는 애써 표정을 갈무리하며 근엄하게 고개를 끄덕였다.

당연한 일이었다. 지슈카의 나이 고작 7700살, 만 년 전에 빼앗긴 성역을 제대로 알고 있을 리 만무했다. 기껏해야 과거의 기록을 저장해 둔 크리스털로 홀로그램 영상을 훑어본 정도가 전부일 터였다.

「돌아가는 즉시 대신관을 비롯해 모든 신관과 치유사들을 파견하겠네. 복원에 필요한 모든 것을 넘치도록 지원하겠네.」

단호한 의지를 보인 테오도라의 말에, 지슈카는 무미건조한 얼굴로 조용히 고개를 저었다.

「지금 당장은 마룡의 습격이 잦아 안전치 못합니다. 시간을 두고 보내십시오.」

「얼마나 말인가. 한 달? 두 달? 한시가 급하지 않은가. 성역을 복원하면 전투에도 큰 도움이 될 것이네.」

「만 년 동안 없었던 성역입니다. 뭐가 그리 급하십니까. 상황이 나아지면 연통을 드리지요.」

테오도라는 잠시 말문이 막혔다. 지슈카의 말은 몹시 냉정하게 들렸지만, 따지고 보면 그것이 사실이었기 때문이다.

성역을 잃어버린 긴 시간 동안, 한없이 성스러운 그 땅은 아득한 추억이 되고 전설이 되어 버렸다.

전쟁을 겪은 이들보다 전쟁 후에 태어난 이들이 더 많아지면서, 성역은 그저 노룡老龍들의 옛 추억담에나 등장하는 과거의 산물로 잊혀 가고 있었다.

새로 태어난 천룡들은 성역에서 수호주守護珠의 빛을 받고 신성한 호수에 몸을 담그는 대신, 신관들이 인위적으로 띄워 올린 자수정의 빛과 황궁 호수의 물로 축복을 받았다.

세상을 떠난 노룡들의 여의주는 그 빛을 담아낼 성산聖山을 잃은 까닭에, 갈 곳을 찾지 못하고 황궁 숲에 아스라이 흩어져 버렸다.

다마르칸과 그녀 또한 성역에서 들었어야 할 태초의 용울음을 듣지 못하고 황위에 올랐다. 선택받은 자로서의 자격요건을 제대로 갖출 수 없게 되자, 황권 또한 자연히 약화되었다.

「알겠네. 북왕은 그대이니, 그 뜻을 존중하도록 하지. 연통을 기다리겠네.」

테오도라는 다급한 마음을 억누르며 침착하게 답했다. 천만다행하게도 성역은 이제 그들 손에 있었다. 다시는 빼앗기지 않으리란 믿음도 있었다.

무엇보다 아직까지는 시간이 있었다. 9년 혹은 10년. 그 얼마가 될지는 알 수 없을지라도.

「혹 수호주의 행방은 찾지 못하셨습니까.」

묵묵히 듣고 있던 델키온이 물었다.

수호주는 용족 최고의 성물聖物로, 여의주를 수만 개 합친 것보다 밝은 빛을 내는 신성한 구체였다. 성역 중앙의 신성한 호수 위에 높이 떠올라, 지지 않는 보랏빛 태양처럼 북왕궁을 비추었었다.

마룡이란 존재가 등장한 것이 벌써 수천만 년 전이었음에도 불구하고, 천룡들이 성역의 침탈을 전혀 걱정하지 않았던 것은 모두 수호주 덕분이었다.

수호주가 내뿜는 눈부신 보랏빛 광휘가 주위의 마기魔氣를 모두 태워 버려 마룡들은 접근조차 할 수 없었기 때문이다.

하지만 마룡들은 미처 생각지도 못했던 방법으로 수호주를 탈취해 갔다. 직접 접근하지 못하는 대신, 흑주술로 인간들을 조종해 훔쳐 낸 것이었다.

인간은 몸도 영력도 그저 연약할 뿐인 단순한 존재다. 하지만 극도의 어둠을 견뎌 내지 못하는 천룡이나 극렬한 빛을 견뎌 내지 못하는 마룡과 달리, 그 어떤 빛도 어둠도 모두 견뎌 낼 수 있는 크나큰 장점이 있었다.

수호주를 빼앗긴 천룡들은 빠르게 힘을 잃어 갔다. 그리고 그때에야 알았다. 수억 년간 단 한 순간도 고갈된 적 없었던 용력의 원천이 수호주에 있었다는 걸.

「북해의 어느 곳에도 수호주의 흔적은 없었습니다. 이미 파괴한 지 오래일지도 모르지요.」

지슈카는 다시 홀로그램 영상이 흘러나오기 시작한 크리스털 벽면을 날카롭게 스쳐보며 무심히 말했다. 영상은 북해의 최북단인 하란섬을 비추고 있었다.

델키온은 진중한 얼굴로 고개를 저었다.

「아니요, 수호주는 성스러운 빛 그 자체입니다. 파괴하고 싶다고 파괴할 수 있는 그런 물건이 아니지요. 분명 은밀한 어딘가에 깊이 감춰 두었을 것입니다.」

「그럴지도 모르지요. 허나 당분간은 알아낼 수 있는 방법도 사라졌습니다. 연통으로 말씀드렸다시피 마룡왕 셰이곤을 놓친 까닭에.」

목소리는 지극히 냉정했으나, 지슈카의 눈에선 차가운 불꽃이 번득이다 사라졌다. 놈을 제거하지 못했다는 분노가 고스란히 느껴지는 순간이었다.

마룡왕 셰이곤.

극악한 그 이름이 들려오기 무섭게, 텔키온은 무심결에 눈을 가린 안대를 문질렀다. 전쟁의 상흔이 남은 왼쪽 눈에서 지끈거리는 고통이 밀려들었다.

「서해로 숨어들어 간 것입니까.」

「아마도 대륙에 있을 겁니다. 서해도 남해도 놈에게 안전한 곳은 못 될 테니까.」

「하긴, 추적을 피하려면 인간들 사이에 섞이는 게 가장 유리하겠지요. 단기간에 급격히 세력을 다시 키우려면 희생 제물도 많이 필요할 테고.」

「대륙에 피바람이 불겠군.」

테오도라가 굳은 얼굴로 무겁게 말을 뱉었다. 셋 사이에 잠시 침묵이 흘렀다.

「행방을 찾고 있는 중이니 반드시 잡을 겁니다. 셰이곤을 제거하지 못하면 놈들의 절멸도 불가능하겠지요.」

홀로그램 영상을 확인하던 지슈카가 단호하게 말하며 천천히 일어섰다. 흔들림 없는 은청색 눈동자가 날카롭게 빛났다.

테오도라는 그 눈빛에서 오싹한 한기를 느꼈다.

절멸이라. 마룡 세력의 절멸이 불가능하리라는 건 그도 알고 그녀도 알았다. 결국 모든 것을 뒤로 미룬 채, 평생을 마룡 사냥에 바치겠다는 건가.

「북해의 백성들은 언제쯤 다시 고향으로 돌아올 수 있겠는가.」

테오도라는 불안을 감추며 넌지시 치세에 대한 얘기를 꺼냈다. 이제는 지슈카가 전장을 떠나 안정을 찾기를 바라는 마음이었기 때문이다.

「이주는 당장이라도 가능합니다. 이미 조용히 북해로 들어온 백성들도 꽤 되니까요. 허나 안전을 보장할 만큼 상황이 안정되려면 최소 2, 3년은 걸릴 겁니다.」

　지슈카가 고저 없는 목소리로 대답해 왔다.

「그런가. 타지를 전전하며 고향으로 돌아갈 날만을 손꼽아 기다려 온 백성들이 수백만이네. 용족 휘하의 종족들까지 포함하면 수십억은 되겠지. 모두가 그대를 지극으로 칭송하며 성군으로 받들 준비를 하고 있다네.」

　테오도라는 기꺼운 얼굴로 조용히 상황을 말해 주었다.

　만 년, 아니 용족의 역사를 통틀어 이토록 위대한 승리를 가져온 전례는 찾아보기도 힘들었다. 당연히 백성들은 열화와 같이 들끓고 있었고, 그토록 추앙하는 북왕이 공식적으로 모습을 드러낼 날만 애태워 기다리고 있었다.

　하지만 지슈카는 하나 달가워하는 기색이 없었다. 오히려 눈빛을 굳히며 어두운 얼굴을 했다.

「이미 연통으로 말씀드리지 않았습니까. 제가 왕으로 즉위한 것은 단지 북해 전역이 천룡의 지배하에 들어왔음을 만천하에 공표하기 위해서였을 뿐입니다.」

「무슨 뜻으로 하는 말인가.」

「제가 북왕으로 있는 것은 마룡들의 세를 온전히 제거해 낼 때까지란 뜻입니다. 안정화된 북해에서 현명하게 백성들을 다스릴 용재龍材들은 많겠지요.」

「말도 되지 않는 소리!」

테오도라는 그의 말이 채 끝나기도 전에 버럭 목소리를 높이고 말았다.

언제까지 다마르칸의 망령에 그리 휘둘릴 작정이란 말인가. 그토록 믿었던 그가 그렇게 세상을 떠나 버린 지금, 용족이 기댈 곳은 이제 지슈카밖에 없었다. 고결한 세인트드래곤의 마지막 혈통이자, 그들에게 남아 있는 유일한 희망.

테오도라는 격해지는 마음을 꾹꾹 누르며 차분하게 다시 말을 이었다.

「그대는 이미 유례없는 전설을 탄생시킨 사해四海의 대영웅이네. 진정 북해의 백성들이 그대 아닌 누군가를 왕으로 받들 수 있으리라 생각하는가? 아직도 예전의 일이 그대에게……」

「전하!」

그 순간 바깥에서 다급히 지슈카를 부르는 소리가 들렸다. 근위대장 홀의 목소리였다.

「보았다. 의전관을 불러라.」

지슈카는 냉정한 얼굴로 밖을 향해 짤막하게 답했다. 그리고 테오도라를 향해 정중히 고개를 숙였다.

「결례를 용서하십시오. 이만 나가 봐야 할 듯싶습니다.」

「침입인가.」

상황을 눈치 챈 테오도라가 물었다.

「예. 의전관이 곧 올 겁니다. 둘러보고 싶으신 곳이 있으면 말씀하십시오.」

「아니, 그럴 필요 없네. 우리도 이만 가야겠네. 오늘은 그대를 보러 온 것이니.」

56

테오도라는 굳었던 얼굴을 풀며 그를 향해 침착하게 미소 지었다. 그 말은 사실이었다. 지난 400년 동안 행여 그에게 무슨 일이 생길까 노심초사하지 않은 날이 없었다. 악몽으로 깨어난 밤만도 수천 밤은 될 것이었다.

「허면 군사들을 불러 황궁까지 모시도록 하겠습니다.」

「그리해 주면 고맙겠네. 그리고…….」

테오도라는 오른손을 펼쳐서 그에게 주려고 가져온 물건을 불러들였다.

곧 빈 손 위에 자개로 화려하게 조각된 금빛 함函이 나타났다. 그녀는 우아한 손길로 함을 내밀었다.

「해련차海蓮茶네. 그대가 없는 황궁에서도 100년마다 꽃이 피었지. 차와 함께 풍경을 담아 왔으니 그리울 때 한 번쯤 보아도 좋을 것이네.」

함을 받아 드는 지슈카의 눈에 아련한 빛이 스쳐 갔다. 찰나의 순간이었지만 테오도라는 놓치지 않았다. 비록 그리 매정하게 등 돌리고 떠났을지언정, 태어나 7000년이 넘는 세월을 살아온 황궁이었다. 어찌 그립지 않았을까.

「그대가 아끼던 해월과海月果를 가져오고 싶었네만, 그 나무는 이제 늙어서 열매가 달리지 않아. 해련 정원은 마리엘이 잘 돌보고 있네.」

「그렇습니까.」

「이젠 황궁에 한 번쯤 들를 때도 되지 않았나. 모두가 그대를 그리워하고 있다네.」

「……차는 감사히 잘 마시겠습니다. 그럼 살펴 가십시오.」

지슈카는 허리를 굽혀 인사를 건넸다. 무언가 더 할 말이 있는 듯했지만 망설임은 찰나였다. 곧 군장을 챙겨 들고는 한시가 바쁜 듯 미련 없이 나가 버렸다.

「전하, 최북단의 하란섬입니다!」

바깥에서 다급히 울리는 근위대장의 목소리가 흘러들었다. 침착하게 이런저런 지시를 내리는 지슈카의 목소리가 들렸고, 이내 멀어져 갔다.

델키온은 지슈카가 신경을 곤두세우던 크리스털 벽의 영상을 쳐다보았다. 홀로그램 영상이 비추고 있는 하란섬엔 별다른 변화가 없어 보였다.

「뭐가 보이기는 하는 것인가?」

테오도라가 옆으로 다가서며 물었다. 무심히 고개를 젓던 델키온은 그제야 무언가를 발견하고 감탄사를 뱉었다.

거친 파도에 휩쓸리는 작고 하얀 점.

보일 듯 말 듯 눈에 잘 띄지도 않는 미미한 점이었다. 눈을 부릅뜨며 자세히 바라보니, 그 점은 순식간에 일곱 개에서 열두 개로, 다시 스무 개로 불어났다.

「물고기 같습니다.」

용력으로 홀로그램을 확대해 가며 다각도로 살핀 끝에 델키온이 내린 결론이었다.

「물고기?」

「예. 마룡의 독기로 죽어서 떠오르는 물고기들 말입니다.」

「그것으로 마룡들이 모습을 드러내기도 전에 미리 침입을 알아차린다? 이거야 원. 정말로 전투 귀신이 다 되었군.」

테오도라는 기막힌 마음에 피식 웃으며 고개를 절레절레 저었다.

「그러게 말입니다.」

델키온도 동감하며 고개를 끄덕였다. 하지만 어딘지 개운치 못했다. 전장의 지배자로 우뚝 선 지슈카가 몹시도 대견하고 자랑스러웠지만, 한편으로는 씁쓸한 기분이 들었기 때문이다.

어릴 적 그토록 그를 피해 다녔던 지슈카는 음악을 사랑하고 하프를 즐기던 온화한 존재였다.

용력은 고강했지만 전투에는 약했다. 상어에 쫓기는 작은 물고기들이 안쓰러워 산호 밭을 만들어 준다거나, 해류를 바꾸어 준다거나, 심지어는 해저산맥을 새로 만들고 지형을 완전히 뒤바꿔 버리거나 하는 데 온 영력을 쏟았기 때문이다.

누구의 피도 보고 싶어 하지 않았고, 잔혹한 전투 훈련엔 몸서리를 쳤다. 당연히 그가 가르쳤던 황궁의 전투수업은 늘 지슈카의 기피 대상이었다.

용력으로 발현시켜야 할 검 대신 꽃을 피워 올렸고, 파괴력을 불어넣어야 할 전자기 필드엔 고래들이 좋아하는 음악을 불어넣어 춤추게 했다.

전투엔 영 소질이 없었지만 사랑스러웠다. 누구보다 정이 많고 생명을 귀히 여기는 아이였으니까. 선대 용제가 나락으로 치달아, 최악의 모습으로 세상을 떠나기 전까지는 분명 그랬다.

「황제 폐하를 뵈옵니다!」

곧 지슈카가 보낸 군사들 수십이 궁으로 들었다. 은빛 기갑으로 철저하게 무장한 그들은 검을 세워 무릎을 꿇으며 지극한 예를 갖췄다.

쩌렁쩌렁 울리는 목소리들에선 하늘을 찌를 듯 당당한 기백이 넘쳐흘렀고, 움직임 하나하나에선 엄청난 결기가 뿜어져 나왔다. 지슈카가 피땀으로 처절하게 키워 냈을 군사들이었다.

괜스레 눈가가 아려 와서, 델키온은 슬며시 뒤돌아 눈을 꾹꾹 눌렀다.

벽면의 홀로그램 영상에선 마침내 모습을 드러낸 마룡 떼가 하란섬을 공격하고 있었다. 검은 독기와 시뻘건 화염, 지겹도록 보아 온 어둠의 생명체들이 영상 속에서 어지럽게 움직이고 있었다.

곧 푸른 결계로 감싸인 은빛 철갑의 함선이 그들을 향해 맹렬하게 돌진해 왔다. 배에서 흘러나온 새하얀 눈보라가 폭풍처럼 몰아치더니, 마룡들의 주위를 격렬하게 휘감아 돌았다.

이윽고 배의 선두에 늠름히 선 사내에게서 푸른빛의 날카로운 전자기파가 쏘아져 나왔다. 번개처럼 번득이는 전자기파는 거대한 눈보라를 가시넝쿨처럼 휘감으며 순식간에 거침없이 퍼져 나갔다.

눈보라 속에서 광대한 폭발이 인 것은 그다음이었다. 파편처럼 흩어지는 눈보라와 얼음 조각들 사이로 시커먼 형체들이 갈가리 찢겨져 나갔다.

불을 뿜으며 황급히 날아오르는 마룡들을 얼어붙은 창처럼 드높이 솟아오른 파도가 곳곳에서 꿰뚫어 버렸다.

델키온은 흔들리는 뱃전에서 푸른 망토를 휘날리며 유유히 서 있는 사내를 아련하게 눈에 담았다. 전투로 단련된 넓은 등에선 냉혹한 위엄이 묻어났으며, 번개를 부르고 바다를 움직여 마룡들을 순식간에 도살해 나가는 모습에선 섬뜩함마저 느껴졌다.

델키온은 양손으로 얼굴을 쓸어 마른세수를 하고는 황제를 호위하는 군사들을 따라 삭막했던 궁을 나왔다. 여리고 여렸던 그의 황자를 이제는 기억 속에서 떠나보내야 할 모양이었다.

정 많고 다감하던 그의 사랑스러운 3황자는 이제 그 어디에도 없었다.

지슈카 폰 세인트드래곤.

마룡의 절멸만이 유일한 생의 목표가 되어 버린 전투 귀신, 북해의 주인만이 남아 있었다.

＊

북해빙성의 청금빛 하늘에 달이 떠올랐다. 희미하게 흩날리던 눈보라는 어느새 그쳐 있었다.

어둠속에서 뒤척이던 지슈카는 결국 잠을 이루지 못하고 몸을 일으켰다. 400년간 드문드문 이어지던 불면의 밤이 근래 들어 더욱 잦아지고 있었다.

통증이 밀려드는 가슴을 움켜쥐며 침대 옆을 더듬어 약통을 찾았다. 상비해 둔 환약을 한 주먹 입에 털어 넣고는 양손 가득 얼굴을 묻었다. 온몸에 꿈틀대는 독기가 또다시 고통을 불러일으키고 있었다.

「또 고통이 심해지신 겁니까.」

어둠 속에서 목소리가 들렸다. 근위대장 휼이었다. 워낙 그림자처럼 움직이는 그였기에 언제부터 이곳에 들어와 있었는지 알 수 없었다.

지슈카는 몸을 곧게 일으키며 굳은 얼굴로 말을 꺼냈다.

「또 몰래 숨어든 것인가.」

「숨어들다니요. 전하의 곁을 지키는 것이 제 임무입니다.」

소리 없이 다가온 휼이 물을 건네며 담담히 말했다.

「그대는 잠도 없는가. 매일 밤을 이리 보내니.」

「틈틈이 잘 자고 있습니다.」

지슈카는 물을 한 모금 들이켜며 쓰게 웃었다. 들려오는 대답은 늘 정중했지만 그다지 살갑지는 않았다. 그것이 휼을 신뢰하는 이유이기도 했다.

황자 시절부터 1000년이 넘는 세월을 함께해 왔지만, 휼은 언제나 한결같았다. 누구의 눈치도 보지 않고 제 할 말을 다 했다. 심지어 황제 앞에서조차도.

물 잔을 내려놓으며 바라보니, 휼은 경계 어린 눈으로 창밖을 살피고 있었다. 깔끔하게 빗어 넘긴 금갈색 머리는 변함없이 단정했고, 깊은 녹색의 눈동자에선 믿음직스런 신중함이 묻어났다.

창밖엔 까마귀가 여러 마리 날아들어 있었다. 세력 다툼을 하는지 서로를 공격하며 떠들썩한 소리를 냈다. 아마도 성역에서 흘러든 녀석들일 터였다.

한데 까마귀가 어찌 여기까지 왔을까.

성역에 쳐 둔 결계는 흑주술의 마기를 막는 용도라, 까마귀가 넘나들지 못할 이유는 없었다. 하지만 북해빙성을 점거해 온 지난 석 달 반 동안, 까마귀들이 성역 밖으로 나온 적은 단 한 번도 없었다.

문득 이상한 기분이 들었다. 지슈카는 크리스털 벽면에 용력을 흘려보내 성역의 홀로그램을 불러들였다.

「성역은 그만 들여다보시고 좀 쉬시지요. 정찰대가 밤낮으로 살피고 있지 않습니까.」

어느새 다가온 흉이 불꽃을 띄워 주위를 밝히며 말했다.

「마음에 걸리는 것이 있다.」

「까마귀 말씀입니까.」

「그대 역시 찜찜했었군.」

지슈카는 탁자로 다가가 앉아 홀로그램을 유심히 살폈다.

성역에 별다른 변화는 없어 보였다. 여전히 공중에는 마룡들이 설치해 둔 붉은 격자망이 실처럼 촘촘히 뒤얽혀 있고, 검붉은 호수 위에는 핏빛의 무수한 펜타스컬들이 허공을 떠다니고 있었다. 수십 번을 제거했어도 수십 번을 되살아난 그것들이었다.

펜타스컬Pentaskull은 마룡들이 사용하는 흑주술의 표식으로, 5각별을 뒤집은 역오망성에 마룡의 머리뼈와 날개가 결합된 그로테스크한 문양이었다.

마룡들은 여기에 마력을 불어넣어 갖가지 기괴한 주술을 걸어 두는데, 걸려 있는 주술이 무엇인지는 결과가 나타나기 전엔 알 수 없었다.

그는 펜타스컬 아래서 검붉게 물결치는 광대한 호수를 눈에 담았다.

티아마트의 진주.

오랫동안 성역 속의 성역으로 군림해 왔던 신성한 호수의 본래 이름은 그랬다. 태초의 용이라는 티아마트에게서 비롯된 이름이었다. 본디는 찬란한 무지갯빛으로 빛났을 신성한 호수는 이제 온통 마룡들의 탁기로 물들어 도무지 신성이라고는 찾아보기 힘들었다.

마룡들은 대체 이곳에서 무슨 일을 벌인 것일까. 어째서 잔혹한 흑주술의 흔적들은 사라지지도 않는 것일까.

욱.

생각은 더 이어지지 못했다. 가슴의 통증이 또다시 극심하게 밀려들었다. 지슈카는 숨을 깊이 몰아쉬며 가슴을 움켜쥐었다.

지난날 뼛속까지 깊이 베였던 가슴의 상처는 세월이 아무리 흘러도 아물지 않았다. 아물기는커녕, 나날이 새로운 고통을 끌어들이며 그 영향을 점점 더 확대해 가고 있었다.

고도의 신성력이 만들어 낸 상처였다. 그가 지닌 용력을 모조리 쏟아붓는다 해도 종국에는 이른 죽음을 피해 갈 수 없을 것이다. 그나마 그때 즉사하지 않은 건 그가 용 중의 용이라는 세인트드래곤의 혈통이기 때문이었다. 보통의 천룡들보다 몇 배는 강한 용력을 지닌.

「괜찮으십니까.」

휼이 가까이 다가오며 물었다. 지슈카는 단호히 손을 펼쳐 그의 접근을 막았다. 아무리 신뢰하는 그라고 해도 더 이상의 개입은 원치 않았다.

「곧 나아질 것이다.」

「용력을 넣어 드리겠습니다.」

「되었다. 하루 이틀도 아니고.」

지슈카의 목소리는 냉랭하고 확고했다. 그 이상 말을 꺼내지 말라는 명백한 거절.

휼은 얼굴을 굳히며 몇 걸음 뒤로 물러섰다.

왕은 늘 그랬다. 고통이 엄청날 것이 분명한 데도 앓는 소리 한 번을 내지 않았다. 그가 주는 용력을 받은 것도 400년간 단 세 번뿐이었다. 그것도 전투에 지장이 생길 만큼 상태가 극히 악화되고 난 후에.

고통을 밖으로 드러내는 것도 오직 그와 단둘이 있을 때뿐 이었다. 만약 이곳에 또 다른 누군가가 있었다면 미미한 티조 차 내지 않았을 것이다.

흏은 더 말하는 대신, 묵묵히 황제가 선물한 해련차와 다기 를 가져왔다. 용력으로 물을 끓여 탕관에 채우고, 차를 수북이 떠서 망에 담았다. 황제가 다녀갔던 보름 전부터 그가 매일 해 오던 일이었다.

해련차의 그윽한 향기가 퍼지기 시작하자, 고통으로 찌푸려 졌던 지슈카의 얼굴이 조금 펴졌다.

다행이라 생각하며 흏은 그의 움직임을 살폈다. 시선이 다 른 곳으로 향해 있는 것을 확인하면서, 우려낸 찻물에 자신의 용력을 몰래 실었다. 강하게 넣으면 금세 눈치챌 터라, 넣을 수 있는 양은 미미했다. 그래도 고통을 조금은 덜어 줄 수 있 을 것이다.

「드시지요.」

찻잔에 차를 따르고, 해련꽃도 한 송이 띄워 올렸다. 새로 구한 단약을 그릇에 담아 한편에 함께 놓았다.

예상했던 대로, 지슈카는 차보다 약을 먼저 눈에 담았다. 그 리고 당연한 듯 미간을 구겼다.

「이번엔 또 무슨 약인가.」

「숙면단熟眠丹입니다. 불면에 잘 든다고 하여 수소문해 얻었습니다.」

「또 쓸데없는 일을 했군.」

「잠이라도 깊이 드시면, 자는 동안만큼은 고통을 잊으실 수 있지 않겠습니까.」

「어떤 약도 무용지물인 걸 그간 숱하게 보지 않았는가.」

늘 그렇듯 왕은 미려한 얼굴로 삐딱한 반응을 보였다. 하지만 늘 그렇듯 결국에는 순순히 약을 입에 넣었다.

그럴 줄을 알고서 구해 온 약이었다. 그간의 무수한 전투로 매사에 거칠어진 왕이었지만, 이런 부분에선 예전의 성정이 남아 있어 누군가의 성의를 절대 무시하지 못했다.

약의 쓴맛에 얼굴을 잠깐 찌푸리긴 했어도, 왕은 한결 나아진 표정으로 해련차를 마셨다. 찻잔을 연못 삼아 떠 있는 작은 연꽃을 아련한 눈길로 바라보기도 했다.

휼은 그런 그를 무표정하게 지켜보았다. 하지만 속으로는 다행이라는 생각을 했다. 황제가 왕의 상처에 대해 알고 있을 리 만무했지만, 해련차를 가져온 것은 참으로 탁월한 선택이었다.

해련은 오랫동안 씨앗으로 바다 위를 떠다니다가, 100년에 한 번 꽃을 피우는 황금빛의 작은 연꽃이었다.

3만 년을 사는 용들조차 흔히 보기 힘든 꽃이었기에, 황자 시절의 지슈카는 씨앗을 발견할 때마다 황궁 해원에 가져다 띄워 두고 정성껏 보살폈다.

그것이 모이고 모여서 커다란 정원이 되었다. 애정을 먹고 자란 해련은 나날이 그 수가 늘어나, 수백이 되고 수천이 되었다. 마지막으로 보았던 400년 전에는 수만 송이가 한꺼번에 꽃을 피워 황금빛의 찬란한 물결을 이루었었다.

「펜타스컬의 움직임이 조금 달라진 것 같지 않은가.」

문득 지슈카의 경계 어린 목소리가 들렸다. 횰은 퍼뜩 정신이 들어서 생각을 멈추고 홀로그램으로 눈을 돌렸다.

수천 개의 핏빛 펜타스컬은 여전히 그 자리에 높이 떠 있었다. 성역 중앙의 검붉은 호수 위에.

하지만 움직임은 평소와 달랐다. 어제까지도 가만히 멈춰만 있었던 펜타스컬들은 마치 아메바처럼 천천히 꿈틀거리고 있었다.

「예. 꿈틀대는 듯합니다. 왠지 예감이 안 좋습니다.」

까아악. 까악.

홀로그램에서 갑자기 요란한 까마귀 소리가 흘러든 것은 그 때였다. 새들의 날갯짓소리도 귀에 거슬릴 만큼 커다랗게 울렸다. 홀로그램을 지켜보던 지슈카가 날카로운 눈으로 신경을 곤두세웠다.

호수 위를 맴돌던 까마귀 떼가 시끄럽게 소리를 내지르며 공중으로 날아오르고 있었다. 보통은 숲을 지나 왕궁의 폐허로 날아가기 마련이었지만, 오늘의 움직임은 평소와 많이 달랐다.

횰은 문득 불길함을 느꼈다. 뭔지 모를 스산한 바람이 불고 있었다.

그리고 그 순간이었다. 수만 마리는 족히 될 까마귀들이 일시에 괴이하게 움직이기 시작하더니, 갑자기 공중에 얽혀 있는 붉은 격자망으로 세차게 달려들었다.

참혹한 광경이 펼쳐진 것은 그 직후였다. 격자망에 걸려든 수만의 까마귀들이 사방에서 새카맣게 타들어 갔다. 고통스러운 죽음의 소리가 홀로그램을 통해 어지럽게 흘러들었다.

재가 되어 숨을 거둔 까마귀들의 생명력은 연기처럼 흩날려, 허공을 떠도는 핏빛의 펜타스컬로 남김없이 스며들었다. 기괴하기 짝이 없는 광경이었다.

그리고 갑자기 펜타스컬이 무서운 속도로 번식하기 시작했다. 수많은 까마귀들의 생명력을 흡수해 몸집을 키우며, 순식간에 둘로 넷으로 갈라져 급격히 수를 불렸다. 그리고 호수 위로 우수수 떨어져 내리기 시작했다. 불길한 파란을 예고하는 붉은 비처럼.

「성역으로 가야겠다.」

위험을 감지한 지슈카가 지체 없이 말했다. 그와 동시에 그의 모습이 바로 사라졌다. 푸른빛의 희미한 잔상만이 그 자리에 남았다.

휼은 다급히 용력을 흘려 푸른 원을 그렸다. 즉각적인 텔레포트가 가능한 지슈카와 달리, 보통의 천룡인 그는 게이트를 만들어야만 순간이동이 가능했다.

완성된 푸른 원 안으로 뛰어드는 그의 얼굴에 짙은 긴장이 감돌았다. 오늘따라 고통이 극심해 보이던 왕의 상태가 못내 마음에 걸렸다.

사태는 순식간에 수십만 개로 늘어난 핏빛의 펜타스컬들이 호수로 무수히 쏟아져 내리면서 시작되었다. 검붉은 호수가 더욱 붉어지며 맹렬하게 들끓어 올랐고, 그것을 신호로 광대한 호수 전역에서 마룡들이 튀어나왔다.

그들은 이제껏 상대하던 마룡들과는 결이 달랐다. 결빙結氷

공격에도 얼지 않았고, 강력한 전자기 필드에도 영향을 받지 않았다. 아마도 신성한 호수의 영향인 듯했다. 마룡들이 몸을 담갔던 호수의 신성수神聖水가 공격을 모두 막아 주는 게 분명했다.

그동안 마룡들을 대량 살상하는 데 사용했던 강력한 공격들이 먹히지 않자, 군사들은 활과 창과 검으로 놈들을 일일이 물리적으로 제거하고 있었다.

하지만 마룡들이 나타나는 속도에 비해 제거되는 속도는 몹시 느렸다. 근접전이 길게 이어지면서 놈들의 독기로 인한 피해도 속출하고 있었다. 마룡들은 호수 밑에 포탈을 설치한 게 분명했고, 그것을 폭파시키지 않는 한 놈들은 계속해서 쏟아져 나올 터였다.

그리고 천룡들은 결코 호수를 폭파할 수 없었다. 용력이 부족해서가 아니었다. 신성한 성역 가운데서도 가장 신성한 부분, 용족의 근원이 된 신성한 호수를 파괴한다는 건 성역을 포기한다는 것과도 같았으니까.

「비를 불러야겠다.」

상황을 지켜보던 지슈카가 총사령관을 향해 말했다.

「지금 당장 비를 내리시겠단 말씀입니까.」

총사령관인 페르망이 놀란 얼굴로 말했다.

지슈카는 걱정스러운 얼굴로 쳐다보는 흌의 시선을 피하며 다시 말을 이었다.

「놈들이 뒤집어쓴 신성한 호수의 물이 문제 아닌가. 그 때문에 파괴력 높은 공격들이 안 먹힌다면, 폭우로 신성수를 모두 씻어 버리면 그만이다.」

조용하면서도 위엄 있는 말에 총사령관이 긴장 어린 얼굴을 했다. 그이기에 쉽게 할 수 있는 말이었다. 일반적인 용들은 수십 명이 달라붙어 한참을 공들여야만 겨우 불러들일 수 있는 것이 비였다.

「하지만 비를 내린다 해도 포탈은 막을 수 없습니다.」

휼이 신중한 얼굴로 말했다. 고개를 끄덕이는 지슈카의 입술에 냉혹한 결기가 서렸다.

「포탈은 포기한다. 수만이 튀어나오든 수십만이 튀어나오든 마지막 한 놈까지 모두 제거해 버리면 그만이다.」

「좋습니다. 그보다 확실한 방법은 없겠지요.」

페르망이 빠르게 동의하며 지휘관들을 불러 새로운 작전을 전했다.

지슈카의 손안에선 얼음 불꽃이 푸르게 타오르기 시작했다. 냉랭하게 타오르던 푸른 불꽃은 기나긴 궤적을 그리며 공중으로 드높이 치솟았고, 공기 중의 수증기를 삽시간에 빨아들여 거대한 구름을 형성했다.

하늘을 가득 메운 먹구름이 달을 가리자, 지슈카는 막강한 용력을 실은 전자기파를 구름에 쏘아 보냈다.

폭우가 쏟아지기 시작한 것은 그 직후였다. 현란한 궤적을 그리며 번개가 쳤고, 우람한 소리와 함께 천둥이 울리며 장대 같은 비가 성역을 뒤덮었다.

마룡들은 빗속에서 사납게 날아올랐다. 군사들이 곳곳에서 치열하게 움직이기 시작했다. 내리는 비를 공중에서 결빙시켜 탄환처럼 쏘았고, 무수히 날아간 그것은 마룡들의 몸을 꿰뚫고 날개를 찢었다.

궁수대는 전류에 휘감긴 화살들을 호수로 맹렬하게 쏟아부었다. 용력을 실은 불꽃들이 사방에서 어지럽게 날았다. 거대하게 형성된 전자기필드가 비를 타고 번개처럼 퍼져 나가 놈들을 일거에 태워 버렸다.

문제의 쌍두룡이 나타난 것은 그 즈음이었다. 마룡들이 나타나는 속도보다 제거되는 속도가 훨씬 빨라졌을 즈음.

「어마어마한 쌍두룡입니다!」

군사들의 외침이 경악스럽게 울렸다.

요란한 괴성과 함께, 놈은 호수 깊은 곳에서부터 거대한 섬처럼 떠올랐다. 몸집은 일반 마룡의 열 배는 되는 듯했고, 두 개의 머리는 사방을 향해 화산처럼 불을 뿜었다.

곧바로 군사들 수십이 달려들었으나, 놈의 상대는 되지 못했다. 육중한 덩치에도 불구하고 놈은 비호처럼 날렵하게 움직였다. 강력한 화염을 미처 피하지 못한 군사들 몇이 순식간에 시뻘건 불길에 타들어 갔다.

쌍두룡은 폭우를 가르며 맹렬히 날아들고 있었다. 목표가 분명한 듯, 두 개의 머리에서 번득이는 네 개의 짙붉은 눈동자가 지슈카를 향해서 날카롭게 불타오르고 있었다.

「놈은 내가 상대하겠다.」

당연한 듯 바로 검을 뽑아 드는 흉을 밀어내며 지슈카가 나섰다.

혹 저놈이 셰이곤일까.

단숨에 쌍두룡에게 달려들면서 지슈카는 생각했다.

악명 높은 그 이름에도 불구하고, 마룡왕인 셰이곤의 본신에 대해 알려진 바는 전혀 없었다.

전투에서 목격될 때는 늘 탈취한 인간의 몸을 빌려서 나타 났고, 그마저도 매번 다른 인간의 몸이었기 때문이다. 때로는 소년이기도 했고, 때로는 노신사의 몸이기도 했다.

공중으로 솟아오른 지슈카의 손에서 푸른 불꽃이 빠르게 소 용돌이를 그렸다. 쌍두룡을 향해 광속으로 내쏘아진 그것은 놈 의 몸을 순식간에 휘감으며 거대한 전자기 폭풍을 이루었다.

쌍두룡은 비명을 토해 내며 격렬하게 날아올랐다. 놈의 거 대한 양쪽 머리가 맹렬하게 꿈틀대며 공격해 왔다. 날카로운 이빨을 드러낸 입에서 짙붉은 화염이 폭발을 일으키듯 광대하 게 쏟아져 나왔다.

지슈카는 가뿐히 화염을 피했다. 양쪽에서 산처럼 덮쳐드는 거대한 머리들을 쉴 새 없이 피하며, 용력으로 성검을 소환했 다. 푸른 불꽃을 내며 타오르는 검을 굳게 쥔 채로, 적절한 기 회의 순간을 기다렸다.

그리고 마침내 놈의 왼쪽 목에서 빈틈을 발견하던 순간이었 다. 그는 찰나를 놓치지 않고 놈의 목에 세차게 검을 박아 넣 었다. 푸르게 타오르는 성검이 철갑처럼 단단한 목줄기를 깊게 뚫었다.

쌍두룡의 비명이 천둥처럼 울렸다. 격렬한 몸부림에 빗줄기 가 사방으로 튀었다.

지슈카는 박아 넣은 검을 바로 빼지 않았다. 대신 주위에 강 력한 방어막부터 형성했다. 그 자체가 맹독인 마룡의 피가 주 변으로 튈 경우, 주위의 군사들이 위험해질 것이기 때문이었 다.

마침내 방어막을 완성한 그가 검을 비틀어 뺀 순간, 놈의 목에서 검붉은 피가 폭포처럼 뿜어져 나왔다. 쌍두룡의 비명이 천지를 울리고 있었다.

욱.

다시 공격해 들어가려던 지슈카는 더 나아가지 못하고 가슴을 움켜쥐었다.

오늘따라 세차게 밀려들던 가슴의 통증이 더욱 심해지고 있었다. 게다가 머리까지 웅웅 울려 의식이 또렷하지 않았다. 비를 내리느라 용력을 많이 소진한 것도 한몫을 했을 것이다.

지슈카는 다시 전의를 가다듬었다. 독기 어린 마룡의 피에 타들어 가기 시작한 방어막을 치밀하게 복구해 가며, 놈의 목을 단숨에 베어 버릴 준비를 했다.

하지만 그는 더 공격을 할 수 없었다. 별안간 쌍두룡의 모습이 사라졌기 때문이다.

「놈이 사라졌습니다!」

당혹스런 군사들의 외침이 들렸다. 놈의 비명도 더는 들리지 않았다. 거대한 마룡이 몸부림치던 자리엔 아무 일도 없었다는 듯 빗줄기만 세차게 내리치고 있었다.

텔레포트인가.

여태껏 특별한 장치 없이 순간이동을 해내는 마룡은 본 적이 없었다. 하지만 놈은 펜타스컬조차 쓰지 않고 가뿐히 모습을 감췄다. 신성한 호수가 놈들의 능력을 크게 강화시켜 낸 것이 분명했다.

당황하는 대신, 지슈카는 용안龍眼으로 쌍두룡의 자취를 더듬어 곧바로 추적을 시작했다. 놈이 흩뿌리고 다니는 독기 어린 피만으로도 북해빙성 전역이 큰 피해를 입을 수 있었다.

하지만 근처에서 발견될 거라 생각했던 놈의 흔적은 놀랍게도 300킬로미터나 떨어진 먼 곳에서 발견되었다. 광대한 북해 빙성을 한참이나 넘어선 곳이었다.

「안 됩니다, 전하! 추적은 포기하십시오!」

걱정스레 울리는 휼의 목소리를 지슈카는 무시했다. 그리고 지체 없이 놈의 흔적을 따라 공간을 이동했다.

하지만 놈의 텔레포트는 한 번으로 끝나지 않았다. 그에게 발견될 때마다 다시 광대한 거리를 텔레포트해 가며 수십 번 몸을 피했다.

지슈카는 놈을 발견하는 즉시 움직임을 묶기 위해 빠르게 결계를 쳤지만, 번번이 수포로 돌아가고 말았다. 믿을 수 없게도 놈의 이동 속도가 매번 한 박자 빨랐기 때문이다.

그를 뒤쫓던 지슈카가 마침내 결계로 쌍두룡의 움직임을 묶는 데 성공한 곳은 북해도 아닌 동해의 어디쯤이었다. 눈보라가 세차게 몰아치는 태평양 가장자리의 이름 모를 어느 곳. 족히 1만 킬로미터는 이동해 온 것 같았다.

대체 어디쯤일까.

천지를 하얗게 뒤덮은 눈보라 때문에 정확한 위치는 알 수 없었다. 까마득히 아래서 검푸르게 출렁이는 바다와 함께, 어슴푸레한 대륙의 끝자락이 보였다.

지슈카는 거대한 화염을 뿜으며 맹렬히 공격해 오는 쌍두룡을 바라보며 손에서 푸른 불꽃을 피워 올렸다. 사파이어 빛으로 타오르던 눈부신 불꽃은 순식간에 강력한 전자기장을 형성하며 사방으로 뻗어 나갔다.

온 하늘에 번개가 일고 천둥이 쳤다. 흩날리는 눈보라 속에

서 놈의 괴성이 격렬하게 울렸다. 지슈카는 몰아치듯 그를 공격해 오는 거대한 머리들을 피하며 전자기파를 단숨에 쏘아 보냈다.

새파란 불꽃을 튀기며 흐르는 강력한 전류가 거대한 쌍두룡의 몸을 사슬처럼 옭죄어 들었다.

놈은 미친 듯이 발버둥 쳤다. 하지만 무너지지는 않았다. 금방이라도 공중에서 떨어져 내릴 줄 알았건만, 오히려 화염을 사방으로 뿜어내며 강력한 방어막을 형성해 냈다. 결국 검으로 베어 내야 숨이 다할 모양이었다.

지슈카는 재빨리 용력으로 검을 소환해 냈다. 푸르게 타오르는 검을 굳게 말아 쥐고서 놈의 목줄기를 노려보며 세차게 날아올랐다.

가슴에서 엄청난 통증이 밀려든 것은 다음 순간이었다. 파랗게 날 선 검이 채 놈의 방어막을 뚫기도 전에.

뒤이어 머리가 아찔해 오며 의식이 흐릿해 졌다. 갑자기 온몸에서 힘이 빠져나가고 있는 것만 같았다.

중심을 잃은 몸이 검의 무게를 이기지 못하고 휘청거렸다. 머리를 흔들어 정신을 차리려 했지만 모두 소용없었다.

쌍두룡은 그 틈을 놓치지 않았다. 놈의 머리가 격렬하게 요동치며 거대한 불을 뿜었다. 뜨거운 화염이 파도처럼 덮쳐들며 주위를 가득 메웠다.

피했던가. 아니 피하지 못했던가.

머릿속이 안개가 낀 듯 아득해서 판단이 되지 않았다. 방어막을 쳤는지조차 생각이 나지 않았다. 의식이 점점 멀어져 가고 있었다.

마지막으로 떠오른 것은 휼의 모습이었다. 곁에 있었더라면 지체 없이 몸을 날려 그를 감쌌을 휼.

그리고 사방이 깜깜해졌다. 깊고 깊은 어둠이 그를 아래로 아래로 끌어당겼다. 생각은 그것이 끝이었다. 곧 의식이 끊겨 버렸다.

2. 감자와 소녀

붉디붉은 소녀의 머리카락이 바람에 길게 나풀거린다. 진홍빛 눈동자가 햇빛에 영롱하게 반짝거렸다. 작은 손에 쥐어진 갖가지 꽃들, 싱그러운 풀잎과 약초의 냄새.

환하게 웃던 붉은 머리의 소녀는 오래된 도시의 골목골목을 빠르게 내달려갔다. 성문 앞을 지나고 포도밭을 지난다. 수도원을 지나고 양조장을 지났다. 마침내 넓은 강이 보이는 석조다리 위에서 발을 멈춘다.

다리의 난간에 턱을 괴고서, 소녀는 선착장으로 들어서는 배들을 한참이나 바라보았다. 저물어 가는 보랏빛 노을을 황홀한 눈으로 바라보기도 했다.

그리고 또다시 달렸다. 다리를 건너 광장으로, 붉은 지붕의 집들을 지나 교회로, 드높은 시계탑을 지나 가문비나무 숲으로.

지슈카는 이 이야기의 끝을 알고 있었다. 고통스러운 소녀의 마지막 모습도. 그러니 숲으로 가는 것을 말려야 했다.

'⋯⋯루.'

그는 애타게 소녀를 불렀다. 하지만 소녀는 결코 뒤돌아보지 않았다.

마차가 지나고 병사들이 지났다. 물결치는 붉은 머리가 점점 더 멀어져 갔다. 숲으로 사라지는 소녀의 뒷모습이 흐릿해졌다.

가슴께가 고통으로 묵직해져 왔다. 그는 소리 높여 소녀를 불렀다. 부르고 또 불렀지만, 소녀는 끝내 다시 모습을 드러내지 않았다.

늪과도 같은 짙은 어둠이 덮쳐들었다. 의식이 파도처럼 떠오르다 가라앉기를 수없이 반복했다.

어둠은 길고 길었다. 영원히 벗어날 수 없을 것만 같은 질긴 어둠이었다.

⋯⋯사각사각. 사각사각.

어디선가 희미하게 소리가 들렸다. 어렴풋이 들리는 멀고 먼 소리. 무언가가 사각대는 싱그러운 소리.

소리는 오래지 않아 끊겼다. 그 대신 달착지근한 무언가가 입안에 한가득 밀려들었다.

해월과일까. 아니, 비슷하지만 다른 맛이었다.

지슈카는 무의식중에 경계하며 입안으로 밀려든 것을 혀로 밀어내었다. 하지만 우악스러운 손길이 입을 덮으며 정체 모를 내용물을 다시 깊숙이 밀어 넣었다. 결국 삼키고 말았다.

"와! 삼켰다, 삼켰어!"

희미하게 들려오는 누군가의 목소리. 그리고 또다시 입안으로 밀려드는 달착지근한 그 무엇.

맛이 나쁘지는 않았기에 그는 순순히 받아 삼켰다. 아니, 아주 맛있었다.

다디단 그것이 몇 번 더 입안으로 흘러들더니, 머리카락처럼 간질간질한 무언가가 코끝을 스쳤다. 그리고 따뜻함이 느껴지는 무언가가 가슴에 한참이나 닿아 있었다.

"근데 심장은 왜 아직도 이러지. 한 번 더 CPR을 해 봐야 하나."

중얼중얼 흘러드는 작은 목소리. 옷깃이 스치는 부산한 소리. 그와 동시에 무언가가 힘차게 가슴을 내리 눌렀다.

한 번, 두 번, 세 번……. 그것은 끊임없이 가슴을 내리쳐 왔다. 미약한 힘이라 고통은 없었지만 깊은 잠을 자꾸 방해받자 슬슬 짜증이 났다.

한참을 이어지던 압박이 잠시 그치는 것 같았다. 그러더니 가슴에 또다시 따뜻한 것이 닿아 왔다. 보드랍고 포근한 그 무엇이었다. 다시 깊은 잠을 불러들이는.

"이상해, 이상해. 심장이 왜 이렇게 제대로 안 뛰지? 어휴, 진짜 그것까지 해 봐야 되나."

난감한 목소리가 가슴 위에서 옅게 울렸다. 차가운 무언가가 이마와 턱을 눌렀다.

그리고 별안간 입술에 촉촉한 것이 닿아 왔다. 차갑지만 보드라운 그 무엇.

말캉말캉한 그것은 그의 입술을 조심스레 벌리고 길게 공기를 불어 넣었다. 밀려드는 따뜻한 공기에선 달콤한 향내가 났다. 무엇보다 몇 번이나 삼켰던 아까의 달착지근한 맛이 느껴졌다.

다디단 그 맛을 잃기 싫어서, 지슈카는 떨어져 나가려는 촉촉한 그것을 입술로 붙들어 깊게 삼켰다. 혀를 깊숙이 넣어서 달콤한 그 맛을 모조리 빨아 마셨다.

"꺄아아아아!"

경악스러운 비명과 함께, 머리에 강한 충격이 느껴진 것은 그 순간이었다. 결코 깨고 싶지 않았던 달고 포근한 잠이 서서히 달아나고 있었다.

그는 눈살을 찌푸리며 어렵사리 눈을 떴다. 흐릿하던 시야가 또렷해지는 데는 시간이 조금 걸렸다. 이토록 깊은 잠에 빠져들었던 것이 대체 얼마 만인지 알 수 없었다.

"아저씨, 미쳤어요? 와! 다 죽어 가는 걸 살려 놨더니 진짜. 이건 뭐 양심도 없고."

마른세수를 하며 일어나 앉아 정신을 차리려는데, 옆에서 시끄러운 소리가 웅웅 울렸다.

"와! 은혜를 원수로 갚아도 유분수지. 어떻게 생명의 은인한테 이런 몹쓸 짓을……."

그는 소리의 근원지로 불쑥 시선을 돌렸다. 종알대던 누군가와 눈이 마주친 순간, 쉴 새 없이 쏘아 대던 목소리가 딱 끊겼다.

원망과 놀람을 가득 담은 새까만 눈동자가 또렷이 그에게로 향해 있었다.

낯선 얼굴이었다. 용의 기운이 전혀 느껴지지 않는 검은 머리의 여자아이.

인간……?

몇 번을 확인해 보아도 인간임이 분명했다. 그것도 기껏해야 세상을 고작 15년쯤 살았을 천진한 얼굴의 꼬꼬마 인간.

그런데 인간이 대체 왜 여기에…….

"에에, 파란 눈?"

유심히 그를 쳐다보던 소녀가 당혹스러운 얼굴을 했다. 부산스레 일어나 종종대더니, 방 안을 밝히던 작은 불빛을 집어 들고 그를 향해 이리저리 비추어 댔다.

"와. 진짜 파란색이네. 아저씨 외국인이었어요? 에, 그러니까…… 캔 유 스피크 코리안?"

지슈카는 소녀의 목소리를 흘려들으며 날카롭게 주위를 살폈다. 온통 낯선 풍경이었다. 궁이 아닌 건 분명했고, 어딘지도 알 수 없었다.

어두컴컴한 방 안엔 초가 여러 개 밝혀져 있었다. 뭔가가 건물을 흔드는 듯 사방에서 덜컹거리는 소리가 났다.

쌍두룡.

그제야 놈을 대적하다 의식을 잃었던 것이 기억났다. 그를 뒤쫓아 머나먼 동해까지 왔었던 것도. 아마도 그 근처인 것 같았다. 바다가 가까운 해안이거나 혹은 섬이거나.

주위에 다른 인간의 기척은 느껴지지 않았다. 의식을 확장해 좀 더 멀리까지 확인해 보았지만, 인근에 존재하는 인간이라고는 이 소녀가 유일했다.

설마 이 아이가 나를 구한 걸까.

찰랑대는 단발이 잘 어울리는 꼬꼬마는 마뜩잖은 얼굴로 그를 바라보며 계속 혼자 중얼거리고 있었다.

"외국인이건 뭐건 사과는 받아야겠어요. 내가 얼마나 죽을 힘을 다해서 살려 놨는데, 감사는 못할망정 성추행이 말이 되냐고요! 그러라고 내가 인공호흡 같은 거 한 줄 알아요?"

"……."

"에, 그러니까…… 아임 유어 라이프세이버. 벗 유 키스 미! 베리 베리 베리 배드 매너! 어팔로자이즈 투 미. 오케이?"

"……."

"뭐야, 영어가 안 통하는 건가. 좋아요. 독일어? 스페인어? 어디 다 말해 봐요. 내가 진짜 번역기 돌려서라도 꼭 사과를 받아 내고 말 거니까."

지슈카는 소녀의 입술을 유심히 바라보고 있었다. 내내 소음처럼 들리던 이 언어가 어렴풋이 기억이 나고 있었다.

수백 년 전 인간계에 대한 호기심이 왕성했을 때, 용력으로 익혔던 백여 개의 언어 중 하나였다. 아마도 대륙의 가장 오래된 언어 중 하나라고 했었던 것 같은데.

그는 오랜 기억을 더듬어 가며 인간식 발성으로 차근히 목소리를 내 보았다.

"……그대가, 나를, 구했나."

익히기는 했으나 한 번도 사용해 보지는 않은 언어였다. 대륙의 어느 지역 언어인지도 기억이 나지 않았다. 인간계를 모두 돌아보겠다던 치기 어린 포부가 너무 일찍 끝을 맞아서, 써 볼 기회를 갖지 못했기 때문이었다.

소녀가 화들짝 놀란 얼굴을 했다.

"와. 와. 한국말 할 줄 아는 거예요? 그럼 사과부터 하세요."

"……사과?"

사과라. 과일. 새콤달콤한. 기억나는 것은 대충 그랬다.

소녀는 그를 향해 눈을 부릅뜨고 있었다. 몹시 억울해하는 표정이었다.

"미안하다고 하라고요!"

"미안하다는 건…… 잘못했을 때 하는 말이 아니던가."

"잘못을 했잖아요, 아저씨가! 내 입술 어떡할 거예요! 막 빨아먹고 혀 넣어서 막 휘젓고!"

격분한 소녀의 말이 속사포처럼 빠르게 지나갔다. 뒤늦게 그 의미가 천천히 흘러들자, 지슈카는 눈살을 찌푸리며 황당한 얼굴을 하고 말았다.

"입술. 내가……?"

그러고 보니 빨아먹은 것은 있었다. 꿈결에도 몹시 달고 달았던 그 맛이 어렴풋이 기억났다.

설마 그것이 입술이었나. 그것도 저 꼬꼬마의.

지슈카는 잠시 기막힌 한숨을 뱉었다. 그리고 정중히 사죄의 말을 건넸다.

"미안하게 되었다. 사죄하도록 하지. 꿈결이라 입술인 줄 알지 못했다."

소녀는 그제야 의기양양하게 고개를 끄덕이며 새초롬하게 말했다.

"됐어요. 다음부턴 꿈결이라도 조심 또 조심하세요. 얼마나 기분 나빴는지 아세요?"

"그리하겠다. 한데, 그러는 그대는 왜 내게 먼저 입술을 대었지?"

의아한 마음에 그는 소녀를 향해 물었다.

"그, 그건 인공호흡이라고 했잖아요! 인. 공. 호. 흡."

발개진 얼굴로 소녀가 외쳤다. 그리고 그를 외면한 채 종종걸음으로 방을 나가 버렸다.

인공호흡. 지슈카는 그 말을 골똘히 생각했다. 그가 인간의 언어를 익혔던 수백 년 전에는 접해 보지 못한 단어였다. 인공으로 호흡을 시킨다는 뜻인 듯했다.

하면 내가 숨이 멎었었다는 건가.

쌍두룡이 불을 뿜던 마지막 순간이 기억났다. 팔다리를 살펴보니 다행히 타들어 간 흔적은 없었다. 무의식중에 방어막을 치긴 쳤던 모양이었다.

그런데…… 의관이 왜 이렇지?

그의 몸에 걸쳐진 낯선 옷들이 눈에 들어오자, 지슈카는 눈살을 찌푸리고 말았다. 현란한 꽃무늬의 치렁치렁한 셔츠, 까슬까슬한 천에 통이 극도로 넓은 낯선 형태의 바지.

"아, 옷이요? 다 젖어서 동상 걸릴까 봐 내가 갈아입혀 줬어요. 우리 아빠 몸뻬예요."

무언가를 들고 들어오던 소녀가 다급히 말했다. 입가에 장난스러운 웃음이 걸린 듯한 건 그의 착각인 걸까.

"아저씨가 너무 커서 맞는 옷이 없었거든요. 그나마 제일 헐렁한 게 몸뻬라."

몸뻬. 그는 새로운 의복의 이름을 머릿속에 넣어 두었다. 그러고 보니 발치께에 그의 옷과 신발이 가지런히 놓여 있었다. 그가 앉은 바닥엔 두꺼운 이불도 잔뜩 깔려 있었다. 꼬꼬마가 나름으로 신경을 많이 쓴 모양이었다.

이불. 그러고 보니 공기가 몹시 찼다. 그에겐 상관없지만 인간은 견디기 힘든 추위일 텐데.

"아, 그…… 속옷 같은 건 절대 안 건드렸어요. 필요하시면 아빠 거 드릴 테니까 갈아입으세요."

투명한 잔에 노르스름한 액체를 따르며 소녀가 말했다.

"옷은 이것으로 충분하다."

지슈카는 그녀의 모습을 가만히 지켜보며 무심히 대꾸했다. 소녀의 손은 몹시 발갰고, 입술은 보랏빛을 띠었다. 뒤늦게 깨닫고 보니 말할 때마다 입김이 부옇게 서리고 있었다.

"춥지 않은가. 왜 불을 더 피우지 않지?"

"아. 많이 추우시죠. 전기가 끊어져서 보일러가 안 돌아요. 이거라도 드시면 좀 나을 거예요."

소녀가 걱정스럽게 그를 쳐다보며 잔을 건넸다.

노란빛의 투명한 액체에선 짙은 술 향기가 났다. 내키지 않는 마음에 거부하고 싶었지만, 꼬꼬마가 인상을 쓰며 강하게 몰아붙였다.

"이거 아무나 주는 술 아니거든요! 완전 귀한 약술이에요. 10년 묵은 장뇌삼주요. 기력이 펄펄 솟을걸요. 엄청 비싼 거라고요."

결국 어쩔 수 없이 조금씩 마시고 말았다. 그가 싫어하는 쓴맛에 저절로 미간이 찌푸려졌다.

"단 것은 없나?"

그가 인상을 쓰며 묻자, 소녀는 말도 없이 벌떡 일어나 밖으로 나가 버렸다. 마음이 몹시 상한 눈치였다.

그제야 생각이 났다. 여기는 궁이 아닌 인간계였고, 귀한 술을 얻어 마셨으니 고맙다는 말을 먼저 했었어야 했다는 걸.

난감한 마음에 머리를 긁적이다 떠오르는 것이 있었다.

전기. 그래, 전기가 끊어졌다고 했었지. 그래서 춥다고 했었다.

그는 용력을 흘려서 이 집에 전류가 흐를 만한 방식을 파악해 보았다. 벽 속으로 가느다란 금속선들이 지나고, 바깥까지 길게 이어져 있었다. 먼 곳의 어딘가에서 금속선을 타고 전류가 흘러드는 구조인 모양이었다.

금속선으로 미세하게 전류를 흘려보내 보았다. 무리 없이 퍼져 나가던 전기는 바깥의 산등성이를 지난 먼 곳에서 더 나아가지 못하고 공중으로 흩어져 버렸다. 금속선이 끊긴 곳인 듯했다.

그는 바로 공간을 이동해 끊어진 금속선을 용력으로 이었다. 그리고 조용히 방으로 이동해 아무 일 없었다는 듯 앉아 있었다.

곧 따닥따닥 소리가 들리더니, 캄캄하던 방 안에 불이 밝혀졌다. 뭔가가 작동하기 시작하는지, 고요하던 집 안의 여러 곳에서 웅웅 소리가 어지럽게 울렸다.

"와! 아저씨, 아저씨! 봤어요? 전기가 벌써 복구됐나 봐요! 대박! 이럴 리가 없는데."

소녀는 아까의 불편함을 모두 잊은 듯 환하게 웃으며 방으로 뛰어들었다. 팔짝팔짝 뛰면서 좋아하더니, 주황빛의 동그란 과일 두 개를 불쑥 내밀었다.

"자요, 귤이요."

귀염직한 과일에선 새콤달콤한 향기가 났다. 아마도 그가 말한 단 것을 찾으러 갔던 모양이었다.

"고맙다. 잘 먹겠다."

지슈카는 귤이라는 것을 받아 들며 잊기 전에 인사부터 했다. 그리고 싱그러운 향기를 뿜어내는 과일을 천천히 한입 베어 물었다.

"앗! 저기 아저씨! 그게 아니고……"

꼬꼬마가 묘하게 인상을 썼다. 그가 또 뭔가 실수를 한 듯한 눈치였다.

소녀는 그의 손에 들린 귤을 대뜸 뺏어 들었다. 야무진 손길로 재빨리 껍질을 벗겨 내더니, 동그란 과육을 조각달 모양으로 하나하나 떼어 냈다.

"자요."

그의 입으로 하나를 밀어 넣는 손길이 다부졌다. 그가 천천히 씹어 넘기는 걸 확인하더니, 꼬꼬마는 흡족한 듯 씩 웃었다.

그러고는 방 안을 돌아다니며 곳곳에 켜 둔 초를 불어서 껐다. 방 안을 밝히던 작은 이동식 전등도 작동을 멈추게 했다.

"근데 진짜 이상하지 않아요? 전기가 어떻게 벌써 들어왔을까. 눈보라가 엄청나서 헬기도 못 뜰 텐데. 보통은 눈 그치고도 일주일은 걸려야 복구가 된다고요."

초를 양손에 모아 들던 소녀가 고개를 갸웃했다. 지슈카는 모른 척 귤을 씹으며 대수롭지 않게 말했다.

"그것이 그리 이상한 건가. 잘된 일이 아닌가."

"맞아요, 맞아요. 엄청 끝내주는 일이죠. 하마터면 복구될 때까지 동태처럼 살 뻔했다고요."

소녀는 기분이 몹시 좋은 듯 깔깔대며 웃었다. 그리고는 뽀르르 밖으로 나가 버렸다.

홀로 남은 지슈카는 피식 웃으며 유유히 귤을 먹었다. 하나를 다 먹고 남은 하나를 집어 들었다. 꼬꼬마가 하던 대로 껍질을 까서 조각달처럼 하나하나 갈랐다. 톡톡 터지는 새콤달콤한 과즙이 일품인 과일이었다.

이제 슬슬 돌아가야 하겠지.

훌이 그의 흔적을 찾아 애타게 헤매고 있을 것이고, 성역의 마룡들도 그리 쉬이 제압되진 않았을 것이다.

혹시나 쌍두룡의 흔적을 찾을 수 있을까 하여 멀리까지 용안을 펼쳐 보았다. 하지만 이미 시간이 꽤 지나 버린 터라 남아 있는 흔적은 없었다. 놈이 스스로 다시 모습을 드러내지 않는 한 추적은 요원할 터였다.

밖에는 눈보라가 한창이었다. 건물을 부실하게 지었는지, 극심한 바람에 집 안 여기저기서 덜커덩거리는 소리가 났다. 그것이 못내 귀에 거슬려, 지슈카는 아귀가 맞지 않아 빈틈이 많은 창과 벽들을 일거에 조정해 버렸다.

다소 조용해진 방에는 따뜻한 기운이 조금씩 돌기 시작하고 있었다. 그를 구해 준 보답으로 꼬마에게 뭐라도 더 해 주어야 할 것 같은데, 딱히 떠오르는 것은 없었다. 요즘 인간 세상에선 뭐가 귀한지도 알 수가 없었다.

"아저씨, 이것도 좀 드셔 보세요."

또다시 꼬꼬마의 목소리가 들렸다. 소녀는 뭔가를 주섬주섬 담은 쟁반을 들고 방으로 들어서고 있었다. 따뜻한 음식에선 김이 모락모락 나고 있었다.

측은한 눈길로 뭔가를 계속 가져다 먹이려는 것이, 꼬마는 그를 몹시 걱정하고 있는 듯했다. 오래 보아 온 사이도 아니고 이제 막 처음 보았을 뿐인데.

인간들은 용에 비해 측은지심이 아주 강했다. 물론 예외는 늘 존재하지만, 대부분은 따뜻하고 다감한 편이었다. 그래서 쉬이 이용당하기도 하지만.

"감자는 알죠? 포테이토."

소녀가 울퉁불퉁한 작물의 껍질을 부지런히 까며 말했다. 노란 빛의 속살을 접시에 담아서 빨갛고 걸쭉한 액체를 묻혀 건넨다. 그가 또 실수하길 바라지 않는지, 포크로 일부분을 떠서 입에 넣어 주기도 했다.

"이게 보통 감자가 아니거든요. 강원도산 유기농 수미 감자. 게다가 완전 청정지역 고랭지 재배라고요. 한국에서 최고로 맛있는 감자죠."

소녀는 자랑스러운 얼굴로 무척 길게 말했다. 그만큼 근사한 음식이라는 뜻이겠지.

작물은 고소했지만, 붉은 액체에선 매운 맛이 났다. 포슬포슬 씹히는 맛이 나쁘지 않았다.

"고맙다. 잘 먹겠다."

지슈카는 인사를 먼저 건네고 천천히 감자라는 것을 먹었다.

물론 그는 음식이 필요 없었다. 몸을 움직이는 데 필요한 에너지는 공기 중에 늘 널려 있기에, 기분을 전환하는 용도로 차와 과일 정도를 즐기는 게 보통이었다. 하지만 소녀의 성의를 무시할 수 없어서 감자를 열심히 먹었다.

꼬마는 뿌듯한 얼굴로 바라보더니, 감자를 하나 더 까서 접시에 놓아 주었다. 빨간 향신료에 적셔진 야채도 선심 쓰듯 그 위에 얹어 주었다.

"김치랑 같이 먹으면 더 맛있을 거예요. 알죠? 김치. 이게 싱싱한 생태를 넣어서 담근 김장이라 보통 김치랑은 또 다르거든요. 강원도식이죠."

기대에 찬 눈으로 바라보는 소녀에게 감사의 인사를 건네고, 그는 군말 없이 김치란 것과 감자를 먹었다.

머릿속에선 쌍두룡과 성역과 훌의 얼굴이 복잡하게 오갔다. 한시라도 빨리 돌아가야 했지만, 이상하게 발길이 떨어지지 않았다.

오랫동안 누비고 다니던 전장과 판이하게 다른 세계. 꼬마가 주는 평온함. 어쩌면 그는 조금 지쳐 있었는지도 모르겠다.

"그대는 왜 먹지 않는가."

문득 그를 바라보고만 있는 소녀가 의아해 넌지시 물어보았다.

"아. 먹어야죠."

소녀는 배시시 웃으며 감자를 까서 제 접시에 담았다. 그리고 포크가 아닌 얇고 긴 막대기 두 개를 이용해 요령 좋게 감자를 먹었다.

"근데요, 아저씨. 혹시 모델이나 영화배우는 아니에요? 패션이 아주 특이하던데요."

감자를 열심히 퍼먹던 소녀가 호기심 어린 눈으로 다시 그를 쳐다보았다.

뜻 모를 단어들에 지슈카는 그저 침묵을 지켰다. 하지만 꼬꼬마는 신경 쓰지 않는 듯했다. 혼자서 중얼중얼 떠들며 나름의 이해를 했다.

"아. 아직 데뷔는 못한 건가. 뭐, 너무 걱정하지 마세요. 아저씨 진짜 스타일이 끝내주거든요. 완전 잘생기기도 했고. 18년 평생에 몸빼가 패션이 되는 건 처음 봤지 뭐예요."

뭐가 그리 신이 나는지, 까르르 웃던 소녀가 다시 물었다.

"근데요 아저씨. 이런 날씨에 산에는 왜 올라온 거예요?"

올라온 것이 아니라 떨어진 것이겠지만 딱히 말해 줄 수 있는 것은 없었다.

"사고가 있었다."

에두른 그의 대답에 꼬꼬마는 뭔가가 떠오른 듯 손뼉을 딱 쳤다.

"아! 혹시 하늘에서 뭐 떨어진 것 때문에 그렇게 된 건 아니에요?"

지슈카는 감자를 찌르던 포크를 잠시 멈췄다. 꼬마가 뭐라도 본 것일까.

"하늘에서 떨어진 것이 있었나."

"못 봤어요? 막 번개 치고 그럴 때요. 하늘에서 막 엄청나게 큰 빛 같은 게 떨어졌거든요. 아주 눈부시고 새파란 불같은 거. 되게 컸는데. 저는 산이 무너지는 줄 알았다고요."

소녀는 신이 나서 열심히 떠들어 댔다. 그가 친 방어막을 본 모양이었다.

꼬마의 기억을 지워야 하나 잠시 고민하던 지슈카는 넌지시 다시 물었다.

"나를 어떻게 발견한 거지?"

"숲에 쓰러져 있었잖아요. 그게 우리 집 앞에 있는 자작나무 숲이거든요."

용력으로 확인해 본 결과, 집 앞이라지만 가까운 거리의 숲은 아니었다. 게다가 인간들은 활동하기도 힘든 눈보라가 극심한 날씨였다. 염력도 쓸 수 없는 이 꼬마가 정말로 그를 여기까지 데려왔을까.

"……그대가 나를 구했나."

"그럼요. 아주 엄청 힘들게 구했죠. 숲에서 쓰러져 있는 걸 집까지 끌어오는 것도 힘들었다고요. 눈은 막 푹푹 빠지지, 아저씨는 엄청 무겁지."

"무척 고생했겠군."

"그럼요, 당연하죠. 흠흠. 내 입으로 말하긴 좀 그렇지만, 생명의 은인도 보통 생명의 은인이 아니라고요. 아, 제일 중요한 약대추는 할머니가 준 거지만요."

소녀는 으쓱함이 한껏 묻어나는 얼굴로 활짝 웃었다. 고작 꼬꼬마 주제에 대찬 데가 있었다. 이런 곳에 혼자 머무는 것이나, 이것저것 그를 챙기는 것만 보아도 보통이 넘는 꼬마인 것은 분명했다.

감자처럼 옹골차 보이는 얼굴이 못내 귀여웠다. 갑자기 엉뚱한 생각이 밀려들자, 그는 꼬마에게서 시선을 피했다. 귀에 걸렸던 단어만 괜스레 한 번 더 곱씹었다.

"약대추."

"그런 게 있어요. 그거 아니었음 아저씨 진짜 죽을 뻔했다고요. 심장이 멈추기 직전이라 1분에 두 번밖에 안 뛰었다니까요. 그것도 아주아주 약하게."

꼬마가 아주 진지하게 말해 왔다.

지슈카는 속으로 웃음을 삼켰다. 본디 그들의 심장은 그 정도가 정상이었다. 피가 탁해질 일도 없고 육체적인 에너지가 필요한 것도 아니기에, 심장이 인간처럼 분주하고 격렬하게 뛰어야 할 이유가 없었으니까.

"혹시 내가 의식이 없을 때 먹였던 것이 약대추인가."

"네! 맞아요, 맞아요! 급해서 내가 씹어서 넣어 줬어요. 아, 절대 오해하지 마세요. 절대로! 손으로 먹여 준 거니까."

달착지근했던 그것이 약대추인 모양이었다. 그래서 입술에서 그토록 단 맛이 났었나.

소녀는 아까의 일이 떠오른 듯 얼굴이 발개져 있었다. 괜스레 몹쓸 짓을 한 기분이 되어 그는 어색하게 헛기침을 했다. 그리고 아까부터 궁금했던 것을 물었다.

"한데, 이곳은 어디지?"

소녀가 물끄러미 그를 바라보았다. 고개를 갸웃하는 것이, 질문이 다소 이상하게 들린 듯했다.

"뭐야, 길을 잃어버렸던 거예요? 강원도잖아요. 설룡산."

"혹시 지도 같은 것은 없나."

"있죠, 당연히. 잠깐만 기다리세요."

소녀는 흔쾌히 고개를 끄덕이며 빠르게 달려 나갔다. 그리고 금세 책자 같은 것을 손에 쥔 채로 되돌아 왔다.

"여기요, 동쪽 맨 끝."

소녀가 책자에서 펼친 것은 세부 지역을 확대한 지도였다. 그것으로는 위치를 파악하기 힘들었다.

지슈카는 슬그머니 책장을 넘겨가며 다른 지도들을 살펴보

앉다. 원하던 것은 몇 장 뒤에 있었다. 대륙 전체가 그려져 있는 지도.

"요기요, 요기."

꼬마는 바로 지도의 어딘가를 짚었다. 손가락이 닿은 곳은 동해의 가장자리에 위치한 작은 반도였다. 그의 기억으로는 조선이라는 이름을 가진.

그리고 그는 그 주변의 바다를 알고 있었다. 한 번도 가 본 적은 없지만 용족의 역사를 이야기할 때마다 빠지지 않고 언급되던 곳.

옛 황궁이 있던 바다였다. 마룡들과의 대전쟁이 벌어지기 전까지 모든 용제들이 대대로 머무르며 세상을 호령하던 곳. 풍요롭고 평화롭고 아름다웠던 황제의 바다, 황해.

아마도 400년 전 마룡 사냥에 나서지 않았더라면 그는 반드시 이곳을 찾아왔을 것이다.

역사에 관심 있는 천룡이라면 누구나 관심을 가질 수밖에 없는 곳이었고, 그 깊은 바다 밑에는 대대로 융성했던 천룡 문화의 흔적이 여전히 많이 남아 있을 테니까.

"아저씨, 그럼 이만 주무세요. 침대에 이불 펴 놨으니까 거기서 주무시면 돼요."

문득 꼬마가 어깨를 톡톡 치며 말해 왔다. 그새 방을 정리한 듯 이불은 말끔히 침대에 정돈되어 있었고, 꼬마는 그릇을 모아 담은 쟁반을 들고 있었다.

"그리하겠다."

"요 옆방이 제 방이니까, 다시 아프거나 하면 부르시면 돼요."

"그러도록 하지."

그는 순순히 고개를 끄덕였다. 금세 떠날 터였기에 그럴 일은 없을 거라 생각하면서.

꼬마는 잠시 망설이는 듯하더니, 초롱초롱한 눈으로 다소 엉뚱한 말을 덧붙였다.

"저기, 이건 진짜 노파심에서 하는 말인데요. 우리 집에 총도 있어요. 저 되게 잘 쏘고요. 멧돼지도 잡아 봤거든요."

"그런가."

"네. 혹시 모르니까 알려드리는 거예요. 뭐, 아저씨가 나쁜 마음을 먹는다거나 그럴 일은 없겠지만요."

소녀의 말은 조심스러웠지만 단호했다. 지슈카는 그 의미를 떠올리며 속으로 가만히 웃음을 삼켰다. 그러니까 이건 꼬마 나름의 경고였다. 흑심은 꿈도 꾸지 말라는.

생각해 보면 꼬마 입장에선 경계심이 들 법도 했다. 이런 깊은 산중에 정체 모를 남자와 단둘이라니.

"그럴 일은 없을 거다. 그대는 내 생명의 은인이 아니던가."

지슈카는 진지한 얼굴로 말해 주었다. 한없이 당차 보이던 꼬마가 문득 안쓰럽게 느껴지기도 했다.

"하하. 그렇죠. 생명의 은인."

소녀는 안심한 듯 배시시 웃었다. 쟁반 위의 접시를 차곡차곡 다시 정리하더니, 의기양양한 얼굴로 뒤돌아 방을 나갔다.

지슈카는 일단 침대에 걸터앉았다. 소녀가 잠들 때를 기다려 이곳을 나갈 생각이었다.

탁자에 놓인 소녀의 가족사진을 물끄러미 바라보고 있자니, 문이 빼꼼히 다시 열렸다.

그를 머쓱하게 쳐다보던 꼬마가 종종걸음으로 들어와 바닥에 놓인 포크를 집어 들었다. 미처 챙겨 가지 못했던 물건인 모양이었다.

다시 방을 나서려던 소녀가 문득 생각난 듯 뒤돌아 물었다.

"근데요, 아저씨. 제 이름은 어떻게 알았어요?"

이름. 그러고 보니, 은인의 이름조차 물어보지 않았다. 소녀의 질문이 좀 이상하게 들리기도 했다.

"그대의 이름을 어찌 알겠나. 가르쳐 주지 않았는데."

무심히 흘러나온 그의 답에, 소녀가 몹시 머쓱한 얼굴을 했다.

"아. 그렇지. 알 리가 없지. 근데 어떻게 '루'라고 불렀어요?"

"……루? 내가 그 아이를 불렀던가."

지슈카는 당황스러운 마음에 미간을 구겼다. 어렴풋이 꿈을 꾸었던 것이 기억났다. 갑자기 왜 그 아이가 떠오른 걸까. 오래전에 모두 잊었다고 생각했는데.

"아. 다른 사람이었구나. 뭐, 그렇겠죠."

무슨 일인지 소녀는 조금 실망한 듯했다. 그 모습이 어쩐지 마음에 걸려서 지슈카는 나가려는 그녀의 팔을 붙들었다. 그리고 꼭 알아야 할 것을 물었다.

"그대의 이름은 무엇이지?"

"해루요."

"해루."

예쁜 이름이었다. 부르기도 전에 입에 익어 버릴 것 같은.

"네. 바다 해, 눈물 루. 바다의 눈물이란 뜻이에요. 어느 책에서 '진주'를 그렇게 불렀대요. 혹시 《해저 2만 리》라고 알아요? 우리 아빠가 그 책을 너무 좋아해서."

"눈물."

지슈카는 가슴을 싸하게 훑고 지나는 그 단어를 가만히 곱씹었다. 소녀가 멋쩍게 웃었다.

"좀 그렇죠? 이름에 눈물이라니. 그래서 저는 절대 눈물 같은 거 안 흘려요. 울면 이름 때문에 운다고 할까 봐."

"……눈물은 좋은 거다. 세상엔 울고 싶어도 울지 못하는 사람도 있으니까."

그는 진심으로 그렇게 말해 주었다. 소녀는 조금 당황한 듯했다. 얼떨떨한 얼굴로 어색하게 수긍을 했다.

"아, 그렇구나."

그는 싱긋 웃으며 꼬꼬마의 머리를 쓰다듬어 주었다. 그리고 마지막으로 해야 할 감사의 말을 했다.

"내 이름은 지슈카다. 고마웠다. 생명을 구해 준 것도, 귤도, 감자도, 모두 다."

물끄러미 그를 쳐다보던 소녀가 천천히 고개를 끄덕였다.

"네, 지슈카 아저씨. 안녕히 주무세요."

"잘 자렴…… 해루."

소녀가 배시시 웃었다. 어여쁜 미소와 함께 문이 닫혔다. 방 안에 맴돌던 싱그러운 기운도 동시에 사라졌다.

소녀는 바로 자지 않는 듯했다. 그릇을 씻는지 건너편 어딘가에서 물소리가 들렸다. 곧 종종거리는 발소리가 들리고, 옆방의 문이 열렸다가 닫혔다.

지슈카는 그 모든 소리를 가만히 귀에 담았다. 그리고 집 안이 모두 고요해지고 나서야 침대에서 일어섰다. 은혜는 급한 일들이 처리되고 나면 반드시 갚으러 올 거라 생각하면서.

꼬마가 입혀 준 몸뻬를 벗어서 곱게 개켜 두고는 그의 옷과 신발을 몸에 걸쳤다. 탁자에 놓인 사진에서 소녀의 얼굴을 다시 한 번 눈에 담았다. 그리고 뜻 모를 미련을 밀어내며 아쉽게 그 자리를 떠났다.

공간을 이동해 나온 바깥은 여전히 심한 눈보라가 치고 있었다. 그는 소녀가 그를 발견했다는 자작나무 숲으로 잠시 향했다. 무슨 흔적이라도 남았으면 지우고 떠날 생각이었다.

하지만 그는 바로 떠나지 못했다. 숲으로 들어서려던 순간, 결코 이곳에 있어서는 안 될 무언가를 발견했기 때문이었다.

거꾸로 뒤집힌 5각의 별, 익숙한 머리뼈와 날개의 문양.

펜타스컬이었다. 분명하고 분명한 마룡의 흔적.

마기조차 느껴지지 않는 핏빛의 펜타스컬들이 숲 주위의 허공에 유령처럼 떠다니고 있었다.

✳

상쾌한 아침이었다. 집 안은 따뜻했고, 전등불도 환하게 잘 들어왔다. 냄비에선 먹음직스런 감자옹심이가 보글보글 끓고 있었다.

옹심이가 붙지 않게 국자로 휘휘 저으며, 해루는 저절로 흘러나오는 노래를 기분 좋게 흥얼거렸다.

"태양처럼 빛을 내는 그대여, 이 세상이 거칠게 막아서도-"

몰아치는 눈보라는 여전했지만, 막막했던 어젯밤과 달리 모든 것이 순조로웠다. 전기도 잘 들어오고 보일러도 잘 돌아갔다. 괜스레 기분이 들떠서 자꾸 웃음이 흘러나왔다.

"빛나는 사람아, 난 너를 사랑해. 널 세상이 볼 수 있게 날아 저 멀리―"

썰어 둔 호박과 당근을 솔솔 뿌려 넣고 국간장으로 간을 맞췄다. 기분이 좋아서 그런지 오늘따라 간도 딱딱 맞았다.

완성된 감자옹심이를 그릇에 담고 김 가루도 듬뿍 뿌렸다. 밥과 반찬도 조금씩 퍼 담고, 손님이 올 때만 쓰는 은수저도 꺼냈다. 쟁반에 가지런히 담고 보니 나름 그럴듯했다.

"아저씨, 일어났어요?"

해루는 아침 식사를 차린 쟁반을 들고 안방의 문을 똑똑 두드렸다.

안에선 응답이 없었다. 아직 자고 있는 모양이었다.

"아저씨, 그만 자고 일어나요. 밥 먹어야죠."

몇 번 더 노크를 해 보았지만 들려오는 대답은 없었다. 괜스레 불안한 기분이 들었다.

혹시 또 어디가 잘못된 게 아닐까. 말도 잘 하고 먹기도 잘 먹어서 괜찮아진 줄 알았는데.

"아저씨, 어디 아파요? 저 들어가요."

걱정되는 마음에 결국 문을 열고 들어섰다. 그러다 우두커니 멈춰 서고 말았다.

방 안은 텅 비어 있었다. 사람의 흔적이라곤 간데없이, 아빠의 셔츠와 몸뻬만 침대 위에 곱게 개어져 있었다.

화장실이라도 간 걸까. 해루는 고개를 갸웃하며 집 안 여기저기를 돌아다녀 보았다. 하지만 어디서도 지슈카의 모습은 보이지 않았다.

그러고 보니 신발도 없었다. 아무래도 밖으로 나간 모양이었다. 눈보라가 이렇게 치는데.

해루는 현관문을 열고 바깥을 내다보았다. 눈이 얼마나 많이 쌓였는지, 1미터 높이의 울타리도 눈에 파묻혀서 보이지 않을 정도였다. 굴을 뚫지 않으면 그냥은 돌아다닐 수도 없을 것이다.

이런 날씨에 대체 어딜 갔을까.

하늘에선 여전히 함박눈이 세차게 쏟아지고 있었다. 온통 눈으로 하얗게 뒤덮인 풍경 속에서 사람의 흔적 같은 건 찾아볼 수 없었다.

기다려도 기다려도 그는 오지 않았다. 해루는 한참이나 바깥을 내다보다 문을 닫았다. 안방으로 가져갔던 쟁반도 다시 들고 나와 식탁에 내려놓았다.

혹시 또 무슨 일이 생긴 건 아닐까.

설마 가 버린 건 아니겠지. 그렇게 말도 없이.

집 안은 전에 없이 적막했다. 눈보라가 이렇게 치는데도 덜커덩거리는 소리 하나 들리지 않았다.

해루는 옹심이를 한 그릇 퍼서 식탁에 앉았다. 한 숟가락 떠먹다가 괜히 청승맞은 기분이 들었다. 오늘따라 유달리 조용한 집도 마음에 들지 않았다.

핸드폰을 가져다가 저장해 둔 음악을 틀었다. 아까 불렀던 그 노래, 들을 때마다 기분이 좋아지는 그 노래였다.

하지만 활기찬 음악에도 불구하고 기분은 그닥 나아지지 않았다. 결국 먹는 건 포기하고 애꿎은 옹심이만 숟갈로 톡톡 건드렸다. 우울함을 털어 버리려 노래도 큰 소리로 따라 불렀다.

외딴 집에 혼자라는 건 나름 좋은 점도 있었다. 목이 터져라 소리를 질러도 뭐라 할 사람이 없었기 때문이다.

"태양처럼 빛을 내는 그대여, 이 세상이 거칠게 막아서도—"

숟가락으로 박자까지 맞춰 가면서, 안 올라가는 고음도 고래고래 소리 지르며 목청 높여 불렀다.

"빛나는 사람아, 난 너를 사랑해. 널 세상이 볼 수 있게 날아…… 어!"

한참 신나게 소리를 질러 대던 해루는 너무 당황한 나머지 숟가락을 입에 물고 말았다. 그렇게 찾아도 안 보이던 사람이 바로 눈앞에 있었기 때문이다. 그것도 아주 완벽하고 눈부신 모습으로.

"아저씨."

해루는 눈을 깜빡이며 멍하니 말을 뱉었다. 어제는 경황이 없는 데다 밤이어서 제대로 보지 못했나 보다. 게다가 의식을 잃었다가 깨어나서 부스스한 모습이기도 했고.

그럼에도 더없이 근사하고 멋있었지만, 아침의 밝은 조명 아래서 마주한 그의 모습은 정말이지 입이 쩍 벌어질 정도로 빛이 났다.

염색한 듯 푸른빛이 도는 검은 머리엔 신비로운 윤기가 흘렀고, 하얗고 또렷한 얼굴의 윤곽은 서양 사람이라기보다 동양 사람에 가깝게 느껴져서 맵시 있는 눈매가 더욱 귀족적으로 보였다.

날카로운 푸른 눈동자는 영화에서 흔히 보던 서양인들의 눈과도 많이 달랐다. 얼음처럼 투명한 북극 바다 빛에 은빛이 도는 특이한 색이었는데, 보석 같다는 말이 비유가 아닌 있는 그대로의 정확한 표현인 것처럼 느껴졌다.

어제는 갈아입히기 급급해서 제대로 보지 못했던 옷은 사극에나 나올 법한 왕족풍의 남빛 옷이었다. 어깨에 걸친 푸른 망토는 무얼 뿌린 건지 진주처럼 반짝반짝 빛났다.

맵시는 말할 것도 없었다. 몸뻬를 입어도 그렇게 근사했는데.

"이곳에선 식사할 때 노래를 부르는 건가?"

정신이 들고 보니 지슈카가 의아한 얼굴로 묻고 있었다. 도무지 이해할 수 없다는 표정이었다.

해루는 넋을 놓고 그를 바라보다 황급히 고개를 끄덕였다.

"그, 그럼요. 기분도 좋아지고 소화도 잘 되고. 어디 나갔다 오신 거예요?"

"볼일이 좀 있었다."

"걱정했잖아요. 또 어디서 쓰러진 건 아닌가 하고."

저도 모르게 원망하듯 흘러나온 말에, 그의 얼굴에 머쓱한 빛이 스쳐 지났다.

"미안하게 되었군. 그대가 걱정했을 줄은 알지 못했다."

"어떻게 걱정이 안 돼요? 바로 어제 그렇게 숨이 넘어갈 뻔했는데. 암튼 조심하세요. 그렇게 막 다니지 말고요."

"주의하도록 하지. 혹시 저건 내 몫인 건가."

싱긋 웃으며 대답한 그가 식탁에 놓인 쟁반을 바라보며 물었다.

"네. 그렇긴 한데, 다 식었어요. 얼른 데워 드릴게요."

"아니, 배가 몹시 고프다. 맛있는 냄새가 나는군."

그는 기다릴 여유가 없다는 듯 바로 식탁에 앉았다. 자연스레 숟가락을 집어 들며 그녀를 흘끗 쳐다보았다. 시범을 보여 주길 바라는 눈치였다.

해루는 피식 웃으며 보란 듯 숟가락으로 옹심이를 한가득 퍼서 입에 넣었다.

그가 이해했다는 듯 고개를 끄덕이며 빙그레 웃었다. 잘 먹 겠다는 인사를 건네고는 천천히 옹심이를 먹기 시작했다.

"한데, 이건 무슨 음식이지?"

"아. 감자옹심이에요. 어제 먹었던 감자 알죠? 포테이토요. 그걸 동그랗게 빚어서 만든 거예요."

그가 궁금해하는 것이 좋아서 해루는 얼른 설명을 해 주었 다. 진지하게 듣던 그가 고개를 갸웃했다.

"전혀 다른 음식 같은데. 감자는 포슬포슬하고 이것은 쫄깃 쫄깃하고."

"감자를 갈아서 뭉치면 이렇게 쫄깃해져요. 우리 감자가 되 게 신통방통하거든요. 쓸모도 많고요."

"훌륭한 음식이로군."

감자에 대한 그의 평은 그랬다. 아마도 서양에는 이런 감자 요리가 없는 듯했다. 해루는 까르르 웃으며 기분 좋게 호응했 다.

"네, 완전 근사한 음식이죠."

식탁 옆의 핸드폰에선 노래가 계속 흘러나오고 있었다. 음 악을 끌까 하다가 그만두었다. 왠지 그가 주의 깊게 듣고 있는 것 같았기 때문이다.

그는 마치 고상한 클래식을 음미하듯 가요를 귀 기울여 들 었다. 격조 높은 레스토랑에서 우아하게 식사하듯 옹심이를 먹었다.

그러고 보면 말투도 조금은 어색한 귀족풍이었다. 마치 한국말을 궁중드라마로 배운 것 같은.

하지만 뭐 어떨까. 사투리로 배운 사람도 있는데.

왠지 모르게 자꾸 웃음이 나왔다. 차갑게 식어 버린 옹심이였지만 지금까지 먹은 것 중에 제일 맛있는 옹심이였다.

"해루."

문득 그가 그녀의 이름을 불렀다. 그 순간 왜인지 가슴이 철렁하는 것만 같았다.

"네, 아저씨."

"부탁이 하나 있는데."

"네, 말씀해 보세요."

해루는 흔쾌히 고개를 끄덕였다. 하지만 그의 눈을 똑바로 마주 보지는 못했다. 그녀의 이름을 부르던 근사한 목소리가 메아리처럼 귓가에 맴맴 돌았기 때문이다.

"며칠 더 신세를 져야 할 듯싶다. 날이 이리 험해서 산을 내려갈 방도를 찾지 못했다."

그는 난감한 얼굴로 말하고 있었지만, 해루는 날아갈 듯 기뻤다. 하지만 너무 좋아하면 이상하게 보일까 봐 새침한 얼굴로 그저 고개만 끄덕였다.

"뭐, 할 수 없죠. 이왕 목숨도 구해 드렸는데, 그 정도야 못 해 드리겠어요?"

"고맙다. 보답은 꼭 하겠다."

"그런 건 됐고요, 나중에 혹시 성공하면 우리 아빠 장뇌삼이나 많이 팔아 주세요. 해외 배송도 되거든요."

"장뇌삼?"

그가 이제는 익숙해진 표정으로 눈썹을 치켜 올렸다. 눈이 가늘어지면서 가지런한 한쪽 눈썹이 조금 올라가는데, 그럴 때면 바다 같은 푸른 눈이 더욱 신비롭게 빛났다.

해루는 깔깔 웃으며 아빠의 장뇌삼에 대해서 길게 자랑을 늘어놓았다. 산에서 씨를 뿌려 키우는 산삼이라는 것, 농약도 비료도 안 쓰는 유기농이라는 것, 예부터 설룡산엔 산삼 전설이 많았다는 것 등등.

바깥엔 여전히 눈보라가 치고 있었다. 어쩌면 며칠은 그치지 않을지도 몰랐다. 하지만 아무것도 문제 될 것이 없는 것 같았다.

산에서 사는 것이 그리 좋았던 적은 없었다. 등하교 길은 매일이 험난한 등산과도 같았고, 날씨가 조금만 궂어도 불편해지는 게 한두 가지가 아니었기 때문이다.

하지만 오늘만큼은 모든 것이 좋았다. 마을 사람들이 흔히 하는 말이었지만, 온 산을 뒤덮은 세찬 눈보라가 오늘은 정말이지 굉장한 용의 축복 같았다.

날이 벌써 캄캄해져 있었다. 종일 내리던 눈은 잠시 그쳤지만, 곧 다시 쏟아질 기세였다.

부엌에서 들리는 물소리에 귀 기울이며, 지슈카는 거실의 창을 통해 숲 주변의 펜타스컬을 날카롭게 살폈다.

아직은 아무런 변화가 없었지만, 틀림없이 그 뒤에 숨은 흑주술이 곧 그 정체를 드러낼 것이다. 수십 개의 펜타스컬이 설치된 목적은 꼭 하나, 그를 제거하기 위함일 테니까.

이곳에 흑주술을 걸어 두었을 만한 마룡이 있다면 오직 하나뿐일 터였다. 그가 의식을 잃고 추락하는 모습을 그대로 지켜보았을 쌍두룡.

그의 목숨을 단번에 끊어 버릴 수도 있었던 그 황금 같은 기회의 순간에, 놈은 강력한 공격 대신 모습을 감추는 쪽을 택했다. 그것은 놈의 부상이 그만큼 치명적이라는 뜻도 되었다.

그리고 그가 떨어졌던 그 숲에 보란 듯이 펜타스컬을 설치해 놓았다. 놈은 대체 무슨 함정을 파 둔 것일까.

확실한 건 놈이 펜타스컬을 통해 그의 움직임을 꿰뚫고 있으리라는 것. 주변 생명체들의 생명력을 흡수해 빠르게 몸을 회복시키며, 적당한 공격의 순간을 노리고 있으리라는 것이었다.

최악의 경우, 다른 마룡들까지 합세해 은밀한 어딘가에 결집해 있을 가능성도 무시할 수 없었다.

"아저씨. 차 좀 드세요. 유자차예요."

생각에 잠겨 거실을 서성이는데, 꼬마가 다가와 김이 모락모락 나는 찻잔을 내밀었다.

그는 인사를 건네고 순순히 차를 받아 마셨다. 귤과 비슷한 맛이 나는 새콤달콤한 차였다.

"맛있죠? 달달한 게 딱 아저씨 입맛일 것 같은데."

꼬마가 이제 다 파악했다는 듯 여유만만하게 말했다.

"그렇다. 향도 그만이고."

그가 고개를 끄덕이자, 꼬마는 흡족한 듯 뿌듯하게 웃었다.

그럴 때면 눈이 길게 접히며 새카만 눈동자가 촉촉하게 반짝이는데 그 모습이 참으로 귀엽기 그지없었다.

펜타스컬 때문이긴 했지만 되돌아오길 잘했다는 생각이 들었다. 그가 그렇게 사라져버렸다면 틀림없이 몇 날 며칠을 걱정했을 테니까.

꼬마가 걱정했다는 말을 듣고서야 아차 싶었다. 그러리라 생각지 못했기 때문이다. 인간은 용들과 다르다는 걸 미처 헤아리지 못했다.

아마도 떠날 땐 떠난다는 말을 해 주어야 걱정하지 않겠지. 하지만 그가 그 말을 할 수 있을지는 의문이었다. 가뜩이나 외로워 보이는 꼬마라 차마 입이 떨어지지 않을 것 같았으니까.

「전하, 별일 없으십니까.」

꼬마를 바라보고 있으려니 귓가에 전음이 흘러들었다. 흘의 목소리였다. 쓸 만한 군사들을 추려서 오겠다더니, 근처에 도착한 모양이었다.

지슈카는 차를 마시며 꼬마의 눈치를 흘끗 보았다. 다행히 꼬마는 탁자에 펴 둔 책자에 정신이 팔려서 그에게 신경 쓸 겨를이 없는 듯했다.

「아직은 별다른 움직임이 없다. 쌍두룡의 흔적은 찾았나.」

「찾지 못했습니다. 인근의 바다를 샅샅이 살피고 있습니다.」

「알겠다. 발견하는 즉시 내게 알려라. 군사들이 위험을 무릅쓰길 원치 않는다.」

「그리하겠습니다. 조심하십시오.」

흘에게 한마디 더 하려다가, 꼬마와 눈이 마주쳤다.

뭔가 이상함을 느꼈는지, 꼬마가 그를 유심히 쳐다보고 있었다. 용언이 들렸을 리도 없는데 무슨 일일까.

지슈카는 헛기침을 하면서 넌지시 물어보았다.

"내게 하고 싶은 말이 있는 건가."

소녀가 환하게 웃으며 고개를 끄덕였다.

"네, 맞아요. 물어볼 게 있어서."

"무엇이지?"

소녀는 방금 전까지 유심히 들여다보던 책자를 그의 앞에 들이 밀었다. 어제 그에게 보여 주었던 지도책이었다.

"저기, 아저씨는 어디에서 왔어요? 미국은 아닌 것 같고. 유럽?"

지도를 흘끗거리며 묻는 것이, 정확한 위치를 짚어 주기를 바라는 눈치였다.

지슈카는 대륙 전체가 그려진 지도를 내려다보았다. 하지만 그의 바다는 지도에 없었다. 대륙으로 꽉 찬 지도에는 북대해의 극히 일부만 포함되어 있을 뿐, 광활한 바다의 대부분은 생략되어 나와 있지 않았다.

"여기. 북해다."

그는 아쉬운 대로 지도의 맨 위쪽 끝부분을 짚었다. 북해빙성은 이보다 훨씬 더 북쪽에 위치하고 있었지만 지도로는 알려줄 수 없었으니까.

"북해."

꼬마는 그의 손가락이 떨어지기 무섭게 그 위치에 동그라미를 쳤다. 그리고 나름의 이해를 한 듯 빙긋 웃었다.

"아, 그럼 고향이 섬인가 봐요. 지도가 너무 작아서 보이지는 않지만."

틀리지는 않은 말이었기에, 그는 싱긋 웃으며 고개를 끄덕여 주었다.

"그렇지."

"와. 그럼 맨날 빙하가 둥둥 떠다니는 것도 보고 그랬겠네요."

"빙하는 지겹도록 보았지. 오로라도 보고, 북극고래도 보고."

"와! 오로라! 오로라는 진짜 꼭 한 번 보고 싶었는데."

찬탄을 흘려 내는 소녀의 까만 눈에 짙은 동경의 빛이 서렸다. 그러고 보니 이곳은 위도가 낮은 지역이라 평생 가야 오로라는 볼 수 없을 것이다.

"동영상으로만 봐서 실제는 어떨지 엄청 궁금했거든요. 오로라가 쏟아지는 하늘 밑에서 잠들고 그러면 진짜 멋질 것 같아요. 그렇죠?"

순간 지금 당장 하늘에 오로라를 펼쳐 주고 싶다는 생각이 불쑥 들었다. 자연적인 오로라보다 훨씬 화려하고 근사하게.

하지만 그리되면 꼬마의 기억을 한참이나 각색해야 할 것이다. 그렇게까지 하고 싶지는 않았다.

"아주 멋지지. 매일이 다르고. 그대도 언젠가는 꼭 오로라를 보게 될 것이다."

지슈카는 그저 그렇게만 말해 주었다. 쌍두룡을 처리하고 이곳을 떠나는 날, 그녀에게 마지막 선물로 반드시 오로라를 보여 주리라 다짐하면서.

"하하. 그렇겠죠? 정말로 꼭 보러 갈 거예요. 이다음에 크면 돈 많이 모아서."

꼬마가 야무지게 말하며 환하게 웃었다. 그리고는 지도에 그려 둔 동그라미에 별표를 쳐 넣었다. 아까 그가 손가락을 짚었던 바로 그곳이었다.

그 모습이 왠지 아련하게 느껴져, 지슈카는 시선을 피해 버렸다. 며칠 후면 끝내야 할 찰나의 인연이었다. 하지만 꼬마에겐 전혀 그렇지 않아 보였다. 달착지근하던 차가 어쩐지 씁쓸하게 느껴지고 있었다.

펜타스컬을 발견하던 그 순간, 그답지 않게 가장 먼저 찾아들었던 것은 꼬마에 대한 걱정이었다. 마룡들은 모든 생명체의 생명력을 흡수해 흑주술의 제물로 이용하지만, 그중 단연 선호하는 것은 인간이었으니까.

그리고 몹시 위험하게도 숲의 펜타스컬에 가장 가까이 있는 인간은 바로 이 꼬마였다.

꼬마가 염려되어 결계를 겹겹이 쳐두고 북해로 떠났으나, 그것으론 안심이 되지 않아 급한 불만 끄고서 빠르게 되돌아왔다.

마룡들이 어떤 방식으로 인간을 이용하고 혼을 빼앗는지는 알지 못한다. 다만 제물이 되어 혼을 빼앗긴 인간은 즉사하지 않으면 동족의 피를 빨며 살아가는 참혹한 존재가 된다고 알려져 있었다.

드라클.

마룡에게 혼을 빼앗겨, 살아도 산 것이 아닌 인간을 그들은 그렇게 불렀다.

그리고 그는 그 존재를 아주 잘 알았다. 차라리 단칼에 베어 목숨을 끊어 버리는 것이 그들을 돕는 길이란 것도.

푸드드득.

문득 바깥에서 황급히 날아가는 새소리가 들렸다. 심상치 않은 징조였다.

용안을 펼쳐 인근을 확인해 보았지만 마룡의 흔적은 없었다. 대신 무언가 평소와 다른 움직임이 느껴졌다. 탁기를 강하게 흩뿌리는 무언가가 여기저기서 빠르게 모여들고 있었다.

"해루."

지슈카는 조용히 그녀를 불렀다. 웃음을 담은 초롱초롱한 눈동자가 자연스레 그에게로 향한다.

"네, 아저씨."

그는 그 눈동자를 아쉽게 눈에 담으며 동그란 이마에 조심스레 손을 대었다. 곧 그의 손에서 가벼운 용력이 흘러 나갔고, 당황한 듯 동그랗게 커졌던 눈동자가 눈꺼풀에 덮였다.

그는 의식을 잃고 쓰러지는 소녀의 몸을 조심스레 받아 안았다. 그녀를 안아 든 채 방으로 들어가 침대에 가만히 눕혔다. 베개를 받쳐 주고 이불도 덮어 주었다. 깊이 잠든 그 모습이 더없이 천진해 보였다.

"잘 자렴, 해루."

그는 잠든 소녀를 바라보며 가벼운 밤 인사를 건넸다. 그리고 이내 바깥으로 공간을 옮겼다. 피비린내 나는 그 어떤 장면도 소녀가 목격하길 원치 않았다.

이윽고 고요하던 사방의 눈밭이 거칠게 들썩대기 시작했다. 높이 쌓인 눈 속을 빠르게 달려온 정체 모를 것들이 결계에 격렬하게 부딪쳐 왔다.

서른, 혹은 마흔. 눈 밑에서 결계를 공격하는 숫자는 점점 늘어나고 있었다.

지슈카는 조용히 손에서 불꽃을 피워 올렸다. 그리고 집 주위에 둥글게 설치해 둔 결계에 가만히 불꽃을 날려 보냈다.

푸르게 타오르는 아름다운 불꽃은 결계를 따라 움직이며 둥근 원을 그렸다. 그리고 원을 점점 확장해 가며 바깥으로 빠르게 번져 나갔다. 집 주변을 넘어 숲으로, 그리고 산등성이로.

곧 결계를 부술 듯 험하게 달려들던 그것들이 눈 밖으로 속속 모습을 드러내기 시작했다.

아마도 긴 밤이 될 것 같다고 지슈카는 생각했다. 거친 바람이 윙윙 소리를 내며 스산하게 불었다. 하늘에선 다시 폭설이 쏟아지기 시작하고 있었다.

3. 고요한 사냥

쿵쿵쿵. 쿵쿵

문을 두드리는 커다란 소리에 해루는 잠에서 깼다. 언제 잠이 들었는지도 모르게 벌써 날이 밝아 있었다.

"형님! 형님, 집에 있소?"

밖에서 걸걸한 목소리가 들려오자, 그녀는 깜짝 놀라 침대에서 벌떡 일어나 앉았다. 이웃인 곰씨 아저씨의 목소리였다. 아빠를 찾아오신 모양이었다.

점퍼를 걸치며 창밖을 흘끗 보니, 눈보라는 조금 잦아들었지만 눈은 어제보다 더 두껍게 쌓여 있었다. 이런 날 대체 무슨 일이신 걸까.

아저씨의 농장에서 여기까지는 화창한 날에도 30분은 걸어야 하는 거리였다. 오늘 같은 날은 못해도 2시간은 걸렸을 것이다.

눈보라를 헤치며, 쌓인 눈에 굴까지 뚫으면서 와야 하는 고생길이었으니까. 이런 날 굳이 찾아오신 걸 보면 무슨 일이 생기신 듯했다.

서둘러 방문을 열고 나오다가, 해루는 예상치 못한 광경을 마주하는 바람에 멈칫하고 말았다.

지슈카가 거실의 소파에 등을 기댄 채 잠들어 있었다. 왜 방에서 안 자고 여기서 잠이 든 걸까.

들어가서 자라고 말해 주려다가 너무 곤히 잠든 것 같아 그냥 두었다. 잠든 모습이 근사해 가만히 바라보다가, 그가 깨지 않도록 발소리를 죽이며 조심조심 거실을 지났다. 괜스레 웃음이 났다.

"아저씨, 오셨어요?"

조용히 현관문을 열고 나오자, 낡은 군용 점퍼 차림의 곰씨 아저씨가 보였다. 문 앞에 나무 궤짝 하나를 올려둔 것이, 무언가를 가져오신 모양이었다.

곰씨 아저씨는 전직 특수부대 출신으로, 3년 전에 인근의 사슴 농장을 인수해 들어온 외지인이었다. 이곳에선 젊은 나이인 40대 중반인 데다, 딸린 식구들 없이 혼자 산다는 이유로 마을의 온갖 궂은일을 떠맡고 있는 분이기도 했다.

본래 성은 김씨지만, 재작년엔가 커다란 야생 곰을 맨손으로 포획한 이후로 모두가 곰씨라 부르고 있었다.

"여어, 우리 해루. 잘 지냈냐?"

아저씨가 싱긋 웃으며 인사를 건넸다. 시커먼 얼굴에 눈썹엔 짙은 흉터까지 있어서 조금 무서운 인상이지만, 웃을 때만큼은 사슴처럼 순해 보이는 분이었다.

114

"네, 아저씨. 그런데 어쩌죠. 아빠는 집에 안 계시는데."

그녀의 대답에 아저씨는 조금 난감한 얼굴을 했다. 전화라도 안 끊겼으면 미리 알아보고 오셨을 텐데.

"이런 날씨에 어디를 가셨는데. 혹시 유주가 또 아픈 거냐?"

"네. 병원에 가셨어요."

"그럼 집엔 너 혼자뿐이고?"

집안 사정을 빤히 아는 아저씨는 바로 상황을 눈치 채고 물어 오셨다.

해루는 잠시 답을 망설였다. 평소라면 당연히 혼자겠지만 오늘은 아니었다. 하지만 왠지 다른 사람과 같이 있다는 말은 하고 싶지 않았다.

"……네, 뭐 그렇죠."

그녀는 아저씨의 시선을 피하며 슬쩍 얼버무리고 말았다.

"이것 참 큰일이네. 하필 이럴 때."

무슨 일인지, 아저씨가 조금 걱정스러운 얼굴을 했다.

"왜 그러시는데요. 혹시 무슨 일이라도 생기신 거예요?"

"뭐 별건 아니다만, 조금 불안해서. 어젯밤에 우리 애들이 열두 마리나 죽어 나갔거든."

"네에? 열두 마리나요?"

해루는 깜짝 놀라 되묻고 말았다. 하룻밤 사이에 사슴이 그렇게 많이 죽다니 무슨 일일까.

"그래. 분명 뭐가 습격해 온 것 같은데, 뭔지도 모르겠어서 아주 골치가 아프다. 알잖냐, 사슴 우리 철망이 3미터 높이인 거. 그걸 마구 넘나드는 놈들이라니까."

"세상에. 어떻게 그럴 수가 있죠? 대체 무슨 짐승이지."

어릴 적부터 내내 살아온 산이었지만, 그런 일이 있었다는 얘기는 들어 본 적이 없었다. 가장 골치 아픈 짐승인 멧돼지도 철망을 들이받았으면 들이받았지 뛰어넘지는 못했다.

아저씨가 난감한 얼굴로 말을 이었다.

"형님은 뭘 좀 알까 해서 물어보러 왔더니, 이것 참. 아무튼 밤이고 눈도 심해서 잘 보진 못했다만, 덩치가 산만 한 게 어찌나 사납고 날렵한지 손을 못 쓰겠더라니까."

"아저씨가 손을 못 쓸 정도라니, 말도 안 돼요. 총은 어쩌고요."

"그나마 총이라도 쐈으니까 피해가 그 정도에서 그친 거야. 밤에 총소리 못 들었냐? 수십 발은 쐈을 텐데."

"저는 못 들었어요. 너무 깊이 잠들었나 봐요."

대답을 하면서도 의아한 생각이 들었다. 아무리 눈보라가 심했다지만, 보통 소리도 아니고 산이 떠나가라 울리는 총소리였다. 그것도 한 발도 아니고 수십 발인데, 어떻게 못 들을 수가 있었을까.

"아무튼 뭐가 어떻게 된 건지 보통 수렵용 탄환으로는 끄떡도 없어. 만약을 대비해 사제 총탄이라도 구해 뒀기에 망정이지."

"사제요?"

"그런 게 있어. 강하게 개조한 거. 불법이라 우리 집에만 몰래 들여놨는데, 며칠 전에 형님이 총탄 다 떨어졌다고 한 게 생각나서 가져와 봤다. 여기는 가축이 없어서 그놈들이 들이닥칠 일은 없겠지만, 그래도 혹시 모르니까 말이다."

"아……. 감사해요, 아저씨. 잘 보관해 둘게요."

가져오신 궤짝이 바로 그 사제 총탄인 모양이었다. 갑자기 쏟아진 엄청난 이야기에 해루는 조금 걱정이 되었다. 하지만 아버지가 멧돼지 피해를 대비해 주변에 덫도 놓고 이런저런 장치도 많이 해 두었으니 아마 괜찮지 않을까.

"아무튼 너 혼자 집에 있는 게 마음에 좀 걸리는구나."

"너무 걱정 마세요. 가축도 없고 집에서 나갈 일도 없는데요, 뭘."

해루는 잠시 생각하다 그렇게 말했다. 하지만 아저씨는 걱정스러운 표정을 떨치지 않았다.

"그래도 혹시 모르니까 몸조심해라. 혼자 있기 불안하면 우리 집으로 내려오고. 눈길은 내가 오면서 잘 치워 두고 왔으니까."

"네, 감사해요. 아저씨도 조심하세요."

아저씨는 고개를 끄덕이고 바로 뒤돌아섰다. 덩치에 비해 아담하게 보이는 소형 제설기를 밀면서 서둘러 돌아가셨다.

해루는 궤짝을 들고 안으로 들어와 거실의 벽장을 열었다. 지슈카가 깨지 않게 조심하면서, 선반에 놓인 아버지의 수렵총 아래에 궤짝을 잘 넣어 두었다.

그런데 왜 총소리를 못 들었을까. 아무리 깊이 잠들었어도 그렇지.

그러고 보니 어젯밤에 어떻게 잠이 들었는지도 잘 기억이 나지 않았다. 거실에서 지슈카와 차를 마시고 오로라 이야기를 했던 것까지는 기억났다. 그런데 그 다음에 뭘 했더라……?

아무리 머리를 쥐어짜도 더 생각나는 것은 없었다.

그래도 잠을 푹 잘 자서인지 컨디션은 이상하리만치 좋았다. 맑은 바람이 몸 안에 흐르는 것처럼 몹시 상쾌했고, 전에 없던 기운이 막 솟아오르는 것 같았다.

기분 탓이긴 하겠지만 시야도 좀 밝아진 듯했고, 바깥의 눈 떨어지는 소리도 섬세하게 들려오는 것만 같았다.

왠지 모르게 간지러움이 밀려드는 이마를 긁으며, 해루는 깊이 잠든 지슈카의 모습을 몰래 훔쳐보았다. 이렇게 아름다운 사람이 그녀의 시골집 낡은 소파에 잠들어 있다는 게 그저 꿈결 같았다.

화장한 것도 아닌데 피부가 어떻게 이렇게 뽀얄 수 있는지 알 수 없었다. 굳게 닫힌 단단한 입술은 의외로 따뜻한 빛을 띠고 있었는데, 안개처럼 은은한 핑크 뮬리가 떠오르는 빛깔이었다.

검은색인 줄 알았던 긴 속눈썹은 자세히 보니 머리색처럼 검푸른 빛깔이었다. 어떻게 보아도 모든 게 비현실적인 외모였다.

해루는 잠시 망설이다 슬며시 핸드폰을 열었다. 두근두근 뛰어 대는 심장을 누르며 눈 딱 감고 카메라 버튼을 찾았다. 언제 떠나 버리더라도 기억할 수 있게 사진이라도 남겨 놓고 싶어서였다.

낡은 폴더폰에 불만이 있었던 적은 없지만, 오늘만큼은 최신 유행의 스마트폰이 아니라는 게 못내 아쉬웠다. 화질의 차이가 그만큼 현저할 테니까.

찰칵.

살짝 누른다고 눌렀는데도 소리가 컸었나 보다. 단단하게 닫혔던 눈꺼풀이 갑자기 열리며 푸르른 눈동자가 날카로운 빛을 띠었다.

그녀를 쏘아보는 것 같아 흠칫하던 순간, 차갑던 눈동자에 웃음기가 서렸다.

"해루……?"

그가 미소를 지으며 천천히 일어나 앉았다. 그 모습조차 너무 우아해서 현실감이 떨어졌다.

"아. 그, 그러니까 소파에서 자면 불편할 것 같아서 깨우려고 했어요."

해루는 당황을 감추며 다급히 말했다.

"소파? 내가 잠이 들었던가."

"네. 방에 들어가서 편히 주무세요. 얼른 맛있는 거 해 드릴게요."

해루는 긴장으로 쿵쿵 뛰어 대는 가슴을 누르며 후다닥 부엌으로 뛰어들었다. 뒤꼍에서 감자를 꺼내 드는 손이 조금 떨렸다.

'해루……?'

그녀를 부르며 미소 짓던 푸른 눈동자가 눈앞에 계속 아른거렸다. 심장의 두근거림도 멈추지 않았다. 아니, 더욱 심해지는 것 같았다.

정신이 딴 데 팔려서인지, 수천 번은 깎았을 감자가 자꾸 손에서 미끄러졌다. 하지만 아무래도 좋았다. 상쾌한 아침이었으니까. 그 어느 때보다도 상쾌하고 상쾌한 아침이었다.

꒷

씨씨씨씨. 씨씨.

맑은 새소리가 음악처럼 부엌으로 흘러들었다. 창밖으로 보이는 나무 위에서 작은 새들이 떼 지어 움직이며 분주히 지저귀고 있었다.

"아아, 뱁새예요. 귀엽죠?"

그의 눈길을 좇던 꼬마가 웃으며 알려 주었다.

"그렇군. 뱁새."

지슈카는 음식을 먹으면서도 새들에게서 눈을 떼지 못했다.

솜뭉치처럼 동글동글하게 생긴 조막만 한 새였다. 장밋빛 갈색을 띤 작은 날개도, 천진해 보이는 새까만 눈동자도 못내 귀여웠다. 짧은 다리를 종종대며 바쁘게 움직이는 것까지, 모든 것이 눈앞에 있는 꼬마를 꼭 닮아 있었다.

"그런데 진짜 아저씨도 못 들었어요? 총소리요."

한참 먹는 데 열중하던 꼬마가 또다시 물었다. 그가 잠깐 잠이 든 사이 누군가가 다녀간 모양이었다. 근처에 사는 이웃이라고 했다. 전직 군인이었다는 사슴 목장의 주인.

"듣지 못했다. 바람 소리가 워낙 심하긴 했지. 눈보라도 세 찼고."

지슈카는 그녀의 시선을 피하며 그저 시치미를 떼었다.

어젯밤 이곳으로 몰려든 수백의 마물들은 그가 모두 태워서 재로 흩날려 버렸다. 하지만 인근에서 출몰한 것들은 대처가 조금 늦었다.

꼬마의 곁을 비울 수가 없어서 훌을 불러 처리해야 했기 때

120

문이다. 그사이 사슴 농장에서 피해가 있었던 모양이었다.

"그랬구나."

꼬마는 좀 의아해하는 듯했지만 이내 수긍한 듯 고개를 끄덕였다.

"감자가 아주 맛있군."

지슈카는 꼬마에게 거짓을 말하고 있는 것이 불편해 얼른 화제를 돌렸다. 꼬마가 알려 준 대로 동그랗고 납작한 음식을 포크로 찢어서 까맣고 짭짤한 향신료에 찍어 먹었다.

"와. 감자인 줄 어떻게 알았어요?"

예상대로 꼬마는 반짝 눈을 빛냈다. 총소리는 금세 잊은 듯 신이 나서 입꼬리를 올렸다.

"감자옹심이와 비슷한 맛이지 않나. 좀 더 고소하고 바삭하지만."

"기름에다 구워서 그래요. 얘는 감자전이에요. 감자를 갈아서 부친 거요."

꼬마는 감자에 대한 자긍심이 넘쳐 나는 얼굴로 친절하게 알려 주었다.

"감자전."

"네. 강원도 하면 역시 감자전이죠. 쫀득하고 바삭한 맛이 예술이라 싫어하는 사람은 한 명도 못 봤어요."

"그렇겠군. 아주 맛있다."

그는 빙긋 웃으며 새로운 음식의 이름을 머릿속에 담았다. 이러다 세상의 감자 요리는 다 먹어 보게 될 것 같다는 생각을 하며.

그것도 나쁘지 않을 듯했다. 그만큼 오래 머물 수 없다는 것

121

이 아쉽기까지 했다.

새벽에 그는 자작나무 숲 주위의 펜타스컬들을 모두 제거해 버렸다. 그러니 곧 반응이 올 터였다. 펜타스컬을 다시 재생시키든, 총력으로 공격을 해 오든.

어젯밤에 공격해 왔던 마물들은 마룡들만큼 강력하지는 않았다. 하지만 펜타스컬의 마력이 이곳에 큰 영향을 미치기 시작한 것은 확실했다.

쌍두룡을 빨리 찾아내서 처리하지 못한다면 이 지역 전체가 큰 피해를 입게 될 것이 분명했다.

"혹시 갖고 싶은 선물 같은 건 없나?"

지슈카는 문득 생각나서 꼬마에게 물었다. 머지않아 놈과 맞붙게 된다면 이처럼 한가롭게 식사를 즐길 여유 같은 건 없을 것이다. 그러니 미리 물어봐 두는 것이 나을 듯했다.

"아. 저한테 뭐 해 주시게요?"

꼬마가 싱글싱글 웃으며 눈을 반짝였다. 지슈카는 흔쾌히 고개를 끄덕였다.

"생명의 은인에게 보답은 해야지. 뭐든 말해도 좋다. 급한 일이 끝나면 꼭 선물하도록 하지."

"그럼 머리핀으로 해 주세요."

"머리핀?"

"네. 머리에 꽂는 거요. 앞머리가 너무 길어서 마침 필요했거든요."

머리 장식을 말하는 건가.

뭔지는 모르겠지만, 마침 훌이 데려온 이들 중에 대륙 사정에 능통한 카린이 있었다. 일이 끝나면 그녀를 통해 훌륭한 것으로 구해볼 수 있을 것이다.

"머리핀. 꼭 기억해 두겠다."

"네. 꼭 예쁜 걸로 사 주셔야 돼요."

소녀는 입이 귀에 걸리도록 함박웃음을 지으며 몹시 기쁜 티를 냈다. 물어보길 잘했다는 생각이 들었다.

꼬마가 좋아하는 것이 좋아서 그는 감자전을 세 판이나 먹었다. 집은 포근했고, 식탁은 아늑했으며, 새가 지저귀는 바깥 풍경은 아름다웠다. 평화로운 아침이었다.

❋

흩날리는 눈발 사이로 잠깐 해가 비쳤을 즈음이었다. 점심을 먹고 창밖의 결계를 확인하는데 꼬마가 다가와 찻잔을 건네주었다.

"아저씨, 후식이요."

"고맙다. 잘 먹겠다."

그의 인사에 꼬마는 방긋 웃었지만, 음식의 이름은 알려 주지 않았다. 대신 오늘 밤은 절대 까무룩 잠들지 말아야겠다는 말을 하며 부지런히 차만 마셨다.

지슈카는 그런 그녀를 바라보며 미소를 지었다. 밝은 갈색 빛이 도는 독특한 향미의 차는 달콤하기 그지없었다. 그의 입맛에 꼭 맞는 훌륭한 차였다. 몇 모금 마시지도 않은 것 같은데 잔이 금세 비어 버렸다.

"한데, 이 차의 이름은 무엇이지?"

그가 슬며시 물어보자, 소녀가 의아한 듯 눈썹을 치켜올리며 말했다.

"커피잖아요."

마치 그가 당연히 알고 있으리라 생각하는 눈치였다. 그러다 뭔가를 깨달은 듯 활짝 웃으며 손뼉을 탁 쳤다.

"아. 믹스 커피는 처음 먹어 본 거구나. 근데 어쩌죠? 우리집에 원두커피 같은 건 없어요. 그래도 달달해서 아저씨가 좋아할 줄 알았는데."

"아주 맛있다. 달콤하고. 딱 내 취향이군."

흡족하게 흘러나온 그의 말에, 소녀는 그럴 줄 알았다는 듯 환하게 웃었다. 아쉽게 잔을 들여다보는 걸 눈치챈 듯, 슬그머니 물어봐 주기도 했다.

"한 잔 더 드릴까요?"

"그래 주면 고맙겠다."

그가 흔쾌히 대답하자, 소녀는 깔깔 웃으며 이내 부엌으로 향했다.

"아저씨 의외로 저렴한 취향인 거 알아요? 하긴, 우리나라 믹스 커피가 그렇게 맛있어서 수출도 많이 한다고 하긴 하더라고요."

꼬마는 금세 차 한 잔을 더 가져다주었다.

믹스 커피. 지슈카는 달콤한 그 맛을 즐기며 이름을 선명하게 기억해 두었다. 아주 향기롭고 맛있는 차이긴 했지만, 본래가 맛있는 건지 꼬마가 타 준 차여서 맛있는 건지는 알 수 없었다.

눈으로 하얗게 뒤덮인 자작나무 숲은 그저 평화롭고 고요하게 보였다.

제거했던 펜타스컬은 아직 재생되지 않고 있었다. 잔혹한 핏빛의 표식이 떠다니던 그 자리엔 작고 귀여운 새들이 뾰르르 날아다니고 있었다.

씨씨씨씨. 씨씨씨씨. 귓가를 상큼하게 울리는 맑은 새소리.

뱁새라고 했던가. 꼬마를 꼭 닮은 그 새들이었다.

「전하.」

아롱아롱 울리는 새소리를 배경으로, 문득 휼의 전음이 들렸다.

「무슨 일인가.」

「쌍두룡의 흔적을 찾았습니다.」

기다리고 기다리던 소식이었다.

지슈카는 뱁새를 바라보며 미소 짓는 꼬마를 잠시 눈에 담았다. 다행히 아직은 낮이었고, 위험은 밤에 다가올 것이었다. 그러니 잠시 다녀와도 괜찮겠지.

「위치는?」

「그곳에서 30킬로미터쯤 떨어진 심해입니다. 제가 그쪽으로 가겠습니다.」

「알겠다. 집 밖에서 보도록 하지.」

그는 꼬마에게 쉬어야겠다는 말을 남기고 방으로 들어왔다. 만약을 대비해 집 주위의 결계를 강화해 두고, 이내 바깥으로 공간을 옮겼다.

휼은 곧 도착했다. 그에게 이런저런 보고를 들은 후, 지슈카는 서둘러 심해로 위치를 이동했다. 캄캄한 어둠으로 가득한 깊고 깊은 바다 밑에서, 엉뚱하게도 쌍두룡보다 더 크게 그의 머릿속을 차지한 것은 소녀의 얼굴이었다.

자꾸만 밀려드는 그 얼굴을 억지로 떨쳐 버리려, 그는 추격에 더욱 박차를 가했다. 놈이 남긴 흔적을 바탕으로 위치를 추적해 가며, 더욱 더 먼 바다로 계속해서 공간을 옮겼다.

시간은 생각보다 오래 걸렸다. 중간에 마룡 떼의 습격이 있기도 했고, 쌍두룡의 흔적이 애매하게 끊겨 있기도 했다. 암흑 그 자체인 심해가 모든 감각을 블랙홀처럼 빨아들여 추적이 더딘 것도 있었다.

그는 틈틈이 용안을 펼쳐 소녀의 집 주변에 쳐 둔 결계의 상태를 확인했다. 심해의 영향으로 감각이 흐릿하긴 했지만 위험 여부를 감지할 수 있을 정도는 되었다.

그렇게 나아가고 또 나아갔다. 낯선 동해의 해류를 쉼 없이 가르며, 놈에게 오롯이 집중해 갔다. 시간은 고요히 흘렀다. 얼마나 흐르고 있는지는 알 수 없었다.

눈이 잦아든 하늘에 땅거미가 내려앉고 있었다.

해루는 들여다보던 참고서를 덮으며 핸드폰을 집어 들었다. 갤러리를 열어서 닳도록 보았던 그 사진을 또다시 들여다보았다.

아침에 몰래 찍었던 지슈카의 사진은 생각보다 잘 나오지 않았다. 어디서 빛이 들어간 건지 지나치게 밝아서 얼굴이 선명하게 보이지 않았다. 하지만 없는 것보다는 나아서 아쉬운 대로 잘 간직하기로 했다.

떠나기 전에 꼭 사진 한 장은 같이 찍자고 해야지.

곰곰 생각해 보니 그 정도는 무리 없이 해 줄 것 같았다. 냉랭해 보이는 겉모습과는 달리, 속은 아주 자상하고 친절한 사람인 것 같았으니까.

그녀는 콧노래를 부르며 부엌으로 향했다. 저녁은 감자칼국수를 해 볼 생각이었다. 그는 무얼 해 주어도 잘 먹었지만, 뭔가 별식 같은 걸 해 주고 싶었다.

밀가루에 물을 부어 한참 반죽을 하고 있는데, 무슨 일인지 전등이 깜빡거렸다. 불안한 마음에 바깥을 내다보니 눈보라가 크게 칠 것 같지는 않았다. 대신 바람이 몹시 강하게 불고 있었다.

서둘러 밀대로 반죽을 밀고, 칼로 곱게 썰어서 면을 만들었다. 가스레인지에 멸치 육수를 올려 두고는 감자를 보관해 둔 뒤꼍으로 나갔다. 그런데 갑자기 창밖 저 멀리로 뭔가 시커먼 것이 날아가는 것 같았다.

뭐지.

워낙 밖이 캄캄해서 제대로 본 것 같지는 않았다. 새였을까. 아니, 새치고는 크기가 말도 안 되게 컸다.

뭐, 잘못 봤겠지.

조금 이상한 기분이 들긴 했지만 크게 신경 쓸 일은 아닌 듯했다. 밤중의 산은 묘하게 두려움을 자극하는 데가 있어서, 별 것 아닌 것들이 괜히 무섭게 느껴질 때가 있었다.

감자를 꺼내 든 그녀는 총총히 부엌으로 돌아와 요리에 집중했다. 껍질 벗긴 감자를 숭숭 썰어서 육수에 쏟아붓고는 적당히 익을 때까지 끓였다. 면을 넣고 휘휘 젓다가 호박과 당근도 추가로 썰어 넣었다.

가끔은 집안일 같은 건 신경 쓰지 않고 공부에만 집중할 수 있는 다른 애들이 부럽기도 했었다.

하지만 엄마 아빠가 많이 바빠서 이것저것 도와야 했던 덕분에, 그녀는 또래 아이들에 비해서 할 줄 아는 요리가 많은 편이었다. 지금은 그것이 무척 다행한 일로 여겨졌다.

칼국수는 금방 완성되었다. 김치냉장고에서 싱싱한 김장 김치를 새로 꺼내고, 양념장도 곁들여 놓았다.

괜스레 긴장되는 마음을 꾹꾹 누르며, 그녀는 종종걸음으로 다가가 안방의 문을 똑똑 두드렸다.

"아저씨, 식사하세요."

방에선 대답이 없었다. 잠이 든 것일까.

잠시 쉬겠다며 들어간 그는 오후 내내 방에서 나오지 않았다.

"아저씨! 얼른 나오세요. 칼국수 다 불어요."

문을 쿵쿵 두드려 보았지만 응답이 없었다. 아무래도 잠이 든 것 같아서, 결국 슬그머니 문을 열고 안으로 들어섰다. 하지만 그의 모습은 방 안 어디서도 보이지 않았다.

텅 빈 방을 마주한 순간, 맥이 탁 풀리는 것만 같았다. 대체 또 어딜 간 걸까.

속상한 마음에 원망마저 찾아들었다. 나가면 나간다고 말이라도 하고 가지. 이럴 줄 알았으면 칼국수 말고 다른 것을 할 걸 그랬다. 시간이 지나도 문제없는 다른 음식도 많은데 왜 하필 칼국수를 했을까.

허탈한 마음에 침대에 털썩 주저앉는데, 뭔가 스산한 기분이 들었다.

무심결에 창밖을 바라보니, 핏빛처럼 붉은 무언가가 희미하게 허공을 떠돌고 있었다. 도저히 그냥 넘겨 버릴 수 없는 괴기스러운 무늬의 무언가.

해루는 흠칫 놀라 침대에서 벌떡 일어섰다. 저건 대체 뭐지.

하지만 그건 그저 불길한 전조에 불과했다. 정말로 끔찍한 것은 그 뒤에 보였다. 검은 어둠에 뒤덮인 숲 위로, 시커멓고 시커먼 그것이 괴이하게 날아 움직이고 있었다.

뒤꼍에서 분명히 보았지만 착각이라고 치부했었던 아까의 그것.

시커먼 뱀 같은 형체에 박쥐 같은 날개가 달린 집채만 한 덩치의 무시무시한 그것.

"꺄아악!"

해루는 비명을 지르며 미친 듯이 방을 뛰쳐나왔다. 상상조차 할 수 없을 만큼 기괴한 형체의 그것은 도저히 현실이라고 믿어지지 않을 만큼 무시무시했다.

서, 설마 집에까지 들어오지는 않겠지. 누군가 장난을 치고 있는 걸지도 몰라. 연이나 뭐 그런 거.

하지만 열린 방문 너머로 창밖이 보였고, 그것은 연이라고 하기엔 너무도 생생하게 살아서 꿈틀거리고 있었다. 그것도 몹시 가까이에서.

전봇대 열 개는 될 법한 어마어마한 굵기에 징그럽고 소름 끼치는 올올의 비늘들, 악마의 날개가 연상되는 가시 돋친 날개와 시뻘겋게 타오르는 눈, 흉측하고 거대한 머리에 창처럼 길게 솟은 무시무시한 이빨들.

무엇보다 몸에서 뿜어져 나오는 시커먼 연기 같은 것이 공포에 공포를 더했다.

무서웠다. 너무도 무서워서 몸이 부들부들 떨렸다. 밀려드는 공포에 꼼짝달싹도 할 수 없었다. 머릿속이 하얗게 비어 버려서 무얼 어떻게 해야 할지도 알 수 없었다.

두려움을 이기려 피가 나도록 입술을 깨무는데, 문득 아침에 들었던 곰씨 아저씨의 말이 스쳐 지났다.

'분명 뭐가 습격해 온 것 같은데, 뭔지도 모르겠어서 아주 골치가 아프다. 알잖냐, 사슴 우리 철망이 3미터 높이인 거. 그걸 마구 넘나드는 놈들이라니까.'

'아무튼 밤이고 눈도 심해서 잘 보진 못했다만, 덩치가 산만 한 게 어찌나 사납고 날렵한지 손을 못 쓰겠더라니까.'

어쩌면 저것들이 그게 아닐까. 날개까지 있으니 철망 정도는 가볍게 넘지 않았을까.

……그렇지, 총.

아저씨가 가져다 준 사제 총탄도 생각났다.

하지만 쏘는 걸 많이 보긴 했어도, 한 번도 손에 잡아 본 적 없는 총이었다.

그러나 만약에, 만약에라도 저 무시무시한 것이 집에 부딪쳐 오기라도 한다면. 아저씨네 사슴처럼 저것들이 나를 노리기라도 한다면.

사슴을 죽인 놈들이 사람이라고 못 죽일까. 바보처럼 앉아서 벌벌 떨다가 생목숨을 그냥 내줄 수는 없었다.

그녀는 정신없이 일어나 벽장을 열었다. 선반에서 아버지의 수렵총을 내리고, 궤짝을 열어서 탄환도 꺼냈다.

쿵!

엄청난 굉음과 함께 지진이라도 난 것처럼 집이 어마어마하게 흔들린 것은 그 순간이었다.

책장에서 책들이 와르르 무너져 내렸고, 거실에 난 창으로 아까의 그 무시무시한 형체가 보였다. 날개를 퍼덕이고 시꺼먼 연기를 뿜으면서 이쪽으로 세차게 날아들고 있었다.

그녀는 미친 듯이 총을 조작해 탄환을 끼워 넣었다. 그리고 어떻게 겨눠야 할지도 알지 못한 채, 무작정 총구를 창으로 향하고 안전장치를 풀었다. 그, 그다음에 뭘 어떻게 하더라.

쨍그랑!

거실의 창이 깨지면서 거대한 크기의 무시무시한 머리가 안으로 밀려들었다. 그 순간 손이 미친 듯이 움직여 저절로 방아쇠를 당겼다.

타앙!

뭐가 어떻게 되는지도 모르게 총이 크게 흔들리며 불을 뿜었고, 그녀는 몸을 제대로 가누지 못해 나동그라지고 말았다.

정신없이 팔을 뻗어서 총을 다시 잡는데, 괴기스러운 머리가 사납게 그녀를 쫓았다. 팔뚝만 한 송곳니가 탁자를 찍어 부수고, 그녀를 향해 끔찍한 입을 벌렸다.

해루는 몸을 일으키지도 못한 채 정신없이 다시 총구를 들이댔다. 그리고 무작정 쏘았다. 한 발을 쏘고, 두 발을 쏘았다. 하지만 그것은 아무런 영향도 받지 않는 듯했다.

다시 쏘려던 그 순간, 짙붉은 그것이 보였다. 거대한 입에서 쏟아져 나오는 무시무시한 불길. 세상을 다 태울 듯 이글이글

몰아쳐 오는 시뻘건 화염.

그리고 모든 것이 정지된 것만 같았다. 벌겋게 달궈진 총이 뜨거워 놓치던 찰나, 이렇게 타 죽는구나 하는 것 외에 아무 생각도 할 수 없었다. 어떻게든 죽음의 고통을 견디려 눈을 질끈 감았다.

강하고 단단한 무언가가 벽처럼 뒤덮으며 그녀를 감싼 것은 바로 그 순간이었다. 아니, 어쩌면 불보다 그것이 먼저였을까.

무언가의 보호 아래 놓였다고 생각한 순간, 눈부신 푸른빛이 폭발하듯 강력하게 퍼져 나갔다.

온 산을 다 뒤덮을 것만 같은 광대하고 푸르른 빛. 초신성이 터지듯 강렬하고 웅대한 사파이어 빛. 현실 너머에 존재하는 듯한 찬란한 그 빛이 오래도록 그녀를 휘감아 돌았다.

시간이 얼마나 흘렀을까.

영원할 것만 같던 푸른빛은 한참이 지나자 서서히 희미해졌다. 안개가 걷히듯 빛줄기가 서서히 사그라지면서, 온통 빛으로 뒤덮였던 세상이 점차 제 모습을 드러내고 있었다.

해루는 그제야 누군가가 그녀의 몸을 꽉 끌어안고 있다는 것을 깨달았다. 단단한 벽 같다고 생각했던 것은 그녀를 빈틈없이 감싸 안은 누군가의 몸이었다.

낯익은 푸른 망토가 눈에 들어오자, 그녀는 멍하니 고개를 들었다. 지슈카의 푸른 눈동자가 그녀를 걱정스럽게 내려다보고 있었다.

그 얼굴을 마주하기 무섭게 현실이 깨달아졌다. 눈부신 빛 때문에 잠시 잊혔던 공포가 다시금 커다랗게 밀려들었다. 해루는 정신없이 그의 품에서 빠져나오며 다급히 입을 열었다.

"아, 아저씨! 끔찍한 괴물이……"

"그래. 이제 괜찮다."

그는 말을 다 하기도 전에 굳은 눈으로 고개를 끄덕였다. 마치 모든 걸 다 알고 있는 것처럼.

하지만 괜찮다니, 뭐가. 하나도 괜찮을 리 없었다. 흉측하고 무시무시했던 그 괴물이 금방이라도 또다시 달려들 것만 같았다.

해루는 미친 듯이 주위를 두리번거리며 놓쳤던 총을 황급히 찾았다. 저만치 앞에 떨어져 있는 총으로 손을 뻗는 순간, 갑자기 다가온 커다란 손이 그녀의 팔을 단단히 잡았다.

해루는 그의 손을 뿌리치며 정신없이 외쳤다.

"도, 도망가야 돼요! 이러다 죽는다고요! 막 불을 뿜고 총에도 안 죽고."

"걱정할 것 없다. 괜찮다고 하지 않았나."

침착하게 들려온 단호한 목소리에 그녀는 잠시 멈칫했다. 끔찍하게 찾아드는 공포를 무릅쓰며 괴물이 달려들던 창가 쪽을 쳐다보았다. 그리고 멍하니 탄식을 흘려내고 말았다.

그곳엔 정말 아무것도 없었다. 불까지 뿜어내던 무시무시한 괴물은 간데없이, 엉망으로 부서져 버린 캄캄한 창에서 차가운 바람만 소리를 내며 불어들고 있었다.

정말 다 끝난 걸까. 정말로 이제는 괜찮은 걸까.

갑자기 긴장이 확 풀리면서 온몸이 덜덜 떨려 오기 시작했다. 끔찍했던 그 상황들이 도저히 현실로 믿어지지 않았다. 그저 길고 긴 악몽을 꾼 것만 같았다.

하지만 산산이 깨져나간 유리창과 엉망진창이 된 거실은 그 모든 일들이 꿈이 아닌 현실임을 똑똑히 말해 주고 있었다.

"많이 다쳤군."

그가 무거운 얼굴로 말하며 그녀의 몸을 살폈다. 그제야 팔다리 여기저기서 피가 흐르고 있는 것이 눈에 들어왔다. 바닥을 구르면서 깨진 유리에 다친 모양이었다.

고통은 그때서야 밀려들었다. 그가 찡그린 얼굴로 상처에 박힌 파편들을 뽑아내고 있었다.

"미안하다."

묵묵히 망토로 피를 닦고 상처를 매만져 주던 그가 그녀를 감싸 안으며 말했다. 해루는 그가 하는 대로 멍하니 몸을 맡긴 채 정신을 차리려고 애썼다.

"아저씨가…… 뭐가…….."

"너무 늦어서."

머릿속이 온통 뒤죽박죽이라 그의 말이 제대로 이해되지 않았다. 그의 품이 몹시 따뜻하다는 것과 어디선가 바다 내음이 짙게 흘러든다는 것. 다친 상처가 몹시 고통스럽다는 것. 느껴지는 것은 그런 것들이 전부였다.

그래, 빛.

그 빛은 뭐였을까.

뒤늦게 그 생각이 떠올랐다. 눈부시고 눈부셨던 어마어마한 푸른 빛. 광대한 우주 저 너머에나 존재할 것만 같던 신비롭고 찬연한 그 빛.

그 빛이 괴물을 몰아내 준 걸까.

"그 빛은…… 어떻게 된 거예요?"

해루는 찬란했던 푸른빛을 멍하니 떠올리다 그에게 물었다.

왠지 그는 알고 있으리란 생각이 들었다. 돌이켜보면 그 빛은 분명 그녀를 감쌌던 그곳에서부터 시작되었으니까.

그녀를 다친 새끼고양이마냥 조심스레 품어 안고 있는 눈앞의 남자에게서부터. 확실치는 않았지만 기억으로는 분명 그랬다.

아름다운 푸른 눈동자가 복잡한 빛을 띠었다. 답을 망설이고 있는 것 같기도 했다. 하지만 그는 입을 열었고 조용히 답을 주었다.

"장막 같은 거다. 그대를 보호하기 위한."

장막…… 보호…….

해루는 안개가 낀 것처럼 흐릿한 머리로 생각이란 걸 하려고 애썼다. 그러니까 그 빛은 그가 만들어 낸 것이 맞다는 뜻이었다. 모든 걸 알고 있는 것도 분명해 보였다. 대체 어떻게…….

그러고 싶지 않았지만 슬슬 밀려들기 시작한 의구심을 스스로도 어떻게 할 수 없었다.

"그 괴물…… 전에도 본 적 있는 거예요, 아저씨는?"

"수도 없이."

가차 없이 들려온 대답에 해루는 흠칫 숨을 삼켰다. 짤막한 그 말의 의미가 서서히 머릿속을 파고들면서, 갑자기 소름 끼치는 두려움이 엄습해 왔다.

이 사람은 대체 누굴까. 그런 괴물을 수도 없이 보고, 몸에서 기이한 빛을 만들어 내는 이 사람은.

내내 현실의 존재 같지 않다는 생각은 했었지만, 결코 이런 식은 아니었다. 더없이 친근하게 느껴졌던 그가 한없이 낯설고

135

두렵게 느껴지고 있었다.

돌이켜보면 눈보라가 몰아치고 전기가 끊겼던 험난한 그 밤, 푸른빛을 보고 그의 목소리를 들었던 기묘한 그 밤 이후로 모든 것이 현실에서 조금씩 벗어나 있었다.

무심결에 그의 시선을 피하다 유리에 찢겼던 왼쪽 팔목이 눈에 들어왔다.

이상한 기분이 들어서 자세히 보니, 처참하게 파였던 상처가 보이지 않았다. 그러고 보니 고통도 더 이상 느껴지지 않았다. 오른팔도 그랬고, 발목도 그랬다. 피가 줄줄 흐르던 상처들은 어느새 흔적 하나 없이 말끔하게 사라져 있었다.

해루는 저도 모르게 흘러나오려는 비명을 억지로 삼켰다. 두려움에 떨려오는 몸을 애써 다잡으며 그의 품에서 천천히 빠져나왔다.

"아저씨는…… 누구예요?"

떨리는 눈으로 멍하니 그를 바라보다 결국 묻고 말았다.

그는 무거운 얼굴로 그저 가만히 바라보기만 했다. 그리고 한참 만에야 입을 열었다.

"그대와는 조금 다른 존재다."

"다른 존재……."

"그래."

다른 존재. 그러니까 어쩌면 인간이 아닌 존재.

해루는 밀려들기 시작한 공포에 그를 똑바로 쳐다볼 수가 없었다. 갑자기 몸이 움찔움찔 떨리고 소름이 좍 끼쳤다. 결코 답을 알고 싶지 않은 질문이 당연한 듯 입에서 터져 나왔다.

"서, 설마 인간이…… 아니라는 거예요?"

"그렇다."

그의 답이 선명하게 떨어지는 순간, 머릿속이 하얗게 비어 버리는 것만 같았다. 사람이 아니라니. 아니었다니.

"그, 그럼 대체 뭔데요. 외계인? 초능력자?"

"……그것이 무엇이든 그대에겐 다를 바 없겠지."

그의 말 하나하나가 가슴 저 밑바닥에 숨겨진 깊은 공포심을 흔들어대는 것만 같았다.

저 매끄러운 피부 아래에 혹시 파충류의 비늘 같은 게 숨어 있는 건 아닐까. 한 순간에 아주 끔찍한 존재로 돌변해 버리는 건 아닐까. TV에서 보았던 흉측한 장면들이 스쳐 지나며 속이 크게 울렁거렸다.

"나는 아저씨가…… 아저씨가……"

따져 묻고 싶은 게 많았으나, 해루는 더 말을 잇지 못했다. 공포나 두려움과는 또 다른 알 수 그 무엇.

뭔지 모를 배신감에 눈물이 왈칵 터져 나왔다. 끔찍한 두려움과 분노가 뒤섞여 덜덜 떨리는 눈에선 눈물이 끊임없이 치솟아 올랐다.

"해루."

걱정스러운 목소리와 함께 그가 어깨를 짚었다. 하지만 그녀는 흠칫 놀라 그 손을 쳐내고 말았다.

그가 너무너무 좋았다. 그런 만큼 무서움은 더더욱 컸다. 정체도 모를 존재를 사람이라 굳게 믿고서 집까지 데려왔었고, 생명을 구하겠다는 일념으로 정성껏 보살폈었다. 그리고 이런 일이 생겼다. 아름다운 그 얼굴이 소름 끼치도록 두려워졌다.

그녀는 눈물을 훔쳐 내며 벌떡 일어섰다. 더 이상 그의 곁에 있고 싶지 않았다. 어디론가 빨리 피해야 한다는 생각부터 들었다.

떨리는 다리를 추스르며 방을 향해 걸음을 옮겼다. 하지만 채 몇 걸음 딛기도 전에, 소스라치게 놀라서 비명을 내지르고 말았다.

"아악! 아, 아저씨! 저거……"

깨진 창밖으로 보이는 붉디붉은 그 무엇. 허공을 유령처럼 떠다니는 기괴한 문양.

아까의 그 괴물과 함께 보았던 짙붉은 무언가가 거실 밖의 허공에서 춤추듯 흩날리고 있었다.

그녀는 정신없이 주위를 두리번거렸다. 금방이라도 무시무시한 괴물이 모습을 드러낼 것만 같아 공포로 옴짝달싹할 수가 없었다.

"잠시 쉬는 것이 좋겠다."

그녀의 시야를 막아선 남자에게서 무거운 목소리가 흘러나왔고, 이내 그의 손이 가볍게 이마에 닿았다.

그 순간 갑자기 모든 긴장이 풀리며 원치 않는 잠이 쏟아져 내렸다. 제대로 가눠지지 않는 몸이 크게 휘청거렸다. 공포가 파도처럼 휘몰아쳤다.

이전에도 이런 일이 있었던 것 같다는 생각이 설핏 찾아들었다. 무언가가 다른 것 같다는 느낌과 함께.

귀가 먹먹해지고 얼굴이 뜨겁게 달아올랐다. 펄펄 끓는 수증기 같은 것이 몸속을 헤집고 다니며 가시 돋친 열기를 피워 올리는 것만 같았다.

마지막으로 보인 것은 걱정을 한껏 담은 푸른 눈동자였다.

사람이 아니라고는 절대 믿고 싶지 않은 아름답고 상냥한 푸른 눈동자.

그리고 곧 의식이 희미해졌다. 끔찍했던 기억도, 아름다운 그 얼굴도 안개처럼 하얗게 흩어져 갔다.

✻

지슈카는 초조하게 해루의 방을 서성이고 있었다.

마룡들의 처리도, 쌍두룡을 잡기 위해 쳐 둔 덫도 모두 휼에게 맡겨둔 채로, 사흘째 잠시도 그녀의 곁을 떠나지 못하고 있었다.

「왜 아직도 열이 내리지 않지?」

그는 또다시 해루의 상태를 살피는 카린을 다그치고 말았다.

의식을 잃고 누워 있는 해루의 몸에선 사흘 내리 열이 불덩이처럼 끓고 있었다. 의식을 되돌려 깨워 보려 했지만 그조차 의도대로 되지 않았다.

후회에 후회를 거듭했지만 이미 지나 버린 일을 후회해 봤자 아무런 소용도 없었다. 따지고 보면 모든 게 그의 탓이었다.

상황을 가볍게 생각했던 것이 문제였다. 그 순간엔 분명 그것이 최선이라 생각했었다. 끔찍한 일들을 더 이상 겪지 않도록 잠시 자게 하는 게 나을 거라고.

하지만 그가 용력을 흘려 의식을 잃게 했던 그 순간, 예상치 못하게 그녀의 몸에서 급격히 열이 올랐다. 그렇게 시작된 고

열은 사흘이 지난 지금까지도 식을 줄을 몰랐다.

아니, 점점 더 펄펄 끓어오르는 것만 같았다. 자칫 꼬마가 잘못될지도 모른다는 생각에 그 무엇도 손에 잡히지 않았다.

「저도 모르겠다고 하지 않았습니까. 이런 경우는 처음이라고 누차 말씀드렸습니다만.」

카린은 이런저런 조치를 취하며 냉정하게 대답해 왔다. 하지만 하루 종일 취한 조치 중에서 그 무엇도 효과가 있었던 것은 없었다.

지슈카는 이틀 동안 혼자서 갖은 방도를 다 찾아보았었다. 그런데도 아무런 소용이 없어서 오늘은 결국 카린을 불러들이고 말았다.

2000년이나 대륙을 넘나들며 인간들 사이에 섞여 살아온 그녀였기에, 응당 무슨 답이라도 갖고 있으리라 생각했기 때문이었다.

하지만 누구보다 인간을 잘 알고 있을 카린이었음에도 불구하고, 고작 이 작은 소녀의 열을 내릴 방도 하나 제대로 찾아내지 못하고 있었다.

「정말로 용력의 부작용 같은 건 아닌가.」

「아니라고 말씀드리지 않았습니까. 그 정도의 미미한 용력엔 이렇게까지 반응하지 않습니다. 문제가 있다면 아마도 심리적인 문제겠지요.」

「충격이 그토록 컸을까.」

하루 종일 반복된 대화였다. 이 질문에는 내내 침묵을 지키던 카린이 갑자기 작심한 듯 대꾸를 해 왔다.

「물론 컸겠죠. 왜 그리 쓸데없이 솔직하셨습니까. 가뜩이나 마룡 때문에 넋이 나가 있었을 꼬맹이한테.」

「……거짓을 말하고 싶지 않았다.」

「하면 요령이라도 제대로 부리셨어야 할 것 아닙니까. 인간은 예민하고 섬세한 존재라고 누차 말씀드리지 않았습니까.」

「400년 전의 조언이라 잠시 잊고 있었다. 이후엔 인간을 마주할 일이 없었으니.」

「됐습니다. 충격이 너무 커서라기에도 무리가 있으니. 벌써 사흘째니 말입니다.」

카린은 안쓰러운 눈으로 꼬마를 바라보며 불퉁하게 대꾸해 왔다.

지슈카는 밀려드는 후회에 속절없이 머리만 벅벅 긁었다.

모든 게 그의 탓이었다. 어찌 그리 쉽게 생각했을까. 애초에 해루를 그렇게 혼자 두고 자리를 비우는 것이 아니었다. 하다 못해 군사들이라도 배치해 두고 떠났더라면 이런 일은 생기지 않았을 것을.

웃음기 가득하던 그 눈동자가 그를 외면하는 것까지는 참을 수 있었다. 마룡의 습격이라는 끔찍한 일을 겪은 이상, 그가 인간이 아니라는 사실을 털어놓은 이상, 어쩌면 피해 갈 수 없는 결과였으니까.

하지만 펜타스컬을 발견하고서 공포에 옴짝달싹 못하던 그녀의 모습이 떠오르자, 가슴에서 불덩이가 치솟아 오르는 것만 같았다.

따뜻함으로 반짝이던 새까만 눈동자는 빛을 잃었고, 종종거리며 바쁘게 움직이던 활기도 사라져 버렸다. 그가 잠시 방심했었던 그 밤, 그 짧은 한 순간 때문에.

그녀의 기억을 지우는 것은 이제 불가피한 일이 되어 버렸다. 평생 그런 공포심을 안고서 살아가게 할 수는 없었으니까.

하지만 다른 건 아무래도 좋았다. 제발 아무 일 없었다는 듯 무사히 깨어나기만 했으면. 평온한 일상으로 돌아가 본래의 모습대로 행복하게 살아갔으면.

「카린.」

침대 맡을 서성이던 지슈카는 문득 찾아든 의구심에 카린을 돌아보았다. 도무지 이해가 가지 않는 사실이 하나 있었기 때문이다.

「예, 전하.」

「한데, 이 아이의 눈에 펜타스컬이 보인 것 같았다. 그 끔찍한 것이. 인간에게 그것이 가능한 일인가.」

「아니요. 드라클이라면 모를까, 보통의 인간에겐 절대 불가능합니다.」

「그래, 그렇겠지.」

지슈카는 당연한 사실을 확인받고 묵묵히 고개를 끄덕였다.

하면 그가 해루의 반응을 잘못 본 것일까. 아니면 그 자리에 펜타스컬 말고 다른 무언가가 있었던 것일까. 분명 그것을 처리한 휼에게선 그 자리에 다른 것은 없었다는 대답을 들었었다.

「한데, 그러고 보니 여러모로 좀 이상하긴 합니다. 마룡이 그렇게 미친 듯이 날뛰면서 인간을 공격하다니. 그것도 화염까지 뿜어내면서 말입니다.」

해루의 열을 확인하던 카린이 넌지시 말을 꺼냈다.

「그런 건 많이 드문 일인가.」

「절대적으로 드물죠. 아시잖습니까. 마룡은 인간에겐 더없이 유혹적으로 다가간다는 걸. 거부할 수 없는 유혹으로 빼앗기는 줄도 모르게 혼을 탈취해 가죠.」

「그래, 분명 그렇다고 들었다.」

지슈카는 그 말에 동의하며 고개를 끄덕였다. 그가 마룡과 인간의 관계에 대해 알고 있는 사실들은 이론에 지나지 않는 반면, 2000년이나 실전을 겪은 카린의 말은 그보다 훨씬 높은 정확성을 띠고 있었다. 대륙의 일에 관한 한 그가 카린을 전적으로 신뢰하는 이유였다.

카린이 의문 가득한 얼굴로 다시 말을 이었다.

「게다가 더 이해할 수 없는 건 마룡이 인간 앞에 그렇게 대놓고 실체를 드러냈다는 사실입니다. 마물들을 이용한 것도 아니고, 드라클을 보낸 것도 아니고.」

「이상하긴 이상하군.」

「……전하의 능력을 의심하는 건 아닙니다만, 혹시 이 집을 떠날 때 전하의 흔적을 다 지워 내지 않으신 건 아닙니까? 마룡의 그런 공격적인 반응은 천룡의 기운을 느꼈을 때만 보이는 본능적인 행동이니 말입니다.」

「그럴 리 없다. 그 정도 조치도 제대로 취하지 못했을 리 없지 않은가. 설사 남아 있었다 해도 결계가 모두 흡수해 버렸겠지.」

카린의 지적은 충분히 합리적이었지만 그럴 가능성은 거의 없었다. 그럼 대체 뭐가 문제인 걸까.

「하면 혹시…… 그 짧은 시간에 용혈龍血이라도 먹이신 겁니까.」

카린이 또다시 물어 왔다.

아주 드문 일이긴 하지만, 인간과 깊은 관계가 되어 버린 용들이 간혹 목숨이 위급한 상황에 도박처럼 그런 방법을 쓴다고 듣긴 했었다.

하지만 부작용이 엄청나기 때문에 숨이 끊기기 직전이 아니면 함부로 쓸 수도 없는 방법이었다.

「아니. 그런 일은 없었다.」

「하긴, 용혈을 먹었다면 그 즉시 밤낮으로 생사를 넘나들었겠지요. 그 영력을 몸이 감당해 내지 못해 목숨을 잃었을 지도 모르고. 그러면 남은 것은 하나뿐인데…….」

카린은 뭔가 더 말을 할 것 같더니 이내 말끝을 흐렸다. 그녀답지 않은 모습이었다. 또 무언가가 있는 것일까.

「그것이 무엇인가.」

「아니, 아닙니다. 그럴 리가 없지요. 전하가 어떤 분인데.」

「그대답지 않군. 내 눈치를 볼 때가 다 있다니.」

지슈카가 냉소적으로 말했다. 뭐가 내키지 않는 건지, 그대로 말을 접으려는 카린의 의도가 분명히 보여서였다.

「제가 감히 여쭤봐도 되겠습니까.」

「무엇이든지.」

늘 상대의 눈을 똑바로 쳐다보며 말하는 버릇이 있는 카린이 답지 않게 슬며시 그의 눈을 피했다. 어울리지 않는 헛기침을 잠시 하더니, 조심스럽게 목소리를 내었다.

「혹시 전하께서…… 이 꼬맹이한테 정염을 느끼셔서 무슨 일이라도 벌이신 건…….」

「무, 무어라!」

지슈카는 당혹스러운 마음에 큰 소리를 내고 말았다.

「고작 스무 해도 살지 못한 갓난쟁이다! 제아무리 눈이 뒤집혔다 해도 저런 꼬꼬마를 상대로 그런 일을 할 수 있을 리 없지 않은가!」

미심쩍은 눈으로 그를 바라보던 카린이 한숨을 내쉬며 고개를 저었다.

「하면 저도 더 이상은 모르겠습니다. 용의 체액이 섞여 들지 않은 이상, 인간이 펜타스컬을 본다거나 마룡의 직접적인 습격을 받는다거나 하는 일은 결코 없으니까요.」

「체액……?」

문득 스쳐 가는 기억이 있어서 지슈카는 멈칫했다.

'잘못을 했잖아요, 아저씨가! 내 입술 어떡할 거예요! 막 빨아 먹고 혀 넣어서 막 휘젓고!'

억울한 얼굴로 분을 쏟아 내던 꼬마의 목소리. 어쩌면 꿈결에 벌어졌던 그 짧은 순간의 실수가……. 설마…….

「혹, 타액이 섞인 것도 문제가 되는 건가.」

조심스럽게 흘러나온 그의 말에 카린이 얼굴을 번쩍 들었다.

「타, 타액이라니요. 설마 전하!」

그녀가 경악스러운 얼굴로 그를 쳐다보고 있었다. 비난 가득한 그 눈길에, 지슈카는 굳은 얼굴로 가만히 고개를 저었다.

「그대가 상상하는 그런 것이 아니다. 인공호흡. 그래, 그렇게 들었다. 그 과정에 내가 의식이 분명치 않아서 약간의 실수가 있었고.」

「타액이 섞였다면 충분히 문제가 될 수 있습니다. 더욱이 전하의 용력은 보통의 용들과 한참 다른 수준이 아닙니까.」

「하면 왜 그때 바로 문제가 생기지 않고 뒤늦게 이런 일이 일어난단 말인가.」

「아이가 생각보다 몸이 단단한 모양입니다. 만약 전하께서 의식을 잃게 하려 추가로 용력을 넣으셨다면 큰 문제가 생기지 않았을 지도 모르지요. 미미한 양이긴 하나, 추가된 용력이 임계점을 넘는 작용을 한 모양입니다.」

결국 그것이 문제였었나.

지슈카는 발긋한 얼굴로 누워 있는 해루의 뺨을 손으로 가만히 쓸어 보았다. 뜨끈한 열기가 손에 닿아오자, 가슴이 못내 쓰라려 왔다. 눈도 뜨지 못하고 죽은 듯 누워 있는 모습이 울다 지쳐 쓰러진 작은 아기새 같았다.

「하면 이제 어떻게 되는 것인가.」

「본체가 건강한 아이인 듯하니, 하루 이틀 더 앓고 나면 의식을 찾을 것입니다. 고귀한 용력을 넘겨받은 셈이니, 몸이 적응을 하고 나면 이전보다 훨씬 좋아질 것은 말할 것도 없겠고요. 평생 큰 병 한 번 앓지 않고 살아갈 수도 있습니다.」

「그렇다면 참으로 다행한 일이로군.」

「어떻든 이걸로 은혜 갚음은 크게 하신 셈이 되었군요. 별로 고결한 행동은 아니셨습니다만.」

「실수라고 하지 않았나.」

지슈카는 쓰게 웃으며 침대 곁에 가만히 걸터앉았다. 한껏 졸였던 가슴이 트이는 듯하자, 더는 문제될 것이 아무것도 없을 것 같았다.

그는 색색 숨을 내쉬며 열병을 앓고 있는 해루를 한참이나 들여다보았다. 그리고 인간의 언어로 가만히 인사를 남겼다.

"잘 자렴, 해루."

이불을 꼼꼼히 덮어 준 뒤에, 그는 밀려드는 아쉬움을 걷어 내며 자리를 털고 일어섰다. 남은 것은 이제 쌍두룡에 대한 복수뿐이었다. 놈을 산산이 망가뜨려 재로 날려버려도 속이 시원치 않을 것만 같았다.

「그럼 잘 부탁한다, 카린.」

당부를 남기고 이내 공간을 옮기려는 그에게 카린이 물어왔다.

「기억은 어떻게 하시겠습니까. 제가 지워 둘까요?」

「……아니. 내가 직접 하겠다. 작별 인사쯤은 해야 하지 않겠나.」

「쉽지 않으실 텐데요.」

인간들과의 숱한 이별을 겪은 카린이 당연한 듯 말해 왔다.

「그대가 신경 쓸 일이 아니다.」

그녀의 말이 마음에 걸려 잠시 멈칫했지만, 지슈카는 이내 가볍게 흘려 넘기며 밖으로 나왔다.

용안을 펼쳐 곳곳에 쳐둔 덫을 확인하는 그의 눈이 날카롭게 빛났다. 아직 쌍두룡의 움직임은 보이지 않았다. 하지만 곧 모습을 드러낼 수밖에 없을 것이다.

비록 해루가 위험에 처하는 바람에 쌍두룡의 추적은 중간에 끊을 수밖에 없었지만, 그간의 집요한 수색은 헛되지 않아서 마룡들의 근거지를 대거 찾아냈기 때문이었다. 예상 밖의 커다란 수확이었다.

그는 휼에게 선제공격을 지시하는 전음을 보냈다. 공간을 옮기는 그의 눈이 푸르게 번득였다. 달이 구름에 가린 어두운 밤, 고요한 사냥이 시작되고 있었다.

❋

어둡고 적막한 바다 한가운데서 거대한 폭발이 일었다. 광활한 물보라가 드높이 치솟으며 온 바다를 구름처럼 덮어 내렸다.

심해의 은신처가 폭발로 붕괴되면서, 피할 곳을 잃은 마룡들이 바닷속에서 속속 모습을 드러내기 시작했다.

세찬 격랑을 일으키며 솟아오른 놈들은 일제히 날개를 펼치고 화염을 내뿜으며 전투태세를 갖췄다. 하지만 뜻밖의 기습에 당황한 듯 갈피를 제대로 잡지 못했다.

하늘로 날아오르던 몇몇이 투명한 결계에 부딪쳐 날개가 부러지고 목이 꺾였다.

뒤늦게 결계의 존재를 눈치 챈 놈들이 흑안개와 화염으로 태우기 시작했지만, 단시간에 결계를 뚫어 내기는 힘들 터였다. 은신처를 발견한 순간부터 공들여 직조한 광대하고 치밀한 결계였으니까.

「쏴라!」

휼의 명령과 함께, 캄캄한 창공에서 대기하던 군사들이 움직였다. 결계 위를 빠르게 이동하면서 빛을 감은 화살들을 끊임없이 아래로 쏟아부었다.

용력을 품은 수백의 화살들이 결계로 박혀 들면서 순식간에 강력한 전자기장을 형성해 냈다. 화살을 타고 결계 내부로 침투한 전자기파가 푸른 섬광을 내뿜으며 격렬하게 움직이기 시작했다.

강력한 푸른빛의 전자기파는 결계 속을 고속으로 질주하며 마룡들을 수없이 꿰뚫고 지났다.

놈들이 뿜어내는 검은 안개와 붉은 화염, 상처에서 솟구치는 검붉은 피들로 인해 결계 안은 온통 아수라장이 되어 가고 있었다.

지슈카는 냉랭하게 그 모습을 지켜보다 한참이 지나서야 푸른 불꽃을 쏘아 올렸다. 결계에 갇힌 마룡들이 전자기파의 푸른빛에 꿰뚫리고 타들어 가 거의 만신창이가 되었을 즈음에.

그의 손에서 날아간 불꽃은 결계를 일시에 뒤덮으며 광대한 폭발을 일으켰다. 마지막까지 화염을 내뿜으며 발악하던 마룡들도 결계와 함께 통째로 숨이 다했다. 4번째 은신처의 찬란한 종말이었다.

지슈카는 잔당을 처리하는 군사들을 지켜보다 다시 한번 먼 바다를 살폈다. 보란 듯이 화려하게 일을 벌였음에도 불구하고, 문제의 쌍두룡은 아직 나타나지 않고 있었다.

이곳도 아닌 것일까.

하룻밤에 몇 개나 되는 은신처를 붕괴시켰건만 놈은 여전히 흔적조차 보이지 않았다. 남아 있는 은신처는 이제 단 한 곳뿐이었다.

「조짐이 보입니다.」

용안을 펼쳐 다른 곳에 쳐둔 덫을 확인하고 있을 때, 곁에서 긴장어린 휼의 목소리가 들렸다.

그의 시선이 닿은 곳은 결계가 폭발했던 그 자리였다. 폭발의 요동이 가라앉으며 잠잠해졌던 바다가 갑자기 부글부글 끓어오르고 있었다.

뒤이어 그것의 정체가 조금씩 드러났다. 수면 위로 거대하게 돋아나는 날 선 가시들, 멀리까지 번져드는 독기 어린 흑안개의 냄새.

지슈카는 푸른 눈을 호기롭게 빛내며 냉혹한 미소를 머금었다.

「놈이로군.」

창공 어디선가 날아들 거라 생각했던 쌍두룡은 뜻밖에도 광대한 폭발이 지나간 바다 밑에서 유유히 떠오르고 있었다.

「그대는 군사들을 이끌고 다음 은신처로 가라.」

그의 명령에 휼이 굳은 얼굴을 했다.

「놈을 홀로 상대하시겠단 말씀입니까.」

「군사들이 근처에 있으면 방해만 된다.」

「안 됩니다. 지난번에도 큰일을 치를 뻔하지 않으셨습니까.」

「그때는 통증 때문에 의식이 혼미했었다. 정신만 잃지 않았어도 단칼에 끝냈을 것을.」

지슈카는 모습을 드러내기 시작한 쌍두룡에 집중하며 검을 소환해 손에 쥐었다. 휼은 곁을 떠나지 않은 채 우려 섞인 항의를 계속하고 있었다.

「그러니 더더욱 곁을 비우지 못하겠습니다. 늘 달고 사시는 통증이 아닙니까.」

「지금은 멀쩡하다. 아니, 기력이 충만하다 못해 넘칠 지경이다. 하니 늦기 전에 어서 가라.」

「하오나, 전하.」

지슈카는 날카로운 눈으로 홀을 쏘아보았다. 어지간한 말로는 그의 고집을 꺾기 힘들 게 분명했기 때문이다.

「시간이 늦어 실패하면 그에 대한 책임을 물을 것이다. 놈들이 알아채고 도주해 버리면 애써 은신처를 찾은 보람이 없지 않은가.」

그는 홀이 채 답을 하기도 전에 물결을 박차며 창공으로 날아올랐다. 마침내 바다 위로 거대한 몸체를 드러낸 쌍두룡이 두 개의 머리를 꿈틀대며 거칠게 포효하고 있었다.

이번에는 절대 실패할 리 없었다. 결코 실패해서도 안 되었다. 최소한 숨은 붙어 있어야 꼬마에게 작별인사라도 할 수 있을 테니까.

다행히 몸의 상태는 더할 나위 없이 좋았다. 홀에게 말한 그대로였다.

쿠오오오!

요란한 괴성과 함께 놈이 쏜살같이 움직였다. 이쪽으로 날아든다 싶었던 순간, 광활하게 펼쳐진 가시 돋은 날개가 그의 머리 위를 빠르게 스쳐 지났다.

순간적으로 방어막을 치지 않았더라면 흑안개에 잠식될 뻔했던 위험한 순간이었다.

쌍두룡은 그대로 방향을 틀어서 다시 돌진해 왔다. 육중한 두 개의 머리가 양쪽에서 회전하며 파도치듯 달려들었다.

지슈카는 날렵하게 공격을 피하며 놈의 왼쪽으로 움직였다. 왼쪽 머리의 등줄기를 따라 쏜살같이 낙하하면서 검을 휘둘러

독가시들을 줄줄이 베어 내었다.

그리고 확신했다. 그에게 한 번 깊은 상처를 입었던 왼쪽 머리의 움직임이 상대적으로 둔하다는 걸.

그 순간 쌍두룡이 화염을 뿜었고, 그는 놈의 몸 아래로 빠르게 움직였다. 불줄기가 걷히기 무섭게 왼쪽 목 아래를 파고들며 틈을 노렸다.

두 개의 머리가 거대한 이를 드러내며 빈틈없이 달려들었지만, 지슈카는 공격을 피하는 동시에 놈의 움직임과 궤를 같이하며 그 위치를 계속 유지해 냈다. 명확한 목표지점인 왼쪽 목 아래였다.

그리고 마침내 기회가 왔다. 화염과 다음 화염의 공백 사이에 놈이 머리를 높이 들어 올리던 순간.

그는 민첩하게 몸을 날려 의도했던 지점을 파고들었다. 상대적으로 허술한 놈의 왼쪽 목 아래에 온 힘을 다해서 검을 깊숙이 찔러 넣었다.

난폭하게 요동치는 목에 매달려 검을 더욱 세차게 박아 넣고는, 상처를 냉혹하게 가르며 천천히 비틀어 뺐다.

그리고 커다란 비명이 울렸다. 고통스레 울부짖는 머리가 사납게 꿈틀대면서, 검붉은 피가 분수처럼 뿜어져 나왔다.

그는 그 순간을 놓치지 않고 연이은 공격에 들어갔다. 갈피를 못 잡고 미친 듯이 날뛰는 반대편 머리를 노렸다.

다시 한번 온 용력을 고스란히 검에 실어서, 몰아쳐 오는 놈의 오른쪽 목 전체를 있는 힘껏 세차게 가르고 지났다.

거대한 근육이 검날에 쓸려 나가는 소름끼치는 기운. 온 바다의 공기가 멈춘 듯한 짧은 순간의 적막.

성공을 확신한 지슈카는 창공에서 천천히 몸을 돌려 놈을 바라다보았다.

이윽고 검에 베여진 거대한 마룡의 머리가 서서히 기울어졌다. 절단된 목에서 솟아난 검붉은 피가 몸을 타고 흐르며 강물처럼 쏟아져 내리기 시작했다.

몸에서 분리된 놈의 오른쪽 머리는 고통으로 눈을 부릅뜬 채 광대한 바다 속으로 떨어져 내렸다. 육중한 그 무게에 물결이 부딪치는 요란한 소리와 함께, 해일 같은 풍랑이 세차게 일었다.

끄아아아악!

우레 같은 쌍두룡의 비명이 적막한 바다를 가득 메운 것은 그 직후였다. 하나 남은 왼쪽 머리에서도 핏줄기가 끊임없이 쏟아져 내리고 있었다.

목이 깊게 꿰뚫린 쌍두룡은 더 이상 화염을 쏟아 내지 못했다. 온몸에서 뿜어내던 시커멓던 흑안개도 점차 잦아들고 있었다.

지슈카는 바로 쌍두룡의 몸을 가르는 대신, 분노로 타오르는 놈의 눈앞에 얼굴을 가까이 가져다 댔다. 꼭 알아야 할 것이 있었기 때문이다.

「그대가 셰이곤인가.」

벼르고 별렀던 그의 물음에 놈이 기괴한 웃음소리를 냈다. 철판을 송곳으로 긁어 대는 듯한 기분 나쁜 소리였다.

「왜 웃는 것이지.」

「내게 그런 것을 묻다니…… 그대는 마룡을 몰라도…… 한참 모르는 군.」

놈은 울컥 피를 토해 내면서도 기괴한 웃음을 멈추지 않았다. 지슈카는 눈살을 찌푸리며 놈의 눈앞에 검을 들이밀었다.

「제대로 말하라. 하면 그대는 셰이곤이 아니란 뜻인가.」

날카롭게 타오르는 푸른 성검 앞에서 놈은 잠시 웃음을 멈췄다. 성검의 빛에 눈이 부신 듯 끔뻑이던 눈을 고통스럽게 감았다.

「……영광이군. 왕으로 착각을 다 받다니. ……하나 유감스럽게도 아니다. ……체스판의 졸…… 그 이상도 이하도…… 될 수 없지.」

「하면 셰이곤은 지금 어디에 있는가.」

「왕께서…… 하시는…… 일을…… 어찌…… 알겠는가.」

놈의 말이 느려지고 있었다. 잦아드는 목소리가 그 숨이 얼마 남지 않았음을 말해 주고 있었다. 지슈카는 다급히 다시 물었다.

「하면 셰이곤의 본체는 어떤 모습이지?」

「……그대가…… 알고 있는…… 마룡과는…… 한참…… 다를 것…….」

꿰뚫린 목에서 피가 울컥 쏟아져 내렸다. 느리게 꿈틀대던 날개가 어느 순간 움직임을 멈추고 축 늘어졌다. 놈의 몸이 천천히 추락하고 있었다.

「……그대가 ……싸운……마룡들은…… 모두…… 허상…… 체스판의…… 꼭두각시…….」

분명치 않은 놈의 말이 거칠게 불기 시작한 바닷바람에 섞여 들었다. 그와 함께 거대한 그의 몸이 빠르게 낙하하기 시작했다.

지슈카는 가만히 불꽃을 띄워서 놈에게 날려 보냈다. 놈의 전신에 푸르른 불길이 번져 가던 순간, 웃음소리가 잠시 들린 듯했다. 그리고 곧 끊겼다.

육중한 그의 몸은 불꽃의 힘으로 공중에서 낙하를 멈춘 채, 꽤 오랫동안 타고 또 탔다. 그리고 마침내 재가 되어 바다로 흩어져 내렸다.

지슈카는 마지막 불꽃이 사그라지고 나서도 한참을 그곳에 멈춰 있었다. 놈이 남긴 마지막 말이 메아리처럼 끊임없이 귓가를 맴돌고 있었다.

'그대가 싸운 마룡들은 모두 허상. 체스판의 꼭두각시.'

명확치는 않았지만, 종합해 보자면 분명 그런 말인 듯했다.

아마도 죽기 직전에 마구잡이로 내뱉은 허언일 것이다. 하지만 그대로 흘려 넘기기엔 어딘지 석연치 않은 구석이 있었다.

어둡고 적막한 바다에 눈발이 흩날려 떨어지기 시작했다. 그는 총총히 떨어지던 눈송이가 거대한 눈보라가 되고 나서야 바다를 떠났다. 답을 얻으려 했던 질문에 답은 없이, 의문만 더욱 깊어져 가고 있었다.

✳

해루는 어둠 속에서 어슴푸레 눈을 떴다. 머리는 맑았고 몸은 개운했다. 아주 길고 긴 단잠을 자고 난 기분이었다.

바로 몸을 일으키려던 그녀는 방의 공기가 평소와 다른 기분이 들어서 그대로 누워 있었다. 어디선가 자그맣게 선율이 들려오고 있었다.

악기를 연주하는 듯한 음악이라 가사는 없었지만 분명 익숙한 음률이었다. 그녀가 애창하는 그 노래.

의아한 마음에 시선을 움직이다 창가에 서 있는 누군가의 뒷모습이 눈에 들어왔다. 커다란 키에 스타일리시한 실루엣, 등까지 내려오는 검푸른 머리. 지슈카였다.

그녀는 흠칫 놀랐지만 소리를 내지는 않았다. 문득 밀려들기 시작한 우울한 기분을 누르며 가만히 그의 뒷모습을 바라다보았다.

여전히 머리부터 발끝까지 모든 것이 아름다운 사람이었다. 아니, 사람은 아니라고 했었지.

끔찍했던 대화가 서서히 떠오르자, 잘 자고 일어나 상쾌했던 기분이 다시 무거워졌다. 지금은 그를 마주할 자신이 없어서 그녀는 다시 눈을 질끈 감아 버렸다. 왜 방에 들어와 있는 걸까.

"해루."

문득 음악이 멈추고 그의 목소리가 들렸다. 하지만 그녀는 감은 눈을 뜨지 않은 채 자는 척을 했다. 그때만큼 무섭게 느껴지진 않았지만, 대화를 하는 건 여전히 겁이 났다.

"깨어 있는 걸 안다."

상냥하고 부드러운 목소리가 가까이에서 들렸다. 뒤이어 따뜻한 손길이 이마에 가만히 닿아 왔다.

"다행히 열은 내렸군. 걱정했었다."

열이라니. 내가 아팠었나.

그리고 보니, 붉은 것을 보고서 공포에 떨던 그 순간 그가 이마에 손을 댔었던 것이 기억났다. 갑자기 몸에 힘이 풀리면서 의식이 희미해졌었다. 열이 뜨겁게 올랐었던 것 같기도 했다.

해루는 더 견디지 못하고 결국 눈을 뜨고 말았다. 따질 건 따져야겠다는 생각이었다. 그녀에게 대체 무슨 짓을 한 건지.

하지만 걱정스레 내려다보고 있는 푸른 눈동자를 마주한 순간, 그녀는 아무 말도 할 수가 없었다. 괜스레 속이 울컥해 와서 서둘러 이불을 뒤집어쓰고 말았다.

"아직도 내가 무서운가."

무겁게 들리는 목소리에 마음이 몹시 불편해졌다. 뭐라고 답을 해야 할지 알 수 없었다.

생각해 보면 그는 그녀에게 해가 될 일은 한 번도 한 적이 없었다. 외계인이든 저 세상의 존재든 상관없이, 오히려 무시무시한 것들에서 그녀를 지켜 주고 감싸 줬었다.

그 끔찍한 괴물의 불길을 빛으로 막아 준 것도 그였고, 상처를 낫게 해 준 것도 그였다. 지금 역시도 그녀의 열 때문에 곁을 지켜 주고 있지 않은가.

"……아뇨. 이제 무섭지는 않아요."

해루는 작게 대답해 놓고 이내 후회했다. 그를 믿어도 괜찮은 건지 확신이 잘 서지 않았기 때문이다.

"하면 일어나서 식사를 하는 편이 좋겠다. 배가 많이 고플 테니."

배……?

그러고 보니 속이 몹시 출출해 왔다. 어디선가 고소한 냄새가 흘러드는 것 같다고 느낀 순간, 갑자기 배가 꼬르륵 소리를 내며 요동을 쳤다. 아마도 크게 허기가 져 있었던 모양이었다.

방안의 불이 켜지자, 그녀는 슬그머니 이불을 내리고 얼굴을 빼꼼히 내밀었다. 침대 곁에 쟁반이 놓여 있었고, 음식이 담긴 일회용기 몇 개가 보였다.

"닷새나 의식이 없었다. 이럴 때는 죽을 먹는 거라고 해서."

그가 진지한 얼굴로 말했다.

"네에? 닷새요? 제가요?"

"그래. 열도 높고 의식도 못 차리고 해서 걱정을 많이 했었다."

닷새나 의식이 없었다니. 한 번도 이런 일이 없었기에 해루는 스스로도 깜짝 놀랐다. 왜 그렇게 갑자기 크게 아팠던 거지.

지슈카는 용기의 뚜껑을 열고 숟가락의 포장을 뜯어서 그녀에게 건네주었다. 익숙하지 않은 듯 서투른 손놀림이었지만 나름의 배려라는 걸 모르지 않았다.

용기에 담긴 음식은 전복죽이었다. 전문점에서 사 온 듯 맛있는 냄새가 솔솔 풍기는 죽.

창밖을 흘끗 보니 또다시 눈보라가 거칠게 흩날리고 있었다. 이런 날씨에 이런 건 대체 어떻게 구해 온 걸까.

산 밑까지 내려가서 버스를 타고 한참을 나가야 이런 걸 살 수 있는 시내가 나온다. 시간은 알 수 없지만 야밤이 분명하니 버스도 끊겼을 텐데.

그 순간 그가 인간이 아니라는 사실이 또 한 번 명확하게 상기되었다.

"잘 먹을게요, 아저씨."

"그래."

해루는 씁쓸함을 밀어내며 죽을 한 숟갈 떠서 입에 넣었다. 그러다 갑자기 입안으로 밀려든 차가움에 저도 모르게 얼굴을 찡그리고 말았다.

"이런. 음식이 차갑다는 걸 미처 생각지 못했군."

목소리를 내지도 않았는데, 곁에서 지켜보던 그가 대뜸 손에서 죽 그릇을 빼앗아 갔다.

그대로 잠시 손에 들고 있다가 차근히 그녀에게 건네주었다. 아마도 그 순간 손에서 희미하게 푸른빛이 움직였던 건 착각이 아니었을 것이다.

다시 받아 든 죽 그릇은 따뜻했다. 묘한 기분이 들었다. 몹시 당황스러우면서도 신기하고, 두려우면서도 호기심이 일어나는 이상한 기분.

"……편리하네요. 따뜻하고."

해루는 태연한 척 말하며 따뜻한 죽을 부지런히 입에 넣었다. 죽은 아주 맛있었지만 왠지 모르게 눈가가 자꾸 아렸다.

"그런데 이런 날씨에 죽을 어떻게 구해 온 거예요?"

무심결에 흘러나온 질문에 그가 싱긋 웃었다.

"인간 세상을 잘 아는 동료가 있다."

"……아."

뜻밖의 말에 그녀는 잠시 멍한 기분이 되었다. 동료라니. 그런 생각은 해 보지 못했다. 그러면 이런 존재가 한둘이 아니라는 뜻인데, 그것은 그것대로 이상한 기분이었다.

해루는 죽을 몇 숟가락 떠먹다가 문득 궁금한 생각이 들어서 조심스레 물어보았다.

"아저씨 원래 모습은…… 어떻게 생겼어요? 혹시 그 괴물처럼 생긴 건 아니죠?"

"그보다는 훨씬 봐줄 만하지."

아니라는 대답을 기대했건만, 그는 그렇게 말해 주지 않았다. 그럼 그 괴물과 비슷하게 생겼는데 조금 낫다는 뜻일까.

"피부 색깔은 무슨 색이에요?"

"파란색."

"아……."

파란 피부라니. 그것도 몹시 별로였다. 상상조차 하고 싶지 않았다. 하지만 몇 숟가락 더 먹다 보니 또다시 궁금해졌다.

"혹시 비늘도 있어요?"

"그래. 보고 싶나."

"아, 아뇨! 절대."

비늘은 괜히 물어본 것 같았다. 저도 모르게 흉측한 모습이 그려져서 머릿속에서 지워 내기가 힘이 들었다.

해루는 그냥 눈에 보이는 아름다운 저 모습이 그의 본모습이라고 믿기로 했다. 실제 모습이 어떤지는 도저히 알고 싶지 않았다.

식사는 금세 끝났다. 배가 고파 열심히 떠먹다 보니 죽 그릇은 금세 비어 버렸다.

지슈카는 물을 건네주고 그릇을 정리해 쟁반에 담았다. 하지만 그녀가 물을 다 마시고 한참이 지나서도 방을 나가지 않았다.

"저한테 더 할 말 있으세요?"

해루는 길어지는 침묵이 불편해져서 결국 묻고 말았다. 지슈카가 그녀를 바라보며 가만히 고개를 끄덕였다.

"줄 것이 있다."

"뭔데요?"

"이것."

그가 품에서 꺼내 든 것은 머리핀이었다. 그녀가 선물로 받고 싶다고 말했던 그 머리핀.

"……아."

해루는 떨리는 손으로 머리핀을 넘겨받았다. 세련된 메탈 소재에 푸른 빛깔의 진주가 장식된 아름다운 핀이었다.

"마음에 들지 않는가."

"아뇨. 마음에 들어요. 너무너무. 게다가 진주라니."

"그대의 이름이 진주를 뜻한다고 해서."

무심히 들려온 그 말이 가슴을 뭉클하게 훑고 지났다.

"아저씨가 그런 것도 기억하고 있을 줄 몰랐어요."

"모두 기억한다. 그대에 관한 거라면 무엇이든."

그의 목소리는 더없이 다감했고, 눈빛은 상냥했다. 갑자기 눈가가 울컥 시큰해 와서 그녀는 재빨리 눈을 훔쳤다.

"그, 그런데 어쩌죠? 나는 아저씨한테 줄 게 없는데."

"이미 많이 받았다. 게다가 내 생명을 구한 것은 그대가 아닌가. 보답이라고 하지 않았나."

"아저씨도 내 생명을 구해 줬잖아요. 그러니까 쌤쌤인 거죠. 아……!"

해루는 갑자기 떠오르는 것이 있어 서둘러 침대에서 내려와 책상 서랍을 열었다. 손을 깊숙이 넣어 이리저리 뒤적이다가 저 안쪽에서 원하던 것을 찾았다.

그녀가 꺼낸 것은 작은 상자였다. 얼마 전에 학교에 매듭 공예 강사가 다녀갔었다. 이벤트처럼 만들었던 그것이 문득 생각이 났다.

"이거 제가 직접 만든 건데, 한 번도 안 한 거예요. 아저씨한테 드릴게요."

해루는 상자를 열어 실을 엮어 만든 팔찌를 꺼냈다. 그다지 잘 만들지는 못했지만, 그래도 없는 손재주로 오랫동안 실을 꼬아 가며 공들여 만든 팔찌였다.

"손 좀 내밀어 보세요."

"그러지."

그는 묵묵히 손을 내밀었고, 그녀는 그의 손목에 팔찌를 끼우고 매듭을 조절해 길이를 맞춰 주었다.

"이건 소원 팔찌래요."

"소원 팔찌."

"네. 열심히 하고 다니다가 줄이 끊어지면 소원이 이루어진 다고 하더라고요."

"고맙다. 잘 하고 다니겠다."

유심히 팔찌를 들여다보던 그가 싱긋 웃었다.

무지개색 바탕에 까만 고래 문양을 넣은 알록달록한 팔찌는 그에게 조금 어울리지 않는 듯했다. 하지만 그는 개의치 않고 좋아해 주었다.

침대를 잠시 바라보던 그가 내려놓았던 머리핀을 슬며시 집어 들었다. 그리고 그녀의 머리를 천천히 매만지며 조심스레 핀을 꽂아 넣었다.

천천히 움직이는 섬세한 손길, 머리에서 느껴지는 따스한 감촉.

머리핀은 다소 엉뚱한 위치에 꽂힌 것 같았지만, 작업을 마치고 그녀를 가만히 응시하는 그의 눈길은 한없이 진지하고 다감한 빛을 띠고 있었다.

"예쁘군."

보석 같은 파란 눈동자가 그렇게 말했다.

별로 들어 보지 못한 말이었기에 쑥스러운 기분이 들었다. 당골 할머니나 그녀에게 그렇게 말해 주었지, 주로 듣는 건 씩씩하다거나 건강하다라거나 그런 말들뿐이었으니까. 예쁘다는 건 늘 유주에게나 어울리는 말이라고 생각했었다.

하지만 그가 그렇게 말해 주니, 순간 정말로 예쁘게 보일지도 모른다는 생각이 들었다.

"고마워요, 아저씨. 잘 하고 다닐게요."

해루는 헐렁하게 꽂힌 핀이 금방이라도 떨어져 버릴 것 같아 머리를 꼿꼿이 세우며 말했다.

"그래."

고개를 끄덕인 그가 쟁반을 집어 들었다. 그리고 커다란 손으로 그녀의 머리를 쓸어 주며 여러 번 들었던 그 밤 인사를 건넸다.

"잘 자렴, 해루."

그 순간 뭔가 이전과 조금 다른 기분이 스쳐 갔다. 단순한 그 인사가 마치 작별 인사처럼 들렸기 때문이다.

하지만 그녀는 곧 그런 기분을 밀어냈다. 잘 먹고 배가 부르니 또다시 잠이 노곤하게 밀려오고 있었다.

"네. 아저씨도 안녕히 주무세요."

해루는 빙긋 웃으며 그에게 손을 흔들어 보였다. 내일은 감자칼국수를 한 번 더 해 봐야겠는 생각을 하며. 기껏 열심히 만들었는데, 그에게 맛을 보여 주지 못한 것이 못내 속상했다.

그의 미소와 함께 불이 꺼졌다. 방문이 조용히 열리고 닫혔다. 해루는 머리핀이 빠질까 조심하며 천천히 침대에 누웠다.

바깥에선 미미하게 음악 소리가 들리고 있었다. 그녀가 너무도 좋아하는 그 노래.

창밖으로 쏟아지는 함박눈을 물끄러미 바라보다 머리핀을 매만지며 눈을 감았다.

눈이 내리고 음악이 들린다. 평온한 잠이 깊게 쏟아져 내렸다. 아름다운 밤이었다.

4. 보은

햇살이 환하게 비쳐 드는 상쾌한 아침이었다. 밖에선 새들의 노랫소리가 들리고, 냄비에선 먹음직스런 감자칼국수가 보글보글 끓고 있었다.

칼국수가 붙지 않게 국자로 휘휘 저으며, 해루는 저절로 흘러나오는 노래를 기분 좋게 흥얼거렸다.

"태양처럼 빛을 내는 그대여, 이 세상이 거칠게 막아서도—"

썰어 둔 호박과 당근을 솔솔 뿌려 넣고 국간장으로 간을 맞췄다. 기분이 좋아서 그런지 오늘따라 간도 딱딱 맞았다.

"빛나는 사람아, 난 너를 사랑해. 널 세상이 볼 수 있게 날아 저 멀리—"

완성된 칼국수를 그릇에 담고, 김치냉장고에서 싱싱한 김장김치도 새로 꺼냈다. 밥과 반찬을 곁들여 쟁반에 가지런히 담으니 나름 그럴듯해 보였다.

"아저씨, 일어났어요?"

해루는 아침 식사를 차린 쟁반을 들고 안방의 문을 똑똑 두드렸다.

안에선 응답이 없었다. 아직 자고 있는 걸까. 설마 또 어디가 아픈 건 아니겠지.

"아저씨, 어디 아파요? 저 들어가요."

걱정되는 마음에 슬며시 문을 열고 들어섰다. 그러다 우두커니 멈춰 서고 말았다.

방안은 텅 비어 있었다. 사람의 흔적이라곤 간데없이, 아빠의 셔츠와 몸빼만 침대 위에 곱게 개어져 있었다.

해루는 왠지 모르게 철렁해 오는 가슴을 다잡으며 휑한 방안을 천천히 가로질렀다.

언젠가도 이런 일이 있었던 것 같은데, 그게 언제였는지는 생각이 잘 나지 않았다.

깨끗이 정돈된 침대 위에는 하얀 메모지 한 장이 놓여 있었다. 쟁반을 내려놓고 집어 든 종이엔 정갈한 글씨로 써 내려간 문장이 차분하게 적혀 있었다.

[도와주셔서 고맙습니다. 덕분에 목숨을 구했습니다. 사정이 있어 인사를 못 하고 떠납니다. 은혜는 후일에 꼭 갚겠습니다. 언제나 평안하시길. - Z. S.]

가슴에 싸한 바람이 불어들었다. 정말로 이렇게 가 버린 걸까. 인사 한 마디 없이.

그런데 어떻게 생긴 사람이었더라.

그러니까 키가 아주 컸고, 머리가 길었고, 그리고 또……

해루는 그 사람을 떠올려 보려 애썼다. 하지만 무엇 하나 제대로 기억나는 것이 없었다. 어젯밤에 분명 눈밭에 쓰러졌던 사람을 구했었는데, 이상하게 상황이 잘 생각나지 않았다.

아니, 어젯밤이 아니라 며칠 전이었던가.

왜 이렇게 머리가 멍하지. 기억도 흐릿하고 갈피를 잡을 수 없는 것이, 뭔가가 이상하게 뒤죽박죽이었다.

해루는 쟁반을 들고 나와 천천히 문을 닫았다. 햇살이 몽롱하게 비쳐 드는 거실을 지나서 가만히 식탁 앞에 앉았다.

노란 햇빛에 떠도는 먼지를 멍하게 바라보고 있자니, 뭔지 모를 허전함에 가슴이 뻥 뚫린 것만 같았다.

"그런데 왜 아침부터 칼국수를 한 거지."

한참을 앉아 있다 뒤늦게 깨닫고 보니, 신나서 했던 음식도 아침에는 어울리지 않는 메뉴였다.

모든 것이 다 낯설고 이상했다. 뭔가 아주 중요한 걸 잊어버린 것 같은데, 그게 무엇인지 도무지 기억해 낼 수가 없었다.

집 안은 전에 없이 적막했다. 웅웅거리는 냉장고 소리와 시곗바늘이 움직이는 미미한 소리마저 커다랗게 울려 올 만큼.

해루는 불어 버린 칼국수를 한 젓가락 입에 넣었다. 김치까지 올려서 꾸역꾸역 먹다가 괜히 청승맞은 기분이 들었다.

습관처럼 핸드폰을 열어서 저장해 둔 음악을 틀었다. 우울한 기분을 단숨에 털어 버릴 무언가가 필요했다.

노래는 경쾌했지만 그것도 별 위안은 되지 못했다. 느릿느릿 움직이던 젓가락이 멈추고 까닭 없이 눈물이 났다. 속에서 무언가가 울컥하게 치솟으며 심장이 생채기라도 난 것처럼 자꾸 쓰라려 왔다.

"태양처럼 빛을 내는 그대여, 이 세상이 거칠게 막아서도-"

해루는 큰 소리로 노래를 따라 불렀다. 숟가락으로 박자까지 맞춰 가면서, 안 올라가는 고음도 고래고래 소리 지르며 목청 높여 불렀다.

"빛나는 사람아, 난 너를 사랑해. 널 세상이 볼 수 있게……"

노래는 더 이어지지 못했다. 무엇 때문인지도 모르게 분하고 분해서, 결국 손바닥에 얼굴을 묻고 펑펑 울고 말았다.

음악은 끊임없이 반복되었고, 그녀는 한참이 지나고 나서야 울음을 그쳤다. 정신을 차리고 보니, 창밖을 오가던 뱁새 떼가 창문을 콕콕 쪼며 시끄럽게 지저귀고 있었다.

멍하니 새를 바라보던 그녀는 쓰라린 눈을 문지르며 위안처럼 혼잣말을 했다.

"할머니한테 갔다 와야겠다."

오늘따라 할머니가 몹시 보고 싶었다. 세상에서 제일 그녀를 예뻐해 주는 사람. 그녀가 무얼 해도 그저 좋아라 해 주는 사람.

해루는 눈물을 훔치며 벌떡 일어나 감자를 가져다 강판에 갈기 시작했다. 다행히 오늘은 눈이 꽤 녹아서 당골까지 다녀올 만할 것 같았다.

"시방 약대추를 쓰긴 썼구먼. 사람을 살렸단 말이제."

눈을 가늘게 뜨며 무언가를 곰곰 생각하던 할머니가 느릿한 어투로 말했다.

역시 오길 잘했다는 생각이 들었다. 길이 나빠서 오느라 무척 고생했지만, 친근한 할머니의 얼굴을 보고 나니 기분이 점점 좋아지고 있었다.

"네. 근데 할머니는 어떻게 알고 저한테 약대추를 주신 거예요?"

해루는 신기한 마음에 물어보았다. 여기까지 오면서 내내 궁금했었다. 그녀의 집 앞에 위급한 사람이 쓰러져 있을 줄 대체 어떻게 아신 걸까.

할머니는 갸름한 눈으로 하늘을 잠시 쳐다보았다. 그리고 그녀를 향해 인자하게 웃으며 답을 주었다.

"고로코롬 쓰게 될 줄은 내도 몰랐구먼. 꿈자리가 하도 뒤숭숭해서 쥐여 준 것인디, 다 하늘의 뜻이겠제."

"꿈자리요?"

"그라제. 시방 그 전날 요상한 꿈을 꾸었는데, 글쎄 우리 이쁜 아가가 그만 시뻘건 불길에 휩싸이는 걸 보지 않았겠남. 기분이 못내 흉흉한 게, 혹시나 큰일 치를지 모르겠다 싶어서 준 거이제."

"와. 제가 불길에 휩싸였었어요?"

"암만. 불도 보통 불이 아니었당께. 사방팔방 다 태울 것처럼 끔찍시럽게 우리 아가한테 달려드는데, 내가 아주 깜짝 놀라서 잠이 홀딱 깼지 뭐여."

뜻밖의 이야기에 해루는 당황스럽기도 하고 뭉클하기도 했다. 그녀가 위급할지 몰라서 약대추를 주신 거였다니.

꿈 얘기를 하는 할머니의 목소리는 평소답지 않게 톤이 조금 높았다. 그녀에 대한 애정이 고스란히 느껴지는 목소리였다. 괜스레 좋아서 배시시 웃음이 나왔다.

그런데 시뻘건 불이라니. 그토록 무시무시한 불길을 정말로 본 것 같기도 했다.

어디서 보았더라. 잘 기억은 나지 않았다. 아니, 기억하려 하면 할수록 머릿속이 안개가 낀 것처럼 흐리멍텅해지는 기분이었다.

할머니가 머리를 쓸어 주며 자상하게 말했다.

"암튼 별일이 없었다니 천만다행이제. 사람도 살리고. 우리 아가가 아주 용한 일을 했구먼."

"다 할머니 약대추 덕분이죠, 뭐."

그녀는 그저 쑥스럽게 웃었다.

사실 모든 기억이 다 흐릿해서 선명한 것은 하나도 없었다. 심지어 그 사람의 얼굴조차 제대로 기억나지 않았다.

그 사람을 천막 천에 둘둘 싸고 끈으로 묶어서 어렵사리 집까지 끌고 왔던 것, 정신없이 CPR을 하다가 어찌어찌 약대추를 씹어서 먹였던 것 정도가 빛바랜 영화 속 장면들처럼 드문드문 떠올랐다 흩어져 갔다.

그런데 왜 이렇게 기억이 엉망인 걸까. 혹시 벌써 치매가 오고 있는 건 아닐까.

"근디 산에 별일은 없었당간? 며칠 어디 좀 다녀왔더니 기운이 좀 바뀐 것도 같고."

고개를 갸웃하던 할머니가 주위를 휘휘 둘러보며 말했다.

"아뇨. 별일은요. 저는 그냥 똑같은 것 같은데요."

해루는 그다지 달라진 것 없는 풍경을 바라보며 싱긋 웃었다. 변함없이 할머니가 던진 대추에 까치가 날아들었고, 뱁새 떼가 무리지어 종종대고 있었다.

할머니는 바다 쪽을 한참 바라보다 늙은 대추나무로 시선을 돌렸다. 크고 붉은 대추 하나가 외로이 매달려 있는 벼랑 쪽의 그 나무였다. 주인을 기다린다던 그 대추나무.

해루도 할머니의 눈길을 따라 그 대추를 유심히 쳐다보았지만 달라진 것은 없어 보였다. 아니, 조금 더 자랐나.

"근디 오늘은 웬일로 우리 아가가 화장을 다 했나 보구먼."

문득 할머니가 그녀의 얼굴을 유심히 들여다보며 장난스레 웃었다.

"네? 화장은 안 했는데요. 화장품도 없는데."

해루는 저도 모르게 뺨을 매만지며 말했다.

"글먼 어찌 이리 얼굴이 뽀얗당간. 꼭 분칠한 것맨치로. 혈색도 아주 좋아 보이고. 뭐 좋은 일이라도 있는겨?"

"좋은 일은요. 오랜만에 할머니 보러 와서 좋은가 보죠."

"그랑가. 내도 참말로 좋구먼."

할머니가 기분 좋게 웃으며 그녀의 뺨을 가만히 쓸어 주었다. 하지만 이내 또다시 눈을 가늘게 뜨며 생각에 잠긴 얼굴을 했다.

"헌디 아가. 혹시 집 말고 딴 데서 뭘 먹은 건 아니여?"

"아뇨. 내내 집에 혼자 있었는걸요. 날씨가 이래서 갈 데도 없고."

"그라겠제. 하면 그 구해 줬다는 사람이 혹시 뭘 준 건 아니고?"

구해 줬다는 사람. 얼굴도 잘 기억나지 않는 그 사람이 언급

171

되자, 해루는 왠지 가슴이 철렁해 와서 멋쩍게 머리를 긁적이고 말았다.

"아뇨. 고맙다는 말만 종이에 적어 놓고 그냥 가 버렸는걸요. 근데 왜요, 할머니?"

"암것도 아니여. 다 하늘의 뜻이겠제. 시방 지나고 보면 좋은 일이 꼭 좋은 일만도 아니고, 나쁜 일이 꼭 나쁜 일만도 아닌 것잉께."

할머니는 수수께끼 같은 말을 던져 놓고는 치마를 펄럭이며 조용히 일어섰다. 부엌으로 들어가 뭔가를 하시는 것 같더니, 물컵 하나를 들고 나오셨다.

"아가. 이거라도 죽 들이켜 봐."

"와. 색깔이 되게 예뻐요. 근데 이건 뭐예요?"

해루는 컵을 받아 들며 신기하게 쳐다보았다. 샛노란 액체에선 맑고 영롱한 빛이 흘렀다.

"꿀물이여. 그냥 시원하게 마셔뿔면 되야."

할머니가 웃으며 말했다. 오늘은 대추 대신 이걸 먹으라는 뜻인 듯했다.

"네. 잘 먹을게요, 할머니."

해루는 기분 좋게 고개를 끄덕이고 꿀물을 벌컥벌컥 마셨다. 역시 할머니가 주신 거라 그런지 보통 꿀이 아닌 듯했다. 달콤한 맛이 입안에 향긋하게 퍼지는 것이, 엄청 굉장한 것을 마신 기분이었다.

삐리리리.

내내 조용하던 핸드폰이 갑자기 울린 것은 그때였다. 꿀물의 맛을 음미하며 할머니한테 대추를 하나 달라고 해 볼까 생각하고 있을 때.

화면을 들여다보니 엄마의 전화였다. 다행히 통신망이 복구된 모양이었다.

"엄마?"

해루는 할머니에게서 조금 떨어지며 반갑게 전화를 받았다. 하지만 피로에 지친 엄마의 목소리는 그다지 밝지 못했다.

– 그래. 너는 집에 안 있고 대체 어디를 간 거니? 전화도 안 받고.

"아. 바람 쐬러 집 앞에 잠깐 나왔어요."

집 앞이 아닌 당골에 있는 것이 몹시 찔렸지만, 해루는 코끝을 찡그리며 얼른 얼버무렸다.

– 동생이 아픈데 한가하게 바람은. 지금 퇴원해서 내려가니까 밥 좀 해 놓으라고. 유주가 휴게소 밥은 못 먹잖니.

"네. 그럴게요. 유주는 좀 어때요? 많이 좋아졌어요?"

– 아니, 좋아지긴 뭘 좋아져. 급한 상황만 간신히 모면한 거지. 이따가 차 선생님 오시기로 했으니까 청소도 할 수 있으면 좀 해 놓고.

반가운 이름이 언급되자, 해루는 귀를 쫑긋 세웠다.

차 선생님은 희귀병을 연구하는 외국의 큰 연구소에 근무하는데, 젊은 나이에도 불구하고 꽤 높은 자리에 있는 분이었다.

유주의 병에 관심이 많아서 가끔씩 장비를 들고 이곳까지 직접 찾아오고는 했다.

"와. 차 선생님이 오신대요?"

– 그래. 어제 아침에 비행기 타신다고 연락 왔어.

"아아, 그렇구나. 집은 깨끗하니까 걱정 마세요. 조심해서 오시고요."

– 그래, 끊는다.

해루는 전화를 끊으며 아쉽게 할머니를 돌아보았다. 온지 얼마 되지도 않았는데, 서둘러 돌아가려니 못내 서운했다. 그 것도 한참 덜 녹은 눈을 헤치며 어렵사리 왔는데.

"어여 가 봐, 아가. 이거 먹음서 가고."

상황을 눈치챈 할머니가 빙그레 웃으며 손에 대추를 한 주 먹 쥐어 주셨다.

"네, 할머니. 잘 먹을게요."

"암만. 길이 아주 나쁘께 조심해서 가고."

"네, 할머니. 이거 있다가 출출할 때 드세요. 감자전 부쳐 왔 어요."

해루는 집에서부터 들고 왔던 까만 비닐봉지를 슬그머니 할 머니 앞에 밀어 놓았다. 할머니랑 같이 먹고 갈 생각이었는데, 갑작스럽게 돌아가게 되어서 못내 아쉬워졌다.

"아따 뭘 이런 걸 다 해 왔디야."

그렇게 말하면서도 할머니는 함박웃음을 지으며 좋아하셨 다. 그리고 늘 그렇듯 숲이 끝나는 곳까지 따라 나와 배웅을 해 주셨다.

해루는 할머니께 손을 흔들어 인사를 보내고 서둘러 바윗길 로 걸음을 옮겼다.

갈림길이 나올 때까지는 사람이 전혀 다니지 않아서 홀로 외로이 걸어야 했다. 달콤한 대추를 꼭꼭 씹으며 하얗게 쌓인 눈을 차근히 밟아 나갔다.

그렇게 열심히 걸어서 갈림길까지 다 왔을 즈음이었다.

'해루.'

문득 어디선가 그녀를 부르는 목소리가 들려오는 듯했다.

해루는 고개를 갸웃하며 가만히 뒤를 돌아다보았다.

당연히 길에는 아무도 없었다. 마을 사람 그 누구도 절대 지나다니지 않는 길이었으니까. 쌩쌩 부는 맵찬 바람에 나무들이 흔들려 휑한 소리만 내고 있었다.

바람 소리였겠지.

해루는 대추를 하나 더 입에 넣으며 또다시 타박타박 걷기 시작했다. 그런데 뒤늦게 생각하니 착각을 한 것도 조금 의아했다. 누구도 그녀를 그렇게는 부르지 않았으니까.

해루야, 아니면 성을 붙여서 윤해루, 혹은 할머니가 부르는 아가. 그녀를 부르는 호칭은 그것이 전부였다.

그런데 왜 누군가가 그렇게 불러 주었던 것만 같은 걸까.

해루. 혼자서 가만히 불러 보다 피식 웃음이 나왔다. 왠지 조금 더 어른스럽게 들리는 것 같기도 했다.

해루는 고개를 절레절레 저으며 부지런히 걸음을 옮겼다. 고요한 산에 사박사박 눈 밟히는 소리가 오늘따라 더욱 황량하게 울렸다.

✽

"언니!"

집으로 들어서던 유주가 창백한 얼굴로 환하게 웃었다. 치료가 많이 힘들었는지, 몸은 더욱 바싹 마른 것 같았고 눈은 휑하니 움푹 파여 있었다.

"유주야! 이제 좀 괜찮아?"

해루는 얼른 달려가 신을 벗는 유주를 부축해 주었다. 아버

175

지가 업고 왔는지 다리는 젖어 있지 않았지만, 차가운 산바람을 맞으며 올라온 탓에 몸을 덜덜 떨고 있었다.

"방에 보일러 세게 넣어 놨어. 얼른 가서 누워."

"응. 근데 나 배고파."

"어. 너 좋아하는 도치찌개 해 놨어. 문어도 삶아 놓고. 감자전이랑 두부조림도 하고 오이도 무치고."

그녀가 줄줄이 메뉴를 읊어 주자, 유주의 얼굴에 웃음꽃이 피었다.

"와! 언니 최고!"

"당연하지. 언니밖에 없지? 침대에 누워 있어. 방으로 얼른 갖다 줄게."

해루는 유주를 방으로 데려다주고 서둘러 부엌으로 들어갔다. 이것저것 담아서 상을 차리는데, 밖에 누가 왔는지 시끌벅적한 소리가 들렸다.

차 선생님일까 하여 귀를 기울여보니 목소리가 걸걸한 것이, 곰씨 아저씨인 듯했다.

"아, 글쎄 어찌된 영문인지 사슴이 열두 마리나 사라졌다니까요. 철망은 멀쩡해요. 자물쇠 건드린 흔적도 없고."

곧 현관문이 열리고 엄마, 아빠가 곰씨 아저씨와 함께 들어섰다. 인사를 드리러 현관까지 나갔지만 아저씨는 이야기에 정신이 팔려서 그녀를 보지도 못하셨다.

"찜찜해서 사슴 우리 안에 쌓인 눈을 한참 파 보니까 그제야 핏자국이 보이는데, 내가 어찌나 경악스럽던지. 뭐가 들어왔다 나간 건 분명한데, 도대체가 어떻게 들어와서 어떻게 사슴을 끌고 간 건지 알 수가 없더라니깐요. 도둑인지 유령인지 소름이 돋아서…… 어, 해루야. 잘 있었냐?"

아저씨는 한참 이야기하다 거실로 들어서고 나서야 그녀가 있는 걸 알아차렸다. 들고 있던 나무 궤짝을 내려놓으며 사람 좋게 웃었다.

"네. 아저씨 오셨어요?"

"그래그래."

아저씨는 설렁설렁 대답하며 이내 아버지에게로 시선을 돌렸다.

"아무튼 이거, 내가 전에 말했던 그 총탄이요. 형님이 총탄 떨어졌다고 했던 게 생각나서 가져와 봤소."

"……사제라면서. 그렇게 함부로 써도 괜찮은 건가?"

"별일 없으면 쓸 일이야 있겠소? 혹시 모르니까 가지고 계시라고. 비밀은 꼭 지켜 주쇼."

"고맙네. 온 길에 밥 먹고 가. 우리 해루가 맛있는 거 많이 해 놨으니까."

"아니오. 손님 온다면서. 나도 일이 밀려서 많이 바빠요."

아저씨는 손을 휘휘 저으며 바쁘게 거실의 벽장문을 열었다. 궤짝을 안으로 들여 주고 가려는 듯했다.

"어……?"

부엌으로 들어가려던 해루는 의아함을 담은 아저씨의 외마디에 슬그머니 뒤를 돌아보았다.

열린 벽장 안에는 아저씨가 가져온 것과 똑같이 생긴 궤짝이 이미 턱하니 자리 잡고 있었다.

그런데 왠지 모르게 그 궤짝을 전에도 본 적이 있는 것 같은 기분이 들었다. 기막히게도 그 안에 든 총탄의 모양도 훤히 알 것만 같았다.

"형님. 내가 전에 총탄을 가져다줬었소?"

아저씨가 멋쩍게 웃으며 아버지에게 물었다.

"아니. 나는 받은 기억이 없는데."

아버지도 모르는 일인 듯 고개를 갸웃하셨다.

"근데 이게 왜 여기 와 있지? 안 그래도 한 상자가 비어서 한참 찾았거든요."

"나 없는 새 자네가 들여다 놓고 잊어버렸나 보지."

"그랬나? 아무리 그래도 그럴 리가 없을 텐데. 내가 어디 들킬까 봐 얼마나 쉬쉬하는데, 형님한테 말도 없이 갖다 놓고 잊어버렸겠소?"

"그래도 가져다 놨으니까 여기 있을 게 아닌가. 궤짝에 발이 달린 것도 아니고."

아버지의 말에 아저씨는 마지못해 수긍하며 털털하게 웃었다.

"그렇겠죠? 이것 참. 내가 정신이 없긴 없나 봅니다. 잊어버릴 게 따로 있지."

"한동안 많이 바빴잖나. 거래처 찾느라 중국이다, 일본이다 맨날 비행기 타고."

"뭐, 그건 그렇지만요. 암튼 기왕 가져온 거 한 상자 더 두고 갈게요."

아저씨가 시원하게 말했다. 아버지도 기분 좋게 고개를 끄덕이셨다.

"고맙네. 내 총알값은 나중에 단단히 치러 줌세. 제약사에 납품한 거 잔금 들어오면."

"됐어요. 나 없을 때마다 내내 사슴들 챙겨 준 게 형님인데. 그동안 신세 많이 졌잖소. 그럼 이만 갑니다."

일이 많이 바쁜지, 아저씨는 손을 번쩍 들어 올리며 인사를 건네고는 서둘러 집을 떠났다. 간병 때문에 많이 지쳐서인지, 아버지도 더 붙잡지 않았다.

시끌벅적한 아저씨가 가고 나니, 집 안의 공기는 무겁게 가라앉았다.

엄마는 몹시 피로한 듯 소파에 기대 누웠고, 아버지는 초췌한 얼굴을 한 채 욕실로 들어가셨다.

유주가 퇴원하고 오는 날이면, 두 분 다 맥을 못 추고 쓰러져 있기 일쑤였다. 아픈 유주도 유주지만 부모님도 기나긴 간병에 지쳐서 몸을 추스르느라 며칠은 아무것도 하지 못했다.

"해루야, 엄마 어깨 좀 주물러 줘. 몇 날 며칠을 병원에서 쪼그리고 잤더니 쑤셔서 죽겠다."

밥상을 차려서 유주의 방으로 들어가는데, 소파에 길게 누운 엄마가 지친 목소리로 그녀를 불렀다.

"네. 유주 밥 좀 가져다주고요."

해루는 유주에게 상을 가져다주고 서둘러 거실로 나왔다.

엄마는 안마하기 좋도록 자세를 바꿔 엎드리는 것도 힘들어 보였다. 결리는 곳이 많은지, 몸을 움직일 때마다 한숨을 내쉬며 끙끙 앓는 소리를 냈다.

이런 생활이 1, 2년도 아니고 벌써 8년째였다. 엄마도 아빠도 지칠 대로 지쳐 있었다.

더욱 암담한 것은 이런 상황이 언제까지 이어질지도 모르는데다, 끝나기를 바랄 수도 없다는 것이었다. 간병이 끝난다는 건 유주가 세상을 떠난다는 것과 같은 의미였으니까.

당골 할머니한테 갔다 온 것이 못내 미안해져서, 해루는 부지런히 엄마의 어깨를 주무르기 시작했다. 피로가 잔뜩 쌓인 엄마는 누르는 곳마다 근육이 비명을 지른다며 몹시 아파하셨다.

"해루야, 거기 말고 목덜미 아래. 거기 좀 주물러 봐."

"여기요?"

"아니, 좀 더 아래."

엎드려서 안마를 받던 엄마가 팔을 어렵사리 등 쪽으로 뻗었다. 스웨터 안으로 손을 넣어서 날개뼈 사이의 어딘가를 짚어 주었다.

"여기요?"

해루는 엄마의 손이 닿았던 곳을 꾹꾹 누르며 물었다.

"응. 그래, 거기."

그런데 이상하게 손가락이 뜨끔한 기분이 들었다. 옷 속에 벌레라도 있는 걸까.

뭔가 찜찜한 느낌이 들어서, 해루는 스웨터의 목 부분을 아래로 좀 더 끌어 내려 보았다. 그러다 흠칫 놀라 입을 틀어막고 말았다.

이건 대체 뭐지.

벌레는 아니었다. 하지만 그보다 훨씬 기괴해 보이는 것이 그 자리에 있었다.

붉은 연기 같은 꺼림칙한 무언가가 엄마의 목 아래에 도장처럼 찍혀 있었다. 전에는 한 번도 본 적이 없는 것이었다.

문신은 아닌 듯했다. 그렇게 선명하지 않았으니까. 연기처럼 보이는 짙붉은 것이 살결에 파고들어서 짐승의 머리뼈 같은 흉측한 무늬를 만들어 내고 있었는데, 손이 닿을 때마다 몹시 따끔거리는 것이, 소름 끼치도록 끔찍한 기분이 들었다.

"어, 엄마. 이거 뭐예요? 목 뒤에 뭐 이상한 게 묻어 있는 것 같은데."

놀라서 흘러나온 그녀의 말에 엄마는 그저 귀찮다는 얼굴을 했다.

"뭔데. 닦으면 되지 뭘 그렇게 호들갑이야?"

"으응. 얼른 닦을게요."

해루는 찜찜한 기분을 누르며 얼른 화장지를 가져왔다. 하지만 정체 모를 그것은 닦아지지도 않았다. 화장지가 지날 때마다 그 위로 붉은 연기가 번져 올라왔지만, 정작 종이에는 아무것도 묻어나지 않았다.

뭐 이런 게 다 있지.

곰곰 생각하다 엄마에게 보여 주려고 휴대폰으로 사진을 찍어 보았다. 하지만 뭐가 어떻게 된 일인지 사진에도 찍히지 않았다. 꺼림칙한 기분이 갈수록 더 커지고 있었다.

"해루야, 밥 좀 차려 다오."

뭘 어떻게 해야 할지 모르겠어서 유심히 들여다보고 있는데, 아빠가 러닝셔츠 바람으로 욕실에서 나오며 말했다.

"네, 아빠."

해루는 찜찜한 기분을 누르며 서둘러 부엌으로 향했다. 하지만 아빠의 뒤를 지나쳐 가다 멈칫하고 말았다.

정말 경악스럽게도, 아빠의 목 뒤에서도 똑같은 것이 보였기 때문이다. 짙붉은 연기 같은 기괴한 문양.

그녀는 너무 놀란 나머지 그대로 엄마에게 달려와 귀에 대고 속닥였다.

"엄마, 저것 좀 봐요! 아빠 목에도 있어. 안 보여요?"

"뭐가."

"저기 목 뒤에 있는 빨간 거. 연기 같은 거 있잖아요."

"빨간 거는 무슨. 아무것도 없구만. 피곤해 죽겠는데 웬 헛소리야? 밥이나 얼른 차려. 엄마도 배고파 돌아가시겠다."

엄마는 말도 하기 귀찮은지 짜증스럽게 대꾸하고는 이내 눈을 감아버렸다.

설마, 내 목에도 있는 건 아닐까.

해루는 서둘러 식탁에 밥을 차려 드리고 방으로 들어왔다.

방문을 닫기 무섭게 떨리는 손을 뒷목 아래에 뻗어서 조심스레 만져 보았다. 잔뜩 긴장하며 더듬어 보았지만, 손끝이 끔찍하도록 따끔거리는 느낌은 없었다.

하지만 안심은 되지 않았다. 눈으로 똑똑히 보아야 안심이 될 것 같아서, 손거울을 꺼내 들고 벽에 걸린 거울 앞에 섰다. 옷을 조금 내리고 거울의 각도를 이리저리 조절해 가며 뒷목을 꼼꼼히 살펴보았다.

다행히 그녀의 목에선 그런 것이 보이지 않았다. 그럼 엄마 아빠한테는 대체 왜 그런 게 있는 거지. 전에는 한 번도 본 적이 없었는데, 병원에서 무슨 일이라도 있었던 걸까.

하지만 모양이 기분 나쁘고 손끝이 따끔해서 그렇지, 딱히 엄마아빠한테 해를 끼치는 것 같지는 않았다. 유주한테도 있는지 궁금해지기는 했다.

해루는 한숨을 내쉬며 침대에 풀썩 누워 버렸다. 그녀에게도 나름 힘든 하루였으니까.

아.

문득 베개 밑의 무언가가 머리를 찔러 와서, 그녀는 얼굴을 찡그리며 그것을 집어 들었다.

손에 걸려든 것은 머리핀이었다. 그녀의 것은 아닌 게 분명한 아름다운 머리핀. 메탈 소재에 푸른 진주가 장식된 핀은 무척이나 근사해서 감탄이 절로 나왔다.

그런데 이게 왜 여기에 있지.

해루는 의아한 마음에 이리저리 핀을 살펴보았다. 그러다 그만 눈을 동그랗게 뜨고 말았다. 안쪽에 생각지도 못했던 글자가 새겨져 있었기 때문이다.

[海淚]

해루.

분명 그녀의 이름을 뜻하는 한자였다. 바다의 눈물.

그 순간 왜 그런 말이 스쳐 갔을까.

'……눈물은 좋은 거다. 세상엔 울고 싶어도 울지 못하는 사람도 있으니까.'

누가 해 주었던 말인지는 생각이 나지 않았다. 그저 눈물이 핑글 돌았다. 핀이 너무 예뻐서. 진주가 너무 아름다워서.

머리를 매만지며 핀을 꽂아주던 알 수 없는 손길이 기억났다. 깨지기 쉬운 유리를 다루는 것마냥 다감하고 섬세했던 따뜻한 손길.

해루는 떨리는 손으로 머리에 핀을 꽂았다.

이상하게 든든한 기분이 들었다. 하염없이 눈물이 났다. 그래, 눈물은 좋은 거니까.

※

열흘을 쏟아져 내린 성역의 폭우가 마침내 그쳤다.

호수 속에서 끊임없이 모습을 드러내던 마룡들은 이틀 전부터 자취를 감췄고, 제거를 거듭해도 어김없이 되살아나던 펜타스컬들도 더 이상은 재생되지 않았다.

청금빛의 맑은 하늘이 모습을 드러내자, 지슈카는 전투 종료를 선언했다. 곳곳에 흩어져 휴식을 취하는 병사들을 격려하면서, 고요함이 찾아든 성역을 천천히 거닐었다.

마지막 하나의 마룡까지 재로 날려 버린 까닭에 성역 어디에도 그들의 흔적은 남아있지 않았다. 하지만 치열했던 전투가 휩쓸고 지나갔음을 말해 주듯 성역의 풍경은 더욱 황량해져 있었다.

신성한 호수는 마룡들이 흘린 막대한 양의 피와 독기로 더욱 검붉고 탁한 빛을 띠었다.

시커멓게 죽어 버렸으나 그래도 형태는 유지하고 있던 주위의 숲은 이번 전투로 인해 형체도 없이 사라져 버렸다.

곳곳의 땅이 무너지고 갈라졌으며, 크리스털산의 잔재와 왕궁의 폐허도 아예 잿더미로 변해 있었다.

이쯤 되면 복원이 아니라 재건이 필요하겠군.

지슈카는 호수 외에는 아무것도 남아 있지 않은 성역을 둘러보며 생각했다. 그러나 성역의 원천인 신성한 호수만큼은 폭파 없이 무사히 지켜 냈으니, 수십만이란 막대한 숫자의 적들을 생각하면 커다란 성과였다. 아군의 피해도 크지 않았고.

「몸은 좀 어떠십니까.」

근위대를 물린 휼이 곁으로 다가오며 물었다.

「괜찮다 하지 않았나.」

「가슴의 통증에 대해 여쭙는 것입니다. 더 심해지신 것은 아닙니까.」

「……통증.」

지슈카는 문득 잊고 있었던 통증을 떠올렸다. 상황이 급박해서였는지, 꼬마에게 정신이 팔려서였는지는 알 수 없지만 극악했던 가슴의 고통이 한동안 느껴지지 않았다.

「잠시 사라진 모양이다. 괜찮다.」

그는 고개를 저으며 휼을 향해 흔쾌히 웃어 보였다.

「다행입니다.」

조금 미심쩍어하는 듯했지만 휼은 더 묻지 않았다. 대신 그의 손목에 걸린 낯선 팔찌를 눈여겨보았을 뿐이다.

「꼬마의 선물이다.」

지슈카는 묻지도 않은 질문에 태연하게 답하며 팔을 들어 보였다.

「예.」

짧게 끝난 휼의 대답이 마음에 들지 않아서, 그는 조금 더 덧붙였다.

「소원을 이루어 주는 물건이라는군.」

「예.」

무지갯빛의 아기자기한 팔찌를 눈에 담으면서도 휼의 표정

185

은 여전히 무감했다.

지슈카는 고개를 절레절레 저으며 이 물건의 가치를 알아줄
이를 슬며시 찾았다.

「카린은 어디 있는가.」

「1근위대 쪽에 있습니다. 안 그래도 곧 수하들을 이끌고 대
륙으로 떠나겠다며, 전하를 뵙기를 청하였습니다.」

「벌써 떠나려는 것인가.」

「요 근래 유라시아 곳곳에서 국소적인 전쟁들이 발발했다 합
니다. 미미한 전쟁이긴 하나, 셰이곤의 영향 하에 벌어진 일들
일 가능성이 있다고 판단되어서.」

「흔적을 쫓겠다는 것이군. 알겠다.」

지슈카는 호숫가 저편에서 휴식을 취하고 있는 카린의 모습
을 바로 찾았다.

눈이 마주치자, 가볍게 묵례한 그녀가 이내 광대한 호수를
건너서 날아들었다.

「전하.」

「그래, 대륙으로 떠난다지.」

「예. 그 전에 드릴 말씀이 있습니다.」

「무엇인가.」

카린은 품에서 자그마한 무언가를 꺼내 그에게 건넸다.

「그 아이의 집을 복원하다 발견한 것입니다. 알고 계시는 것
이 나을 듯하여.」

지슈카는 손가락 한 마디 정도 크기의 작은 것을 받아 들고
신중히 살폈다. 금속제의 둥근 화살촉처럼 생긴 물건이었다.

「용도를 알지 못하겠군. 문제가 되는 물건인 것인가.」

「특수 제작된 은제 탄환입니다. 인간계의 헌터들이 쓰는 물건이지요.」

「헌터라면…….」

「예. 드라클을 사냥하는 헌터들 말입니다.」

헌터라. 인간의 능력으로 드라클을 제거한다는 건 목숨을 걸어야 하는 일이었기에 아주 드문 존재로 알고 있었다.

지슈카는 총탄을 빙글빙글 돌리며 잠시 생각에 잠겼다.

마룡이 습격해 왔던 끔찍했던 그날 밤, 해루가 기다란 수렵총을 들고 있었던 것이 기억났다. 잔뜩 겁에 질렸던 그 얼굴이 떠오르자 기분이 몹시 가라앉았다.

그때 썼던 탄환이 이것이었던 모양이었다.

「꼬마의 집에서 발견되었다면, 그 부모가 헌터일 확률이 높겠군.」

「아마도 그렇겠지요. 인근의 사슴 농장에서도 그것으로 마물들을 제거한 흔적을 발견했습니다. 아마 전하를 습격했던 그 마물들일 것입니다.」

「알겠다. 알려 줘서 고맙다.」

지슈카는 고개를 끄덕이며 감사를 표했다.

하지만 그것이 할 말의 전부가 아니었던 듯, 카린은 주저하는 표정으로 잠시 그를 쳐다보았다.

「내가 알아야 할 것이 더 있는가.」

의아한 마음에 그가 운을 떼자, 카린이 신중한 얼굴로 조심스레 답을 해왔다.

「아이가 펜타스컬을 보는 것이 마음에 걸립니다. 보통은 열흘 안에 사라지는 능력이지만, 그 아이의 경우는 전하의 영향으로 인해 얻은 것이라 훨씬 길게 갈 테니까요.」

「그게 그리 큰 문제인가. 내게서 흘러 들어간 용의 기운은 밖으로 새어 나오지 않게 잘 조치해 두었다. 하니, 이제 마룡들이 그 아이를 습격한다거나, 펜타스컬을 설치한다거나 할 일은 없지 않은가.」

「운 나쁘게도 부모가 헌터라면 이야기가 다릅니다. 헌터들이 사냥감 없는 곳에 머물지는 않으니까요.」

사냥감이라. 좋지 않은 소식이었다. 지슈카는 밀려드는 우려에 얼굴을 굳혔다.

「하면 꼬마의 주변에 드라클이 존재할 수 있다는 얘기인가.」

「예. 자칫 이웃처럼 지내던 이들에게서 펜타스컬을 발견하게 된다면 어떻게 될지……. 더욱 걱정되는 건 목격한 것을 무심코 입 밖에 냈다간 무슨 화를 입을지 모른다는 사실입니다.」

「일이 복잡하게 되었군.」

지슈카는 미간을 찌푸리며 잠시 생각에 잠겼다. 그러다 문득 의문이 들었다. 그 존재는 알고 있었으나, 그동안은 단 한 번도 궁금해 보지 않았던 헌터들에 대해서.

「한데, 헌터들은 드라클을 어떻게 알아보고 사냥을 하는 것이지? 인간인 그들이 펜타스컬을 볼 수 있을 리는 만무할 테고. 피를 빼는 현장을 목격하고 쫓는 것인가.」

「예전엔 그런 경우도 많았으나, 요즘은 혈액의 밀거래가 흔해져서 드라클들도 직접 피를 빨거나 하지 않습니다. 해서 보통은 다른 방법으로 확인하죠. 드라클이 혼을 빼앗긴 뒤 시간이 많이 흐르면 펜타스컬이 스며들었던 자리에 검은 인印이 남습니다. 특수 장비를 이용하면 그것은 인간들도 볼 수 있지요.」

「하면 드라클이 된지 한참이 지난 후에야 겨우 알아보고 사냥에 들어간다는 얘기군.」

「예. 인간의 눈으로는 검은 인 외에 그 어떤 변화도 알아볼 수 없으니까요.」

여러모로 꼬마에게 좋지 않은 상황이었다. 인근의 드라클들을 모두 제거해 버리기 전에는 결코 안심할 수 없는 상황.

「알겠다. 조치를 취하도록 하지.」

묵묵히 고개를 끄덕이는 그에게 카린이 우려 섞인 눈길로 물었다.

「직접 가실 생각이십니까.」

「생명의 은인이니 그 정도는 직접 해야 하지 않겠나.」

「저는 반대입니다. 인간과 자꾸 엮여서 좋을 것이 없습니다. 믿을 만한 이를 대신 보내십시오.」

단호한 카린의 말에 지슈카는 잠시 멈칫했다. 하지만 이내 한 귀로 흘리며 매끄럽게 대꾸했다.

「충언은 귀히 새기도록 하지.」

「기억은 철저히 지우셨습니까.」

「……필요한 만큼은 지웠다.」

지슈카는 손목에 걸린 팔찌를 응시하며 무심히 답했다.

기억을 온전히 지워야 한다는 것은 잘 알고 있었다. 하지만 마음이 뜻대로 움직여지지 않았다. 최소한 누군가를 구했다는 기억만큼은 남겨 주어야 할 것 같았으니까.

눈보라가 휘몰아치던 그 험난한 밤, 다 자라지도 못한 그 꼬마는 한 인간이 다른 인간의 생명을 살리기 위해 할 수 있는 모든 것을 다 했다. 적어도 그 마음만큼은 헛되이 하고 싶지 않았다.

「다는 못 지우셨다는 뜻이군요. 인간과의 관계에서 어설픈 미련은 독이 됩니다.」

팔찌를 유심히 눈에 담던 카린이 냉정하게 말했다. 한 마디 한 마디가 가슴속 어딘가에 쓰게 박혀 들었다.

심기가 몹시 불편해 왔으나, 지슈카는 태연을 가장하며 담담히 대꾸했다.

「1000년이나 그 독을 마시고 있는 그대가 할 말은 아닌 듯하네만.」

「……알고 계셨습니까.」

「모르는 것이 더 이상하겠지. 지내기도 불편한 인간계에서 그토록 오래 머물고 있는 이는 그대가 유일하니까.」

오래 전에 그녀는 대륙의 한 인간과 깊은 관계를 맺었다고 들었다. 하지만 고작해야 백 년을 살다 가는 짧은 생과 함께하기에 용의 일생은 너무도 길었다.

연인은 너무 일찍 세상을 떠나 버렸고, 카린은 천 년이란 세월을 내내 기다리고 있는 모양이었다.

다행히 인간은 짧게 살다 가는 대신 기회를 여러 번 얻을 수 있는 존재였다. 그토록 오랜 세월 대륙을 오가며, 그녀가 기다리는 유일한 것은 그의 다음 생이었다. 다시 이어질지, 아니 그를 찾을 수 있을지조차 알지 못한 채.

「그대의 미련을 가져간 존재는 아직도 다음 생을 얻지 못하였는가.」

침묵을 지키고 있는 그녀에게 그가 물었다. 카린은 맑게 갠 하늘을 응시하며 침착하게 답했다.

「환생은 여러 번 하였습니다. 다만 번번이 어긋났을 뿐.」

「그리 오래도록 잊히지도 않는 것인가.」

그녀는 가벼이 대꾸하는 대신 무거운 눈길을 그에게로 돌렸다. 그리고 조용히 되물어 왔다.

「전하께선 오래전에 승하하신 황비마마가 잊히셨습니까.」

「……아니, 잊히지 않았다. 어머님에 관한 건 그 무엇도.」

지슈카는 한 방 먹은 기분으로 쓴웃음을 지었다. 벌써 3000년 전에 세상을 떠난 친모였지만, 그가 어찌 잊을 수 있을까.

「하면 미련이 어떤 것인지 잘 아시겠지요. 더구나 인간은 순간을 살다 갑니다. 인연은 찰나이고 미련은 생의 대부분이 되지요.」

「그래, 그렇겠지.」

잠시 침묵이 흘렀고, 신선한 북해의 바람이 짙은 바다 내음과 함께 밀려들었다.

바람에 흩날리는 재를 아련히 바라보던 카린이 이내 표정을 갈무리했다. 그리고 그를 향해 정중히 고개를 숙였다.

「저는 이만 대륙으로 나가겠습니다. 도움이 필요하시거든 연통을 하십시오.」

「그러지. 부디 조심히 다녀오라.」

지슈카는 신뢰를 실어 답하며 미소로 그녀를 떠나보냈다. 호수를 건너 수하들에게로 향하는 뒷모습을 지켜보다 묵묵히 호숫가에 걸터앉았다.

활짝 갠 하늘이 몹시도 청명했다. 탁기 하나 없는 맑은 바람이 시원하게 불어들었고, 까마귀 떼가 사라진 창공엔 갈매기들이 유유히 날고 있었다.

아주 오랜만에 찾아든 평화였다. 하지만 마음은 못내 착잡했다. 하늘을 떠가는 구름이 꼭 감자처럼 보였다.

강원도산 유기농 수미감자. 완전 청정지역 고랭지 재배.

최고로 맛있다는 그 감자가 생각나자, 그는 조용히 웃음을 머금었다. 김치를 얹어 주던 야무진 손길이, 호의로 가득하던 까만 눈동자가 눈앞에 선명하게 아른거렸다.

새소리가 울리던 아늑한 식탁, 음식에서 전해지던 따뜻한 온기. 평온했던 그 공간을 떠올리며 그는 가만히 눈을 감았다. 까르르 흩어지던 꼬마의 웃음소리가 귓가를 가득 메웠다.

❉

차 선생님은 늦은 저녁이 되어서야 집에 도착했다. 늘 그렇듯 묵직한 장비 가방을 메고서 영국산 과자들이 가득 담긴 선물 꾸러미를 들고 오셨다.

"선생님!"

오후 내내 몇 번이나 현관 밖으로 나갔다 들어오기를 반복하던 유주는 마침내 선생님이 도착하자 함박웃음을 지으며 품에 안겼다.

워낙 어릴 적부터 봐 온 분이었기에, 선생님이 올 때마다 자연스레 천진한 아이처럼 행동하고는 했다.

"어디 보자. 우리 유주는 더 예뻐진 것 같은데."

해쓱해진 얼굴을 안쓰럽게 바라보다가, 선생님은 유주를 가볍게 안아 올리며 미소를 지었다.

세련된 금테 안경이 잘 어울리는 차 선생님은 지적인 분위기가 물씬 풍기는 훈남이었다. 박식하고 친절한 데다 목소리마저 근사해서, 어릴 적부터 해루와 유주의 이상형은 늘 차 선생님 같은 사람이었다.

"와. 선생님은 더 젊어지신 것 같아요."

선생님과 함께 방으로 들어가며 유주가 신나서 말했다. 그러고 보니 차 선생님은 엄청난 동안이기까지 했다. 8년 전에 처음 봤을 때나 지금이나 크게 달라진 것이 없어 보였다.

해루는 유자차와 과일을 준비해 뒤늦게 유주의 방으로 들어갔다. 차 선생님은 가져온 장비를 펼쳐서 검사 준비를 하고 있었고, 부모님은 한결 나아진 얼굴로 유주를 지켜보고 있었다.

구석에 앉아 조용히 지켜보는 동안, 선생님은 복잡해 보이는 장비를 가동시키고 유주의 상태를 이것저것 측정했다.

그런데 기분 탓일까. 오늘따라 이상하게 귀가 밝아진 것 같더니, 전에는 들리지도 않던 장비 작동하는 소리가 귀에 거슬릴 정도로 크게 들렸다.

해루는 괜스레 따갑게 느껴지는 귀를 손가락으로 문지르며 선생님의 작업을 열심히 지켜보았다.

검사를 마친 선생님은 노트북에 알 수 없는 용어로 여러 가지 기록을 남겼다. 그런 다음 수술 장갑을 끼고서 손을 꼼꼼히 소독했다. 그리고 마침내 시험관이 연결된 주사기를 꺼내 들었다. 또 피를 뽑으실 모양이었다.

"우리 유주, 이번에 방송통신대 지원했다면서."

선생님이 유주의 팔을 소독하며 지그시 웃었다.

"네. 경제학과요."

"대단한걸. 그렇게 몸이 아픈데도 벌써 검정고시 다 마치고 대입까지 준비하다니."

"그게 그렇게 대단한 거예요?"

"그럼. 숨 쉬는 것도 고통스러운 상황에, 그렇게 열심히 공부하는 사람이 흔하지 않지."

뾰족한 주삿바늘이 조심스럽게 유주의 팔을 파고들자, 해루는 저도 모르게 얼굴을 찡그렸다. 병원에서의 고된 치료로 유주의 팔은 이미 곳곳에 피멍이 들어 있었기 때문이다.

하지만 유주는 상냥하게 웃어 주는 선생님에게 정신이 팔려서 고통도 거의 느끼지 못하는 듯했다. 아픈 기색 하나 없이 방실방실 웃는 모습이 귀엽기 그지없었다.

"그런데 유주야, 혹시 외국에서 공부해 보고 싶은 생각은 없니? 예를 들면 영국 같은 곳이라든가."

문득 선생님이 진지한 얼굴로 물었다. 큼직한 주사기에 유주의 피가 서서히 들어차고 있었다.

"그런 꿈은 매일 꾸죠. 하지만 몸이 이래서 어차피 불가능하잖아요. 돈 문제도 있고요."

"그래도 만약에 기회가 주어진다면 말이야."

"내일 당장이라도 가겠죠. 엄마 아빠한텐 조금 죄송하지만 엄청 행복할 것 같아요."

유주는 빙긋 웃으며 조곤조곤 대답했다. 이윽고 주삿바늘이 빠져나가자 그제야 따끔한 듯 코끝을 찡그렸다.

선생님은 유주의 피가 담긴 시험관을 밀봉하고는 한참이나 유심히 살펴보았다. 그리고 주사기를 하나 더 꺼내 들면서 해루를 향해 미안한 듯 웃어 보였다.

"해루야, 네 피도 채혈을 좀 해야겠구나."

"……네, 선생님."

해루는 멋쩍게 다가가 팔을 내밀었다.

선생님이 오시는 건 좋았지만, 매번 피를 뽑아야 하는 건 조금 별로였다.

하지만 유주의 혈액만으로는 판단하기 어려운 것이 있어서, 비교를 위해 비슷한 환경에서 자란 그녀의 피도 꼭 필요하다고 했다. 쌍둥이라는 사실도 대조군으로 활용하기에 큰 장점으로 작용하는 듯했다.

채혈은 금방 끝났고, 선생님은 그녀의 피는 크게 눈여겨보지 않은 채 특수용기에 보관했다. 나중에 연구소로 돌아가서 훨씬 전문적인 장비로 분석할 때 사용한다는 것 같았다.

"차가 맛있구나."

선생님은 그녀가 내온 유자차를 마시며 기분 좋게 웃었다.

"네. 유자 사다가 직접 담근 거예요."

"어쩐지 맛이 다르더라니. 향이 아주 근사해."

"그래요? 맛있으시다니 다행이에요."

"그러고 보니 해루는 키가 많이 컸네. 벌써 숙녀 같아 보이는걸."

"그렇게 많이는 안 컸어요. 좀 팍팍 크면 좋겠는데."

지난번에 오셨던 여름보다 한 2센티미터쯤 컸을까. 그래 봤자 평균키에 한참 못 미치는 160센티미터였다. 평균키 정도만 되어도 참 좋을 텐데.

"그런데 혹시 화장했니?"

갑자기 선생님도 할머니랑 똑같은 것을 물었다. 오늘따라 다들 왜 그런 걸 물어보시는 거지. 해루는 의아한 마음에 고개를 저으며 피식 웃었다.

"아뇨. 화장품도 없는걸요. 조명발인가 봐요."

"하하. 조명발. 그 정도면 굉장한 조명발인걸."

선생님도 크게 웃으며 고개를 끄덕였다. 그녀의 얼굴을 한 번 더 유심히 살펴보더니, 이내 유주에게로 시선을 돌렸다.

선생님은 유주와 도란도란 얘기를 나누며 과일을 조금 먹었다. 그리고 부모님을 돌아보며 조심스럽게 말을 꺼냈다.

"아버님, 어머님. 의논드릴 것이 좀 있는데 말입니다."

의논이란 말이 신경 쓰이셨는지, 엄마 아빠의 안색이 조금 어두워졌다. 무슨 말씀을 하려는 건지 궁금했지만 선생님은 더 말하지 않았다. 그저 친절하게 웃을 뿐이었다.

세 분은 곧 밖으로 나갔고, 방에는 그녀와 유주 둘만 남았다.

해루는 닫힌 문을 물끄러미 바라보다 유주에게로 가까이 다가가 앉았다. 병원에서 돌아온 지 얼마 안 되어 또다시 이것저것 검사한 탓에 안색이 더 파리해져 있었다.

"괜찮아?"

머리를 쓸어 주며 묻자, 유주가 싱긋 웃었다.

"응. 맨날 하는 건데, 뭐."

그녀에게 대꾸하면서도 유주의 시선은 주삿바늘이 꽂혔던 팔로 향해 있었다. 차 선생님이 붙여 준 아기자기한 캐릭터 반창고가 자리 잡은 그곳에.

그런 유주가 귀여워 해루는 피식 웃었다. 그러다 문득 생각나는 것이 있어서 유주의 목덜미에 조심스레 손을 댔다.

"유주야. 잠깐 목 좀 봐 봐."

"어? 목은 왜."

"뭐 좀 볼 게 있어서."

해루는 유주의 블라우스 칼라를 슬며시 내렸다. 그리고 신경이 쓰이던 그곳을 찬찬히 살펴보았다.

다행히 그곳에 붉은 연기 같은 것은 보이지 않았다. 혹시나 싶어 칼라를 조금 더 내려 봤지만 창백한 살결 외에 다른 것은 없었다. 저도 모르게 안도의 한숨이 흘러나왔다.

"갑자기 왜 그래, 언니."

"아무것도 아니야. 나한테 못 보던 점이 있더라고. 혹시 너한테도 있나 해서."

해루는 적당히 둘러대며 칼라를 꼼꼼하게 매만져 주었다.

"무슨 점? 나한테도 있어?"

"아니, 너는 없는데. 혹시 엄마 아빠한테선 본 거 없어? 뒷목 아래에 빨간 점."

점이 아니라 연기 같은 거였지만, 해루는 에둘러서 그렇게 물어보았다.

"아니. 그런 거 못 봤는데. 게다가 무슨 점이 빨간 색이야? 갈색이면 몰라도."

유주는 무슨 뚱딴지같은 소리냐는 눈길로 그녀를 쳐다보았다.

"아. 그, 그렇지. 못 봤으면 말고."

싱긋 웃으면서도 해루는 고민이 되었다. 엄마 아빠에게서 본 것을 유주에게 얘기해야 하나 말아야 하나. 하지만 아픈 아이한테 괜한 말을 할 필요는 없을 것 같았다.

"근데 언니. 차 선생님 진짜 너무 멋있지 않아?"

유주가 그녀의 어깨를 툭 치며 환하게 웃었다. 점 얘기는 금세 흘러버린 듯했다. 하긴, 차 선생님이 집에 와 있는데, 유주의 관심이 다른 데 쏠릴 리 만무했다.

"멋있지. 인성도 끝내주고. 이런 산골까지 힘들게 봉사하러 오는 사람이 차 선생님 말고 누가 있겠어? 아무리 희귀병 연구에 심취해 있다 해도, 비행기까지 타고 매번 선물까지 사 들고."

해루는 차 선생님에 대한 찬탄을 줄줄이 늘어놓으며 기꺼이 호응해 주었다. 유주는 손뼉까지 치면서 까르르 웃었다.

"내 말이. 근데, 우리 차 선생님 결혼은 하셨을까?"

"모르지. 궁금하면 물어보지 그랬어."

"결혼했다 그러면 너무 좌절스러울 것 같아서."

눈을 반짝반짝 빛내며 얘기하는 유주의 뺨이 발그레했다. 누가 봐도 딱 짝사랑에 빠진 여고생의 모습이었다. 차 선생님이 그렇게도 좋을까.

"그래도 애인은 있겠지?"

유주가 또다시 물었다. 조금 시무룩해진 얼굴이었다.

"모르지. 아마 연구하기 바빠서 연애할 시간도 없지 않을까. 밤도 많이 새운다는 것 같던데."

"아니, 아닐 것 같아. 저렇게 멋진데 애인이 없다는 것도 말이 안 돼."

"차 선생님이 그렇게 좋아? 네 나이 두 배는 될 텐데?"

해루는 무심결에 말을 뱉어 놓고 아차 싶었다. 유주의 얼굴이 몹시 어두워졌기 때문이다. 결국 재빨리 다른 말을 덧붙이고 말았다. 유주의 얼굴이 펴지기를 바라며.

"나, 나이는 숫자에 불과하지 뭐. 좋아, 내가 물어봐 줄게. 애인이 있는지, 결혼은 했는지."

하지만 유주의 표정은 더욱 가라앉았다. 시무룩한 얼굴로 고개를 숙인 채 무거운 목소리로 말했다.

"……응. 이왕이면 어떤 스타일의 여자를 좋아하는지도."

"그래그래. 걱정 마. 언니가 다 물어봐 줄게."

그녀의 말이 끝나기 무섭게 유주가 고개를 번쩍 들었다. 그리고 그녀를 의미심장하게 쳐다보며 깔깔 웃었다.

"진짜지? 약속한 거다, 언니. 무르기 없기다."

결국 장난이었던 모양이었다. 하지만 그런 것 정도 못 물어봐 줄 것도 없었다. 뭐 그리 대단한 질문이라고.

"그래. 걱정 말고 이만 쉬어. 많이 피곤할 텐데."

"응. 나 졸려. 나갈 때 불 좀 꺼 줘."

"그래, 잘 자."

해루는 유주의 이불을 꼼꼼히 덮어 주고 바닥에 놓여 있던 찻잔과 쟁반을 챙겨 들었다. 그리고 조용히 전등을 끄고 나왔다. 밤이 늦어서인지 몹시 피곤한 기분이 들었다.

"……데려가겠습니다."

부엌에서 그릇을 씻어 두고 그녀의 방으로 향하는데, 문득 안방에서 소리가 새어 나왔다. 엿들을 생각이 있는 것도 아니었는데 저절로 귀에 흘러들었다.

"네? 유주를 데려가시겠다고요?"

해루는 저도 모르게 발을 멈췄다. 엄마의 목소리였다. 근데 이게 무슨 소릴까. 유주를 데려가다니.

그냥 지나칠 수가 없어서 슬며시 안방 문에 귀를 가져다 댔다. 차 선생님이 할 말이 있다던 것이 이 얘기인 것 같았기 때문이다.

"때가 되면 데려가겠다고 말씀드렸잖습니까. 아이들을 맡아 키우는 건 길어야 20년일 거라고."

"그, 그랬죠. 그럼 유주한테 그 진주라는 게 생긴 건가요?"

"아직 완성되진 않았지만, 곧 완성될 겁니다. 그것도 아주 훌륭한 품질로. 그동안 고생이 많으셨습니다."

뭔가 좀 이상한 이야기들이었다. 맡아 키우다니. 그리고 진주라는 건 또……

"어디로 데려가시는데요."

"영국입니다. 걱정하실 건 없습니다. 풍요로운 환경에서 공부도 하고 귀족처럼 여유롭게 살아갈 테니. 두 분께 약속드린 보상금은 충분히 지급될 겁니다. 그간 낳지도 않은 아이들 부모 노릇 하느라 고생이 이만저만이 아니셨잖습니까."

잘못 들은 걸까. 너무도 황망한 얘기들이라 해루는 멍하니 서서 그저 눈만 깜빡이고 있었다. 대체 무슨 얘기를 들은 건지 잘 이해가 되지 않았다.

낳지도 않은 아이들.

분명 그렇게 들렸다. 하지만 잘못 들었을 게 틀림없었다. 게다가 보상금이라니.

"해루는요. 우리 해루는 그럼……"

"지금까지도 아무런 변화가 없는 걸 보면 그 아이는 실패작입니다. 씨앗을 뿌렸다고 다 진주가 되지는 않죠. 오랜 고난을 이겨 낸 극소수의 조개들만이 아름다운 진주를 만들어 냅니다."

실패작.

상냥한 어투로 흘러든 차 선생님의 목소리가 가슴을 날카롭게 할퀴고 갔다.

유주가 영국으로 간다. 그리고 그녀는 실패작이었다. 뭔지는 모르지만 진주를 만들어 내지 못한.

갑자기 머릿속이 멍해져서 아무런 생각도 할 수 없었다. 생각해 보면 뭐든 야무지게 잘하는 유주에 비해서, 그녀는 무엇하나 잘하는 것이 없었다. 공부도 그렇고 손재주도 그랬다. 그나마 요리 정도나 좀 잘할까.

"……흔적은 모두 없애 주십시오. ……해루의 존재도 조금 곤란하겠죠."

방 안에선 계속 대화가 진행되고 있었다. 하지만 그녀의 귀에는 더 이상 아무것도 들리지 않았다. 차라리 처음부터 아무것도 못 들었더라면.

해루는 멍하니 방으로 들어와 침대에 풀썩 누워 버렸다. 너무 엄청난 말들을 들어 버려서일까. 서럽고 서러웠지만 눈물은 나지 않았다. 그저 스스로가 몹시도 초라하게 생각되었다.

낳지도 않은 아이들. 실패작.

잊고 싶은 비참한 말들이 자꾸만 귓가에서 맴맴 돌았다. 지끈거리는 심장이 터질 듯 아프게 조여들었다.

그녀는 덜덜 떨리는 몸을 웅크리며 이불을 둘둘 감았다. 갑자기 밀려들기 시작한 한기가 칼바람처럼 온몸을 휘감아 돌았다.

추웠다. 몹시도 추웠다. 끔찍하도록 추운 밤이었다.

❀

"네에? 제가 영국으로요? 정말이세요?"

유주가 떨리는 목소리로 묻고 있었다.

차 선생님은 아침 식탁에서 바로 그 이야기를 꺼냈다. 뜻밖의 엄청난 제안에 유주는 무척 놀란 듯했다. 믿어지지 않는 얼굴로 선생님을 쳐다보며 눈을 휘둥그렇게 떴다.

"그럼. 시설 좋은 곳에서 치료도 받고 공부도 하고. 부모님께서도 흔쾌히 허락하셨다."

"정말로 선생님 집에서 같이 사는 거예요?"

"그래. 지내기 불편하지는 않을 거다. 방도 여러 개고."

차 선생님은 애정이 듬뿍 담긴 눈길로 말해 주었다. 유주는 좋아서 거의 비명을 지르다시피 했다. 꿈인지 생시인지 모르겠다며 이것저것 묻고 또 물었다.

해루는 마치 처음 듣는 이야기인 양 옆에서 같이 환호성을 질러 주었다.

밤새 한 숨도 못잔 탓에 머리는 무겁고 속내는 복잡했지만, 그동안 유주가 얼마나 고생했는지 누구보다 잘 알았기에 그저 기뻐해 주고 싶었다.

처음 피를 토했던 열 살의 겨울 이후로, 유주의 삶은 척박하기 그지없었다. 일주일에 사흘은 앓느라 아무것도 먹지 못했고, 등교는커녕 외출조차 마음대로 할 수 없었다.

자연히 그 흔한 친구 하나 제대로 사귀지 못했다. 열이 펄펄 끓을 때마다 의식을 잃기 일쑤였고, 심하게 피를 토할 때는 이러다 죽는 게 아닐까 싶을 정도로 겁이 났다.

그러니 이젠 조금 행복해져도 되지 않을까. 엄마 아빠도 유주의 병수발에서 벗어난다면 훨씬 편안하게 살아갈 수 있을 것이다. 하지만…….

나는 어떻게 해야 하는 거지.

갑자기 가슴이 답답해 와서 해루는 조용히 물을 들이켰다. 생각하면 할수록 모든 것이 막막해지고 있었다.

묵묵히 밥을 먹고는 있었지만, 저도 모르게 부모님의 얼굴을 보는 게 불편해졌다. 자기 자식도 아닌 데다, 기껏 힘들게 키웠건만 뭐 하나 잘하는 것 없이 실패작이 되어 버린 그녀가 짐스럽게 생각될 것만 같았다.

"그런데 언제 영국으로 출발하는 거예요?"

입가에 떠날 줄 모르는 함박웃음을 머금은 채로, 유주가 선생님께 물었다.

"지금 곧. 아침 먹고 짐 챙겨서 바로 떠나면 된다."

차 선생님은 더 생각할 것도 없다는 듯 명쾌하게 대답했다. 갑작스러운 이야기에 해루는 놀라서 숟가락을 깨물고 말았다. 유주도 몹시 당황한 것 같았다.

"지, 지금이라뇨. 그렇게 빨리요?"

"어차피 떠날 건데 머뭇거릴 필요는 없지 않겠니."

"하지만 아무 준비도 못했는데. 여권 같은 것도 있어야 하잖아요."

"여권은 공항에서 긴급으로 발급받으면 된다. 필요한 건 모두 새로 사면 되니까 짐도 많이 꾸릴 필요 없고."

영국까지 가는 게 그렇게 간단한 일이었던가.

모든 것이 너무 빠르게 진행되고 있었다. 해루는 망연하게 유주를 쳐다보았다.

이렇게 갑자기 헤어지게 된다고 생각하니 가슴이 휑해지는 것만 같았다. 유주도 그녀가 마음에 걸렸는지 안타까운 얼굴로 그녀를 바라보았다.

어젯밤에 미리 얘기가 다 되었던 듯, 엄마 아빠는 별로 당황하는 기색이 없으셨다. 나가는 길에 필요한 서류를 떼고 여권에 쓸 사진도 찍으면 된다며 침착하게 말씀하셨다.

식사는 어수선하게 끝났다. 차 선생님은 누군가와 통화하며 이런저런 지시를 내리기에 바빴고, 유주는 영국으로 가져갈 짐을 싸느라 정신이 없었다.

부모님이 유주의 곁을 지키며 이것저것 챙겨 주는 동안, 해루는 식탁을 치우고 설거지를 마쳤다. 짐 싸는 유주를 잠시 지켜보다가 조용히 방으로 들어와 책상을 뒤적거렸다.

'대체 어디다 둔 거지.'

떠나는 유주에게 뭐라도 주고 싶어서 황급히 서랍을 뒤졌지만, 어쩐 일인지 상자에 잘 보관해 둔 소원 팔찌가 보이지 않았다. 서랍 속의 물건을 다 꺼냈는데도 결국 찾지 못했다. 대체 어디로 간 걸까.

"언니."

문득 유주가 방으로 들어서며 그녀를 불렀다.

"어, 유주야. 짐 다 쌌어?"

"아직 다 못 쌌어. 이거 선생님 집 주소랑 전화번호래. 까먹기 전에 언니한테 먼저 알려 주려고."

"그래. 잘 저장해 둘게."

해루는 유주가 내민 종이를 보면서 바로 핸드폰에 주소와 전화번호를 입력해 두었다.

"국제전화는 많이 비싸겠지?"

유주가 서운한 얼굴로 물었다. 해루는 유주의 옷에서 풀어져 내린 리본을 다시 묶어 주며 싱긋 웃었다.

"그렇겠지. 전화는 힘들어도 이메일은 자주 보낼게."

"응. 근데 언니. 나 괜히 간다고 한 건 아닐까."

그녀를 가만히 쳐다보던 유주가 주저하듯 물었다. 해루는 말도 안 된다는 듯 눈을 동그랗게 떴다.

"당연히 가야지 무슨 소리야? 이런 황금 같은 기회가 어디 있다고."

"그래도 너무 갑작스럽잖아. 막상 가려니까 겁도 많이 난다고."

"겁날게 뭐가 있어. 차 선생님이 너 생각해서 엄청 신경 써 주신 건데."

"그건 또 그렇지만."

유주가 멋쩍게 웃으며 말했다. 해루는 동생의 어깨를 토닥여 주며 장난스레 웃었다.

"선생님 결혼하셨는지는 네가 가서 직접 확인하면 되겠네."

"응. 근데 이젠 아무래도 상관없을 것 같아. 선생님이랑 같이 살게 되다니 꿈만 같은 거 있지."

눈을 반짝이며 환하게 웃는 유주의 뺨이 발그레했다. 아무래도 유주에겐 영국에 간다는 사실보다 선생님과 함께 산다는 사실이 더 기쁜 듯했다.

그런데 유주에게 무얼 주면 좋을까.

책상 서랍에서 꺼낸 물건들을 다시 주워 담으며 해루는 생각했다. 아무리 고민해 보아도 그녀가 가진 것 중에서 선물로 주어도 좋을 만큼 근사한 물건은 없었다. 학용품 같은 건 어차피 차 선생님이 다 새 걸로 사 주실 테고.

"어, 근데 언니. 이거 뭐야? 너무 예뻐."

책상 위를 쳐다보던 유주가 찬탄 어린 얼굴로 무언가를 집어 들었다.

푸른 진주가 박혀 있는 그 머리핀이었다. 그녀의 이름이 새겨져 있는 아름다운 머리핀.

"누가 선물로 준 거야. 근사하지?"

해루는 싱긋 웃으며 뿌듯하게 말했다.

"응. 되게 세련됐다. 어쩜 진주가 이런 빛이 나지? 파란색인 것도 신기하고. 이거 나한테 주면 안 돼?"

"어?"

해루는 조금 당황했다. 유주에겐 무엇을 주어도 아깝지 않았지만, 이 머리핀만큼은 흔쾌히 주겠다는 말이 나오지 않았다.

"헤어지는 기념으로 나한테 주라. 꽤 오래 못 볼 거잖아."

핀이 몹시 마음에 들었는지 유주가 다시 말했다. 해루는 미안한 마음으로 고개를 저었다.

"이건 안 돼. 선물 받은 거라니까. 내 이름 때문에 일부러 진주 핀을 선물해 준 거라고."

"어차피 내 이름도 진주잖아. 아아, 언니야. 그러니까 나 주라."

유주가 아쉬운 듯 계속 졸랐다.

진주.

그리고 보면 유주도 진주를 뜻하는 이름이었다. 창해유주滄海
遺珠라는 고사성어에서 따온 이름으로, '큰 바다에 남아 있는
진주'를 의미한다고 했다.

아빠의 말로는 세상에 알려지지 않은 현자나 명작을 비유할
때 쓰는 격조 높은 말이라고 했다. 그녀의 이름보다 훨씬 멋지
고 근사한 뜻을 담은 이름이었다.

일순 차 선생님의 말이 뼈아프게 머릿속을 훑고 지났다.

'……씨앗을 뿌렸다고 다 진주가 되지는 않죠. 오랜 고난을
이겨 낸 극소수의 조개들만이 아름다운 진주를 만들어 냅니
다.'

같은 쌍둥이에 같은 뜻의 이름인데도, 유주는 진주를 만들
고 그녀는 만들지 못했다. 왜 그렇게 된 걸까. 도대체 뭐가 달
라서.

해루는 복잡한 마음을 밀어내며 미안한 얼굴로 말했다.

"미안해, 유주야. 이건 안 되겠어. 내 이름까지 새겨서 준 거
라. 대신 다른 걸 줄게. 아, 폴라로이드 카메라는 어때? 네가
계속 탐냈었잖아."

해루는 눈에 보이는 물건들 중에서 그래도 제일 특별한 것
을 들어 보이며 말했다. 작년에 동아리 활동으로 만든 동영상
이 우연히 고교생 UCC 대회에 입상하면서 상품으로 받은 거
였다.

담당 선생님의 디지털카메라를 빌려서 재미 삼아 찍었던 두더지 사육기였다. 이장님이 몹쓸 녀석이라며 묻어 버리려는 두더지를 데려와 흙을 잔뜩 쌓아 놓고 신나게 촬영했었다.

뜻밖의 큰 호응을 얻었던 그 영상은 지금도 유튜브에서 심심찮은 인기를 끌고 있었다.

하지만 상품이 왜 하필 폴라로이드 카메라였는지는 지금도 이해할 수 없었다. 필름이 워낙 비싸서 채워 넣기 힘든 까닭에, 활용도 못하고 책상 속에 고이 모셔 둘 수밖에 없었다. 차라리 디지털카메라였으면 훨씬 좋았을 걸.

"와! 완전 좋아. 고마워, 언니. 내가 영국 사진 많이 찍어서 보내줄게."

다행히 유주는 흔쾌히 고개를 끄덕였다. 가죽케이스에 싸인 카메라를 매만지면서 흡족하게 웃었다. 차 선생님 말로는 풍족한 생활을 하게 될 거라고 했으니, 이런 필름 정도는 쉽게 채울 수 있지 않을까.

방으로 돌아간 유주는 금세 짐을 다 꾸리고 새 옷으로 갈아 입었다. 준비가 다 되자, 차 선생님은 유주를 데리고 바로 집을 나섰다. 채 9시도 되지 않은 이른 시간이었다.

해루는 부모님과 함께 인천 공항까지 배웅을 나가기로 했다. 아버지의 트럭에 다 탈 수가 없어서 곰씨 아저씨까지 함께 나섰다.

서둘러 산을 내려와 주차장에 도착하자, 그들은 두 차에 나누어 탔다. 부모님과 그녀는 트럭을 타고, 차 선생님과 유주는 좀 더 편한 아저씨의 SUV에 올랐다.

공항까지 가는 긴 시간 동안, 엄마도 아빠도 말이 없었다.

아빠는 내비게이션에 집중하며 묵묵히 운전만 했고, 엄마는 내내 창밖을 바라보며 간간이 눈물을 닦았다.

해루는 들고 나온 영어 단어장에 시선을 고정한 채 조용히 앉아 있었다. 단어가 눈에 들어올 리 만무했지만, 간간이 페이지를 넘겨 가며 외우는 척을 했다.

문득 스쳐 본 엄마의 목 아래에선 코트 위로 희미하게 핑크빛이 돌았다. 혹시나 하고 아빠를 쳐다보니, 아빠의 옷에서도 그 자리에 미미한 핑크빛이 보였다.

아마도 목에 배어 있던 붉은 연기가 옷 위로 흐릿하게 배어 나온 듯했다. 자세히 들여다보지 않으면 느껴지지도 않을 정도라 그동안은 알아보지 못했던 모양이었다. 여러모로 속내가 착잡해 왔다.

차는 순조롭게 달려서 점심때가 조금 지나 공항에 도착했다. 처음 와 본 인천 국제공항은 크기도 무지 크고, 사람도 엄청나게 많아서 정신이 하나도 없었다.

하지만 차 선생님은 이런 곳이 익숙한 듯 모든 일을 능숙하고 빠르게 처리했다.

헤매는 기색도 없이 바로 창구에서 항공권을 예매하고, 여권 신청을 위해 어딘가에 서류를 제출했다. 그리고 유주에게 무리가 없는 식당을 알고 있다며, 공항 근처의 레스토랑으로 그들을 안내했다.

천천히 식사를 마치고 공항으로 돌아오니 벌써 여권이 나와 있었다. 비행기 출발 시간도 얼마 남지 않은 듯했다.

유주와 이런저런 작별의 말들을 나누는 동안, 차 선생님은 탑승 수속을 마치고 수하물도 부쳤다. 모든 일이 순식간에 일사천리로 진행되었다.

"그동안 고생 많으셨습니다."

비행기를 타러 들어가는 출국심사장 앞에서, 차 선생님이 아빠와 엄마를 차례로 포옹하며 말했다.

조금 낯간지럽긴 했지만 영국식 인사법인 듯했다. 등을 토닥이고 찬찬히 쓸어 주며 다정하게 인사를 나눴다.

그런데 문득 이상한 기분이 들었다. 엄마아빠의 옷깃 아래에서 미미하게 검은 연기 같은 것이 피어오르는 듯했다. 그러니까 뒷목 아래의 어딘가, 붉은 것이 보였던 그 자리였다. 아까까지만 해도 핑크빛이 돌았던 것 같은데.

해루는 왠지 모르게 따가워 오는 눈을 잠시 비볐다. 밤새 잠을 하나도 못잔 데다, 오늘따라 마음이 허해서 그런지 눈 상태가 좋지 않은 듯했다.

"우리 유주 정말 잘 부탁드립니다, 선생님."

아버지가 머리를 깊이 숙이며 말했다. 엄마도 눈물을 훔치며 그 곁에서 고개를 숙였다.

"걱정 마십시오. 똑똑한 아이니 잘 적응할 겁니다."

선생님은 따뜻한 눈길로 정중하게 대답했다. 그리고 이내 그녀에게로 시선을 돌렸다.

"해루도 정말 고생 많았다. 나중에 꼭 영국으로 놀러 오렴. 유주도 보고 관광도 하고."

선생님이 그녀를 안아 주며 친절하게 말했다. 언제나처럼 다감한 목소리에 따뜻한 손길이었지만, 해루는 어쩐지 조금 껄끄럽게 느껴졌다.

"네. 그럴게요."

작게 말하며 그 품에서 떨어져 나온 순간 저도 모르게 안도가 되었다.

"언니."

유주가 팔을 뻗으며 그녀를 불쑥 끌어안았다. 막상 떠나려니 많이 긴장되는지, 작고 마른 몸이 파르르 떨렸다. 해루는 유주를 꼭 끌어안고 가만히 다독여 주었다.

"잘 지내야 돼. 먹고 싶은 거 있으면 메일 보내고. 내가 꼭 다 구해서 부쳐 줄 테니까."

"응. 언니도 인제 좀 편하게 살아. 맨날 나 때문에 친구들도 못 만나고 그랬잖아. 시내에 영화 한 번 못 보러 가고."

유주가 안쓰러운 눈으로 그녀를 쳐다보며 말했다. 그런데 찰랑이는 유주의 머리끝이 어쩐지 좀 붉게 보였다. 새카맣던 눈동자에도 희미하게 붉은빛이 도는 느낌이었다.

아마도 공항의 조명 탓일 테지만 그녀의 눈 상태가 많이 나빠서인 것 같기도 했다. 아무래도 안과에 가 봐야 할 모양이었다.

"그래. 내 걱정은 하지 마. 건강하고. 아픈 거 너무 많이 참지 말고."

해루는 싱긋 웃으며 유주의 머리를 쓸어 주었다.

"응. 사랑해, 언니야."

"나도."

유주는 곧 그녀를 놓아주고 선생님에게 이끌려 출국심사장으로 향했다. 가면서도 미련이 남은 듯 자꾸 뒤를 돌아보았다.

해루는 웃는 얼굴로 유주에게 계속 손을 흔들어 주었다. 검색대를 지나서 그 모습이 완전히 보이지 않을 때까지 손을 흔들고 또 흔들었다.

유주가 안으로 들어가고 나서도 그녀는 한참을 멍하니 서 있었다. 괜스레 흘러나온 눈물을 소매로 벅벅 문질러 닦았다.

모든 일이 번갯불에 콩 구워 먹듯 갑작스럽게 진행되어서, 유주가 정말로 떠났다는 사실이 잘 실감나지 않았다.

그녀뿐 아니라 엄마도 곰씨 아저씨도 유주가 들어간 곳에서 눈을 떼지 못했다. 아버지 역시 마찬가지였다. 그들은 오래도록 그곳에 서 있다가 한참이 지나서야 터덜터덜 발길을 돌렸다.

주차장으로 향하는 걸음은 올 때와 전혀 달랐다. 서두르느라 바삐 걷던 아까와 달리 다들 침묵 속에서 느릿느릿 걸음을 옮겼다.

"그런데 자네는 이 겨울에 또 선글라스인가?"

문득 아버지가 아저씨에게 물었다. 가라앉은 분위기를 조금이라도 털어보려는 듯, 농담조의 가벼운 어투였다.

해루도 아저씨를 흘끗 보며 웃음을 삼켰다. 특이한 모양의 선글라스를 쓴 아저씨가 꼭 터미네이터처럼 보였기 때문이다.

"요즘 눈이 하도 피곤해서요. 형님도 알잖소. 나 눈 때문에 군대에서 전역한 거."

"그래, 그랬지."

"그나저나 참 잘 됐네요. 유주가 복이 많네. 그런 훌륭한 선생님을 만나서 외국에 나가 치료도 받고 공부도 하고."

기분 좋게 흘러나온 아저씨의 말에, 아버지가 작게 한숨을 내쉬었다.

"글쎄, 나는 잘 모르겠군. 이러니저러니 해도 곁에 있는 게 나을 것도 같고. 타지에서 병이 더 심해지지나 않을지 걱정도 되고."

"형님도 참. 걱정도 팔자요. 남들은 못 보내서 안달일 텐데."

아저씨가 시원하게 웃으며 말했다. 그러다 갑자기 당혹스러운 얼굴로 걸음을 멈췄다.

"어……."

"왜 그러나?"

아버지가 의아하게 묻자, 아저씨는 바로 황급히 고개를 저었다.

"아니, 아무것도 아녜요. 아는 사람을 본 것 같았는데 아니네."

"사람, 싱겁긴."

아빠는 피식 웃으며 서둘러 걸음을 옮겼고, 아저씨는 조금 뒤에서 아빠를 따라 걸었다. 무슨 일인지 엄마를 흘끗 보고, 그녀를 유심히 쳐다보기도 했다.

"해루는 아저씨 차 타고 갈래? 혼자 내려가려니 적적해서 말이다."

차를 세워 둔 곳에 도착하자, 아저씨가 슬쩍 물어 왔다.

"그러죠, 뭐."

그녀는 흔쾌히 대답하며 동의를 구하듯 부모님을 쳐다보았다.

그런데 기분 탓이었을까. 그 순간 아빠의 눈길이 몹시 날카롭게 보였다. 엄마의 표정도 어딘지 좋지 않아 보였다.

"엄마, 나 아저씨 차 타요."

괜스레 긴장이 일었지만, 해루는 빙긋 웃으며 아저씨 차의 문을 열었다.

"그렇게 하렴. 아저씨 너무 귀찮게 하지 말고."

엄마는 뒤늦게 고개를 끄덕이고 옆에 세워 둔 트럭으로 향했다.

해루는 조수석에 올라타며 트럭 문을 여는 아빠를 물끄러미 쳐다보았다. 옷깃 아래를 맴도는 검은 연기가 진짜일까 싶어서 눈을 비비고 또 비볐다. 하지만 어슴푸레하게 보이는 그것은 여전히 사라지지 않았다.

안전벨트를 매면서 고개를 들어보니, 운전석의 아저씨도 열린 창문 너머로 아빠를 바라보고 있었다. 선글라스에 가려서 잘은 알 수 없었지만 무언가를 살피고 있는 듯했다. 설마 아저씨도 그걸 본 걸까.

물어보고 싶었지만 왠지 물어볼 수가 없었다. 괜히 이상하게 생각할 것 같기도 했고.

"해루는 무슨 음악 좋아하니?"

아저씨가 평소와 다름없이 털털하게 묻고 있었다.

"러브홀릭스요. 버터플라이."

"어이쿠. 그런 음악은 없어서 잘 모르겠는데. 그냥 아저씨 취향으로 올드 팝송 튼다."

"네, 좋아요."

해루는 뽕짝이 아닌 걸 다행으로 생각하며 창밖으로 눈을 돌렸다. 곧 감미로운 멜로디의 이름 모를 팝송이 흘러나왔고, 아저씨는 휘파람을 불면서 차를 움직였다.

가는 길에 아저씨는 짬짬이 이런저런 것들을 물어보았다. 집에 무슨 일은 없었는지, 아저씨가 가져다준 궤짝을 아버지가 열어 보았는지 하는 것 등등.

해루는 묻는 대로 꼬박꼬박 대답을 했다. 하지만 아저씨에
겐 미안하게도 대부분은 건성이었다. 머릿속이 복잡해서 깊이
생각할 수가 없었다. 집으로 향하는 마음이 그저 무겁기만 했
다.

＊

한밤의 집은 아주 고요했다. 유주가 떠나서 그런지 더욱 적
막하게 느껴지는 것 같았다.

해루는 허전한 마음을 누르며 책꽂이에서 지리부도를 꺼내
들었다. 침대에 엎드려 세계지도를 펼쳐 놓고는 영국을 뚫어져
라 쳐다보았다.

영국이 이렇게 멀었던가.

상관없는 나라로 생각할 때는 별 느낌이 없었는데, 유라시
아의 서쪽 끝인 그 나라와 동쪽 끝인 한국은 극과 극인 것처럼
느껴졌다. 유주와 이렇게 멀리 떨어져 살게 될 줄은 한 번도
생각해 보지 못했다.

도착하려면 아직 한참 더 걸리겠지.

해루는 런던에 동그라미를 쳐 두고 별표를 그려 넣었다. 8시
간이라는 시차도 꼼꼼히 적어 두었다.

막막한 기분으로 바라보다 지도를 덮으려는데, 문득 무언가
가 눈에 걸렸다. 언제 표시한 건지 알 수 없는 동그라미와 별
표가 시선을 끌었다. 지도의 맨 위쪽, 새파란 바다 외에는 아
무것도 보이지 않는 엉뚱한 곳이었다.

이건 무얼까.

분명 그녀가 남긴 흔적일 텐데 의미를 알 수 없었다. 곰곰이 생각해 봤지만 떠오르는 것도 없었다. 하지만 왠지 그냥 넘겨지지가 않았다.

빙하가 떠다니는 차가운 북해. 북극고래가 살고 오로라가 빛날 것 같은 그곳.

"……오늘따라 목이 몹시 마르군. 당신은 어때."

지도를 유심히 들여다보고 있는데, 문득 창밖 멀리서 아빠의 목소리가 흘러들었다.

해루는 흠칫 놀랐다. 바깥의 소리가 이렇게 선명히 들린 적이 없었기 때문이다. 어쩌다 귀가 이렇게 밝아진 건지 알 수 없었다. 할머니가 주신 꿀물의 효력인 걸까.

"나도 그래요. 근데 어쩌죠? 구해 둔 게 다 떨어졌는데."

엄마가 난감하게 말하고 있었다. 물은 지하수라 넘치도록 나오는데, 뭐가 다 떨어졌다는 이야긴지 알 수 없었다.

"해루를 일찍 재워야겠군."

"너무 자주 손대는 거 아니에요?"

"뭐가. 건강하잖아. 여지껏 탈난 적도 없었고. 어차피 곧 끝이니 그전에 많이 확보해 둬야지."

해루는 조금 당황했다. 두 분이 그녀 몰래 뭔가를 하시는 모양이었다. 어투로 보아 좋은 일 같지는 않았다. 설마 마약 같은 걸 하시는 건 아니겠지.

"차 선생이 얘기한 건 어쩌죠?"

엄마가 주저하듯 물었고, 아빠는 조금 격해진 목소리로 단호하게 대답했다.

"뭘 어째. 깔끔하게 끝내는 게 우리한테도 좋지. 어차피 유주도 데려갔으니 더 이상 이런 산골에서 살 필요도 없고."

결국 이사를 가시려는 걸까. 뜻 모를 대화를 엿들으며 해루는 저도 모르게 한숨을 내쉬었다.

전에는 늘 도시에서 살고 싶다고 생각했었다. 하지만 지금은 전혀 아니었다. 절대로 떠나고 싶지 않았다. 유주와의 추억이 가득한 집이었고 또⋯⋯.

또 뭐더라.

누군가의 얼굴이 희미하게 스쳐 간 듯했다. 키가 크고, 머리가 길고, 그러니까⋯⋯.

해루는 가만히 눈을 감았다. 머릿속에 떠오르는 건 모델처럼 우아한 골격의 남자였다. 생김은 하나도 기억나지 않았지만 누군지는 알 것 같았다. 그녀가 구해 주었던 그 사람.

Z. S.

메모에 적혀 있던 이니셜은 분명 그랬다. Z로 시작하는 이름은 생전 들어 본 적도 없는데.

왠지 궁금해져서 이런저런 이름들을 떠올려 보고 있는데, 갑자기 노크 소리가 들렸다. 곧 문이 열리고 쟁반을 든 엄마가 방으로 들어섰다.

"아직 안 자니?"

"네, 엄마. 피곤하지 않으세요?"

"피곤이야 하지. 곰씨네 집에 잠깐 다녀오려고. 아빠가 적적해서 술 생각이 나시는 모양이다."

아아, 목마르시다는 게 술 이야기였구나.

해루는 괜히 이상한 생각을 했던 게 부끄러워져서 머쓱하게 웃었다.

"유자차 한 잔 하고 자라고."

엄마가 웃으며 잔을 내밀었다.

"네. 잘 마실게요, 엄마."

다 마신 후에 잔을 들고 나가려는 듯 엄마는 계속 옆을 지키고 계셨다. 그리 뜨겁지 않았기에, 해루는 단숨에 차를 벌컥벌컥 마셨다.

"유주만 혼자 영국 가서 마음이 좀 그렇지?"

"아뇨. 잘된 일인데요, 뭐."

"그렇게 생각해 주니 고맙구나. 이다음에 너도 기회가 되면…… 아니, 아니다."

엄마는 뭘 더 말하려는 듯 했지만 곧 말을 접으셨다. 기회가 닿으면 보내 주시겠다는 말을 하고 싶으셨던 걸까.

"오늘은 이만 자렴. 피곤할 텐데."

잔을 받아 든 엄마가 웃으며 말했다. 하지만 왠지 모르게 그 눈빛이 조금 껄끄럽게 느껴졌다.

아마도 어젯밤에 그런 말을 들어서겠지. 엄마가 낳은 딸이 아니라는 걸 알게 되어 버려서.

"네. 조심해서 다녀오세요."

해루는 그저 그렇게 대답하며 어색하게 웃었다.

"그래. 아마 곰씨네서 자고 올 것 같아. 이 밤중에 다시 오기가 어디 쉽겠니. 아빠가 술 몇 잔으로 간단히 끝내실 것 같지도 않고."

"네. 아침에 북엇국 끓여 놓을게요."

엄마는 고개를 끄덕이며 그녀를 가만히 바라보았다.

"그래 주면 고맙겠구나. 푹 자렴. 좋은 꿈 꾸고."

나직한 목소리와 함께 갑자기 졸음이 밀려들었다.

"네. 안녕히 다녀오세요."

해루는 내려앉는 눈꺼풀을 비비며 겨우 대답했다.

곧 방문이 닫히고 엄마가 밖으로 나갔다. 부엌으로 향하는 발소리가 아득하게 들렸다.

그녀는 책상으로 다가가 곱게 올려 둔 진주 핀을 집어 들었다. 허전한 마음을 달래 줄 것만 같은 푸른 핀을 머리에 꽂고, 졸음에 겨운 발을 내디뎌 겨우 방의 불을 껐다.

왜 이렇게 졸리지.

침대에 다시 눕기 무섭게 잠이 쏟아져 내렸다. 인천까지 다녀와서일까. 갑자기 피로가 급격하게 밀려들었다.

잠결에 무언가가 부스럭거리는 것 같았다. 피 냄새가 나는 것 같기도 하고, 팔이 따끔한 것 같기도 했다. 그리고 곧 매캐한 냄새가 흘러들었다.

뭔가 좋지 않은 기분에 눈을 뜨고 싶었지만, 몸이 너무 무거워서 손가락 하나 까딱할 수가 없었다.

꿈결인지 현실인지 모르게 누군가가 곁을 왔다 갔다 하는 듯했고, 이내 문이 열리고 닫히는 소리가 들렸다.

엄마일까. 궁금하긴 했지만 눈은 떠지지 않았다. 의식이 도로 아득해졌다.

퍼엉!

다시 몽롱하게 정신이 든 것은 요란한 폭발음이 아득히 울린 다음이었다. 집이 우르르 흔들리는 것 같았고, 어디선가 뜨거운 열기가 밀려드는 것도 같았다.

무슨 일인지 확인할 길은 없었다. 여전히 꿈인지 생시인지 분간이 되지 않았고, 몸도 뜻대로 움직여지지 않았다.

열기는 점점 더 심해졌다. 독한 냄새를 풍기는 매캐한 공기가 짙게 흘러들었다. 코와 목이 타는 듯 뜨겁고 숨조차 잘 쉬어지지 않았다.

대체 무슨 일이지. 불길한 느낌에 몹시 두려워졌다.

해루는 어떻게든 눈을 뜨려고 몸부림을 쳤다. 악착같이 발버둥 친지 한참 만에 기침이 먼저 터져 나왔다. 눈은 입술을 깨물어 간신히 정신을 차린 뒤에야 어렵사리 뜨였다.

하지만 때는 이미 늦은 듯했다. 상상도 못 했던 끔찍한 광경이 주위를 에워싸고 있었다.

온 방을 뒤덮은 불길이 천장까지 넘실대고 있었다. 주위는 온통 새까만 연기로 자욱했고, 책상이며 창가의 커튼까지 활활 타오르고 있었다. 침대 근처까지 번져 든 불길은 금방이라도 그녀를 덮쳐 올 것만 같았다.

"누, 누구 없어요? 엄마!"

해루는 있는 힘을 다해서 소리를 냈다. 하지만 도망은커녕 몸에 힘이 들어가지 않아 움직일 수조차 없었다. 이대로 죽는 걸까. 이렇게 아무것도 못 하고?

"엄마! 아빠!"

그녀는 정신없이 외쳤다. 불에 타던 옷장이 우드득 소리를 내며 무너지고 있었다. 책꽂이가 쓰러지고, 책상이 형체도 없이 불길에 녹아들었다.

그녀는 미친 듯이 발버둥 쳤다. 주마등처럼 엄마 아빠의 얼굴이 스쳐 가고 유주의 얼굴이 스쳤다.

하지만 몸을 채 움직여 보기도 전에, 활활 타오르던 옷장 문이 침대 위로 뜨겁게 무너져 내렸다.

해루는 극악한 공포에 사로잡혔다. 끔찍한 두려움에 소리를 지르며 누군가의 도움을 간절히 바랐다.

그리고 불길이 머리 위로 덮쳐들던 바로 그 순간이었다. 죽음을 예감하며 정신이 아득해지던 그 순간.

머리에서 무언가가 터져 나왔다. 눈이 시리도록 찬란하고 푸르른 무언가. 그 언젠가 본 것만 같은 커다란 푸른빛이 폭발하듯 선명하게 터져 나왔다.

지슈카는 설룡산 아래에 있었다. 반경 30킬로미터 이내의 산과 바다, 마을을 샅샅이 훑으며 드라클들을 모조리 제거하고 난 뒤였다.

찾아낸 자들은 모두 서른셋, 생각지도 못했던 많은 숫자였다. 평화롭게만 보였던 이 지역에 어찌 그리 많은 드라클이 숨어 있었을까.

모두 검으로 베어서 말끔하게 태워 버린 까닭에, 인간들은 어떤 흔적도 찾지 못할 터였다. 갑작스러운 실종이 많아져서 충격은 조금 받을 테지만.

산 위쪽은 이전에 모두 살폈으니, 굳이 돌아볼 이유가 없을 듯했다. 하지만 필요한 작업을 모두 끝냈음에도 불구하고 발길이 떨어지지 않았다.

꼬마를 한 번 보고 갈까.

이미 오래전에 잠들었을 시간이니, 자는 얼굴 한 번 정도는 보고 가도 괜찮을 듯했다.

하지만 스스로가 알고 있었다. 한 번을 보고 나면 두 번 보고 싶을 것이고, 그다음엔 깨어서 웃는 얼굴이 보고 싶을 것이다. 종국에는 내내 이곳으로 걸음을 할 수밖에 없게 되겠지.

카린의 말이 맞았다. 미련은 깊어지기 전에 끊어 두는 것이 현명한 일이었다. 더구나 지금은 인간 꼬마 따위한테 한눈이나 팔고 있을 때가 아니었다.

그는 마음을 굳히고 발길을 돌렸다. 아니, 돌리려고 했다. 하지만 공간을 이동하려던 그 순간, 무언가가 마음에 걸려서 멈칫하고 말았다.

그가 익히 알고 있는 청명한 산 공기가 아닌 탁한 기운이 섞여 든 매캐한 공기.

미미하긴 했지만 그냥 넘겨지지는 않았다. 꼬마가 살고 있는 산이었으니까.

자연스레 용안을 펼쳐서 살펴본 순간, 그는 흠칫 놀라고 말았다. 평온하기 그지없던 산 위의 집이 불에 활활 타오르고 있었다.

생각지도 못했던 끔찍한 광경에 가슴이 철렁 내려앉았다. 판단을 하기도 전에 몸이 먼저 움직였다. 하루 이틀 정도는 괜찮을 거라 착각했던 스스로의 안일함에 후회가 크게 일었다.

해루는 빛 속에 있었다. 마치 천국에 온 것이 아닐까 싶을 만큼 아름답고 푸른빛이었다.

갑자기 나타난 그 빛은 순식간에 주위를 가득 메우며 거대한 불길을 단숨에 밀어 버렸다. 세차게 타오르던 불은 어느새

온데간데없이, 사방이 온통 빛으로 에워싸여 있었다.

손가락 하나 꼼짝할 수 없었던 몸이 그제야 조금씩 움직여졌다. 그녀는 공포로 멈췄던 숨을 내쉬며 천천히 일어나 앉았다.

대체 어떻게 된 일일까.

방 전체가 일렁이는 불길에 휩싸여, 활활 타던 나무판이 떨어져 내리던 것이 방금 전이었다. 그런데 갑자기 빛이라니.

이것은 꿈인 걸까. 아니면 생이 방금 끝나서 내가 사후세계 같은 곳에 와 있는 걸까.

그녀는 떨리는 손으로 머리를 더듬어 한쪽에 꽂힌 진주 핀을 빼어 들었다. 어떻게 된 일인지는 알 수 없지만, 신비로운 푸른빛은 분명 이 진주에서 흘러나오고 있었다.

"해루."

따가울 정도로 강렬한 진주의 빛에 눈을 비비는데, 문득 빛 속에서 누군가가 그녀를 불렀다. 동시에 크고 늘씬한 사람의 형체가 빠르게 다가들었다.

눈부신 빛이 시야를 가려서 그 모습은 제대로 볼 수 없었다. 하지만 빛보다 더 푸르게 빛나는 보석 같은 눈동자만큼은 뇌리에 선명하게 박혀 들었다.

"누, 누구세요?"

놀라서 묻는 말에는 대답도 없이, 그는 다급히 그녀를 끌어당겨 품에 감싸 안았다. 마치 모든 위험에서 보호해 줄 것만 같은 단단한 벽처럼.

"다행이다. 많이 다치지는 않아서."

묵직한 목소리가 가슴을 울렸다. 따뜻한 기운이 소용돌이치

듯 주위를 휘감고, 뜻 모를 안도감이 가슴 저 밑바닥부터 천천히 차올라 왔다.

어쩌면 수호천사 같은 존재가 아닐까.

든든한 그 품에 파묻히듯 안겨서 해루는 생각했다.

예전에 얼핏 들었던 친구의 말이 떠올랐다. 사람에겐 누구나 위기에서 지켜 주는 수호천사가 있다고 하던.

그때는 황당한 미신이라며 웃어 넘겼지만, 지금은 그 말이 정말로 믿어질 것 같았다. 빛에 휩싸인 모습도 도무지 이 세상 사람이 아닌 것 같아서, 만약에 천사가 존재한다면 꼭 이런 모습일 것만 같았다.

"늦어서 미안하다."

안타까이 울리는 낮은 목소리. 어쩐지 이전에도 이런 말을 들었던 것만 같았다. 이 사람을 본 것만 같았다.

해루는 싸하게 떨려 오는 가슴을 누르며 멍하니 물었다.

"저를 도와주러 오신 거예요?"

"그래."

"왜…… 왜요?"

"그대는 소중한 사람이니까."

갑자기 말문이 막혀 버렸다. 따갑던 눈에서 눈물이 왈칵 터졌다. 불에 타 죽을 뻔한 이 상황이 무서워서도 아니고 겁나서도 아니었다.

소중한 사람.

정말로 그녀가 무척이나 소중한 존재가 된 것처럼 느껴져서, 실패작이 아니라 몹시도 가치 있는 존재처럼 느껴져서, 그래서 눈물이 났다.

"걱정할 것 없다. 이제 괜찮을 테니."

부드러운 목소리로 그가 말했다.

"저, 정말요? 불은요."

"곧 꺼질 것이다. 안심해도 된다."

그는 믿음직스럽게 말하며 묵묵히 머리를 쓰다듬고 등을 쓸어 주었다. 손길 하나하나에서 따뜻함이 묻어나, 몸을 잔뜩 굳혔던 긴장이 서서히 풀어지는 것 같았다.

"······그런데 불난 건 어떻게 아신 거예요?"

아무리 생각해도 이 상황이 잘 이해가 되지 않아서, 그녀는 눈물을 훔치며 서둘러 물었다. 그의 모습이라도 제대로 보고 싶었지만, 품에 꽉 끌어안은 그 사람이 놓아주지 않았다.

"눈에 보였다."

"어떻게······ 혹시 정말 수호천사 같은 그런 거예요?"

"아니. 그저 그대에게 갚을 게 많은 존재다."

그는 알 수 없는 말을 하며 그녀의 이마를 부드럽게 쓸었다.

그런데 문득 이 품을 알고 있는 것만 같은 생각이 들었다. 이 손길도 분명 알고 있었다. 무엇보다 보석같이 영롱한 푸른 눈동자.

'······그대의 이름이 진주를 뜻한다고 해서.'

'······모두 기억한다. 그대에 관한 거라면 무엇이든.'

언젠가 들었던 것만 같은 그 말들, 그 목소리가 꿈결처럼 머릿속을 스쳐 지났다. 이것은 뭐지.

"근데 저를 어떻게 아시는 거예요?"

225

해루는 어쩌면 그 사람이 아닐까 싶어서 황급히 물었다. 기억이 흐릿해서 얼굴조차 기억나지 않는 그 사람. Z로 시작하는 이름의 그 사람.

답은 들려오지 않았고, 그 순간 갑자기 잠이 쏟아져 내렸다. 안 되는데. 잠이 들면 가 버릴 텐데.

그녀는 그의 옷깃을 생명줄처럼 꽉 붙들며 내려앉는 눈꺼풀에 억지로 힘을 주었다. 하지만 곧 온몸에서 힘이 풀려나갔다.

"그대가 나를 구했지."

뒤늦게 들려온 희미한 대답은 아마도 그랬던 것 같다.

하지만 더 이상은 물어볼 수 없었다. 눈이 저절로 감겨 들었고, 생각을 할 수도 없었다. 조심스러운 손길이 그녀를 눕히는 것을 느끼며 의식이 점점 멀어져 갔다.

"해루야! ……우리 해루 어떡해! 해루야!"

다시 눈을 떴을 때 그 사람은 보이지 않았다. 그토록 눈부시던 푸른빛도 사라져 버리고 없었다. 부슬부슬 내리는 빗속에서 엄마 아빠의 목소리가 아득하게 들렸다.

주위를 둘러보니 사방이 엉망이었다. 집은 형체도 없이 무너져 있었고, 그녀는 내리는 비를 고스란히 맞으며 침대에 누워 있었다.

"해루야! 해루야!"

불에 타서 부서져 내린 잿더미를 밟으며 엄마가 정신없이 달려오고 있었다. 엄마를 보는 순간 가슴에서 뜨거운 무언가가 울컥 치밀어 올랐다. 그녀는 엄마를 애타게 불렀다.

"어, 엄마! 엄마!"

"그래, 해루야!"

엄마는 무너진 벽과 기물들을 넘느라 몇 번이나 넘어져 시커먼 잿물 범벅이 되어 있었다. 여기저기 긁히고 까진 손으로 그녀를 끌어안으며 커다랗게 울음을 터뜨렸다.

"괘, 괜찮아? 다친 데는!"

"없어요. 불길이 나 있는 데까지는 안 와서."

엄마가 곁에 있다는 사실에 마음이 놓여서 눈물이 터져 나왔다. 하지만 그 사람이 다독여 주고 안심시켜 주었던 까닭에 죽을 것 같은 두려움은 이미 많이 가라앉아 있었다.

"세, 세상에 어떻게 이런 일이……."

엄마는 공포에 잔뜩 질린 얼굴로 그녀를 여기저기 살폈다. 머리부터 발끝까지 멀쩡한 걸 샅샅이 확인하고는 그제야 긴장이 풀린 얼굴로 그녀를 와락 끌어안았다. 흐느끼는 엄마의 울음이 가슴에 아프게 박혀 들었다.

"나 괜찮아요. 울지 마, 엄마."

해루는 놀라서 덜덜 떨기까지 하는 엄마를 달래며 주위를 찬찬히 살펴보았다.

하지만 어디에도 그 사람은 보이지 않았다. 내리는 빗속에서 잔불을 끄는 아빠와 곰씨 아저씨의 모습만 아득하게 보였다.

그것은 꿈이었을까, 아니면 환상이었을까.

어쩌면 그녀는 천사를 본 걸지도 몰랐다. 하지만…….

'그대가 나를 구했지.'

분명 들은 것 같은 그 말이 귓가에 맴맴 돌았다.

해루는 손에 꼭 쥐었던 진주 핀을 가만히 내려다보았다. 그녀를 안아 주던 따뜻한 품이, 빛보다 눈부시던 푸른 눈동자가 아직도 생생히 기억나고 있었다.

❀

"나, 나는 정말로 불 같은 거 지르고 싶지 않았어요. 그런데 몸이 저절로 움직여서 가스통 밸브를 열고⋯⋯."

울어서 빨갛게 충혈된 눈으로 여자가 말했다. 병실에 잠들어 있는 해루의 손을 꼭 잡은 채였다.

"당신 지금 무슨 소릴 하는 거야? 애 하나 제대로 처리 못 해서 일을 그르쳐 놓고, 불 같은 거 지르고 싶지 않았다고? 그걸 말이라고 해?"

남자가 잔뜩 찌푸린 표정으로 여자를 질책했다.

지슈카는 은신술로 몸을 숨긴 채 해루의 곁을 지키고 있었다. 냉혹한 눈으로 그녀의 부모를 쏘아보며 치밀어 오르는 분노를 삭였다.

설마하니 해루의 부모가 드라클이었을 줄이야. 전혀 생각지도 못 했던 상황에 가슴이 몹시 답답해 왔다.

그들을 발견하는 순간 바로 처리하지 못한 건 해루의 입에서 엄마라는 소리가 터져 나왔기 때문이었다. 불길에 죽을 고비를 넘긴 꼬마의 눈앞에서 부모가 즉사하는 꼴을 보여 줄 수는 없었으니까.

하지만 지금은 그 즉시 바로 베어 버리지 못한 걸 후회하고 있었다. 해루를 태워 죽이려 불을 지른 것이 그녀가 그토록 믿고 의지했던 그 부모라니.

만일을 대비해 머리핀에 용력을 넣어 두지 않았더라면, 만약에 해루가 그 순간 머리핀을 지니고 있지 않았더라면, 그는 손 한 번 써 보지도 못한 채 꼼짝없이 꼬마를 잃고 말았을 것이다. 생각하면 할수록 아찔하기 그지없는 일이었다.

"그래도 18년을 키웠다고요. 그런데 어떻게 내 손으로……."

"당신 손으로 안 하면! 보상금은 어쩔 건데. 18년을 뼈 빠지게 고생해 놓고, 뒤처리 하나 못 해서 그 돈을 다 포기할 거야?"

"아무래도 차 선생이 우리한테 뭔가를 한 것 같아요. 몸도 막 조종하는 것 같고, 아무리 피를 마시고 마셔도 갈증도 해갈되지 않는 게. 어, 어쩌죠, 여보? 나 정말 무서워 죽겠어."

"그래서 물었잖아! 그 돈 다 포기할 거냐고."

남자가 윽박지르자, 여자가 또다시 해루를 바라보며 훌쩍거렸다.

"애, 애초에 이런 일에 엮이는 게 아니었어요. 차 선생 그 사람 늙지도 않는 게, 진짜 사람도 아닌 것 같아. 18년 전이나 지금이나 똑같잖아요. 당신은 무섭지도 않아요?"

여자가 덜덜 떨면서 말했다. 그녀를 바라보는 남자의 눈길에서 독기가 번득였다.

"안 엮였으면. 그때 그 빚은 다 어떻게 갚았을 건데. 벌써 다 잊었어? 수억 빚 갚아 주는 조건으로 남의 애들 데려다 키운 거 아냐."

"피…… 그때 피 마시라는 조건만 안 달았어도……. 사람 피가 그렇게 마약같이 중독되는 건줄 알기만 했어도…….”

지슈카는 행여 해루가 깨어나 듣게 될까 봐 작은 이마에 다시 한 번 손을 대었다.

차 선생. 보상금. 피.

대화로 미루어 보아 차 선생이란 그자가 배후인 게 분명했다. 천만다행하게도 이들이 해루의 친부모가 아닌 것도 분명했고.

한데, 그러면 헌터의 탄환은 대체 어떻게 된 일일까. 앞뒤가 맞지 않아도 한참 맞지 않았다. 드라클은 만지는 것조차 끔찍해하는 은으로 만들어진 탄환이었다. 그것이 어떻게 해루의 집에 있었던 걸까.

“헛소리 집어치우고 일이나 마저 해결해. 곰씨가 이상한 낌새 채기 전에. 그놈 특수부대 출신이라 눈치가 귀신인 거 몰라? 불탄 흔적 살피는 게 영 예사롭지 않았다고.”

“다, 당신이 하면 안 돼요? 나는 도저히…….”

“진정제까지 훔쳐다 줬으면 할 만큼 했잖아. 빨리 퇴원이나 시켜. 여기서 처리했다간 꼬리 밟히기 딱 좋으니까.”

“오늘은 안 돼요. 폐 손상이나 후유증이 있을 거라고 했는데, 바로 퇴원시키면 분명히 의심을 살 테고…….”

똑똑.

갑자기 들려온 노크 소리에 여자의 말이 끊겼다.

잠시의 간격을 두고 들어선 사람은 체격이 건장한 중년 남자였다. 아까 산에서 얼핏 듣기로 곰씨라 불렸던 그 남자.

검은 안경을 쓴 곰씨는 우람한 덩치에도 불구하고 마치 야생동물처럼 소리 없이 민첩하게 움직였다. 분명 무언가 특수한 훈련을 받은 자였다.

"해루는 좀 어때요, 형님."

곰씨가 해루가 잠들어 있는 침대로 다가들며 물었다.

"진정제 맞고 잠들었네. 다행히 외부 상처는 하나도 없는데, 내상이 있을까봐 검사 중이야."

"그래도 그만하길 다행이지 뭐요. 집터 둘러봤는데 남은 게 하나도 없어요. 해루 핸드폰만 간신히 건졌네. 책 하나하고."

곰씨는 품에서 주섬주섬 꺼낸 작은 기계와 책 한 권을 침대에 조심스레 내려놓았다.

"아무튼 해루 침대 빼고는 싹 다 탔어요. 이거는 진짜 천운인 거지. 비가 조금만 늦게 내렸어도 해루마저 어떻게 됐을지 몰라요."

"그런가. 해루가 무사한 것만으로도 천만다행으로 여겨야겠지. 분명 비 올 날씨도 아니었는데, 비까지 내려 주었고."

"그렇죠. 아무래도 가스가 폭발한 것 같아요. 그러지 않고서야 그렇게 처참하게 다 무너질 수 있을까 싶고. 아무튼 형님이랑 형수님도 많이 놀랐을 텐데, 일단 우리 집 가서 좀 씻고 쉬어요. 여긴 내가 있을 테니까."

"아니야. 자네도 피곤할 텐데 뭘 그렇게까지 해."

남자는 극구 사양했지만, 곰씨가 그렇게 내버려 두지 않았다. 검은 안경을 벗고 머리를 긁으며 멋쩍게 말을 건넸다.

"아직 거울도 못 봤지요? 형님도 그렇고 형수님도 꼴이 말이 아니라니까. 옷 찢어지고 시커먼 것도 잔뜩 묻어서 지금 아주 엉망진창이에요. 그 꼴로 간병하다간 해루한테 없던 병도 생기겠소."

"그런가."

"예. 가서 샤워라도 좀 해요. 급한 대로 내 옷이라도 갈아입고."

곰씨는 여자의 팔을 잡아 일으키며 슬쩍 문 쪽으로 밀어 보냈다. 부부는 내키지 않는 듯했지만, 그의 기세에 떠밀려 어쩔 수 없이 문으로 향했다.

"그럼 금방 다녀오겠네. 우리 해루 잘 좀 부탁함세."

"예. 걱정 말고 다녀오세요. 의사한테 무슨 얘기 들으면 바로 전화할게요."

"고맙네."

부부가 나가고 문이 닫히자, 곰씨는 한 손 크기의 작은 통화 기기를 사용해 누군가와 연락을 취했다. 그리고 곧 호리호리한 체격의 젊은 남자 하나가 안으로 들어섰다.

"이 아이예요?"

젊은 남자가 해루를 쳐다보며 물었다.

"그래. 많이 놀랐을 텐데 잘 좀 돌봐 줘. 여차하면 내 아들이라고 둘러대고."

"아들은 무슨. 맨날 죽은 애인 타령하느라 장가도 못 갔으면서."

"나이는 얼추 맞잖냐."

곰씨는 피식 웃으며 대꾸하고는 품에서 작은 권총을 꺼내 들었다. 총의 상태를 꼼꼼히 살피고 탄창을 꺼내 탄환도 확인했다.

지슈카는 그의 행동을 지켜보며 눈을 가늘게 떴다. 그가 빼낸 탄창에 가득 들어찬 것은 분명 은제 탄환이었다.

232

하면 저자가 헌터인 건가. 해루의 부모와 꽤 친근한 사이 같았는데, 어찌 된 영문인지 알 수 없었다.

"그런데 정말 드라클이 맞아요?"

젊은 남자가 곰씨에게 물었다. 총을 다시 품에 넣은 곰씨가 씁쓸하게 고개를 끄덕였다.

"그래. 공항에서 확인했어. 사람 많은 데라 혹시나 싶어 장비를 끼고 갔기에 망정이지, 안 그랬으면 지금도 몰랐을 거야."

"3년이나 형님 아우 하며 지냈다면서, 어떻게 그걸 몰랐대요? 마물 때문에 걱정돼서 은제 탄환까지 갖다 줬다고 하지 않았어요?"

고개를 갸웃하는 젊은 남자의 말에, 곰씨가 한숨을 길게 뱉었다.

"그래, 내가 등신이었다. 분명 어제까지만 해도 표식 같은 건 없었다고."

"표식이 원래 그렇게 갑자기 나타나는 건가."

"낸들 알겠냐. 맨날 표식 보이는 놈들만 쫓았는데. 흡혈한 지 한참 돼야 나타난다고 하긴 하더라만."

곰씨는 안쓰러운 눈으로 해루를 내려다보며 머리를 쓸어 주고 이불을 매만져 주었다.

가만히 지켜보던 젊은 남자가 우려 섞인 얼굴로 물었다.

"그런데 괜찮겠어요? 그렇게 친한 사람 처리하는 건 처음이잖아요."

"애가 이 지경이 된 마당에 안 괜찮으면. 사람 겉으로 봐선 모른다더니 이런 식으로 뒤통수를 맞을 줄이야."

"내가 대신 갈까요?"

"너는 애나 잘 지켜. 일이 잘못돼서 내가 못 막으면 애부터 처리하러 올 테니까."

단호하게 흘러나온 곰씨의 말에, 젊은 남자가 주저하듯 물었다.

"그런데 애는 괜찮은 거겠죠? 혹시나 모르는 새 계속 피를 먹여 왔으면……."

"그건 나중에 생각할 문제고. 여지껏 고생만 잔뜩 한 애야. 동생 아픈 거 수발 다 들어, 부모 고생한다고 집안일 다 도맡아 해, 요즘 세상에 그런 자식이 어딨다고 이 지경을 만든 건지."

"……피에 미치면 자식이고 뭐고 없잖아요. 갓난 자식 피까지 빨아 제끼는 판에."

젊은 남자가 무거운 얼굴로 말했다. 곰씨가 그의 어깨를 툭 치며 대꾸했다.

"그런 건 좀 잊어버려. 그러다 너까지 미칠라."

"예. 다녀오세요. 조심하고."

"그래. 잘 부탁하마."

짧게 대답한 곰씨는 검은 안경을 눌러쓰고 이내 병실 밖으로 나갔다. 어두운 복도를 빠르게 움직여 어디론가 향하고 있었다.

지슈카는 조용히 그의 뒤를 따랐다. 둘의 대화며 움직임으로 보아 의도가 명백해 보였기 때문이다.

새벽 공기가 시리도록 차가웠다.

태섭은 지름길로 빠르게 차를 몰아 도로변 숲에 가져다 댔다. 설룡산으로 가려면 반드시 지나야 하는 길목인 데다, 인적이 드물고 가로등도 없는 으슥한 곳이었다.

인근 도로의 CCTV며 가로등은 병원으로 가는 길에 미리 조치를 마쳐 두었다. 이제 기다리기만 하면 되었다.

한적한 숲속에 차를 감춰 둔 다음, 권총을 꺼내들고 풀숲에 몸을 숨겼다.

준비는 완벽했지만 마음은 영 편치 못했다. 이런 경우는 처음이었으니까. 친하게 지내던 주변인이 갑자기 드라클인 것이 드러나는 경우는.

처음 사슴농장을 인수해 연고도 없는 산으로 들어왔을 때, 무리 없이 정착하도록 도와준 것이 해루 아빠였다. 곰씨라는 별명을 붙여 준 것도 그였고, 농장에 문제가 생길 때마다 물심양면으로 늘 애써 준 것도 그였다.

그래서 그의 목 뒤에서 검은 표식을 발견했을 땐 정말이지 기절할 정도로 놀랐다. 경악을 숨기느라 몇 번이나 이를 악물어야 했기에, 공항을 어떻게 떠나왔는지조차 제대로 기억나지 않았다.

술이나 한잔하자는 제안을 거절하지 않은 것은 제대로 확인해야겠다는 생각 때문이었다. 잘못 본 걸 수도 있겠지. 아닐 수도 있겠지.

하지만 확인하고 또 확인했음에도 불구하고 결과는 달라지지 않았다.

그리고 그가 표식을 발견한 지 한나절 만에 해루가 변을 당했다. 흔적으로 보아 가스는 인위적으로 폭발한 것이 분명했다.

그런데 왜 해루를 죽이려고 했을까. 그것이 도무지 이해가 가지 않았다. 자식의 피를 빨았으면 빨았지 죽이려 드는 경우는 드물었기 때문이다. 그들의 입장에선 흡혈할 대상이 줄어드는 셈이었으니까.

혹시 흡혈하는 걸 들키기라도 한 걸까. 아니면…….

태섭은 이내 생각을 멈췄다. 멀리 모퉁이 끝에서 낯익은 트럭이 모습을 드러내고 있었기 때문이다.

그는 선글라스를 고쳐 쓰며 달려오는 차창에 집중했다. 움직임을 정밀히 계산하면서 신중하게 총을 겨눴다. 잠시 망설임이 일었지만, 목표한 곳을 향해 단호히 방아쇠를 당겼다.

푸슉.

무소음 총에서 날아간 탄환이 트럭의 앞유리를 깨고 운전석으로 파고들었다. 하지만 트럭은 멈추지 않았다. 조수석으로 한 발을 더 쏘고 또 한 발을 쏘았다.

끼이이이익.

이윽고 요란한 소리를 내며 트럭이 멈췄다. 길가의 나무를 몇 그루나 들이받은 뒤였다.

명중한 걸까. 사격에는 자신이 있었지만, 이번만큼은 제대로 맞췄는지 확신이 서지 않았다. 그놈의 정이 뭔지, 방아쇠를 당기던 손이 조금 떨렸기 때문이다.

그는 소리 없이 몸을 움직여 트럭으로 향했다. 조수석의 형수는 이마에 총탄을 맞은 채 죽은 듯 피를 흘리고 있었다. 하지만 어찌된 일인지 운전석은 텅 비어 있었다.

"……자네."

갑자기 뒤에서 들려온 목소리에, 그는 흠칫 놀라 몸을 피했다. 하지만 목소리의 주인은 어느새 그의 눈앞으로 다가와 있었다. 어깨에 흐르는 피를 손으로 가볍게 닦으며 입가에는 웃음을 머금은 채로.

오싹하는 한기가 밀려들었지만, 태섭은 피하지 않은 채 정면으로 그를 마주 보았다. 천천히 총을 들어 올리며 나직이 말을 뱉었다.

"형님도 알 거요. 이건 형님을 위해서이기도 하다는 걸. 평생을 그렇게 살아가는 거, 스스로도 끔찍하잖소."

"헌터가 이런 거였군. 본 적이 없어서 말이지. 특수부대 운운할 때 알아봤어야 하는 건데."

"……해루한테 전할 말은 없소?"

태섭은 방아쇠를 당기기 전에 마지막으로 물었다. 하지만 한가로운 웃음을 머금은 사내는 전혀 주춤하는 기색이 없었다.

"우습군. 말해 주면. 자네가 전할 수 있을 거라 생각하나?"

"……해루는 내가 잘 보살피겠소. 형님에 대한 보답이라고 생각하면서. 그럼 편히 가시오."

태섭은 이를 악물고 방아쇠를 당겼다. 이번엔 흔들림이라곤 전혀 없었다. 게다가 총알이 빗나가기도 힘든 정면의 눈앞이었다.

하지만 세 발이나 쏘았음에도 불구하고 그는 단 한 발도 맞추지 못했다. 믿을 수 없게도, 상대가 순식간에 자취를 감춰 버렸기 때문이다.

이런.

그는 탄식을 내뱉으며 재빨리 주위를 살폈다. 특수기능이

장착된 선글라스엔 목표물의 위치가 정확히 표시되어야 정상이었다. 하지만 어찌된 영문인지 선글라스는 남자의 위치를 전혀 잡아내지 못하고 있었다.

실패인가.

그는 밀려드는 긴장을 누르며 핸드폰을 꺼내 들었다. 병실에 있는 륜에게 연락을 취해야 했다. 자칫 해루가 위험해질지도 몰랐으니까.

하지만 다급히 통화 버튼을 누르는 순간, 그는 숨도 쉬지 못한 채 핸드폰을 떨어뜨리고 말았다. 뒤에서 덮쳐 든 우악스러운 손길에 목이 졸렸기 때문이었다.

한 손으로 그의 목을 움켜쥔 남자가 눈앞에 유유히 모습을 드러냈다. 다른 손으로 간단히 그의 팔을 꺾어서 총을 떨어뜨리고, 떨어진 총은 발로 차서 멀리 날려 버렸다.

"별거 없군, 헌터 따위."

남자가 스산한 웃음을 머금으며 말했다.

태섭은 부릅뜬 눈으로 그를 노려보며 은밀히 등 뒤로 손을 뻗었다. 숨겨둔 단검이 그곳에 있었다.

"놀랐나? 미안하네만, 내가 보통이랑은 좀 달라. 특별한 피를 오랫동안 마셨거든. 비록 실패작이 되긴 했지만."

남자는 그의 이마를 손톱으로 그으며 흡족한 듯 혼자 뇌까리고 있었다. 이미 독안에 든 쥐라고 생각하는 듯했다.

등 뒤로 뻗은 손에서 차가운 금속의 감촉이 느껴지는 순간, 태섭은 민첩하게 검을 빼내 순식간에 남자의 손에 박아 넣었다.

주춤하는 그의 손에서 벗어나기 무섭게, 쏜살같이 움직여 가슴을 찍고 목을 찍었다.

쿨럭. 남자는 피를 쏟았지만 여전히 웃고 있었다. 쓰러지지도, 휘청하지도 않았다.

태섭은 흠칫 당황했다. 본래가 기괴하기 짝이 없는 그들이었지만, 이 정도로 기괴한 경우는 처음이었다. 가슴도 목도 분명 정확히 급소를 찔러 넣었기 때문이었다.

뭔가 잘못된 거지.

다시 한번 단검을 움켜쥐는 순간, 남자가 독기 가득한 눈으로 세차게 덮쳐들었다. 엄청난 힘으로 팔을 꺾으며 단숨에 그를 바닥으로 쓰러뜨렸다. 극악한 그 손이 바위처럼 목을 짓눌러 오자, 순식간에 의식이 혼미해졌다.

예비용 단검은 허벅지에 있었다. 하지만 그를 덮친 남자의 몸이 허벅지를 으스러지도록 짓누르는 바람에, 단검을 빼내는 것조차 쉽지 않았다.

태섭은 위기를 직감하며 곁에 떨어져 있는 폰으로 어렵사리 손을 뻗었다. 어쩌면 죽음이란 이토록 간단히 찾아오는 걸지도 몰랐다. 비상버튼이라도 누를 수 있으면 최소한 해루는 륜이 알아서 피신시켜 주겠지.

힘겹게 뻗은 손끝이 막 폰에 닿았던 그 순간이었다.

그는 일순 숨을 멈췄다. 고통으로 흐릿한 눈에 시퍼런 번개가 보인 듯했기 때문이다.

맑은 하늘에 전혀 어울리지 않는 시리도록 청명한 번개였다. 강렬한 푸른빛의 번개가 두어 번 번득이는 듯하더니, 어느 순간 쏜살같이 날아와 눈앞으로 꽂혀 들었다.

믿을 수 없게도, 작렬하던 번개가 꿰뚫은 것은 그를 짓누르던 눈앞의 남자였다. 남자의 등 뒤에서 시리도록 푸른빛을 터뜨리더니, 불꽃처럼 폭발하며 사방으로 퍼져 나갔다.

다음 순간 눈앞의 남자가 포효하듯 비명을 내지르며 고꾸라졌다. 감전된 듯 잠시 몸이 떨리고, 이내 미약한 그 움직임마저 잦아들었다.

남자는 다시 일어나지 못했다. 마치 그를 조준해서 내리치기라도 한듯 무시무시한 정확성을 보인 번개였다.

무슨 번개가…….

태섭은 재빨리 몸을 돌려 남자의 숨을 확인했다. 예상은 했지만 코밑에 가져다 댄 손가락에선 아무런 공기의 흐름도 느껴지지 않았다. 번개에 맞아서 즉사한 것이 분명했다.

그는 허옇게 부릅뜬 남자의 눈을 감겨 주며 쑤셔 오는 몸을 천천히 일으켰다.

천벌인가 보군.

그동안 얼마나 많은 이의 피를 빨았을 것이며, 얼마나 많은 생명을 희생시켰을 것인가.

그는 안도의 한숨을 내쉬며 단검을 제자리에 꽂고 핸드폰도 찾아 들었다. 싸움의 흔적을 지우며 도로를 서성이는데, 문득 소리 없는 바람이 인 것 같았다.

무심결에 뒤를 돌아본 순간, 태섭은 경악으로 숨을 멈추고 말았다.

눈앞에 쓰러져 있던 남자의 몸이 공중으로 붕 떠올라 있었다. 그 몸은 멈춰 있지도 않았다. 무언가에 이끌리듯 허공을 움직이더니, 트럭을 향해 날듯이 미끄러졌다.

믿기 힘든 해괴한 광경에 태섭은 정신없이 주위를 두리번거렸다. 특별한 기기 같은 것을 사용하지 않고는 도저히 일어날 수 없는 일이었으니까.

하지만 보이는 것은 아무것도 없었다. 대체 어떻게 이런 일이 가능한 걸까.

당황으로 눈을 휘둥그렇게 뜬 사이, 공중에 떠올랐던 남자의 몸이 트럭의 유리창을 깨고 운전석으로 떨어져 내렸다. 요란한 소리를 내며 깨져 나온 유리 파편이 사방으로 어지럽게 튀었다.

그다음 보인 것은 새파란 불꽃이었다. 눈부신 사파이어빛의 찬란한 불꽃.

어디서 날아들었는지 모를 파란 불꽃은 순식간에 트럭을 휘감으며 미려하게 번져 들었다. 이내 푸른 불길에 휩싸인 트럭 곳곳에서 살벌한 파열음이 들렸다. 무언가가 터지고 끊어지는 좋지 않은 느낌의 소리.

태섭은 벌어진 입을 다물지도 못한 채 뒤로 주춤주춤 물러섰다. 무슨 일이 일어날지 알 것만 같았기 때문이다.

곧 빛에 감싸인 트럭이 커다란 굉음을 내며 폭발했다. 불꽃놀이를 하듯 푸른 불꽃을 튀기며 한순간에 형체도 없이 날아가 버렸다.

타고 있던 두 사람의 형체도, 설치되어 있던 기계 장비도, 무엇 하나 제대로 남은 것 없이 산산조각으로 흩어져 버렸다.

태섭은 미동도 없이 그 자리에 서 있었다. 두 눈으로 똑똑히 목격했건만, 믿어지지도, 믿을 수도 없는 광경이었다.

그저 죄 많은 그 부부가 마땅한 죗값을 치렀다는 것, 혼자된 해루를 평생토록 책임지겠다는 것. 떠오르는 것은 그런 것들뿐이었다.

그는 한참 만에야 정신을 차렸다. 혹여 남아 있을지 모를 총탄의 흔적을 지우고 차를 숨겨 둔 숲으로 향했다.

하지만 차 문을 열고 시동을 거는 순간 멈칫하고 말았다. 도로변에서 언뜻 무언가가 보인 듯했기 때문이다.

긴 머리를 휘날리는 장신의 남자였다. 망토 같은 특이한 차림을 한 늘씬한 체격의 남자.

태섭은 예상치 못한 목격자가 생긴 것 같아 잔뜩 긴장했다. 하지만 그 긴장은 이내 다른 긴장으로 바뀌었다.

어느 순간 남자의 손에서 푸른빛의 불꽃이 은은하게 타올랐다. 트럭의 잔재에서 무언가를 발견한 듯 잠시 응시하더니, 가볍게 불꽃을 날려서 폭발시켜 버렸다.

태섭은 흠칫 숨을 삼켰다.

천벌이라 생각했던 일들은 어쩌면 저 남자에 의해 일어난 것이 아닐까. 아니, 저 남자가 일으킨 일들이 분명한 것처럼 생각되었다. 정체 모를 번개도, 트럭을 폭발시킨 푸른 불꽃도.

대체 어떻게 그런 일이 가능한 것일까.

놀라서 쳐다보던 순간 남자와 눈이 마주쳤다. 하지만 남자는 그저 가볍게 바라만 보았을 뿐 그에게 무언가를 하려는 기색은 없어 보였다.

그리고 다음 순간 그곳에서 사라져 버렸다. 어떤 움직임도 보이지 않은 채, 마치 순간이동이라도 한 것처럼 눈 깜짝할 사이에 모습을 감춰버렸다.

태섭은 멍하니 눈을 비볐다. 도저히 믿기지가 않아서 황급히 도로변으로 다시 나가 보았다.

그곳엔 아무도 없었다. 어둡고 텅 빈 도로엔 차가운 바람만 아스라이 불어들었다. 막 떨어져 내리기 시작한 부슬비가 까맣게 타 버린 트럭의 잔재를 우울하게 적시고 있었다.

❀

"아아아…… 아아악……."

까만 상복을 입은 소녀는 끊임없이 울고 또 울었다. 금방이라도 혼절할 것처럼 창백한 얼굴을 한 채, 퉁퉁 부은 눈으로 하염없이 눈물을 흘리고 또 흘렸다.

지슈카는 그저 묵묵히 지켜보았다. 가슴이 후벼 파는 것처럼 쓰라렸지만, 모습을 숨긴 채 지켜보는 것밖에 할 수 있는 일이 없었다.

분명 잘한 일이었다. 그들을 그대로 내버려 두었다면 틀림없이 또다시 해루의 목숨을 노렸을 테니까.

하지만 꼬마에게 남은 것은 이제 아무것도 없었다. 부모도, 집도, 추억 가득한 그 어떤 흔적도.

그것이 그를 못내 괴롭게 했다.

"해루야, 이제 가야지."

무거운 얼굴을 한 곰씨가 납골당에 주저앉은 소녀를 일으켜 세웠다.

상을 치르는 며칠 내내 해루는 단 한숨도 자지 못했다. 손님도 거의 없는 장례식장 한구석에 쭈그리고 앉아서 먹지도 자지도 못하고 내내 울기만 했다.

곰씨는 해루를 끌다시피 하여 차에 태웠다. 휘청거리는 그녀를 불안하게 지켜보며 산에 올랐고, 사슴 울음소리 가득한 그의 집으로 데려가 깨끗한 방 하나를 내주었다.

급하게 마련한 새 이부자리를 깔끔하게 펴 주고, 먹을 것도 주섬주섬 챙겨서 가져다주었다.

하지만 해루는 그저 멍하니 앉아 있기만 했다. 생기 넘치던 눈동자는 텅 빈 듯 휑해져 있었고, 웃음 가득하던 얼굴에는 스산한 어두움만 감돌았다.

병원에서 보았던 젊은 남자가 조심스레 방으로 들어와 종이 가방 몇 개를 놓아두고 나갔다. 그녀에게 무언가 말을 거는 듯했으나, 해루는 그조차 듣지 못한 듯했다.

그녀는 창밖의 먼 하늘을 바라보고 있었다. 지슈카는 조용히 그 곁에 다가가 앉았다. 이마를 짚어 잠이라도 재우고 싶었으나, 그 얼굴이 몹시 애달파 선뜻 손이 올라가지 않았다.

그저 함께 하늘을 쳐다보았다. 구름이 흐르고 새가 날았다. 바람소리가 들리고 새소리가 들렸다.

소녀의 곁은 아늑했지만 더 이상 평온하지는 않았다. 아마도 볼 때마다 가슴이 무너지는 고통이 찾아들 것이다.

그럼에도 불구하고 떠날 수는 없었다. 이대로 두었다간 그녀가 산산이 부서져 버릴 것만 같았으니까.

미동도 없이 앉아 있던 해루가 꾸벅꾸벅 졸기 시작한 것은 날이 어두워지고 난 뒤였다. 지슈카는 그녀를 반듯이 눕히고 이불을 덮어 주었다. 생기가 흐려진 몸에 용력을 불어넣고 기운을 정돈해 주었다.

그는 깊이 잠든 파리한 얼굴을 한참이나 내려다보았다. 그리고 긴 생각 끝에 조용히 왼손을 펼쳤다.

일곱 잎으로 이루어진 연꽃 형태의 푸른 불꽃이 그의 손에서 천천히 피어올랐다. 태어나 단 한 번도 소환한 적이 없는 세인트드래곤의 연꽃이었다.

푸르게 타오르는 연꽃을 바라보며, 왼손으로 본신의 비늘 하나를 소환했다. 새의 깃털 모양을 한 푸른 크리스털 형태의 비늘이었다.

비늘의 강력한 푸른빛이 밖으로 새어나가지 않도록 결계를 치고, 소녀의 이마를 조심스레 쓸었다. 동그란 이마에 크리스털 비늘을 올리고, 그 위에 일곱 잎의 푸른 연꽃을 얹었다.

준비가 모두 끝나자, 그는 소녀의 이마에 천천히 손바닥을 대었다. 그리고 맹세의 용언을 선명하게 읊었다. 한 마디 한 마디에 진심을 담아, 그 뜻이 하늘까지 오롯이 전해지도록.

이윽고 연꽃과 비늘이 푸른빛으로 녹아들며 소녀의 이마에 서서히 스며들었다. 푸른빛의 소용돌이가 이마를 감싸고, 뜨거운 기운이 쉴 새 없이 작은 이마를 오르내렸다.

그는 흘러나오는 푸른빛이 모두 사라질 때까지 한참이나 손을 대고 있었다.

맹세의 의식은 그렇게 모두 끝났다.

마침내 그가 손을 떼었을 때, 소녀의 이마엔 세인트드래곤의 상징인 7각의 별이 선명하게 남아 있었다.

용이 인간에게 할 수 있는 가장 무거운 맹세.

평생을 지켜 주겠다는 보호의 약속.

그는 그것을 소녀에게 남겼다.

7각별로 연결된 이상, 이제 그녀에게 다가오는 모든 위험은 그에게 고스란히 전해질 터였다.

그가 그녀에게 할 수 있는 최선의 보은이자, 가장 무거운 보은이었다.

"잘 자렴, 해루."

지슈카는 그의 별이 빛나는 소녀의 이마에 가만히 입을 맞추었다.

7각의 별은 세인트드래곤 외에는 그 누구도 볼 수 없는 맹세의 상징이었다. 그리고 그는 세상에 존재하는 유일한 세인트드래곤이었다.

그는 소녀가 종일 바라보던 하늘로 시선을 돌렸다. 어디선가 뱁새가 울었다. 구름 하나 없는 캄캄한 밤하늘에 별이 하나둘 떠오르고 있었다.

해루는 어둠 속에서 눈을 떴다. 아주 긴긴 꿈을 꾼 것 같았다.

집에 불이 나서 목숨을 잃을 뻔했고, 엄마 아빠가 돌아가시는 끔찍한 악몽이었다. 유주는 연락도 되지 않았고, 그녀는 하염없이 울기만 했었다. 어쩌다 그런 이상한 꿈을 꾸게 된 걸까.

그녀는 천천히 몸을 일으켜 앉았다. 힘든 꿈을 꾸어서인지 목이 몹시 말랐다.

침대에서 내려서려던 그녀는 문득 자신의 방이 아닌 것을 깨닫고 멈칫하고 말았다.

누워있던 곳은 침대가 아닌 두꺼운 패드였고, 바삭거리는 이불은 그녀의 낡은 이불이 아닌 도톰한 새 이불이었다.

낯선 풍경에 당황하고 있을 때, 어디선가 사슴 울음소리가 들렸다. 그 순간 기억이 났다. 곰씨 아저씨가 집으로 데려왔다는 사실이.

그러면 그 모든 게 꿈이 아니었던 걸까. 모두다 현실인 걸까.

엄마도, 아빠도, 유주도…….

그녀는 무너지듯 그 자리에 주저앉았다. 며칠 내내 울어서인지 눈물은 더 이상 나오지 않았다. 몸속의 물기가 모두 빠져나가 버린 것 같았다.

그렇지, 유주.

그리운 유주의 얼굴을 떠올리며, 해루는 또다시 무너지려는 마음을 억지로 다잡았다. 세상에 남은 유일한 가족, 그녀가 지켜 주어야 할 어여쁜 동생.

해루는 벌떡 일어나 방의 불을 밝혔다. 그리고 주위를 두리번거렸다. 넋을 놓다시피 해서 정신이 하나도 없었지만, 아저씨가 핸드폰만큼은 잘 챙겨서 가져다 두었을 것 같았다.

그녀는 방 한쪽에 놓여 있는 쇼핑백들을 발견했다. 종이백마다 가득한 새 옷과 학용품을 발견하고는 또다시 눈물을 훔치고 말았다. 그녀의 것으로 마련한 것이 분명한 물건들에 가슴이 시큰해 왔다.

그래, 아저씨가 있었지. 그리고 당골 할머니도 있었다.

부모님은 떠났지만 어떻게든 그녀는 살아야 했고, 주위엔 그녀를 아껴 주는 사람들이 있었다.

해루는 쇼핑백 하나에서 그녀의 핸드폰과 지리부도를 찾았다. 그리고 뜻밖에도 진주 핀을 발견했다. 경황이 없어서 잊고 있었는데.

그녀는 반갑게 핀을 손에 쥐었다. 그녀를 그토록 엄청난 위험에서 지켜 주었던 소중하고 아름다운 핀. 눈부신 푸른 진주가 마음을 한껏 위로해 주는 듯했다.

해루는 용기를 북돋우듯 핀을 단단히 머리에 꽂았다. 그리고 숨을 크게 들이켠 뒤에 핸드폰을 열었다.

부모님 소식을 알려야 할 것 같아 몇 번이나 전화를 했지만, 유주에게 연결은 되지 않았다.

일이 생겨서 집을 떠나 있는 건지, 아무리 걸어도 전화를 받지 않았다. 혹시 또 아파서 병원에 입원한 건 아닐까.

하도 걸어서 익숙해져 버린 국제 전화번호를 누르며, 이번에는 꼭 유주에게 연결이 되기를 기도했다.

하지만 힘이 빠지게도 이번에도 실패였다. 아무리 기다려도 전화를 받는 사람은 없었다.

내일은 전화를 받겠지.

해루는 스스로를 위안하며 그렇게 생각했다.

그러다 문득 핸드폰에 찍어 두었던 사진들이 생각났다. 갤러리를 열어 보니, 유주의 사진이 생각보다 많이 보였다. 꽤 오래 쓴 핸드폰이라 중학교 때 사진들까지 남아 있었다.

그녀는 사진을 하나하나 넘겨 가며 유주를 떠올리고 추억을 떠올렸다. 자작나무 숲이며, 장대바위 언덕이며, 아저씨의 농장에서 사슴과 찍은 사진들도 있었다.

졸업식과 입학식, 유주가 퇴원하고 온 날의 사진들……. 돌이켜 보면 모두가 행복한 나날들이었다.

이다음에 돈 많이 모아서 꼭 영국으로 보러 가야지. 엄마 아빠의 몫까지 더욱 많이 사랑해 줘야지.

해루는 마음을 다잡으며 그렇게 결심했다. 유주만큼은 누구보다 행복하게 해 주겠노라고.

그렇게 최근 사진들까지 다 보고 폰을 닫으려는 순간이었다. 못 보던 사진 한 장이 눈에 띄었다.

대체 언제 찍은 걸까. 저장된 날짜는 최근이었지만, 분명 이런 사진을 찍었던 기억은 없었다.

해루는 사진 속의 사람을 뚫어져라 응시하며 기억을 더듬어 보았다. 빛이 잔뜩 들어가서 흐릿하긴 했지만 어딘지 익숙한 모습의 남자였다. 긴 머리에 새하얀 피부, 푸른빛의 눈동자.

어쩌면 그 사람이 아닐까.

푸른 눈이 더없이 눈부셨던 그 사람. 불길이 크게 일었던 날빛 속에서 나타났던 천사 같은 그 사람. 눈보라가 치던 날 그녀가 구해 주었던 그 사람. Z. S.

그녀는 왠지 모르게 간지러워 오는 이마를 긁으며, 흐릿한 사진을 보고 또 보았다. 선명하진 않았지만 그저 이렇게 바라보고 있는 것만으로도 큰 위안이 되는 것 같았다.

"해루야! 해루 일어났니?"

문득 밖에서 아저씨의 목소리가 크게 울렸다. 무슨 일인지 노크도 요란하게 하셨다.

"네, 아저씨."

그녀는 얼른 일어나서 문을 열었다. 무슨 큰일이라도 생긴 건지, 아저씨는 무척이나 황급한 얼굴을 하고 있었다.

"해루야, 저것 좀 봐 봐! 사라지기 전에 얼른. 이거 완전 길조라니까."

아저씨는 다짜고짜 그녀를 이끌고 거실로 데려갔다. 넓은 통유리로 이루어진 거실 창을 가리키며 어쩔 줄을 몰라 하셨다.

"아……!"

바깥을 쳐다보던 해루는 저도 모르게 감탄사를 내뱉고 말았다. 창밖의 하늘에 펼쳐진 것은 평생 한 번도 보지 못한 그것이었다.

하늘의 이 끝에서 저 끝까지 광대하게 펼쳐진 오색찬란한 빛의 파도.

오로라였다.

아무리 눈을 씻고 다시 보아도 오로라가 분명했다.

이곳에선 결코 볼 수 없으리라 생각했던 극지방만의 특별한 풍경. 기상학적으로 절대 불가능하다고 들었던 신비로운 하늘의 예술.

가슴이 몹시도 뭉클해 왔다. 더없이 찬란한 빛의 향연에 저도 모르게 눈물이 났다.

그 순간 왜 그 사람이 생각났을까.

'그대는 소중한 사람이니까.'

그가 해 주었던 그 말이, 심장을 울리는 묵직한 목소리가 따뜻하게 들려오는 것만 같았다.

벅차도록 아름다운 오로라를 오래도록 눈에 담으며, 해루는 그 사람을 생각하고 또 생각했다. 천사처럼 눈부신 그 사람이 어디선가 응원을 해 주고 있을 것만 같았다.

5. 버터플라이

꽃향기를 머금은 5월의 봄바람이 산들산들 불어 들었다.

부지런히 산을 올라온 해루는 정상 부근에 자리한 작은 통나무집 앞에서 걸음을 멈췄다.

문 앞에 붙여 놓은 큼직한 글씨의 메모를 확인해 보고, 옆에 세워진 빨간 우체통도 열어 보았다. 역시나 오늘도 누군가 다녀간 흔적은 없었다.

그녀는 밀려드는 실망을 누르며 문을 열고 집 안으로 들어섰다. 향긋한 나무 향기를 들이마시며 심호흡을 길게 하고는 창문을 열어 따뜻한 봄바람을 맞았다.

배낭에서 노트북을 꺼내 탁자에 펼치고, 텀블러와 핸드폰도 가지런히 놓았다. 그리고 꽃나무 가득한 바깥의 풍경을 바라보며 천천히 작업을 시작했다.

이맘때쯤이면 산 전체를 수놓는 고운 빛깔의 삼색병꽃이 창밖을 가득 메우고 있었다.

7년 전엔 모든 것이 불에 타서 시커먼 폐허 외에는 아무것도 남아 있지 않던 집터였다. 그곳에 매년 풀들이 자라고 나무들이 자라더니, 지금은 갖가지 풀과 나무로 뒤덮여 폐허의 흔적은 찾아볼 수도 없게 되었다.

아담한 5평 남짓의 통나무집은 곰씨 아저씨와 기륜이 틈틈이 나무를 구해다 지어 준 특별한 선물이었다.

여전히 아저씨의 집에 머물고 있긴 했지만, 삼밭을 돌보지 않는 날에는 대부분 이곳에서 작업을 하며 유주를 기다리고 또 기다렸다.

언제 어느 때 유주가 찾아오더라도 연락해 올 수 있도록, 통나무집 앞에는 메모를 붙여 두고 우체통도 만들어 두었다.

하지만 7년이 지난 지금까지도 유주는 찾아오기는커녕 단한 번의 연락조차 되지 않았다. 해루가 지금까지 산을 떠나지못하고 있는 이유이기도 했다.

『유니! 작업 파일은 아직 안 됐어?』

한창 작업에 열중하고 있는데, 노트북에서 갑자기 거친 텍사스식 영어가 들렸다. 해루는 화들짝 놀라서 키를 잘못 누르고 말았다. 팀장인 마틴이 화상통화로 묻고 있었다.

보통은 메신저로 대화하지만, 마틴은 채근할 일이 있을 땐꼭 영상통화로 묻는 버릇이 있었다. 유니는 그녀의 성인 '윤'을따서 동료들이 친근하게 부르는 별칭이었지만, 팀장이 부를 땐아주 전투적으로 들렸다.

『거의 다 됐어요. 마감까진 아직 2시간이나 남았잖아요.』

『진짜 거의 다 된 거 맞아? 테스트까지 다 거치고 있는 거지?』

팀장이 미심쩍은 얼굴로 다시 물었다.

30대 후반인 그는 우락부락한 근육질에 상어 문신까지 새기고 있어서, 프로그래머 하면 으레 떠오르는 햇빛을 쬐지 못해 창백하고 비리비리한 이미지와 거리가 멀었다.

악센트 강한 텍사스식 영어를 구사하여 더욱 거친 이미지를 주는 사람이었다.

『두 번씩 모두 테스트했어요. 729가지 경우의 수 모두 반영해서요.』

해루는 시간을 확인하며 조곤조곤 대답했다. 오류를 수정하고 마지막 점검을 할 시간은 아직까지 충분했다.

그녀는 AI 개발 회사인 젠텔ZenTell의 프로그래머로 일하고 있었다. 출퇴근이 필요 없는 직장이라 집에서 노트북으로 혼자 작업을 한다.

하지만 엄밀히 따지자면 완전하게 홀로 일하는 것은 아니었다. 팀 메신저와 화상통화로 항상 팀원들과 연결되어 있었기 때문이다.

젠텔은 원격근무를 적극 장려하는 회사로, 전 세계 수많은 국가에 직원들을 두고 있었다. 본사는 미국 샌프란시스코에 있었지만 그곳으로 출근하는 직원은 많지 않았다.

노트북과 인터넷만 있으면 언제 어디서든 업무가 가능하기 때문에, 직원들 대부분이 재택근무를 하거나 여행을 다니면서 일하고 있었다.

심지어 CEO인 엘리자베스 켐벨조차 본사에 얼굴을 비추는 일은 드물었다. 소위 말하는 디지털 보헤미안, 디지털 노마드의 삶이었다.

해루가 악착같이 프로그래밍을 공부해 이 회사에 취업을 하게 된 것은 도저히 산을 떠날 수 없어서였다.

아버지가 공들여 키운 삼들을 방치할 수도, 헐값에 넘겨 버릴 수도 없었다. 그보다 더 큰 이유는 언제 어느 때 유주가 찾아올지 알 수 없었기 때문이다.

고등학교를 졸업할 무렵, 그녀는 등록금까지 대 주겠다는 아저씨의 배려를 거절하고 대학 진학을 포기했다. 그 대신 프로그래밍을 배우는 쪽을 택했다.

곰씨 아저씨의 아들인 기륜이 이미 그렇게 살고 있어서 그런 길도 있다는 사실을 잘 알고 있었기 때문이었다.

선택은 그리 어렵지 않았다. 프로그래밍이 너무 어렵고 힘들어서, 취업이 되기 전까지는 죽도록 후회한 적이 한두 번이 아니었지만.

그녀보다 다섯 살이 많은 기륜은 국내에서 손꼽히는 화이트 해커로, 인터넷보안업체에서 그때그때 일을 받아 작업하면서 자유로이 세계를 돌며 살고 있었다.

죽도록 노력했지만 그녀는 그 정도의 실력에는 근처도 가지 못했다. 하지만 목표가 높았던 만큼 실력은 빠르게 늘었다.

덕분에 엄청난 경쟁률을 뚫고서 젠텔의 아르바이트생으로 입사할 수 있었고, 차근차근 실력을 쌓아서 결국 3년 전에 정직원이 되는 행운을 얻었다.

『작업 끝나면 바로 부사장한테 검토 올라가는 건 알고 있지?』

팀장이 우려스러운 얼굴로 물었다. 해루는 별다른 생각 없이 고개를 끄덕였다.

『그럼요. 사내 게시판에 공지 떠 있잖아요.』

『어제 다들 부사장한테 조금씩 깨졌어. 실무자들하고 일일이 다 통화를 하더라니까. 이번 주는 아주 우리 팀이 집중 타깃이라고.』

부사장과 직접 통화까지 해야 하는 줄은 알지 못했다. 뜻밖의 말에 긴장이 되어 슬그머니 물어보았다.

『막 화도 내고 그런대요?』

『그럴 리가. 논리로 조곤조곤 깨는 거지.』

『아아.』

그녀는 고개를 끄덕이며 텀블러를 열어 물을 마셨다. 부사장과 직접 통화해야 한다는 사실이 몹시 부담으로 다가왔기 때문이다.

부사장인 노기아스 키튼은 회사가 오랫동안 공들여 초빙해 온 인재로, 바로 지난주에 젠텔로 부임해 왔다. 그리고 그 즉시 독자적으로 잘 굴러가던 신규 프로젝트들에 적극적으로 개입하기 시작했다.

여행앱인 '젠투어'를 개발 중인 해루의 개발3팀도 마찬가지였다.

부사장의 검토 라인이 추가되면서 일은 더 빡빡해 졌지만, 크게 불만을 제기하는 사람은 없었다. 오히려 몇몇은 노기아스와 직접 소통할 수 있다는 사실에 환영하는 분위기였다.

노기아스 키튼은 인공지능AI과 증강현실AR 분야에서 세계 톱클래스에 속하는 천재 개발자로, 탁월한 안목으로 명성이 자자했기 때문이다.

세계적인 IT기업들에서 크게 탐냈다는 노기아스는, 뜻밖에도 그 모든 러브콜을 물리치고 중소업체에 불과한 젠텔을 선택했다.

이유는 그 누구도 알 수 없었다. 수완 좋은 사장이 엄청난 조건을 제시했을 거라는 소문만 무성하게 떠돌고 있을 뿐이었다.

『아. 그리고 현장 테스트는 다음 주부터로 결정됐어.』

팀장이 지나가듯 말해 왔다. 늘 그렇듯 중요한 얘기는 아주 대수롭지 않게 전하곤 한다.

『그렇게 빨리요?』

해루는 깜짝 놀라 되묻고 말았다.

현장 테스트는 팀원들이 직접 세계 곳곳의 주요 여행지로 나가서 앱을 실질적으로 테스트하는 개발의 마지막 단계였다.

아무 일 없이 프로그램 개발에만 매달린다면 상관이 없겠지만, 그녀에겐 산양삼 재배라는 또 다른 일이 있었다. 곧 산양삼 일부를 수확해야 했기에, 다음 주에 외국을 나가는 건 부담이 적지 않았다.

『오후에 사내 게시판에 뜰 텐데, 앱 출시 일정을 조금 앞당기기로 했어. 스마트셀 알지? 거기서 다음 달에 비슷한 여행앱을 출시한다더라고. 다음 주부터 광고도 시작할 거래. 그래서 일이 급해졌어. 우리도 다음 달 말에는 출시하는 걸로.』

『무슨 앱 출시를 그렇게 비밀리에 한대요? 스마트셀에서 그런 거 한다는 얘기는 들어 본 적도 없는데.』

『그것도 다 전략인 거 몰라? 세상이 온통 경쟁이잖아. 아무튼 유니는 선택의 여지가 없어. 곧장 프라하로 투입이야.』

팀장은 또다시 중요한 얘기를 대수롭지 않게 흘렸다.

『팀장님, 프라하라뇨. 저는 영국으로 지원했는데요.』

해루는 난감하게 대꾸했다. 행여 유주의 흔적이라도 다시 한 번 찾아볼 수 있을까 싶어서, 무조건 영국의 도시들로만 몰아서 지원했기 때문이었다.

물론 유주를 찾을 거란 희망이 크게 있는 것은 아니었다. 이미 7년 전에 영국 전역의 희귀병 연구소며 의학 관련 연구소는 모두 돌아봤었으니까.

하지만 뭐라도 더 해 보고 싶었다. 유주를 찾을 수만 있다면 지푸라기가 아니라 그 무엇이라도 잡고 싶은 심정이었다.

『응답결과 보니까 우리 팀 중에 프라하 안 가 본 사람은 유니밖에 없어. 프라하는 선호도 높은 여행 도시라 빼놓고 테스트할 수도 없는 곳이고.』

팀장의 대답은 명쾌했다. 해루는 작게 한숨을 내쉬고 말았다.

아무것도 모르는 백지 상태로 앱의 활용도를 테스트하는 것이 목적이었기에, 팀원들 각자가 한 번도 가 보지 않은 도시를 방문하는 것으로 합의가 되어 있었다. 결국 그녀가 프라하로 가는 건 선택의 여지가 없는 듯했다.

『네. 할 수 없죠. 그럼 그렇게 알고 준비할게요.』

그녀는 마지못해 대답했다. 영국은 다음에도 갈 수 있을 거라 위안하면서.

『오케이. 그럼 있다가 전체 회의에서 보자고.』

팀장은 흡족한 듯 고개를 끄덕이며 통화를 끊었고, 해루는 다시 작업에 집중했다.

한참 코드를 작성하고 결과값을 확인하며 일에 몰두하고 있는데, 노트북 위로 무언가가 팔랑팔랑 날아들었다. 화면 앞을 이리저리 맴돌던 파란 빛깔의 그것은 마침내 작은 날개를 접으며 모니터 꼭대기에 천천히 내려앉았다.

나비였다. 그토록 오랜 시간 산에서 살았지만, 한 번도 보지 못했던 파란색 나비.

신기한 마음에 그녀는 작업도 잠시 잊었다. 무언가에 홀린 듯 아름다운 그 날개에서 눈을 뗄 수가 없었다. 행여 금방이라도 날아갈까, 조심스레 숨죽이며 그 존재를 눈에 담았다.

노트북 위에 잠시 앉았던 파란 나비는 곧 신비로운 날개를 파닥이며 집 안을 이리저리 날아다니기 시작했다.

해루는 빙그레 웃으며 다시 작업을 시작했다. 노트북을 보다가 나비를 보다가 하며 천천히 일을 마쳤다.

완성된 파일들을 업무폴더에 올릴 즈음, 나비는 그녀의 머리 위를 맴돌아 창밖으로 유유히 날아가 버렸다.

그녀는 나비가 날아간 창밖을 한참이나 바라다보았다. 하지만 이미 멀리 가 버렸는지, 어디서도 푸른 날개의 흔적은 보이지 않았다. 삼색병꽃의 은은한 향기만 바람결에 기분 좋게 밀려들었다.

"그거, 길조 아니야?"

저녁 식탁에 마주 앉은 곰씨 아저씨가 털털하게 웃으며 말했다. 그녀가 파란 나비를 보았다는 이야기를 꺼내고 난 다음이었다.

같이 살고 난 뒤에야 알게 된 사실이었지만, 아저씨는 길조란 말을 무척 즐겨 쓰셨다. 뭔가 신기한 일 하나만 생겨도 늘 길조로 생각하셨다.

"그런 것 같죠. 뭔가 좋은 일이 생기려는 걸까요?"

그녀가 웃으며 호응하자, 매사에 시큰둥하기 그지없는 기륜이 코웃음을 쳤다.

"아무 데나 갖다 붙이지 좀 마. 나비가 나비지 파랗다고 뭐 별다를 거 있나."

"어머, 그러는 륜은 파란 나비 본 적 있어?"

"남미에서 잔뜩 봤지. 모르포나비라고 진짜 환상적인 파란 색이야."

"……아아."

세계 곳곳을 다녀 본 륜은 아는 것도 많았다. 그래서 늘 대화를 하다 보면 슬며시 기가 죽었다.

륜이 그녀의 말에 시시때때로 딴지를 거는 이유는 오빠라고 부르라는 그의 요구를 애초부터 무시했기 때문일 것이다.

하지만 원래 알던 사이가 아니라 선뜻 오빠라는 말이 나오지 않았다. 그래서 곰씨 아저씨가 하는 대로 그냥 스리슬쩍 륜이라 부르고 있었다.

"그런데, 프라하를 간다고?"

묵묵히 밥을 먹던 륜이 또다시 미간을 구기며 물었다.

이번엔 또 뭐가 불만인 걸까 생각하며, 해루는 떨떠름하게 고개를 끄덕였다.

"어. 일 때문에. 개발 중인 앱 테스트하러 가야 돼. 알지? 젠투어."

"언제 출발하는데?"

"다음 주."

"잘됐네. 나도 거기 일이 있는데."

갑자기 들려온 륜의 말에 해루는 몹시 당황했다. 뉘앙스로 보아 같이 가자는 뜻인 듯한데, 그녀는 전혀 내키지가 않았다.

"어어? 무슨 일인데?"

당황하는 그녀를 바라보며 륜이 피식 웃었다. 밥 먹다 말고 노트북을 열더니, 무언가를 찾아서 그녀에게 보여 주었다.

그가 펼쳐 둔 것은 영어로 된 해외 블로그였다. 여행 사진을 모아 놓은 블로그 같았는데, 륜은 그 사진들 중 하나를 가리켰다.

"이거."

"이 사진이 왜."

"자세히 보라고."

뜬금없는 얘기에 해루는 고개를 갸웃했지만, 그가 가리킨 사진을 유심히 눈여겨보았다. 성격이 까칠해서 그렇지, 불필요한 얘기는 일절 안 하는 륜이었기 때문이다.

사진은 그저 평범했다. 특색 있는 풍경도 아니었고, 뭔가 눈길을 끄는 것도 없었다. 어딘지 알 수 없는 한적한 거리에 길을 지나는 몇몇 사람들이 배경처럼 찍혀 있었다.

"아……!"

행인들의 얼굴을 찬찬히 훑어보다가, 해루는 그중 한 사람의 얼굴에 시선을 고정하며 비명을 지르고 말았다.

세련된 금테 안경에 친절한 미소를 지닌 훈남형 얼굴.

남자는 그녀가 오래도록 찾고 있는 그 사람과 몹시도 닮아 있었다.

이번엔 정말로 차 선생인 걸까.

이전에도 륜은 비슷한 사진을 찾아서 몇 번 보여 준 적이 있었다. 하지만 확인해 본 결과 모두 차 선생은 아니었다.

해루는 사진을 보고 또 보았다. 7년 전 유주를 데려간 직후부터 종적을 감춰 버린 정체 모를 남자.

여권엔 분명 차무진이란 이름이 찍혀 있었지만, 지금은 그 이름조차 진짜였을까 싶을 정도로 모든 것이 의심스러웠다.

영국까지 찾아갔던 7년 전 그날을 그녀는 지금도 똑똑히 기억하고 있었다. 유주가 하도 연락이 안 되어서 그녀가 걱정으로 타들어 가자, 곰씨 아저씨가 차 선생님을 찾아가 보자며 기륜과 함께 나서 줬었다.

하지만, 유주가 남기고 갔던 주소엔 뜻밖에도 다른 사람이 살고 있었다. 너무도 당황해서 차 선생이 근무한다던 연구소를 찾아가 봤지만, 그곳의 어느 누구도 차 선생을 알지 못했다. 차무진이라는 이름은 들어 본 적도 없다고 했다.

뭔가 이상함을 느낀 그들은 런던의 경찰도 찾아가 보고 공항도 찾아가 보았다. 대사관의 도움을 얻어서 경찰이 출입국기록과 CCTV까지 확인해 주었지만, 차 선생과 유주가 히드로 공항에 도착한 기록만 있을 뿐 이후의 행적은 묘연했다.

그녀는 놀라서 거의 혼절하다시피 했고, 아저씨와 기륜은 한 달이나 영국 이곳저곳을 다니며 의학 관련 연구소를 모두 돌아봐 주었다.

하지만 그 어디에도 차 선생은 없었고, 유주 또한 찾을 길이 없었다.

결국 포기하고 한국으로 돌아온 그녀는 생각날 때마다 유주에게 이메일을 보냈다. 아마 천 통도 넘게 썼을 것이다. 어디에 있든지 적어도 메일은 확인할 거라 생각했기 때문이다. 하지만 7년이 지난 지금까지도 메일은 한 통도 확인되지 않고 있었다.

"많이 닮았지? 몽타주랑."

륜이 씩 웃으며 물었다. 7년 전에 초상화가에게 부탁해 기억을 더듬어 가며 만들었던 차 선생의 몽타주였다. 그는 여전히 몽타주를 가지고 있었고, 여전히 찾는 것을 멈추지 않았던 모양이었다.

"닮았어, 엄청. 여기가 프라하야?"

해루는 울컥해 오는 가슴을 누르며 떨리는 목소리로 물었다. 륜은 무표정한 얼굴로 고개를 끄덕였다.

"그래. 안타깝게도 프라하 어딘지는 안 나와 있어. 메일로 문의해 봤는데 응답도 없고."

"이런 건 어떻게 찾았어?"

"안면인식 프로그램은 괜히 만든 줄 아냐. 인터넷에 떠 있는 사진이란 사진은 모조리 훑으면서 몽타주랑 닮은 꼴 캐치하고 있다고. 나는 놀아도 프로그램은 늘 돌아가니까."

"아아."

그녀는 감탄 어린 얼굴로 그저 고개만 끄덕였다. 늘 시니컬한 륜이었지만, 마음속으로는 항상 신경 써 주고 있다는 걸 잘 알고 있었다.

"프라하 가는 김에 같이 확인해 보자고. 진짜 그 인간인지."

륜이 시원하게 말해 왔다.

"어. 근데 여행하느라 잠깐 들른 걸 수도 있잖아. 이미 떠나버렸을 수도 있고."

해루는 꼭 차 선생이었으면 좋겠다고 생각하면서도 섣부른 희망은 갖지 않기로 했다. 그동안 잔뜩 기대했다가 실망으로 무너진 것이 어디 한두 번이었던가.

"그건 가서 생각할 문제고. 행적이라도 찾아볼 수 있을 거 아냐."

륜이 답지 않게 진지한 얼굴로 대꾸했다.

"륜 말이 맞네. 진짜 고마워. 륜이 이렇게까지 해 줄 줄은 몰랐어."

해루는 진심으로 그렇게 말했다. 하지만 들려오는 륜의 대답은 그저 시큰둥했다.

"감사는 차 선생 찾고 나서 해. 이번에도 허탕일지 모르니까."

"못 찾아도 고마운 건 고마운 거지. 삼 한 뿌리 줄까?"

"좋지. 이왕이면 15년근으로."

륜은 으쓱한 얼굴로 늘 찾던 그것을 주문했다. 모르긴 몰라도 그는 그녀의 산삼을 무척 좋아했다. 주겠다는 걸 한 번도 거절한 적이 없었기 때문이다.

여행을 많이 다녀서 집에 있는 일은 흔치 않았지만, 집에 머물다 갈 때면 늘 한 번씩 삼밭을 돌아봐 주기도 했다.

해루는 얼른 뒤꼍으로 나가서 오늘 캐 온 산양삼 두 뿌리를 정성스레 물에 씻었다. 아저씨한테 먼저 한 뿌리를 드리고, 륜한테도 주었다.

"그런데, 그 잘난 노기아스가 너네 회사 부사장으로 갔다며."

산삼을 한 입 베어 문 륜이 지나가듯 물었다.

"어. 지난주에."

"젠텔에 지분 투자 많이 했다더니 진짜였나 보네."

"와. 그런 일이 있었어? 륜은 진짜 아는 것도 많아."

"네가 너무 모르는 거지. 소문은 벌써부터 돌았었다고."

륜이 거만한 눈으로 어깨를 으쓱했다.

하지만 그녀뿐 아니라 젠텔의 직원들도 전혀 모르는 사실이었다. 어떻게 그런 걸 미리 다 아는지 모르겠지만, 그녀가 아는 한 륜의 정보력은 최고였다. 스리슬쩍 어딘가를 해킹해서 알아내는 게 아닐까 싶을 만큼.

띠리리링. 띠리리링.

갑자기 그녀의 노트북에서 신호음이 울린 것은 그때였다. 화상통화 요청을 알리는 신호음이었다. 동시에 아까 팀장에게서 들었던 말이 불쑥 떠올랐다. 부사장이 직접 실무자들과 모두 통화한다던.

"저 일하러 가요."

해루는 다급히 말을 던지고 노트북을 안은 채 방으로 뛰어들었다. 아직 밥도 다 먹지 못한 채였다.

하지만 밥이 문제가 아니었다. 안목 높은 부사장에게 시달릴 걸 생각하니 벌써부터 머리가 지끈거렸다.

"해루 씨. 그렇게 불러도 되죠? 한국에선 다들 그런 식으로 부르는 것 같던데."

푸른 눈의 남자는 미소를 머금으며 그렇게 서두를 떼었다.

그녀를 배려해 영어가 아닌 한국어로 말해 주고 있었고, 그것도 무척이나 유창했다. 소문엔 7개 국어를 한다고 했지만,

그중에 한국어가 포함되어 있을 줄은 알지 못했다.

"……네, 부사장님. 편할 대로 불러 주세요."

해루는 남자의 푸른 눈동자에서 시선을 떼지 못하며 멍하니 대꾸했다.

이 사람의 눈동자가 푸른색이었던가. 인터넷에 떠돌아다니는 사진들은 많았지만, 한 번도 유심히 눈여겨보지 않았던 탓에 눈동자 색까지는 알지 못했다.

검은 머리에 새하얀 피부, 귀족적인 분위기를 풍기는 얼굴의 윤곽이며, 바다가 연상되는 신비로운 푸른 눈동자까지, 노기아스 키튼은 어딘지 추억 속의 그 남자를 닮아 있었다. 비록 Z로 시작하는 이니셜은 전혀 아니었지만.

"코드가 상당히 깔끔하군요. 불필요한 루틴도 전혀 없고."

뜻밖에도 부사장은 칭찬으로 품평을 시작했다. 지적을 잔뜩 각오하고 있었던 터라 해루는 떨떠름하게 대꾸했다.

"아. 그런가요?"

"예. 다른 작업 파트와 연동해 봐야 알겠지만, 이 코드만 놓고 본다면 아주 훌륭합니다. 독창적으로 풀어 간 부분도 꽤 눈에 띄고."

"아…… 네."

내가 지금 칭찬을 듣고 있는 게 맞나? 해루는 잘 믿기지가 않아서 쑥스럽게 머리를 긁적였다.

잠시 그녀를 바라보던 남자가 빙그레 웃었다.

"한 가지, 건물을 전 방향에서 일관되게 인식하는 부분에선 조금 무리가 있어요. 현장 테스트를 해 보면 알겠지만, 맵에서 이미지를 추출할 때 좀 더 세분화가 필요할 겁니다."

그럼 그렇지. 드디어 지적이 시작되고 있었다.

하지만 세련된 방식의 어투라 그다지 기분 나쁘게 들리지 않았다. 지적이라기보다는 친절한 조언에 가깝다고나 할까.

"어떤 식의 세분화를 말씀하시는 건데요."

조심스러운 그녀의 물음에, 부사장은 차근차근 대답해 주었다.

"예를 들어 이대로라면, 서울의 남대문을 동서남북 정방향에서 찍은 이미지는 정확히 인식할 수 있지만, 변화가 심한 각도에서 비춰진다면 앱이 남대문으로 인식하기 어려울 거라는 뜻입니다."

"아아……."

해루는 의미를 이해하고 천천히 고개를 끄덕였다.

그런데 코드 한 번 슥 훑어보고 그런 문제가 바로 인식이 되는 건가. 역시 뭔가 달라도 다른 사람이었다.

그녀는 농장의 창고를 직접 앱으로 비춰 가며 여러 번 테스트했음에도 발견하지 못한 문제였다. 하긴, 창고는 사방이 비슷한 모양이니 어디서 찍어도 제대로 인식되었을 수 있겠지.

"해루 씨 작업이 문제라는 뜻은 아닙니다. 애초에 기획 단계에서 철저하게 감안하고 들어갔어야 하는 일이니까요."

그녀의 표정이 난감해 보였는지, 그가 부드럽게 웃으며 말했다. 해루는 얼른 고개를 끄덕였다.

"네. 좀 더 보완해서 다시 작업하겠습니다."

"보완은 같이 해도 좋겠죠."

"네?"

뜻 모를 그의 말에 해루는 의아한 얼굴을 했다.

"마틴의 말로는 해루 씨 담당 지역이 프라하라고 하던데."

"네, 맞아요."

"나는 비엔나에 있습니다. 차로 4시간 거리죠."

"아……. 그럼 부사장님도 같이 테스트하겠다는 말씀이세요?"

그녀는 당황으로 커다랗게 되묻고 말았다. 모르긴 몰라도 경악하고 있는 것이 얼굴에 다 드러났을 것이다.

서둘러 표정을 갈무리하는 그녀를 바라보며 그가 싱긋 웃었다.

"그렇죠. 생각보단 도움이 될 겁니다. 쓸모 많은 조수 하나 뒀다고 생각하면 편리하겠죠."

"……네."

어쩔 수 없이 고개를 끄덕였지만, 편리는커녕 부담만 백배였다. 테스트도 바쁠 텐데 상전까지 모시고 다녀야 하다니, 속으로 한숨이 길게 흘러나왔다.

"머리핀이 인상적이군요."

문득 그가 그녀의 진주 핀을 바라보며 말했다. 뜬금없긴 했지만 듣기 싫은 말은 아니었다. 오히려 그런 관심에 기분이 좋아졌다. 7년을 한결같이 꽂고 다닌 행운의 아이템이었으니까.

"네. 예쁘죠? 선물 받은 거예요."

"진주가 잘 어울립니다."

그는 그렇게 응답하며 또다시 친절한 미소를 머금었다.

스피커에서 작게 음악이 흘러나오고 있는 것 같았다. 부사장이 음악을 듣고 있는 모양이었다. 그런데 뜻밖에도 멜로디가 몹시 익숙했다.

그녀가 여전히 애창하는 그 노래, 러브홀릭스의 버터플라이.

기분이 몹시 이상해졌다. 한국말을 하고 한국 노래를 듣는 외국인이라니.

요즘은 세계 곳곳에서 한류가 유행이라니 특별한 일은 아닌지도 몰랐다. 그래도 직접 보고 나니 조금 떨떠름하게 생각되었다. 그녀의 애창곡을 듣고 있다는 사실에 묘한 유대감마저 생겨 버렸다.

"그럼 다음 주에 프라하에서 보죠."

노래에 귀 기울이는 사이, 부사장이 인사를 건네 왔다.

좋은 말만 내내 들어서일까, 아니면 그 남자를 닮아서일까. 한순간에 호감도가 급격히 상승한 느낌이었다.

"네. 그때 뵙겠습니다. 안녕히 계세요."

해루는 고개까지 꾸벅 숙이며 정중히 인사를 했다.

곧 화면이 꺼졌고, 아름다운 푸른 눈동자도 사라져 버렸다. 왠지 모르게 아쉬운 기분마저 들었다.

그런데 프라하라.

전에는 한 번도 관심을 가져 보지 않은 도시였다. 그저 중세 유적이 많은 낭만적인 도시 정도로 알고 있을 뿐이었다.

그녀는 젠투어를 열심히 활용해 가며 프라하의 여행 정보가 올려진 SNS들을 찾아보았다.

어쩔 수 없이 가야 하는 곳이라고만 생각했었는데, 무척 아름답고 환상적인 장소들이 많았다. 의무로만 생각했던 테스트가 몹시 기대가 되고 있었다.

그러다 문득 생각난 것이 있어서, 그녀는 핸드폰을 들고 뛰다시피 밖으로 나갔다. 노트북을 덮어 버린 륜을 졸라서, 아까의 그 블로그를 다시 찾았다. 그리고 젠투어 앱을 열어 그 장소의 사진을 가져다 댔다.

젠투어에는 팀원들이 야심차게 넣어 둔 특별한 기능이 여럿 있었는데, 그중 하나가 어딘지 모를 거리 풍경을 인식시키면 그 장소가 어디인지 알아내는 기능이었다.

곧 앱에 유사한 장소의 이미지가 여러 개 떴다. 모두 일곱 개였는데, 네 개는 프라하가 아니어서 쉽게 제외할 수 있었다. 해루는 나머지 세 곳의 주소를 모두 꼼꼼히 저장해 두었다.

"그런 것도 돼?"

그녀가 하는 일을 지켜보던 륜이 뜻밖이라는 얼굴로 휘파람을 불었다. 륜의 눈에 저 정도 반응이면 꽤 괜찮은 앱이란 뜻이었다.

"당연하지. 누가 만든 앱인데."

해루는 의기양양한 얼굴로 어깨를 으쓱하며 남은 밥을 마저 먹었다.

정말로 그 파란 나비가 길조였을까. 어쩐지 좋은 예감이 들었다. 이번에는 유주를 꼭 찾을 수 있을 것만 같은 희망이 넘실넘실 찾아들고 있었다.

✳

산삼밭은 쾌적한 바람이 불어드는 숲의 비탈에 자리하고 있었다. 높이 우거진 피나무와 단풍나무가 싱그러운 그늘을 드리우는 고운 흙의 땅이었다.

해루는 능숙한 손길로 빠르게 호미를 놀리며 부지런히 산양삼을 캐냈다. 산삼 특유의 쾌청한 향기가 코끝에 시원하게 밀려들었다.

프라하로 떠나는 날이 바로 내일이어서 마음이 급해지고 있었다.

오늘 중에 207뿌리를 캐고 이후 작업까지 모두 마쳐 두어야 한다. 15년근 200뿌리는 우체국에서 택배로 부쳐야 했고, 20년근 7뿌리는 직접 찾아오는 바이어를 위해서 잘 포장해 두어야 했다.

"젠."

해루는 삼의 잔뿌리가 상하지 않도록 조심조심 호미를 움직이며 인공지능인 젠을 불렀다.

깊은 숲속의 삼밭은 고요하기 그지없어서, 혼자 일할 때면 가끔 스산한 기분이 들기도 한다. 그럴 땐 젠이 큰 도움이 되었다. 젠과 소소한 대화를 나누며 일하노라면 스산함 같은 건 금방 사라져 버렸으니까.

- 예스, 유니.

귀에 꽂힌 블루투스 이어폰에서 매력적인 중저음이 바로 들렸다. 언제 들어도 기분 좋은 젠의 목소리였다.

젠Zen은 젠텔의 모든 기술이 집약된 최첨단 인공지능으로, 특히 음성인식과 언어구사력 면에서 높은 평가를 받고 있었다.

젠텔에서 출시하는 앱들이 연이어 성공을 거두고 있는 데는 젠이 가진 친화력이 가장 큰 몫을 하고 있다고 해도 과언이 아니었다.

"노기아스 키튼은 어떤 사람이야?"

해루는 캐낸 삼의 개수를 찬찬히 세어 보며 젠에게 물었다. 최소한 하루 이틀은 테스트 때문에 부사장과 함께 다녀야 할 것이다. 그러니 뭐라도 알아두는 것이 나을 것 같았다.

젠은 빠르게 대답해 왔다.

– 34세. 남성. 덴마크 코펜하겐 출생. 미국 카네기멜론대 컴퓨터학과 졸업. 현現 젠텔 부사장. 미혼……

"그런 거 말고."

– 경력을 알려 드릴까요?

"응, 좋아."

– 25세 때 포토델타를 창립했죠. 27세 때 포토델타를 3억 달러에 매각했고요. 29세 때 팀을 짜서 델타맵을 개발, 구글맵을 능가한다는 평가에 MS에서 빠르게 매입해 갔죠. 이후로는 양자컴퓨터 연구에 매진해 왔는데, 초소형 인공지능 칩 개발을 위해서라는 소문이 있어요. AI와 AR쪽의 개인 특허만 1,538개에 달한다고 하죠.

그녀가 부지런히 호미질에 매진하는 동안, 젠은 요약된 정보를 깔끔하게 전해 주었다. 감탄이 절로 나오는 대단한 경력이었다.

"와. 능력자는 능력자네."

– 엄청난 능력자죠. 77억 인구 대비 5만 명 정도나 가질 수 있는 능력입니다. 0.0000065%에 해당하는 비율이죠.

"대단하네. 취향 같은 정보는 없어?"

– 여행을 많이 다녔군요. 그의 SNS에 72개국 438개 도시를 여행한 기록이 있습니다. 운동을 좋아해서 종류별로 즐기는 것 같아요. 테니스, 볼링, 골프, 농구, 수영, 사이클, 마라톤, 철인3종 경기까지. 책은 주로 고전을 많이 읽었고, 음악은 클래식 취향입니다.

"어휴, 어쩜 그렇게 나랑 맞는 취향이 하나도 없지? 같이 다니면서 도대체 무슨 대화를 하겠냐고."

투정 어린 그녀의 말에 젠이 경쾌한 웃음소리를 냈다. 듣기만 해도 기분이 좋아지는 웃음소리다.

젠에게는 수많은 기능이 탑재되어 있었지만, 그녀가 제일 좋아하는 건 공감을 표현하는 이 웃음소리였다. 왠지 젠에겐 여타의 인공지능과 다르게 인간미가 있는 것처럼 느껴지기 때문이었다.

이 기능을 개발하느라 전 세계의 직원들을 동원해 수만 가지 웃음소리를 모았다던가. CEO인 엘리자베스는 사소한 디테일에 집착을 보이는 괴짜 중의 괴짜였고, 그 모든 집착은 충분히 효과가 있었다.

'인간보다 더 인간적인More Human Than Human.'

젠텔의 슬로건이자 원대한 포부였다. 인간보다 더욱 인간적인 인공지능을 개발하는 것.

그것은 그저 허울뿐인 구호로 그치지 않아서, 전 직원이 정말로 보다 인간적인 인공지능 개발에 매진하고 있었다.

- 유니. 괜찮은 정보가 하나 있는데, 알려 드릴까요?

잠시의 간격을 두고, 젠이 친절하게 물어 왔다.

"응. 뭔데?"

- 노기아스가 텃밭에 애착이 많아요. 공도 많이 들이고 있죠. 식물원에도 자주 가는 것 같습니다. 그런 분야라면 유니도 할 말이 많지 않습니까.

"와, 그거 괜찮네. 산이랑 식물 이야기만 해도 몇 시간은 금방 갈 거 아냐."

- 그렇겠죠. 도움이 되었다니 기쁩니다.

"응. 완전 도움이 되었어. 땡큐, 젠."

때맞춰 마지막 207뿌리째의 산삼을 캤다. 해루는 호미를 내려놓고 이마의 땀방울을 훔쳤다. 텀블러에 담아 온 시원한 물을 마시며 쌓아 놓은 산양삼을 뿌듯하게 바라보았다.

산삼은 절대 아무 곳에서나 뿌리를 내리지 않는 까다로운 식물이었다.

물과 햇빛이 과해서도 안 되고 부족해서도 안 된다. 습지도 건지도 아닌 곳, 음지도 양지도 아닌 곳, 그렇게 모든 조건이 균형 잡힌 곳에서만 뿌리를 내린다고 했다.

그런 삼을 가리켜 아버지는 꼭 중용을 사랑하는 군자 같다고 했었다.

산삼 농사를 지어 온 지도 벌써 7년이었다. 그동안 산의 풍경도 많이 변했고, 용어도 많이 변했다.

예전에 쓰였던 장뇌삼이라는 명칭은 어느새 중국에서 대량으로 넘어오는 저가 삼의 대명사가 되었고, 공들여 키운 재배 산삼은 이제 산양삼이라는 이름으로 더 많이 불리고 있었다.

첩첩산중이나 다름없던 산에 개발 허가가 나면서 산중턱까지 넓은 도로도 뚫렸다. 그 주위로 펜션들이 대거 들어서면서 마을 인구도 급격히 늘어났다.

관광객들도 많아져서, 산 아래쪽은 숱한 식당과 편의시설로 시내보다 더욱 번화한 풍경을 이루고 있었다. 사시사철 찾아드는 유흥객들은 겨울철 눈보라가 칠 때면 더욱 북적거렸다.

실롱산 오로라 마을.

시끌벅적한 펜션촌에 붙여진 이름은 그랬다. 매년 겨울마다 꼭 하룻밤씩은 설룡산 하늘에 광활한 오로라가 펼쳐졌기 때문이다.

언제 어느 때 오로라가 찾아올지는 아무도 알지 못했다. 다만 며칠을 몰아치던 혹독한 눈보라가 그치고 맑은 하늘이 드러나는 날, 오로라는 뜻밖의 선물처럼 갑자기 밤하늘에 번져 들었다.

찬란하게 설룡산을 밝혀 주는 신비로운 오로라를 토박이 주민들은 '용신의 선물'이라 부르고 있었다.

이곳에 어떻게 오로라가 생기는지는 저명한 학자들도 설득력 있는 답을 내놓지 못했다.

다만 그것은 과학적으로 볼 때 진정한 의미의 오로라가 아니며, 공중에 결빙된 물방울들이 빛을 반사하여 생기는 일시적인 현상이라는 정도로 설명하고 있었다.

하지만 과학자들이 오로라로 인정을 하든 안 하든, 설룡산을 찾는 관광객들은 해마다 급격히 늘고 있었다.

상업적인 이용에 발 빠른 사람들도 많아서 어느새 설룡산에서 출하되는 대부분의 작물엔 '오로라'를 포함하는 상표명이 붙고 있었다. 펜션촌도 나날이 건물이 늘어서, 이제는 건넛마을까지 확장되며 크게 성황을 이루고 있었다.

하지만 그녀는 어쩐지 씁쓸해졌다. 하늘의 특별한 선물인 오로라에 돈이 개입되면서 그 의미가 한참 변질되어 가고 있는 것 같았기 때문이다.

할머니가 이 상황을 보신다면 뭐라고 생각하실까. 어쩌면 이렇게 변해 버린 산이 마뜩잖아서 모습을 드러내지 않고 계신지도 몰랐다.

해루는 캐낸 산삼을 차곡차곡 정리해 손수레에 실었다. 향 긋한 그 향기를 맡고 또 맡으며 집을 향해 걸었다.

산이 아무리 변해도 오래도록 변치 않는 것, 최상품으로 평가받는 그녀의 삼들엔 아버지가 십수 년을 공들여 기른 정성이 여전히 뿌리깊이 배어 있었다.

❋

"20년근 7뿌리. 맞네요. 옥주(산삼의 지근에 좁쌀처럼 달라붙은 동그란 마디. 이 수가 많을수록 오래된 산삼이라고 한다)도 많이 달려 있고."

언제나처럼 11시 정각에 찾아온 바이어는 산양삼을 꼼꼼히 확인하고 상자의 뚜껑을 닫았다. 그 자리에서 스마트폰으로 바로 입금을 해주고 산삼이 담긴 상자를 보자기로 단단히 쌌다.

금갈색 머리에 금갈색 눈을 한 아름다운 여자는 7년을 한결같이 찾아 주는 오랜 고객이었다. 1년에 대여섯 번은 꼭 다녀갔고, 그것도 꼭 값비싼 20년근으로만 구입해 갔다.

"저기, 이거 햇감자예요. 조금 이르지만 카린 씨 드리려고 일부러 캤어요."

해루는 서비스로 준비한 감자 상자를 슬며시 내밀었다. 그녀가 신선한 감자를 좋아하는 걸 잘 알고 있었기 때문이다.

산에서 들고 내려가려면 많이 무거울 텐데도, 처음 찾아왔던 그날부터 산삼과 함께 감자를 구매할 수 있느냐고 물어봤었다.

"고마워요."

믹스커피를 마시던 카린이 활짝 웃으며 말했다. 지금은 30

대 중반이 되었을 여자는 워낙 젊게 살아서인지 예전과 다름없이 20대로 보였다. 언제나 당당하고 자신에 차 있어서 굉장히 멋지게 느껴지는 사람이었다.

"그런데, 해루 씨 어디 가나 봐요? 오늘따라 근사하게 차려입고."

카린이 그녀의 차림을 눈여겨보며 물었다.

평소처럼 티셔츠에 청바지 차림이 아니라 눈에 띈 모양이었다. 부사장이 프라하 공항에서 바로 만나자고 하는 바람에 이 것저것 신경 쓰지 않을 수 없었다. 아껴 둔 블라우스에 재킷을 걸치고 고데기로 머리까지 말았다.

"출장이 있어서요. 곧 공항버스 타러 가야 하거든요."

해루는 멋쩍게 말하며 거실 한구석에 놓아둔 캐리어를 가리켰다.

"어머, 해외로 가는 거예요? 어디로 가는데요?"

"프라하요. 체코."

그녀의 대답에 카린이 반가운 얼굴을 했다.

"그래요? 프라하 외곽에도 우리 지점이 하나 있는데. 숙소는 예약했어요?"

"네. 흐라드차니 쪽이에요."

"미리 알았으면 좋았을걸. 해루 씨한테 괜찮은 룸 하나 정도는 제공해 줄 수 있는데. 혹시 예약 취소할 수 있어요?"

그러고 보니 카린의 회사는 세계 여러 곳에 지점을 둔 유명 호텔 체인이었다. 그녀에게서 사가는 산양삼도 특별한 귀빈 접대를 위한 거라고 했었다.

"말씀은 감사해요. 근데 회사 경비로 가는 거라 그렇게까지 안 해 주셔도 돼요."

해루는 웃으며 고개를 저었지만, 뜻밖의 호의에 무척 기뻤다. 카린은 그것으로 끝내지 않고 한마디를 더 덧붙였다.

"혹시 도움 필요한 일이 생기면 연락해요. 며칠은 그 부근에 있을 예정이거든요."

"와, 정말요? 물어볼 거 생기면 꼭 전화 드릴게요."

"그렇게 해요."

카린이 흔쾌히 고개를 끄덕였다. 뜻밖의 원군이 생긴 것 같아 몹시 든든해졌다.

"그런데 혹시 약대추 같은 것도 구할 수 있을까요?"

문득 들려온 카린의 질문에 해루는 조금 놀란 얼굴을 하고 말았다. 약대추라니. 그걸 어떻게 알고 있는 걸까.

마을에서도 이장님 빼고는 아무도 아는 사람이 없었던 과실이었다. 이장님도 예전에 외할머니한테서 얼핏 전설로 들었을 뿐 직접 본 적은 없다고 했었다.

"그건 이제 못 구하는데. 혹시 누가 아프신 거예요?"

"예, 조금."

"그런데 어디서 약대추 얘길 들으셨어요?"

해루는 잘 이해가 안 가서 의아하게 묻고 말았다. 여기 사람들도 모르는 약대추를 외국 사람인 카린이 어떻게 알고 있는 건지.

"여기저기 다니다 보면 듣는 얘기가 많죠. 이 산에 대추나무가 많다면서요."

카린은 대수롭지 않게 말했다. 아마도 당골 할머니의 진짜 약대추가 아닌, 건강에 좀 더 좋아서 약대추라는 이름으로 부르는 일반 대추를 얘기하는 것 같았다.

"네. 그렇긴 한데, 다 그냥 보통 대추예요. 할 수 있으면 진짜 약대추를 구해 드리고 싶은데, 이젠 불가능해요. 예전엔 가지고 계셨던 분이 있었는데, 지금은 안 계시거든요."

해루는 잠시 여행을 다녀오겠다던 당골 할머니를 떠올리며 아쉽게 말했다. 금방 오실 것처럼 말씀하셨었는데, 7년이 지난 지금까지도 다시 뵐 수가 없었기 때문이다.

산에 처음 오로라가 비쳤던 그 겨울이었다. 엄마 아빠의 장례를 마치고 일주일 후쯤엔가 정신이 들어서 할머니를 찾아갔었던 것 같다.

그날 할머니는 산 기운이 크게 변했다는 말씀을 하시면서 잠시도 하늘에서 눈을 떼지 못하셨다. 용신의 가호가 내린 것 같다며 빙그레 웃으시더니, 이젠 좀 쉬어도 되겠다는 말씀을 하셨다. 멀리 여행을 다녀와도 괜찮겠다며.

그날도 언제나와 다름없이 대추를 한 움큼 쥐여 주시고, 꿀물도 한 잔 주셨었다. 그리고 아가는 산만 떠나지 않으면 평생 무탈하게 잘 살아갈 거라 말씀하셨다. 용신이 지켜 주실 거라는 덕담과 함께.

얼마 후에 다시 찾아갔을 땐 이상하게 당골로 가는 길이 끊겨 있었다. 그냥 끊어진 정도가 아니라 바윗길이 와르르 무너져 아예 낭떠러지가 되어 있었다.

누가 공중에 다리라도 놓기 전에는 당골로 가는 것이 불가능해져 버렸다.

더욱 이상한 것은 그 길이 원래부터 끊겨 있었다는 곰씨 아저씨의 말이었다. 아저씨가 처음 산으로 들어왔을 때 지형을 익히느라 여기저기 안 가 본 곳이 없다고 했다. 그런데 그쪽만큼은 길이 없어서 가 보지 못했다는 것이었다.

그 말에 무척 놀라기는 했지만, 해루는 어쩐지 납득이 되는 것도 같았다. 지금 생각하면 할머니의 존재 자체가 신비로움 그 자체여서 보통의 상식으로는 이해할 수 없는 일이었기 때문이다.

지나고 나서 생각하니, 어쩌면 산신령 같은 존재가 아니었을까 하는 생각도 들었다. 이장님이 들었다는 약대추 전설도 산신령이 지킨다는 대추나무에 대한 것이었기 때문이다.

물론 과학적으로는 말이 안 되고, 전혀 합리적인 생각도 못 되었지만.

"어이, 윤해루!"

아쉬운 대로 좋은 대추라도 구해 주겠다는 말을 하려고 할 때, 갑자기 현관문이 벌컥 열렸다. 기륜이 큰 소리로 그녀를 부르고 있었다.

대답도 하기 전에 불쑥 거실로 들어온 그는 그제야 손님이 있는 걸 발견하고 멋쩍게 웃었다.

"손님이 계신 줄은 몰랐네. 그럼 말씀들 나누세요."

"아녜요. 볼일 다 끝났습니다. 해루 씨, 그럼 이만 가 볼게요."

카린이 서둘러 일어서며 말했다. 감자 상자 위에 산삼 상자를 받쳐 든 것이 조금 버거워 보였다.

"도로변까지 들어다 드릴까요? 어차피 저희도 곧 출발해야 하거든요."

해루의 제안에, 그녀는 웃으며 고개를 저었다.

"아녜요. 가볍기만 한데요, 뭘."

그녀는 정말로 그런 것처럼 한 손으로 상자를 받쳐 들어 보이더니, 이내 우아하게 움직여 현관으로 향했다. 그러고 보면 예전에도 햇감자를 캐면 꼭 한 상자씩 주곤 했었는데, 매번 어렵지 않게 가져갔었다.

"그럼 조심해서 가세요."

해루는 농장 밖까지 따라 나가며 그녀를 배웅했다. 뭔가 호기심이 들었는지, 생전 다른 일에 관심 없던 기륜도 슬며시 그녀가 돌아가는 걸 지켜보고 있었다.

"해루 씨도 출장 잘 다녀와요."

카린은 웃으며 인사를 건네고는 륜에게도 꾸벅 고개를 숙였다. 그리고는 곧 산길을 따라 총총히 멀어져갔다.

"누구야?"

한참이나 그녀를 지켜보던 륜이 뜬금없이 물었다.

"단골손님이잖아. 륜은 한 번도 못 봤나?"

"처음 보는데."

"그런가. 1년에도 몇 번씩 다녀가는데 왜 못 봤을까. 근데, 카린한테 관심 있어? 소개해 줄까?"

해루는 선심 쓰듯 싱긋 웃으며 물어보았다. 기륜은 기막힌 듯 바로 인상을 썼다.

"하. 관심은 무슨. 어디서 본 것 같아서 그러지."

"그래? 혹시 진짜 해외 어디에서 본 거 아니야? 카린 씨가 세계적인 호텔 체인에서 일하거든. 바이어라 전 세계 지점을 다 다니는 것 같고."

"절대 아닐걸. 그런 고급 호텔에선 묵어 본 적도 없다고. 노친네들이나 호텔 같은 데 찾아다니는 거지."

기륜이 그럴 리 없다는 얼굴로 심드렁하게 말했다. 해루는 그런 그를 어이없이 쳐다보며 피식 웃고 말았다.

"뭐, 아니면 말고. 기껏 생각해서 소개해 주려고 했더니."

"근데 옷이 그게 뭐야?"

륜이 또 삐딱하게 쳐다보며 물었다. 옷이 잘 안 어울리나 싶어서 살짝 불안하긴 했지만, 해루는 어깨에 힘을 주며 새침하게 응수했다.

"뭐가 어때서. 하늘하늘하고 예쁘기만 하구만."

해루가 뾰로통하게 대꾸하자, 갑자기 륜이 그녀를 향해 큰 키를 숙였다. 그리고 애들 대하듯 귀를 잡아당기며 걱정스럽다는 투로 말했다.

"혹시 몰라서 해 두는 말인데, 노기아스 그 인간, 잘난 만큼 여자 문제도 복잡해. 엄한 데 신경 끄고 일에나 집중해."

"그런 거 아니거든. 처음 보는 건데 너무 후줄근해 보이고 싶지 않단 말이야."

해루는 기막힌 마음에 대차게 고개를 저었다. 륜이 부사장을 안 좋게 보는 것 같아서 조금 속상하기도 했다.

"어이구, 우리 해루 예쁘게 차려 입었네."

작업장에서 나오던 아저씨가 환하게 웃으며 말했다. 해루는 보란 듯 륜을 향해 턱에 힘을 주었다. 륜은 어이없다는 얼굴로 고개를 절레절레 저었고, 아저씨는 수건으로 땀을 닦으며 그저 기분 좋게 웃었다.

"금방 샤워할 테니까 조금만 기다려. 공항버스 타는 데까지 데려다줄게."

서둘러 안으로 들어가며 아저씨가 말했다. 해루는 언제나 든든한 그 등을 바라보며 가만히 미소를 지었다.

보랏빛 꽃이 흐드러진 오동나무를 기분 좋게 올려다보는데, 핸드폰에서 메신저 알림음이 울렸다.

[내일 아침 9시 도착 맞죠? 공항 로비에서 기다리겠습니다.]

부사장의 메시지였다.

푸르렀던 그의 눈동자가 떠오르자, 해루는 저도 모르게 핸드폰 갤러리를 열었다. 그리고 소중히 보관해 둔 오래전의 그 사진을 열었다. 매일 몇 번 씩은 보고 또 보는 형체도 흐릿한 그 남자의 사진.

설마 그 사람은 아니겠지.

그렇게 생각하면서도 혹시나 하는 마음이 찾아드는 건 스스로도 어쩔 수가 없었다.

어디선가 맑은 꾀꼬리 소리가 청량하게 울렸다. 선명한 노란빛의 새들이 흰 꽃이 흐드러지게 핀 건너편 숲을 분주히 날아다녔다. 싱그럽고 달콤한 아카시아 향기가 바람결에 아련하게 밀려들었다.

유주가 좋아하던 아카시아 꽃이었다. 5월이면 꼭 한 움큼씩 따서 꿀맛을 만끽하던 새하얀 순백의 꽃.

'사랑해, 언니야.'

공항에서 들었던 유주의 마지막 말이 심장에 뼈아프게 울려들었다. 미련이 남은 듯 자꾸 뒤돌아보던 그 모습이 잔상처럼 눈앞에 아른거렸다.

해루는 가만히 눈을 감았다. 감은 눈에 유주를 그리며 달콤한 아카시아 향기를 아릿하게 들이마셨다. 언제나 그리운 그 얼굴이 그녀를 부르고 있는 듯했다. 어서 빨리 찾으러 오라고 애타게 손짓하고 있는 것만 같았다.

✻

"나는 먼저 가서 CCTV 살펴보고 있을게. 일 끝나면 바로 연락해."

비행기가 프라하 공항에 도착하자, 입국장으로 향하던 륜이 선글라스를 끼며 말했다.

해루는 종종걸음으로 그를 뒤쫓으며 불안하게 물었다.

"괜찮겠어? CCTV 해킹하려는 거잖아."

"경찰 거치면 일만 더 복잡해져. 녹화 기록만 슬쩍 뒤져 보면 되니까 걱정할 거 없고. 블로그 사진이 올라온 게 열흘 전이니까 아직 녹화한 거 삭제는 안 했을 거야. 그 장소 찾아서 근처 CCTV 서버는 몽땅 뒤져 봐야지."

륜의 대답은 가벼웠지만 해루는 그리 간단히 생각할 수 없었다.

"그래도 합법적이지 못한 게 마음에 걸려. 그러다 륜이 잘못되기라도 하면……."

해루는 행여 누가 들을까, 그의 귀를 붙들고 조심스레 속삭였다. 륜이 피식 웃으며 망설임 없이 말했다.

"아니면 무슨 수로 서버를 훑어보겠어? 경찰에서 퍽이나 사정 다 이해하고 알아서 CCTV 확보해 주겠다."

"그래도…….."

"지금 내 걱정 할 때야? 불법으로 유주를 강탈해 가서 7년이나 행방을 감춘 놈이야. 합법으로 상대가 되겠어?"

륜은 전혀 망설임 없이 말했다. 틀린 말은 아니었지만 해루는 불안을 감추지 못했다.

"그건 그렇지만, 아무리 그래도…….."

"암튼 일 끝나면 바로 연락해. 데리러 올 테니까."

륜은 더 듣지도 않고 말을 끊었다. 무슨 일인지 지나는 사람들을 유심히 살피는 듯했다.

"응? 뭘 데리러 와. 걱정 마. 알아서 잘 찾아갈게."

"내가 불안해서 안 돼."

"애도 아닌데 뭘. 워크숍 때문에 미국도 세 번이나 갔다 왔다고."

"무조건 조심하는 게 상책이야. 너는 보통이랑 한참 다르니까."

그는 그녀를 보지도 않고 말했다. 바쁘게 주위를 살피며 무언가 경계하는 것도 같았다.

"내가 보통이랑 뭐가 다른데?"

의아하게 묻는 해루의 말에, 그제야 륜은 그녀에게 시선을 주었다.

"너처럼 산에서만 산 애가 흔한 줄 아냐? 유럽은 소매치기도 엄청 많아. 겨우 몇 초 한눈팔았다가 캐리어 도둑맞는 일도 흔하다고."

당연히 생각해서 해 준 말이겠지만, 그녀에겐 꼭 우물 안 개구리 같다는 말처럼 들렸다. 그래서 조금 소침해졌다.

"그렇게 무시하지 마. 아무리 산에서만 살았어도 인터넷 다 되고 정보도 많이 찾아봤어. 그 정도는 나도 알고 있다고."

"무시가 아니라, 너 여기선 진짜 엄청 조심해야 한다니까. 드라큘라 전설이 왜 동유럽에서 시작됐는데."

륜은 엉뚱한 말까지 꺼내며 어린애 대하듯 말해 왔다. 해루는 조금 발끈하고 말았다.

"륜. 드라큘라가 여기서 왜 나와?"

"……그냥 그만큼 험한 동네라고. 알잖아, 걱정돼서 하는 말인 거."

"알고 있어. 그래도 드라큘라 얘기까지 꺼낸 건 너무했다고."

새초롬하게 말하는 순간 통로 옆으로 화장실이 보였다.

"화장실 갔다 올게."

마음이 상한 해루는 륜의 대답을 듣기도 전에 총총히 화장실로 들어서 버렸다.

"야, 윤해루! 너 설마 삐진 거냐?"

당황한 륜의 목소리가 바깥에서 울렸다. 하지만 지금은 더 말하고 싶지 않았다.

해루는 화장실로 들어와 벽에 잠시 기대 있었다. 화장을 고치고 머리도 매만지고 하면서 괜히 시간을 끌었다. 그러는 동안 속상했던 마음도 조금씩 가라앉았다. 생각해보면 륜의 잘못은 전혀 없었다. 그저 생각해서 말해 준 것뿐인데.

륜에게 많이 미안해져서, 그녀는 머쓱한 얼굴로 슬그머니 화장실 밖으로 나왔다.

그런데 륜이 보이지 않았다. 먼저 입국 심사를 받으러 가 버린 걸까.

두리번거리며 륜을 찾는데, 별안간 누군가가 어깨를 세게 치고 지나갔다. 륜의 말처럼 소매치기일지도 몰라서 가방을 꼭 끌어안는데, 어깨에 따끔한 통증이 느껴졌다. 그리고 갑자기 어지럼증이 크게 밀려들었다.

휘청하는 순간 누군가가 그녀를 화장실 쪽으로 잡아끌었다. 밀어내고 싶었지만 무슨 일인지 몸이 말을 듣지 않았다. 무슨 일을 당한 건지, 시야가 흐릿한 데다 제대로 서 있기조차 힘들었다.

『친구가 아파서요.』

정체모를 큰 덩치의 누군가는 주위에 영어로 말하며 그녀의 어깨를 억세게 거머쥐었다. 륜의 목소리는 분명 아니었다.

어렴풋이 상황이 깨달아지자 공포가 밀려들었다. 도망쳐야 한다는 생각에 몸부림을 쳤지만 의식이 점점 가물가물해지고 있었다. 주위에 도와 달라고 외치고 싶었지만 그새 혀가 굳었는지 목소리도 나오지 않았다.

해루는 온힘을 다해서 가방 앞주머니에 넣어 두었던 볼펜을 꺼냈다. 그리고 닥치는 대로 무작정 남자의 몸을 찌르기 시작했다.

『시팔!』

희미하게 남자의 욕설이 들리고 팔이 꺾였다. 어깨에 또다시 무언가 찌르는 듯한 통증이 느껴졌다.

해루는 정신 줄을 놓지 않으려고 악착같이 기를 썼다. 하지만 모두 소용없었다. 우람한 팔이 몸이 철벽처럼 그녀를 조여들었고, 몸은 점점 무너져 내리고 있었다.

흐릿하게 파란 나비가 보인 것은 그 순간이었다. 현실인지 환상인지도 알 수 없는 신비로운 푸른 빛깔의 나비.

그리고 아주 청명한 공기가 밀려든 것 같았다. 박하향의 치약을 물었을 때처럼 정신이 번쩍 들게 하는 시리도록 청명하고 시원한 공기.

그녀는 어떻게든 정신을 차리려고 생명줄 같은 그 공기를 한껏 들이마셨다. 그 순간 뭔지 모를 푸른빛이 번쩍하는 것 같았다. 다음 순간, 어떻게 된 일인지 모르게 그녀를 짓누르던 험악한 덩치가 그대로 나가떨어져 바닥을 뒹굴고 있었다.

그리고 목소리가 들렸다.

"괜찮은가."

묵직하게 들리는 한국말의 목소리.

말이 나오지 않아 고개만 끄덕이는데, 조심스레 다가온 손이 그녀를 토닥이고 이마를 스쳤다. 누군지는 모르지만 도움을 준 사람인 것 같았다. 제대로 확인하고 싶었지만, 흐릿한 시야가 아직 또렷해지지 않았다.

머리를 세차게 흔드니 정신이 좀 돌아오는 것도 같았다. 특이한 팔찌를 찬 남자의 팔목이 제법 또렷하게 시야에 들어왔다. 그 순간 어디선가 륜의 목소리가 다급하게 들렸다.

"윤해루! 해루야!"

"……류, 륜! 나 여기!"

해루는 어렵사리 외쳤다. 그와 동시에 륜이 빠르게 달려와 그녀를 덥석 끌어안았다.

"괜찮아? 그 남자가 무슨 짓 한 건 아니야?"

"아, 아니. 그 남자는 도움을……."

해루는 그제야 도움을 주었던 사람이 생각나 다급히 주위를 두리번거렸다. 하지만 주변에 한국인처럼 보이는 남자는 어디에도 없었다.

분명 방금 전까지만 해도 곁에 있었는데. 어떻게 된 영문인지 바닥에 나뒹굴었던 커다란 덩치도 보이지 않았다.

해루는 벌떡 일어나 정신없이 달렸다. 주변을 살피고 또 살피면서 그 남자를 찾았다.

입국장을 거꾸로 내달려 비행기가 보이는 착륙장까지 다 와서야 걸음을 멈췄다. 하지만 아무리 애를 써도 남자는 찾을 길이 없었다. 이미 모습을 감춰 버린 모양이었다.

"무슨 일이야?"

뒤쫓아 온 륜이 걱정스러운 얼굴로 묻고 있었다.

"……아니, 아무것도 아니야. 고맙다는 말을 못 해서."

해루는 멍하니 대답하며 파란 하늘이 펼쳐진 바깥을 우두커니 바라보고 서 있었다.

"괜찮으면 어서 나가자. 수하물도 찾아야 하잖아. 그 잘난 노기아스가 기다리다 목 빠지겠다."

륜이 시간을 확인하며 그녀의 팔을 잡아끌었다.

"응"

해루는 고개를 끄덕이고 천천히 뒤돌아 걸음을 옮겼다. 특이하게도 한국어 안내가 되어 있는 공항의 표지판을 눈에 담으며 또다시 그 남자를 생각했다.

'괜찮은가.'

짧은 한 마디였지만, 되짚어 생각하니 분명 그 남자의 목소리였다. 그렇게 듣고 나니 확연히 알 것 같았다. 목소리만큼은 똑똑히 기억하고 있었다는 걸. 손목에 차고 있던 무지갯빛의 고래 팔찌도 몹시 낯이 익은 디자인이었다.

해루는 왠지 찌르르하게 울리는 듯한 이마를 매만지다 머리의 진주 핀에 손을 가져다 댔다. 위급한 순간에 마법처럼 그 남자를 불러 주는 것만 같은 행운의 아이템.

정말로 그 사람일까. 여전히 나를 지켜보고 있었던 걸까.

7년 전의 그 남자가, 설룡산도 아닌 머나먼 이국땅에서, 이 상황을 우연히 발견하고 도와주었다는 건 정말이지 말도 안 되는 생각이었다. 하지만 왠지 꼭 그 남자일 것만 같았다. 말도 안 되는 그 생각에 확신마저 찾아들고 있었다.

문득 쳐다본 통로의 통유리창 밖으로 새파란 하늘이 보였다. 비행기 몇 대가 한가로이 서 있는 착륙장 위로 팔랑팔랑 나비 한 마리가 날아가고 있는 듯했다. 더없이 아름다운 푸른 빛의 나비였다.

✽

「곧 대대적인 천제天祭를 올렸으면 합니다. 성역의 복원도 거의 끝나가고, 새 왕궁의 축성도 마무리되어 가고 있지 않습니까. 1만 년 만에 성역에서 올리는 진정한 천제라, 만백성의 기대가 이만저만이 아닙니다.」

대신관 뭄세스의 보고가 길어지고 있었다.

지슈카는 인내심을 가지고 지루한 그의 말에 귀 기울였다.

하지만 거의가 이미 알고 있는 사실이었고, 특별히 주목할 만한 내용도 존재하지 않았다.

해루가 공항에서 불시의 습격을 받은 것이 더 크게 신경 쓰였기에, 마음이 더더욱 보고에서 멀어지고 있었다. 일을 벌인 드라클은 찰나에 간단히 제거했지만, 그곳이 프라하라는 점이 못내 마음에 걸렸다.

카린의 말로는 근래 들어 유럽에서 실종 사건이 크게 늘었다고 했었다. 수만 명의 실종자들 중 대부분은 돌아오지 못했고, 실종되었다가 되돌아온 사람은 거의가 드라클이 되어 있었다는 보고였다. 배후에 마룡들이 있을 것임은 자명한 일이었다.

그리고 그 모든 사건의 핵심으로 추측되는 지역이 바로 프라하였다. 유서 깊은 연금술의 성지이자, 수백 년 전의 건물과 길들이 여전히 고풍스러운 모습을 간직한 채 남아 있는 곳. 중세의 신성로마제국 때부터 은밀히 건설된 지하도시가 어디까지 뻗어 있는지도 알 수 없는 곳.

무엇보다 유럽의 중심에 위치한 프라하는 바다가 전혀 닿지 않는 내륙의 깊숙한 도시였다. 그것은 용의 영향력이 가장 적게 미치는 도시라는 뜻이었고, 마룡들이 숨어들기에 최적의 도시라는 뜻과도 같았다.

「대신전과 성탑을 비롯해 주요 성소들이 모두 완공되었고, 황궁에 보관했던 성물도 모두 이전해 왔습니다. 신성한 호수 주변엔 무수한 솟대를 세워 강력한 결계를…… 전하, 듣고 계십니까.」

「듣고 있소. 한데 신성한 호수의 정화는 어떻게 되고 있는 것이오?」

지슈카는 참다못해 직접적으로 말을 꺼냈다.

대신관은 끊임없이 장황한 말을 늘어놓았지만, 정작 그가 듣고 싶어 하는 문제에 대해선 일절 언급이 없었다. 그가 그 많은 불편을 감수하고서 신관들을 이곳까지 불러들인 가장 중요한 이유였음에도 불구하고.

「전하께서도 아시다시피, 모든 신관들이 온 정성을 다해 지금까지 일백 번이 넘는 정화 의식을 치렀습니다. 그럼에도 불구하고 호수가 본연의 모습으로 돌아오지 않는 건 아마도 하늘의 뜻이 아닐까 싶습니다.」

하늘의 뜻. 본래는 성스럽기 그지없던 그 말은 이제 무능한 신관들이 가장 즐겨 쓰는 용어로 전락해 버리고 있었다. 지슈카는 터져 나오려는 냉소를 누르며 점잖게 대꾸했다.

「지성이면 감천이라고 했소. 하늘은 스스로 돕는 자를 돕는다고도 하였지. 그것이 진정한 하늘의 뜻이 아니겠소? 마룡들의 탁기 정도도 제대로 정화해 내지 못한다면, 대체 어느 백성이 신관들을 믿고 의지하겠소?」

「송구하옵나이다, 전하. 더욱 혼신을 다해 노력하겠나이다.」

대신관은 빠르게 고개를 숙이며 몸을 사렸다. 하지만 이미 지난 몇 년간의 부실한 행보로, 신관들의 신력이 땅에 떨어졌음은 명백히 입증된 셈이었다.

어떻게 이런 자가 대신관이라는 명망 높은 자리에까지 올랐는지, 지슈카는 도무지 이해할 수 없었다.

1만 년간 온 용족이 마룡들과의 싸움에만 신경 쓰느라 모든 법과 제도와 구멍이 많이 생겨 있었다. 그 틈을 파고들어 사사로운 이득을 취하는 자들은 언제나 존재해 왔고, 불행히도 그런 자들은 특히 고위직에 집중되어 있었다.

더욱이 신전 쪽은 본래부터 황제의 통치와 상관없이 굴러가는 별개의 세계였다. 곪을 대로 곪아 있을 것이 분명했지만, 그 누구도 손댈 수 없는 위치에 군림하고 있다는 것이 더욱 큰 문제였다.

「그리고 한 가지, 지금 천제를 올리는 건 너무 이르다고 생각되오만. 신성한 호수가 아직도 탁기로 그득하니 말이오.」

지슈카는 넌지시 천제에 대한 반대 의견을 비쳤다. 하지만 대신관은 이미 예상했던 듯 매끄럽게 말을 받았다.

「마룡들이 바다에서 자취를 감춘 지 벌써 3년입니다. 온 사해에 평화가 가득하니, 이제는 마땅히 천제를 올려서 만백성의 화합을 도모해야 할 때가 아닙니까.」

우스운 일이었다. 사해의 평화를 가져오는 데 신관들이 기여한 것이 무엇인지 그는 알지 못했다.

이제 마룡들이 바다에서 사라지고 나니 성역의 일에 관여해 나서며 천제 타령을 하는 건, 재빨리 제 몫을 챙겨서 신관들의 권위를 세우겠다는 뜻에 다름 아니었다.

「아직 수호주도 찾지 못했고, 셰이곤도 제거하지 못했소. 마룡의 잔당들은 대륙으로 숨어들어 가 더욱 골치 아프게 되었지. 한데 대신관은 어찌 그리 평화를 장담하시오?」

「그러니 더더욱 천제를 올려서 백성들의 마음을 한데로 모아야 할 게 아닙니까. 황제 폐하께서도 조속히 천제를 치러 하루빨리 성역의 권위가 회복되길 바라고 계십니다.」

「황제께는 내가 말씀드려 보겠소. 황제 폐하의 뜻이 그리 확고하다면, 천제는 그때 가서 준비해도 늦지 않으니.」

지슈카는 그렇게 대화를 일단락 지었다. 더 이상 대신관을 상대하고 있을 시간이 없었다. 곧 정보를 가져온 카린이 북궁으로 찾아들 터였다.

「……하온데 전하. 송구스럽사오나, 혼사 문제는 고려해 보셨습니까.」

금방 나갈 줄 알았던 대신관이 뜬금없이 그 이야기를 꺼내자, 지슈카는 결국 눈살을 찌푸리고 말았다.

「충분히 고려하고 있으니 심려 놓으시오.」

「한시가 급한 상황이니, 천제가 진행되는 동안 성물을 올려 신탁을 받으시지요. 천제 때는 온 용족의 귀감이 되는 뛰어난 여인들이 모두 참석할 것입니다. 그곳에서 바로 신탁을 받아 공표하시면 더욱 뜻깊은 자리가 되지 않겠습니까.」

대신관은 강력히 이야기하며 제 주장을 관철하려 들었다. 지슈카는 더더욱 얼굴을 굳히고 말았다. 본래부터 신관들이 황족과 왕족의 관혼상제를 주관하는 전통이 마음에 들지 않았지만 오늘은 특히 더했다.

「아직 그리 시급한 일은 아니지 않소. 지금은 세이곤을 제거하는 일이 무엇보다 먼저요.」

「용족의 사활이 걸린 문제입니다. 어찌 급하지 않다 하십니까. 이대로라면, 혹여라도 전하께서 갑자기 승하하시는 날엔 용족의 가장 강력한 힘인 세인트드래곤의 혈통이 끊기게 됩니다.」

「그토록 빨리 승하할 일은 없을 터이니 너무 조급해하지 마시오.」

「하오나······.」

「전하. 작전관 카린이 들었습니다. 급한 보고가 있다 하옵니다.」

상황을 지켜보던 휼이 눈치 빠르게 끼어들어 대신관의 말을 막았다. 뭄세스는 그제야 말을 멈추며 공손히 인사하고는 무거운 몸을 거만하게 움직여 천천히 궁을 나갔다.

「신관들 중에 그리 인재가 없던가. 그들의 신력이 이 정도까지 바닥일 줄은 몰랐다.」

문이 닫히기 무섭게, 지슈카가 한숨을 뱉으며 나직이 말했다. 가만히 지켜보던 휼이 조용히 답을 해 왔다.

「어찌 인재가 없겠습니까. 오래도록 견습생으로 머물고 있는 자들 중에 틀림없이 있을 것입니다. 권력에 아첨할 줄 모르니 정식 신관으로 승격하지 못하고 있겠지요.」

「있다 한들 어찌 찾겠는가. 신전은 황제도 어쩌지 못하는 그들만의 성역이 아닌가.」

「필요하시면 제가 은밀히 알아보겠습니다.」

휼이 자신감을 내비치며 확고하게 말했다. 그러고 보니, 그는 본래 신관이 되고자 꽤 오래 수련을 했던 걸로 알고 있었다. 무슨 연유로 중간에 길을 바꾸었는지는 알 수 없지만.

「반드시 필요하다. 합당한 자를 찾는다면 다른 직위를 주어서라도 걸맞는 대우를 하도록 하지.」

지슈카는 흔쾌히 고개를 끄덕였다. 휼의 안목이라면 누구보다 믿을 만했으니까.

「그런데 카린은 왜 들지 않는가.」

그가 의아하게 쳐다보자, 휼이 난감한 얼굴로 머쓱하게 헛기침을 했다.

「아직 도착하지 않았습니다. 대신관이 쉬이 물러갈 것 같지 않아서…….」

「잘하였다. 골치 아프던 참이었으니.」

지슈카는 피식 웃으며 고개를 끄덕였다.

「한데 혼사 문제만큼은 서두르시는 편이 낫지 않겠습니까.」

잠시 고민하는 듯하던 흅이 넌지시 말을 꺼냈다.

「그대도 그리 생각하는가.」

「아무래도 세인트드래곤의 혈통을 잇는 일인지라, 사해의 온 백성이 촉각을 곤두세우고 있으니까요. 1황자, 2황자께서 그리 일찍 승하하지만 않으셨어도…….」

조심스레 말을 이어 가던 흅이 답지 않게 말끝을 흐렸다.

확실히 형님들이 마룡들과의 전투에서 갑작스레 전사하지만 않았더라도, 그가 혈통 문제로 이렇게까지 압박받는 일은 없었을 것이다.

그토록 기대가 컸던 두 형님을 그리 허무하게 잃고서, 황제였던 아비가 미쳐 돌아가기 시작했던 것이 400여 년 전의 일이었다.

과거를 떠올리자 속내가 복잡해졌지만, 지슈카는 흅을 향해 가볍게 웃었다.

「지금은 혼례를 치르고 싶어도 치를 수 없다. 이미 보호의 맹약을 맺은 이가 있으니.」

담담히 흘러나온 그의 말에 흅이 크게 놀란 얼굴을 했다. 늘 무감한 흅이었기에, 좀처럼 볼 수 없는 지극히 당황한 표정이었다.

「예? 하면 더더욱 바로 혼사를 올리시는 것이 합당하지 않겠습니까. 전하께서 마음에 두신 이가 있다면, 그 누구도 이의를 제기하지 못할 것입니다.」

「아니, 혼사가 가능한 상대가 아니다. 맹약도 길어야 1백 년이면 끝이 날 테고.」

지슈카는 조막만 한 그 얼굴을 떠올리며 가만히 미소를 지었다. 하지만 휼의 얼굴엔 당황을 넘어서 경악이 스쳐 가고 있었다.

「하면 설마⋯⋯.」

「그래, 그 아이다. 걱정할 것 없다. 형식은 같으나 반려로서의 맹약은 아니었으니. 순수하게 보호를 맹세한 것일 뿐.」

「어찌 인간에게 그런 맹세를 하셨습니까.」

「내 생명을 구한 아이다. 그 부모의 생명을 빼앗아 기댈 곳 없게 만든 것이 바로 나이고.」

「하지만 드라클이 아니었습니까. 그대로 두었다면 필시 그 아이가 생명을 잃었을 것입니다.」

순순히 진실을 말해 주었으나, 휼은 끝내 그의 맹약이 마음에 들지 않는 듯했다. 결국 휼조차도 세인트드래곤의 혈통에 집착을 가질 수밖에 없는 것일까.

지슈카는 우려 가득한 그의 눈을 똑바로 바라보며 단호히 말해 주었다.

「내가, 지켜 주고 싶었다. 그뿐이다.」

부인할 수 없는 명백한 진심이었다. 소녀를 잃지 않기 위해선 그 외에 다른 어떤 방법도 존재하지 않았으니까.

휼은 더 말이 없었다. 다만 그의 손목에 걸린 팔찌를 굳은 얼굴로 오래도록 눈에 담았다. 7년을 한시도 손목을 떠난 적이 없는 꼬마의 선물, 무지갯빛 바탕에 검은 고래가 수놓아진 소원의 팔찌였다.

※

고색창연한 카를교에 노을이 내려앉고 있었다. 넘실대는 강물 위에 보랏빛으로 번져 가는 아름다운 노을은 그 자체로 동화 속 풍경 같았다.

그림을 그리는 거리의 화가며, 바이올린을 연주하는 무명의 악사며, 다양한 관광객들로 북적이는 카를교는 더없이 낭만적인 분위기를 선사하고 있었다.

해루는 하나둘 켜지기 시작한 황금빛의 조명을 눈에 담으며 부지런히 핸드폰으로 테스트를 계속했다.

점검해야 할 것은 많고도 많았다. 젠이 오류 없이 명확히 응답해 오는지, 모든 장소와 풍경을 제대로 인식하는지, 제휴를 맺은 식당이나 기념품점 같은 곳이 잘 연동되는지 하는 것 등등.

– 유니, 카를교가 점성술로 세워진 다리라는 건 알고 있어요?

카를교에 발을 딛기 무섭게 이어폰에서 젠의 목소리가 들렸다. 자동으로 위치를 인식해 관광 안내를 해 주는 기능이었다.

"응? 점성술로 어떻게 다리를 세워?"

– 다리를 세웠다기보다 점성술이 나름의 역할을 했다는 의미입니다. 원래 이 자리엔 유디트라는 이름의 다른 다리가 있었는데, 1342년에 홍수로 강이 범람해서 그 다리가 붕괴되었죠. 그래서 새로

튼튼한 석조다리를 놓으려고 했는데, 무슨 일인지 놓을 때마다 무너져서 계속 실패했다는 군요.

"아아. 그래서?"

— 당시 왕이었던 카를4세가 고민 끝에 점성술사를 찾아갔는데, 그 사람이 날짜를 하나 주었다고 합니다. 1357년 7월 9일 5시 31분이죠. 그 시간에 딱 맞춰서 초석을 놓았더니, 정말로 다리가 무너지지 않고 무사히 완공되었답니다. 그 다리가 바로 이 카를교입니다. 보시다시피 663년이 지난 지금까지도 끄떡없이 건재하고 있지요.

"뭔가 전설 같은 얘기네. 그게 정말인 거야?"

— 예. 기록도 있다고 해요. 놀라운 건 그 시간을 숫자로 나열해보면 유럽식으로 135797531이라는 좌우대칭 수열이 된다는 겁니다. 마법 같은 숫자죠.

"와. 진짜 신기한 일이네."

그런 얘기를 듣고 나니 낭만적인 이 다리가 또 다르게 보였다. 135797531. 행운의 숫자 같은 그 수열도 저절로 기억에 남았다.

해루는 노을을 배경으로 사진 찍기에 여념이 없는 관광객들을 바라보며 천천히 카를교를 걸었다.

그런데 하루 종일 곁을 걸으며 간간이 말을 건네던 부사장이 갑자기 보이지 않았다. 잠시 화장실이라도 간 걸까.

— 네포무크 동상이군요. 체코에서 가장 존경받는 카톨릭 성인이죠.

주위를 둘러보며 부사장을 찾는데, 젠이 또다시 자동으로 응답해 왔다. 사람들이 잔뜩 모여 있는 조각상 앞을 지날 때였다.

"네포무크?"

― 네. 예전에는 체코 보헤미아 지방의 모든 다리에 네포무크 동상이 서 있었죠. 네포무크는 물의 수호성인으로, 수해를 막아 준다는 믿음이 있거든요.

"사람들이 동상 아래서 뭘 막 만지는데?"

― 동상 아래의 부조를 만지면 소원을 이뤄 준다는 전설이 있어요.

"안타깝게도 사람이 너무 많아서 소원은 못 빌겠어. 그런데 저기는 어디야?"

멀리 보이는 성탑을 폰으로 비추자, 젠이 바로 대답해 왔다.

― 프라하 성입니다.

"저기는?"

― 카를교 뮤지엄이에요.

해루는 미리 적어왔던 메모와 비교하며 젠의 응답을 확인했다. 멀어서 작고 흐릿하게 보이는 풍경인데도 모두 정확히 인식하고 있었다.

"그런데 젠, 근처에 제휴할인 되는 카페 같은 건 없을까?"

해루는 카를교의 한쪽 구석에 주저앉으며 지친 목소리로 물었다. 하루 종일 올드타운을 돌아다닌 터라 다리가 몹시 아팠다. 다행히 목표한 곳들은 모두 다녀서 오늘 일정은 카를교가 마지막이었다.

― 다리 건너서 왼쪽으로 보이는 첫 번째 카페가 제일 가깝습니다. 제휴로 10% 할인이 되고요. 지도를 보여 드리죠

"좋아. 숙소까진 어떻게 가야 돼?"

― 다리 건너서 트램 정류장이 있어요. 지도 보이시죠? 점선으로

표시된 길 안내를 따라가서 22번 트램을 타면 됩니다.

"오케이. 고마워, 젠."

해루는 기분 좋게 고개를 끄덕이며 시간을 확인했다. 벌써 저녁 8시 30분이었다. 오늘 중에 이틀 치 목표량을 다 돌았으니, 내일 하루는 온전히 차 선생을 찾는 데 올인 할 수 있을 것이다.

일이 끝나면 연락을 하라던 륜의 말이 생각나, 해루는 얼른 문자로 위치를 알려 주었다. 그리고 수정해야 할 오류 사항을 폰의 메모장에 간단하게 남겨 두었다.

다행히 그녀의 작업 파트에선 부사장이 지적했던 것 외에 다른 오류는 없었다. 하지만 젠투어 앱 전체적으로는 여러 작업 파트가 맞물리면서 드문드문 충돌이 생기는 것 같았다.

륜에게서 바로 문자가 왔다. 근처에 있으니 곧 오겠다는 내용이었다. 조금 쉬어도 되겠다 싶어서, 해루는 아예 다리 난간에 몸을 기대고 앉아 한가로이 노을 속 풍경을 구경했다.

그런데 북적거리는 소음 속에서 유난히 귀에 걸리는 소리가 있었다. 어디선가 낯익은 노래가 희미하게 들려오고 있는 것 같았다.

- 태양처럼 빛을 내는 그대여. 이 세상이 거칠게 막아서도.

그녀가 사랑하는 그 노래, 버터플라이.

해루는 화들짝 놀라서 저도 모르게 눈을 들어 주위를 두리번거렸다. 누가 음악이라도 틀어놓은 걸까. 한국인들이 선호하는 관광지라 그런지 오가는 사람들 속에서 드문드문 한국말도 들렸다.

하지만 주변에 스피커 같은 걸 든 사람은 없었다. 대신 저만치 앞에서 다가오고 있는 부사장의 모습이 보였다. 양손엔 꽃 모양 아이스크림을 하나씩 든 채였다.

"부사장님, 여기요!"

해루는 얼른 손을 흔들며 그를 불렀다. 그가 웃으며 가까이 다가왔고, 노랫소리는 점점 커졌다.

– 빛나는 사람아. 난 너를 사랑해. 널 세상이 볼 수 있게 날아, 저 멀리.

"많이 덥죠? 조수의 아이스크림 대령입니다."

부사장은 싱긋 웃으며 그녀에게 아이스크림 하나를 건네주었다. 그리고 이내 뒷주머니에서 핸드폰을 빼내 들었다.

그가 누군가와 통화를 시작하자, 노랫소리는 바로 그쳤다. 해루는 그제야 노래의 진원지를 깨달았다. 부사장의 핸드폰 벨소리인 듯했다.

해루는 유창한 독일어로 대화하는 노기아스의 모습을 신기하게 지켜보았다. 여러모로 유능하고 글로벌한 사람이었다. 게다가 이런 건 또 어떻게 찾았을까. 그가 건네준 아이스크림은 장미꽃 모양의 예술작품 같은 아이스크림이었다. 굉장히 예뻐서 먹기조차 아까울 정도로.

"안 먹습니까. 금방 녹을 텐데."

짧게 통화를 마친 그가 가볍게 웃으며 그녀의 곁에 앉았다. 맨바닥에 스스럼없이 앉는 모습이 의외였지만, 몹시 자연스럽게 보였다.

"네. 잘 먹을게요. 그런데 그 노래 많이 좋아하시나 봐요. 핸드폰 벨소리요."

해루는 아이스크림을 한입 베어 물며 신기해서 물었다. 그도 아이스크림을 먹으면서 소탈하게 대답해 왔다.

"여기 클럽에서 우연히 들었는데, 무척 좋더라고요. 그날 바로 검색해서 저장해 뒀죠."

"여기라면, 혹시 프라하에서 들으신 거예요? 한국 노래를요?"

"예. 그날 들은 건 노래가 아니라 피아노 연주곡이었는데, 제목이 몹시 기억에 남았죠. 버터플라이."

"와. 진짜 엄청 신기해요. 저도 그 노래 무척 좋아하거든요. 물론 고음이 안 돼서 잘 부르진 못하지만요."

해루는 함박웃음을 머금으며 기분 좋게 맞장구를 쳤다. 부사장과 같이 다니는 게 부담스러울 줄 알았는데, 뜻밖에도 편안하고 즐거워서 부담 같은 건 하나 느껴지지 않았다.

"나는 노래라기보다 나비를 좋아합니다."

부사장이 푸른 눈을 빛내며 지그시 웃었다. 아름다운 눈이었지만, 가까이에서 보니 은빛은 돌지 않았다. 그 사람의 눈은 북해의 바다처럼 좀 더 차가운 푸른색이었고, 보석 같은 은빛이 섞여 있었던 것 같은데.

"아, 그러시구나. 어떤 나비를 좋아하시는 데요?"

그녀는 신비로웠던 파란 나비를 떠올리며 궁금해서 물었다. 노래 취향이 비슷하니, 나비도 비슷한 종류를 좋아하면 좋겠다는 생각이 들었다.

"그저 나비는 다 좋습니다. 자기의 본래 모습이 뭔지도 모르고 애벌레로 오랜 시간 살아가다가, 고치 속에 꽁꽁 갇힌 번데기 상태로 긴 어둠을 겪어 내는 애틋한 생물이잖습니까."

보랏빛으로 젖어 드는 노을 속에서 부사장이 말했다. 대답은 기대했던 것과 달랐지만, 훨씬 근사하게 들렸다. 그 얼굴에 스민 다감한 미소도 어딘지 아련해 보였다.

그는 계속 말을 이었고, 해루는 열심히 귀 기울였다.

"결국 그 오랜 고난을 이겨낸 극소수의 나비들만이 진정한 나비로 거듭나게 되죠. 그 노래의 의미도 그런 것이 아니던가요. 긴 어둠에 굴하지 말고 마침내 찬란한 나비로 날아오르라는."

"와, 정말 그런 것 같아요. 해석이 너무 멋진데요."

해루는 진심으로 동의하며 크게 고개를 끄덕였다. 부사장은 나비의 얘기를 하고 있었지만, 마치 그 자신의 이야기를 하는 것 같기도 했다.

그 순간 강바람이 갑자기 세차게 불어들었다.

질끈 묶었던 머리가 느슨해지나 싶더니, 금세 헐렁하게 풀어져 어깨 아래로 흘러내렸다. 엉망으로 흩날리는 머리를 적당히 넘기며 바닥에 떨어진 머리끈을 주워 들었지만, 이미 고무줄이 끊어져서 쓸 수 없게 되어 있었다.

"해루 씨도 곧 나비가 되겠군요."

그가 바람에 흩날리는 그녀의 머리카락을 넘겨 주며 말했다. 어쩐지 그 손길이 어색하게 느껴져, 그녀는 조금 옆으로 물러나 앉았다.

"그런가요? 저는 이미 근사한 나비가 된 것 같은데요. 벌써 훨훨 날고 있다고요."

해루는 싱긋 웃으며 말했다. 이만하면 충분히 화려한 나비가 아닐까. 아버지의 산삼밭도 망치지 않고 잘 가꾸고 있었고, 그토록 갖고 싶었던 자유로운 직장도 가졌다. 게다가 산밖에 모르던 오지 생활에서 이렇게 외국까지 나와 볼 기회도 여러 번 얻지 않았는가.

"아마 훨씬 더 근사해질 겁니다."

부사장이 진지한 얼굴로 가만히 그녀를 들여다보며 말했다.

"아……. 그러면 정말 좋긴 하겠네요."

해루는 조금 당황해서 쑥스럽게 웃으며 아이스크림을 덥석 베어 물었다.

굳이 더 근사해지고 싶은 생각까진 없었다. 이대로도 충분히 좋았으니까. 어차피 부사장이나 륜 정도의 실력은 넘사벽이라 꿈꾸기도 힘들었다.

그저 차근히 실력을 쌓아서 오래오래 이 회사에서 근무할 수 있으면 그걸로 족했다. 더 바라는 것이 있다면 오직 유주를 찾는 것뿐.

달콤한 아이스크림이 시원하게 입에서 녹았다. 다리 위를 오가는 사람들도 모두 행복해 보였다. 팔짱을 낀 연인들이며, 엄마의 손을 잡고 아빠의 목마를 탄 어린아이들, 우르르 모여서 사진을 찍는 활기찬 모습의 여행객들까지도.

그런데 신비로운 노을 때문에 환상 같은 게 보이는 걸까.

다리를 지나는 몇몇 사람에게서 희미한 붉은 연기 같은 게 보였다. 어깨에서 번져 나오는 사람도 있었고, 등에서 번져 나오는 사람도 있었다. 하지만 모양은 모두 비슷해 보였다. 오각의 별 모양에 짐승의 머리뼈 같은 것이 합쳐진 특이한 모양이었다.

해루는 피로한 눈을 비비며, 눈꺼풀에 힘을 주어서 몇 번 감았다 떴다. 하지만 사람들에게서 보이는 붉은 연기는 여전히 사라지지 않았다.

그러다 문득 그 문양이 낯익은 것 같다는 생각이 들었다. 분명 본 기억이 있었다. 그래, 오래전 엄마 아빠의 목 아래에서.

그 기억이 떠오르자, 갑자기 섬뜩해져서 소름이 돋았다. 생각해 보면 그런 것이 보이고 얼마 안 되어서 엄마 아빠가 돌아가셨었다. 관련이 있는지 없는지는 몰라도, 아예 상관없게 생각되지는 않았다. 저것이 대체 뭐기에.

"해루 씨, 괜찮으면 저녁 식사 같이 안 할래요?"

부사장이 친절한 목소리로 묻고 있었다. 해루는 그제야 정신이 들어서 그에게로 시선을 돌렸다. 뭐라고 말해야 기분이 안 상할까를 고민하다 멋쩍게 대답했다.

"그게······. 말씀은 감사한데요, 오늘은 좀 힘들겠어요. 프라하까지 함께 온 일행이 있거든요. 일 끝나고 곧 만나기로 해서요."

"아쉽군요. 아까 말했던 클럽에서 버터플라이 연주곡을 들려주고 싶었는데. 식사도 되는 곳이거든요."

부사장이 아쉬운 얼굴로 싱긋 웃었다. 그런 곳은 가 본 적이 없었기에, 해루는 신기한 마음으로 감탄을 표했다.

"와. 굉장히 근사할 것 같아요. 어딘지 알려 주시면 꼭 가 볼게요."

"알려 줘도 입장은 힘들 겁니다. 비공개로 운영되는 회원제 클럽이라. 다음에 기회가 되면 함께 가죠."

"네. 다음에 꼭이요."

해루는 그의 친절에 감사하며 기꺼이 고개를 끄덕였다.

띠리링 띠링.

기다리던 핸드폰 벨이 울린 것은 그때였다. 해루는 주위를 두리번거리며 서둘러 전화를 받았다. 륜이 거의 다 와있는 것 같았다.

"어, 륜. 오고 있어?"

─ 카를교 건너고 있어. 다리 중간쯤에 있다고?

"응. 기념엽서 파는 노점 옆에."

─ 저기 보이네. 너도 보여?

"어. 선글라스가 완전 눈에 확 띄어."

해루는 저만치 멀리서 걸어오는 그를 발견하고 반갑게 손을 흔들었다. 그리고 부사장을 향해 서둘러 인사를 건넸다.

"부사장님. 저는 이만 가 봐야 할 것 같아요. 일행이 와서요. 오늘 정말 감사했습니다. 조수 역할도, 아이스크림도요."

"나도 고마웠어요. 그런데 좀 다르게 부르면 안 됩니까. 야스. 다들 애칭으로 그렇게 부르는데."

그가 부드럽게 웃으며 말했다. 해루는 순순히 고개를 끄덕이며 어색하게 그 이름을 입에 담았다.

"아…… 네, 야스."

"좋군요. 다음 테스트는 모레라고 했죠? 프라하 성, 황금소로, 스트라호프 수도원."

"와. 그렇게 다 기억하실 줄은 몰랐어요."

그가 이후까지 신경 쓸 줄은 몰랐기에 해루는 조금 놀랐다. 부사장은 아무렇지도 않게 웃으며 당연하게 말했다.

"조수가 그 정도도 기억 못하면 되겠습니까. 그럼 모레 또 봅시다. 조심해서 가요."

"네, 부사장님도 안녕히 가세요."

정중히 고개를 숙이는데, 그가 슬며시 눈썹을 치켜 올리며 한 마디 했다.

"야스."

"아…… 그렇죠, 야스."

그는 그제야 흡족하게 웃으며 손을 흔들어 주었다. 해루는 그에게 한 번 더 고개를 숙이고 륜을 향해 걸었다. 노기아스와 마주치는 것이 내키지 않았는지, 륜은 아까의 그 위치에 그대로 머물러 있었다.

신비로운 노을이 가득했던 하늘에 어둠이 번져 들고 있었다. 강을 떠가는 유람선에 노란 불빛이 환하게 밝혀지고 있었다. 해루는 기분 좋게 웃으며 서둘러 인파를 헤치고 지났다.

"륜!"

빠르게 걸어가며 반갑게 그를 불렀지만, 륜은 무슨 일인지 듣지 못한 듯했다. 한 곳에 시선을 고정한 채 돌아보지도 않았다.

"륜?"

그의 어깨를 툭 치는 순간, 맞은편에서 전혀 예상치 못했던 낯익은 얼굴이 보였다.

금갈색 머리에 금갈색 눈을 한 아름다운 여자, 카린이 누군가와 함께 있었다. 선글라스를 껴서 얼굴은 제대로 보이지 않았지만, 키가 몹시 큰 검푸른 머리의 남자였다.

청명한 강바람이 시원하게 머리를 스치고 지났다. 어둠을 밝힌 금빛 가로등이 동화처럼 몽환적인 분위기를 자아내고 있었다.

그 순간 왠지 모르게 이마가 간지러웠다. 정체를 알 수 없는 묘한 두근거림이 가슴에 아스라하게 찾아들었다.

6. 검은 고래의 속삭임

고고히 흐르는 블타바강에 노을이 지고 있었다. 강을 떠가던 백조 떼가 푸드덕 소리를 내며 노을 속을 날아올랐다.

지슈카는 카를교 아래의 캄파섬에 있었다. 카린의 보고를 받기 무섭게 채비를 갖추고 프라하로 이동해 온 참이었다.

「확실히 검은색이군.」

강변에 뿌려 두었던 추적사追跡沙를 살피며, 그가 나직이 입을 열었다.

「예. 마기가 닿았던 것이 분명합니다.」

카린이 심각한 얼굴로 고개를 끄덕였다.

추적사는 무색투명한 입자의 고운 모래로, 주위에서 영력이 발생하면 그와 반응해 색이 변하는 특성이 있었다.

영력의 종류에 따라 빨주노초파남보의 다양한 색을 띠지만, 마기가 닿으면 무조건 검은색을 띠었다. 물론 인간의 시각으로는 느낄 수 없는 색이었다.

인간의 몸에 숨어든 마룡은 마기가 밖으로 드러나지 않아서, 용안으로도 놈들의 식별이 불가능했다.

더구나 무슨 방법을 쓰는지는 몰라도, 작금의 마룡들은 몸의 독기와 펜타스컬의 마기까지 감출 정도로 한층 진화해 있었다.

그래서 택한 것이 추적사였다. 놈들이 지하 깊숙이에 꽁꽁 틀어박혀 있기만 한다면 몰라도, 지상에서 무언가를 하려한다면 피치 못하게 마기가 새어 나오는 순간이 존재할 수밖에 없으리라 판단했기 때문이었다. 그리고 그 판단은 틀리지 않았다.

「변화가 나타난 곳이 세 군데라 하였나?」

「예. 캄파섬과 명사수의 섬, 프라하 6지구의 호숫가입니다. 세 곳 모두 군사들이 평범한 인간 차림으로 매복 중입니다.」

「알겠다. 당분간은 프라하에 머물면서 상황을 지켜보도록 하지.」

지슈카는 그렇게 말하며 강변에서 일어섰다.

군사들을 잠입시켜 프라하 전역에 추적사를 뿌려 둔 것이 벌써 한참 전이었다. 그리고 반응은 오늘에야 나타났다.

생각보다 늦긴 했지만, 지하 깊이 숨어들었을 마룡들이 서서히 땅위로 나오고 있다는 뜻이었다.

「그리 오래 북해빙성을 비우셔도 괜찮겠습니까.」

걷기 시작한 그의 곁을 따라붙으며 카린이 물었다.

「고작 며칠이다. 이런 때를 대비해 북해의 사정에 능통한 페르망을 재상으로 임명해 둔 것이고.」

「처음부터 이곳에 머무실 생각이셨군요. 인간의 차림을 하셨을 때 눈치챘어야 하는 건데.」

카린이 이제야 그의 모습을 유심히 눈에 담으며 말했다.

「훌의 작품이다. 인간의 옷은 예나 지금이나 불편하기 그지없군.」

지슈카는 무심히 대꾸했다. 훌이 구해 온 셔츠에 점퍼를 걸치고, 평범한 인간 남자들처럼 머리까지 짧게 잘랐다. 낯선 모습이 썩 마음에 들진 않았지만, 인간 세상에서 편하게 머무르려면 그들처럼 행세하는 게 제일이었다.

「어색한 곳은 없는가.」

「잘 어울리십니다. 한데 눈은 가리시는 편이 좋겠습니다. 틀림없이 인간들의 이목을 끌 테니.」

카린이 가방에서 선글라스를 꺼내 용력으로 조금 변형을 시켰다. 그리고 그에게 건네주었다.

「햇볕을 가리는 안경입니다. 조금 어둡긴 하겠지만 눈빛은 덮어 줄 것입니다.」

「선글라스 정도는 알고 있다. 그간 대륙의 문물들도 제법 익혀 두었고.」

「예. 바로 비블리체 성으로 가시겠습니까.」

「아니, 잠시 걷고 싶다. 이곳의 노을을 보는 것이 400년 만이니.」

지슈카는 보랏빛으로 물들어가는 하늘을 바라보며 카를교로 연결된 계단을 올랐다.

고풍스러운 양식의 카를교는 400년 전이나 지금이나 크게 달라진 것이 없었다. 이전엔 없었던 수십 개의 조각상이 들어선 것과, 다리 양쪽에 높이 세워진 교탑에서 통행료를 받던 관행이 사라진 것 정도가 달라진 점이랄까.

물론 다리 위의 풍경은 많이 변했다. 예전엔 마차가 달리고 화약총을 든 군사들이 행진하던 이곳은 이제 사진을 찍거나 거리 공연을 구경하는 다양한 관광객들로 북적이고 있었다.

흰 돛을 단 범선이 떠다니던 강에는 화려한 조명을 밝힌 현대식 유람선이 유유히 물결을 가르고 있었다.

하지만 지금도 변함없이 그때와 같은 강물이 흐르고 그때와 같은 노을이 졌다. 약초 다발을 한 가득 손에 쥔 붉은 머리의 소녀가 여전히 그 자리에서 그를 기다리고 있을 것처럼.

지슈카는 천천히 다리를 걸었다. 강 건너에 펼쳐진 붉은 지붕의 집들과 높이 솟은 첨탑들, 여전히 그 자리를 지키고 있는 프라하성이 잊혔던 옛 추억을 아스라이 불러들이고 있었다.

"와. 진짜 엄청 신기해요. 저도 그 노래 무척 좋아하거든요."

문득 시끌벅적한 소음 속에서 익숙한 목소리가 귀를 파고든 것은 그때였다.

그는 일순 걸음을 멈췄다. 본능적으로 움직인 시선이 자연스레 그쪽으로 향했다. 길고 긴 다리의 저편 멀리, 돌난간에 편안히 기대앉은 해루의 모습이 보였다.

보기 좋게 햇볕에 그을린 건강한 피부, 머리를 질끈 묶어 더욱 조막만 해 보이는 동그란 얼굴. 반짝이는 까만 눈동자에 연신 웃음이 차오르고 있었다.

지슈카는 무심결에 흘러드는 미소를 머금은 채로 그 모습을 가만히 지켜보았다. 아이스크림을 베어 물며 나비 이야기를 꺼내는 그 얼굴이 못내 즐거워 보였다.

「해루군요. 일 때문에 온다고 하긴 했었는데 여기서 볼 줄은 몰랐네요.」

곁으로 다가든 카린이 그의 시선 끝을 응시하며 반갑게 말했다.

「저 남자는 누구지?」

「글쎄요. 그것까진 저도 모르겠습니다.」

지슈카는 해루의 곁에 바짝 붙어 앉은 푸른 눈의 남자를 유심히 눈에 담았다.

부드러운 눈매에 서글서글한 인상을 지닌 남자였지만, 묘하게 경계심을 불러일으키는 데가 있었다. 해루를 대하는 태도가 곰씨나 륜과는 한참 다르게 느껴졌기 때문이다.

「해루에게 봄이 오는가 보군요. 하긴, 벌써 스물다섯이니 봄도 한참 늦게 찾아든 봄이죠.」

남자의 행동을 눈여겨보던 카린이 싱긋 웃으며 말했다.

「봄이라니.」

「모르시겠습니까. 저 남자, 해루한테 관심이 무척 많아 보이는데요. 나비 얘기도 왠지 작업처럼 들리고.」

「작업?」

「연애를 건다, 뭐 그런 뜻입니다. 인간들은 보통 저렇게 시작하죠. 대륙의 문물을 제법 익히셨다면서요.」

가볍게 핀잔을 던진 카린은 이내 둘에게로 시선을 돌리며 흥미롭게 웃었다. 하지만 지슈카는 웃지 못했다. 저도 모르게 미간을 구기며 눈을 가늘게 떴다.

연애라. 하나 이상할 것 없는 일이었다. 남자와 여자가 만나 인연을 맺는 건 자연스러운 이치였고, 해루 또한 그에게나 꼬마였지 인간의 나이로는 이미 성숙한 여인이었다.

마음에 맞는 반려를 만난다면 언젠가는 혼사를 치르고 저를 닮은 아이도 가지게 될 것이다. 하지만…….

갑자기 불편해 오는 심경에 지슈카는 괜스레 선글라스를 고쳐 쓰며 턱을 쓸었다.

언제나 꼬마라고만 생각했을 뿐 그 이상은 생각해본 적이 없었기 때문이다. 왠지는 모르겠지만, 그 꼬마가 누군가와 부부의 연을 맺는다거나 아이를 가진다거나 하는 보편적인 미래조차 단 한 번을 그려본 일이 없었다.

어쩌면 당연한 일이었다. 꼬마가 백 년을 살아 꼬부랑 할머니가 된다 한들 그에게는 여전히 꼬마일 테니까.

그 순간 강바람이 세차게 불어들었다. 그 바람은 멀리 보이는 노을 속의 꼬마에게도 날아들어서, 꽁꽁 묶였던 머리를 거칠게 풀어 헤치며 요란하게 지났다.

칠흑같은 머리가 어깨 아래로 쏟아지며 우아한 곡선을 이뤘고, 이내 커튼처럼 바람에 흩날리며 작은 얼굴을 부드럽게 감쌌다.

당황한 듯 머리를 감아쥐는 해루의 어깨 위로 사그라져가는 마지막 햇빛이 아스라한 흔적을 남기고 있었다.

그 모습이 못내 사랑스러웠다. 그렇게 느끼던 순간 지슈카는 저도 모르게 숨을 삼켰다. 주위를 흐르는 공기가 먹먹해지고 어느새 북적이던 소음도 잊혀 갔다. 보랏빛 노을에 잠긴 몽환적인 세상 속에서 오직 조막만한 그 얼굴만 또렷하게 보였다.

그리고 왜였을까. 갑자기 심장이 어지럽게 요동을 치기 시작했다.

머리를 쓸어 넘기는 가느다란 손가락이, 당황한 듯 뺨에 스민 아련한 홍조가, 작게 벌어진 장밋빛의 말간 입술이 그저 여느 때의 꼬마처럼 보이지 않았다. 여유롭게 뛰던 심장에 팽팽한 긴장이 밀려들었고, 목에선 전에 없이 타는 듯한 갈증이 일었다.

"해루 씨도 곧 나비가 되겠군요."

일렁이는 바람을 타고 남자의 목소리가 흘러들었다.

그가 해루에게로 손을 뻗으며 바람에 흩날리는 머리카락을 넘겨 주고 있었다. 몸이 닿을 듯 몹시도 가까운 거리였다. 마디 굵은 손가락이 스스럼없이 작은 이마를 지나고, 동그란 귓바퀴를 자연스레 스쳤다.

지슈카는 굳은 얼굴로 그 모습을 날카롭게 지켜보았다. 남자의 행동이 못내 거슬려 눈에서 불꽃이 튀는 것만 같았다.

그녀에게서 놈을 떼어 내려 성큼 걸음을 옮기다가, 문득 스스로가 과했음을 깨닫고 그 자리에 우뚝 멈췄다. 하지만 까닭 없이 치솟기 시작한 남자에 대한 반감은 쉬이 가라앉지 않았다.

남자가 무어라 말했고, 해루가 부드럽게 웃으며 머리를 쓸어 넘겼다. 대화가 계속 오갔으나 이미 그의 귀엔 제대로 들려오는 것이 없었다.

흩날리는 머리에 드러났다 사라지기를 반복하는 동그란 귀가, 하얀 목덜미가, 노을에 물든 화사한 미소가, 마치 마법이라도 거는 것처럼 연신 그의 눈길을 사로잡았다.

「……전하?」

갑자기 카린이 의아하게 부르며 눈을 마주쳐왔다. 지슈카는 그제야 정신이 들어 황급히 표정을 갈무리했다.

「그래, 무슨 일인가.」

「못 들으셨습니까. 드라클이 오늘따라 유난히 많아 보인다는 말씀을 드렸습니다만.」

「듣고 보니 그런 것도 같군.」

다리 위에서 감지되는 드라클의 숫자만도 벌써 셋이었다. 감각을 프라하 전역으로 넓혀 보니 곳곳에서 움직이는 숫자가 일백이 넘었다.

잠시 침묵을 지키던 카린이 심각한 얼굴로 말해 왔다.

「프라하 내의 드라클은 군사들이 발견 즉시 족족 처리하고 있는데도 이 상황인 걸 보면, 어디선가 계속 이곳으로 모여들고 있다고 보아도 무방할 것 같습니다.」

「드라클이 유달리 집중되는 장소들은 파악해 보았는가.」

「대략 12곳 정도 됩니다. 모두 군사들이 잠입해 있고요. 하지만 피가 거래되는 것 외에 더 의심스런 상황은 없었습니다. 마룡들이 특별히 개입해 있는 것 같지도 않고요.」

「알겠다. 더 지켜보도록 하지. 한데…….」

지슈카는 뭔가를 더 물어보려다 갑자기 할 말을 잊고 말았다. 뜻밖의 광경이 시야에 들어왔기 때문이었다.

"륜!"

얼굴에 환한 웃음을 머금은 해루가 이쪽으로 달려오고 있었다. 등에는 대롱거리는 백팩을 멘 채로, 북적거리는 인파를 요령 좋게 헤치며 어느새 바로 눈앞까지 다가들었다.

정신이 어디에 팔렸었는지, 그 목소리를 듣고서야 륜이 근처에 있다는 걸 알았다. 그들이 서 있는 다리의 바로 맞은 편, 고작 10걸음도 안 되는 거리였다.

무슨 일인지 륜은 이쪽을 응시하며 꼼짝도 없이 서 있었다. 그는 오랫동안 륜을 보아 왔지만, 륜 쪽에선 그를 알아볼 리 만무한데도.

아니, 그를 보고 있는 것이 아니었다. 하면 카린을 보고 있었던 것일까.

"와! 카린 씨!"

륜의 뒤에서 얼굴을 내민 해루가 카린을 알아보고 반갑게 그녀를 불렀다. 이렇게 마주친 것이 놀랍다는 듯 눈을 동그랗게 뜨더니, 이내 기분 좋게 함박웃음을 지었다.

"세상에. 여기서 카린 씨를 딱 만날 줄은 몰랐어요. 일하는 중이세요?"

"아뇨. 저녁 먹으러 가려고요."

"어머, 혹시 데이트 중이신 거예요?"

"안타깝게도 아닙니다. 우리 호텔 이사님이세요."

카린이 어깨를 으쓱하며 적당한 말로 둘러댔다.

해루가 궁금한 얼굴로 그를 잠시 눈에 담았다. 그리고는 미소를 지으며 가볍게 고개를 숙였다.

"아아. 안녕하세요."

『안녕하세요.』

그는 모른 척 체코어로 인사를 건넸다. 그 순간 선글라스 너머로 해루가 길게 눈을 마주쳐 왔다. 검은 렌즈에 가린 그의 눈이 보일 리 없건만, 무언가 확인하고 싶은 듯 한참이나 그를 살폈다.

"저기, 이거 우리 호텔 초대권이에요. 시간 되면 하루 묵었다 가요. 음악 축제 기간이라 이벤트도 꽤 있거든요."

카린이 가방에서 장밋빛의 화사한 봉투를 꺼내 해루에게 건네주었다.

"와. 감사해요. 꼭 가 볼게요."

해루는 몹시 기쁜 듯 봉투를 받아 쥐며 활짝 웃었다. 그리고 또다시 머뭇머뭇 그를 쳐다보았다. 핸드폰을 들고서 잠시 무얼 하는가 싶더니, 그를 바라보며 조심스레 입을 열었다.

『실례지만, 이사님.』

그녀가 건네 온 말은 체코어였다. 폰에서 언어를 검색했던 것일까.

되도록 대화는 피하고 싶었지만 그냥 흘려버리기도 난감한 상황이 되어버렸다. 지슈카는 마지못해 입을 열었다.

『예.』

『저기, 혹시 어디서 뵌 적이 없으실까요? 제가 아는 분과 분위기가 많이 닮으신 것 같아서요.』

폰을 확인하며 더듬더듬 말을 건네는 작은 입술이 조금 떨렸다. 혹시나 하는 기대로 반짝이는 까만 눈동자가 안타깝게 느껴지기도 했다.

『아니, 없습니다. 착각이겠죠.』

마음이 다소 흔들렸지만, 지슈카는 냉랭하게 대꾸했다.

카린이 그의 말을 한국어로 전달해 주었고, 까만 눈동자에 이내 실망이 어렸다. 그 모습이 무겁게 가슴을 파고들었다.

『그럼 혹시, 성함이라도 알려 주실 수 없을까요?』

표정을 갈무리하던 해루가 또다시 물었다.

지슈카는 잠시 침묵을 지켰다. 카린이 끼어들어 뭐라도 해 주길 바랐건만, 그녀는 말없이 그를 응시하고만 있었다. 륜은 대화와 상관없다는 듯 한 걸음 뒤에 멈춰 선 채로, 묵묵히 상황을 지켜볼 뿐이었다.

　결국 그는 어렵게 입술을 뗐다.

　『……지슈카.』

　낮게 흘러나온 그의 말에, 해루가 가만히 고개를 끄덕였다. 그 이름을 기억하지 못할 것은 분명했으나, 왠지 모르게 확신은 서지 않았다.

　해루는 더 말하지 않았다. 아무 감정도 보이지 않는 그 얼굴에 처음으로 속을 알기가 힘들었다.

　『궁금한 게 풀렸으면 이만 가 봐야겠군요. 시간이 너무 늦어서.』

　지슈카는 무감하게 말하며 바쁜 척 손목을 들어 시계를 바라보았다. 카린은 그제야 빙긋 웃으며 끼어들어 해루에게 인사를 건넸다.

　"해루 씨, 이사님이 많이 바쁘셔서 이만 가자시는군요. 그럼 구경 잘 해요. 일도 잘 하고."

　"네. 초대권 정말 감사해요. 좋은 시간 보내세요."

　해루는 환하게 웃으며 그들을 향해 손을 흔들었다. 하지만 표정에선 풀리지 못한 무언가가 여전히 남아 있는 듯 보였다.

　지슈카는 아쉽게 찾아드는 미련을 털어 버리며 그녀에게서 천천히 등을 돌렸다. 그리고 성큼성큼 걸음을 옮기기 시작했다.

　「어차피 속이실 거, 다른 이름을 말씀하시지 그러셨습니까.」

곁을 걷던 카린이 복잡한 표정을 지으며 말해왔다.

「······생각나는 이름이 없었다.」

「그 아이를 더 이상 꼬마로 볼 수 없게 된 건 아니십니까.」

「그리 보였나.」

「8천 년을 허투루 산 건 아니니까요. 걱정된다 말씀드리면 주제넘다 하시겠습니까.」

「나는······.」

지슈카는 더 말하지 못했다. 갑자기 달려든 따뜻한 무언가에 손목이 덥석 붙들렸기 때문이었다.

해루였다. 말도 없이 무작정 그의 손목을 잡아챈 채로 절박하게 무언가를 확인하고 있었다.

무례한 행동에 그는 잠시 당황했으나 그 손을 뿌리치지는 못했다. 작은 손에서 밀려드는 온기에 심장이 요동을 쳤다.

『무슨 일입니까.』

굳은 얼굴로 묻는 그를 해루가 천천히 올려다보았다. 실망 가득한 그 얼굴에 가슴이 후벼 파듯 쓰라려 왔다.

그는 묵묵히 그녀의 손을 밀어냈다. 그제야 스스로의 돌발 행동을 깨달은 듯, 해루가 다급히 그의 손을 놓았다.

"아아······. 죄, 죄송합니다."

그녀는 풀이 죽은 얼굴로 고개를 숙이며 정중히 사과했다. 뒤로 천천히 물러나며 카린에게도 미안한 듯 고개를 숙였다. 언제나 또렷하던 까만 눈동자가 크게 흔들리고 있었다.

"야, 윤해루. 너 오늘 왜 이래."

뒤늦게 달려온 륜이 해루의 어깨를 감싸며 걱정스러운 얼굴로 말했다. 그리고 괜한 질책이 나오기 전에 그녀를 보호하듯 먼저 그들에게 고개를 숙이며 해루를 돌려세웠다.

지슈카는 룬에게 이끌려 멀어지는 해루의 뒷모습을 묵묵히 바라보았다. 커다란 백팩을 둘러멘 작은 등이 점점 더 작아지고, 밀려드는 인파에 가려서 보이지 않을 때까지, 그 자리에 우뚝 멈춰 선 채로 발을 떼지 못했다.

"근데, 너 뭐 한 거냐? 처음 보는 사람한테."

멀리까지 촉각을 곤두세운 귀에 룬의 목소리가 흘러들었다.

"……고래가 없어. 꼭 있을 줄 알았는데."

해루의 목소리가 침울하게 울렸다.

"인마, 고래를 찾으려면 바다를 가야지, 쓸 데 없이 웬 남자 손목은 덥석 잡고 그래? 오해 사기 딱 좋게."

"그런 게 아니라, 있어야 맞다고. 이름도 분명 Z로 발음했고, 목소리도 그렇게 비슷한데 왜……."

"뭔지는 모르겠지만 안 비슷한 게 나아. 그 남자 좀 재수 없더라고. 거만하게 목소리 쫙 깔고. 지가 무슨 왕이야? 이 오빠는 반댈세."

곁에 서 있던 카린에게서 낮은 웃음소리가 들렸다. 그녀 또한 그들의 목소리를 듣고 있었던 모양이었다.

「나쁜 인상을 심으실 생각이었다면 성공하신 모양이네요.」

「그대는 기분이 좋아 보이는군.」

「아뇨. 그저 룬이 생각보다 재미있는 사람 같아서……. 이제 성으로 가시죠.」

카린은 언제 웃었냐는 듯 표정을 말끔히 지우며 먼저 걸음을 옮겼다.

지슈카는 다리 너머로 멀어진 해루의 흔적을 확인하며 손목을 가볍게 문질렀다. 용력으로 감춰두었던 팔찌가 그제야 선명하게 모습을 드러냈다.

"……지슈카."

문득 까마득히 멀리서 목소리가 들렸다. 가슴에 울려드는 맑은 목소리. 해루가 그의 이름을 불러 보고 있는 듯했다.

그는 저도 모르게 감각을 더욱 넓게 펼쳤다. 그리고 은연중에 신경을 곤두세웠다. 하지만 다시 들려오는 목소리는 없었다. 한 번쯤은 더 불러 주지 않을까 생각했건만.

공간 이동을 위해 인적이 없는 곳으로 향하며, 그는 애꿎은 팔찌만 손가락으로 톡톡 건드렸다.

무지갯빛 바다가 손목에서 일렁거렸다. 앙증맞게 꼬리를 세운 까만 고래가 그를 향해 웃고 있었다. 그리고 바람이 불었다. 달콤한 장미 향기를 머금은 5월의 봄바람이었다.

※

노트북 화면에서 CCTV 영상이 빠르게 움직였다. 변함없는 풍경 속에서 쉴 새 없이 차가 지나고 사람들이 바뀌었다.

해루는 웅웅 울리는 머리를 누르며 신경을 집중해 차 선생의 모습을 찾았다. 하지만 밤을 새워 가며 꼬박 20시간을 돌려봤음에도 불구하고 아직까지 큰 진전은 없었다.

오랜 시간 모니터를 들여다봐서 그런지 몸 상태가 별로 좋지 않았다. 머리가 계속 아프고 속도 울렁거렸다. 거기에 자꾸만 떠오르는 어젯밤의 기억도 한몫을 했다.

'아니, 없습니다. 착각이겠죠.'

냉랭하던 그 남자의 목소리가 끊임없이 머릿속을 맴돌았다. 선글라스 아래로 보이던 우아한 얼굴은 몹시 날카로웠고, 태도나 말투에선 귀찮다는 분위기가 한껏 묻어났었다.

아마도 착각이 맞을 것이다. 정말로 그 사람이었다면 그렇게 모른 척할 리 없었을 테니까. 단호하게 손을 밀어내던 그 손길에선 차가움만 뚝뚝 묻어났었다. 하지만…….

지슈카.

그 이름을 들었을 때 왜 그렇게 심장이 뛰었을까. 눈앞에 오래전의 눈보라가 스쳐 가는 것만 같았고, 진주 핀을 꽂아 주던 세심한 손길도 떠올랐었다.

그래서 그 사람이 맞을 거라 무작정 확신해 버렸다. 눈부신 빛 속에서 그녀를 끌어안고 소중한 사람이라 말해 주던 그 사람이 틀림없을 거라고.

실망은 그래서 더더욱 컸다. 그 사람을 제대로 마주하기만 한다면 반드시 알아볼 수 있을 거라 믿었으니까. 착각 같은 건 절대 하지 않을 자신이 있었으니까.

머리가 점점 무겁게 내려앉았다. 해루는 멍해지는 정신을 다잡으며 다시 영상에 집중했다. 지금은 그런 걸 신경 쓸 때가 아니었다. 7년 만에야 겨우 유주를 찾을 수 있을 지도 모르는데.

"뭐 더 찾은 건 없어?"

식탁 맞은편에서 노트북에 집중하던 륜이 물었다. 그녀를 흘끗 보며 기지개를 켜더니, 빈 잔에 또 커피를 따랐다. 아무리 커피를 좋아하는 그라지만 밤새 마신 커피만 1리터가 넘을 듯했다.

"아니, 아직."

자신 때문에 고생하고 있는 륜에게 미안해, 해루는 더욱 화면에 집중하며 말했다.

실력 좋은 해커답게, 륜은 별 문제 없이 그 부근의 CCTV를 12개나 해킹해 왔다. 하지만 블로거가 사진을 찍은 날짜가 불확실한 게 문제였다. 녹화본을 계속 돌려보고 있었지만, 이미 한 달 전 것들까지 확인했음에도 차 선생을 닮은 남자는 보이지 않았다.

"차 선생에 대해서 뭐 더 떠오르는 건 없어? 특이한 취향이라거나, 특징이라거나."

륜이 커피를 물처럼 벌컥벌컥 마시며 말했다.

보기만 해도 속이 쓰려 오는 것 같아, 해루는 슬며시 자리에서 일어났다. 냉장고를 열어서 빵과 체리를 꺼내며 미안하게 말했다.

"나도 더 생각났으면 좋겠는데, 전에 얘기한 게 전부야. 피 검사한다고 매번 장비 가방을 메고 왔고, 영국 과자 같은 것들 사 오고. 의료 쪽은 진짜 해박해서 정말로 의사 같았고, 생물에 대해서도 모르는 게 없었고."

"유주 데려가던 날 더 기억나는 건."

토스터기에 빵을 넣는데 륜이 또다시 물었다.

"그것도 전에 다 얘기했을걸. 유주한테 진주 같은 게 생겼는데, 그게 되게 특별한 것처럼 말했다는 거. 분명히 풍요롭게 살게 될 거라고 했었고. 내가 들은 건 그게 전부야."

"그 진주란 게 대체 뭔지를 모르겠단 말이지. 몸에 뭔가가 생겼으면 검사에 다 나왔을 거 아냐. 병원을 8년이나 다녔다면서."

"응. 그러니까."

그녀에겐 그 진주가 생기지 않아서 실패작이 되었다는 얘기는 차마 하지 못했다. 그저 유주가 그런 특별한 걸 가지고 있는 만큼, 차 선생이 어떻게 하지는 않았을 거라는 희망만 간신히 붙들고 있을 뿐이었다.

구운 빵과 체리를 식탁에 올려놓자, 륜은 바로 체리부터 한 움큼을 집어 들었다. 앵두 먹을 때 하던 습관처럼 체리도 여러 개를 한꺼번에 입에 넣었다. 그런 류의 과일을 좋아하는 그는 특이하게도 씨까지 뱉지 않고 모두 먹었다.

해루는 체리를 하나 입에 넣으며 다시 영상에 집중했다. 그러다 갑자기 등장한 남자의 뒷모습을 발견하고 저도 모르게 숨을 멈추고 말았다.

그 남자였다. 차 선생을 꼭 닮았던 사진 속의 그 남자.

남자는 블로그 사진에서 보았던 그 헤어스타일에 같은 색의 점퍼를 걸치고 있었다. 등에 멘 배낭도 예전에 차 선생이 메고 다녔던 장비 가방과 많이 비슷해 보였다.

그녀는 숨도 쉬지 못하고 남자의 움직임을 지켜보았다. 짧은 순간 큰길에서 좁은 골목으로 접어들던 남자는 길 중간의 어딘가에서 잠시 멈췄다. 금테 안경의 옆모습을 드러내며 왼쪽 건물의 지붕께를 올려다보더니, 갑자기 그대로 모습을 감춰버리고 말았다.

"어……?"

뭐가 잘못 되었나 싶어서, 해루는 영상을 재빨리 앞으로 되돌렸다. 하지만 다시 돌려봐도 남자의 모습은 그쯤에서 한순간에 감쪽같이 사라졌다. 녹화가 잠깐 끊긴 건가 싶어서 뒤로도 돌려보았지만 남자는 다시 등장하지 않았다.

"륜."

"어. 뭐 좀 찾았어?"

"그런 것 같긴 한데, 좀 이상해."

그녀의 말에 그가 벌떡 일어나 곁으로 다가왔다. 그녀가 재생시키는 영상을 묵묵히 지켜보더니, 황당하다는 얼굴로 한마디 했다.

"뭐야, 사라진 거야?"

"그런 것 같아. 혹시 편집한 건 아닐까?"

"쓸데없이 그런 걸 왜 했겠어. 해킹할 걸 기다렸다는 듯이 편집해 뒀겠냐? 경찰에 제출할 것도 아닌데."

"그건 그렇지만."

륜은 말없이 영상을 몇 번이고 되돌려 보았다. 그리고 확신에 찬 어투로 말을 뱉었다.

"편집 아니야. 담장에 장미꽃 흔들리는 건 문제없이 자연스럽잖아. 바닥에 꽃잎 굴러다니는 것도 그렇고."

"그럼 정말 순간이동이라도 한 걸까?"

"설마. 빛 문제나 오작동 같은 거겠지. 날짜랑 시간이나 확인해 봐. 다른 CCTV 촬영분이랑 연결해 보게."

"어. 메신저로 보냈어."

"오케이."

륜은 바로 자리로 돌아가 빠르게 작업을 시작했다. 마우스

클릭 소리가 한참을 정신없이 이어지더니, 이내 긴 한숨이 들렸다.

"아무래도 뒤쪽의 대형 쇼핑몰에서 나온 것 같은데, 점포만 150개가 넘어. 멀티플렉스에 테스코까지 있어서 하루에도 몇만 명씩 드나드는 곳이고."

"그런 데서 행적을 찾을 수 있겠어?"

"찾을 수야 있겠지. 생 노가다라 몇 날 며칠이 걸릴지 모르는 게 문제지."

륜이 골치 아프게 되었다는 듯 머리를 벅벅 긁으며 말했다. 해루는 곰곰 생각해 보다 다시 물었다.

"장비가방 비슷한 걸 메고 있었으니까 병원이랑 관련 있는 게 아닐까."

"그보다는 잠깐 쇼핑 나왔을 확률이 높을걸."

"그래도 혹시 모르니까 병원은 찾아보는 게 낫겠어."

"그래, 그럼. 나는 쇼핑몰 쪽으로 나가 볼게."

륜이 노트북을 덮으며 말했다. 의자에 걸쳐 두었던 백팩을 챙겨 드는 것이 바로 나갈 모양이었다.

"같이 나가. 나도 병원들 돌아보게. 택시는 내가 부를게."

해루는 다급히 말하며 얼른 노트북을 가방에 챙겨 넣었다. 그리고 젠을 통해 재빨리 택시를 호출했다.

핸드폰을 찾아 주머니에 넣는데, 얼핏 륜이 무언가를 하는 것 같았다. 소파 밑에서 뭔가를 꺼내 빠르게 품에 넣었는데, 분명 권총처럼 보였다.

"륜……?"

"어, 왜."

불안한 마음에 저도 모르게 부르자, 그가 아무렇지도 않게 돌아보았다.

해루는 조금 망설였다. 항상 까칠하지만 누구보다 믿음직한 그였다. 필요하니까 가지고 있는 걸 테고, 어쩌면 잘못 보았을지도 모른다. 하지만…….

"그거, 혹시 총 아니야?"

불안하게 흘러나온 말에 륜이 조금 굳은 얼굴을 했다. 그러더니 이내 피식 웃었다.

"너도 하나 가지고 있어. 혹시 모르니까."

그가 소파 밑에서 무언가를 꺼내 그녀에게 건네주었다. 해루는 몹시 당황해서 놀란 눈으로 그를 쳐다보고 말았다. 그가 건네 온 것은 어떻게 보아도 총이었기 때문이다.

갑자기 륜이 큰 소리로 웃었다. 재미있어 죽겠다는 얼굴이었다.

"바보. 진짜 총은 아니야. 말은 호신용 가스총이라는데, 쏘면 총알 대신 액체가 나와."

"아아. 이런 건 어떻게 구했어?"

해루는 그제야 총 모양의 그것을 받아 들며 의아하게 물었다.

"프라하에 아는 사람들이 좀 있어."

륜은 대수롭지 않게 대꾸했다. 다니는 곳이 넓은 만큼 세계 여기저기에 지인들도 많은 모양이었다.

"근데 너무 과한 거 아닐까. 그냥 병원들 돌아다니는 건데 굳이 이런 것까지……."

"너 공항에서 이상한 일 당할 뻔했다며. 그리고 차 선생 그놈, 따지고 보면 아주 치밀한 유괴범이라고. 혹시라도 마주치면 무슨 일을 벌일지 어떻게 알아."

"응, 그건 그렇지만."

해루는 고개를 끄덕이며 묵묵히 가방에 그 물건을 챙겨 넣었다. 륜의 말이 맞았다. 조심해서 나쁠 것은 없겠지.

노트북 가방을 어깨에 걸치던 륜이 잠시 걱정스레 그녀를 쳐다보았다. 뭔가 더 할 말이 있는 듯도 했지만, 말없이 선글라스만 주머니에 꽂아 넣었다. 남아 있는 체리를 한입에 모두 털어 넣고는 현관으로 성큼성큼 걸음을 옮겼다.

"조심해. 무슨 일 생기면 바로 전화하고."

기륜은 택시에서 내리는 해루를 향해 말했다. 그녀는 웃으며 고개를 끄덕이고 이내 문을 닫았다. 마음이 급한지 빠르게 걸어서 금세 병원 안으로 사라졌다.

그는 잠시 더 지켜보았다. 이 지역의 헌터인 소냐와 얀이 병원으로 들어가는 것을 확인하고서야 택시를 출발시켰다. 해루를 혼자 두기 불안했기에, 헌터협회에 지원을 요청해 둔 터였다.

협회에 누적된 수백 년간의 정보에 의하면 드라클이 특별히 더 선호하는 피가 따로 있었다. 그런 이들은 훨씬 더 잦은 습격을 받았고, 그만큼 더 쉽게 위험에 처했다.

어떤 이유로 드라클이 특정한 이들을 집중해서 노리는지는 알지 못한다. 하지만 운 나쁘게도 해루가 그런 존재라는 것만은 분명했다.

워크숍 때문에 미국에 나갔을 때 얼마나 많은 드라클들이 뒤를 쫓았는지 알게 된다면 해루는 몹시 놀랄 것이다. 캘리포니아의 헌터란 헌터는 모두 동원되었고, 숨어 있던 그 지역의 드라클들 태반이 그때 모습을 드러냈었다.

그리고 장비로 확인 가능한 드라클들은 그때 거의 모두 일망타진되다시피 했었다.

그 이후로 3년이 지났지만, 지금도 캘리포니아엔 드라클이 거의 나타나지 않는다. 체코의 헌터들도 조금은 그런 상황을 기대하고 있는 듯했다. 해루를 통해서 숨어 있던 드라클들을 모조리 이끌어 낼 수 있을지 모른다고.

하지만 기륜은 피가 마르는 것 같았다. 그러다 혹여 해루가 희생되기라도 한다면. 아직 표식이 나타나지 않은 드라클이 헌터들도 모르게 대거 습격해 오기라도 한다면.

물론 협회의 소견으로는 검은 표식이 드러나기 전까진 그나마 덜 미친 상태라 그럴 확률은 높지 않다고 했다. 피는 빨아 마실지언정 다른 일까지 벌이려 들지는 않을 거라고. 하지만 마냥 그렇게 믿고 있을 수만도 없었다.

공항에서 있었던 일을 생각하면 지금도 아찔했다. 그가 다른 드라클을 쫓는 동안 해루가 불시에 습격을 받았다. 도움을 주었다는 남자는 아마도 헌터였을 것이다. 만약 그 순간 그 남자가 없었더라면 무슨 일이 벌어졌을지 알 수 없었다.

[륜, 별일은 없냐?]

짤막한 알림음과 함께 메신저에 곰 부장의 메시지가 떴다. 그는 바로 답을 보냈다.

[없어요. 해루도 잘 있고.]

[차 선생은?]

[아직. 찾고 있는 중이에요.]

메시지를 보낸 그는 폰의 맵을 열어서 주변의 병원을 탐색했다.

확인 결과 인근의 병원과 요양원은 모두 9곳이었다. 어차피 6시면 모두 문을 닫을 테니 해루가 밤늦게까지 돌아다닐 일은 없을 것이다.

[찾는 게 좋은 건지 나쁜 건지 모르겠다.]

곰 부장이 또다시 메시지를 보내 왔다. 나이를 먹더니 잔걱정이 많아지는 모양이었다. 아니, 그보다는 해루의 일이어서겠지.

[찾아야죠. 틀림없이 그놈이 발단일 테니까.]

[만약 해루 동생도 드라클이 되어 있으면.]

[제거해야죠. 그 녀석 모르게.]

잔인한 생각이었지만, 메시지를 보내는 손에 망설임은 없었다. 그는 차라리 해루의 동생이 세상을 떠났기를 바랐다. 살아 있더라도 아무 일 없이 무사할 확률보다는 드라클이 되었을 확률이 훨씬 높았으니까.

하지만 어떤 식으로든 동생의 행방이 확인되지 않는다면 해루는 평생을 찾아다닐 것이다. 미련을 버리지 못한 채 끊임없이 집착을 가질 것이다. 그 또한 그랬으니까.

[해루가 마음을 많이 다치지 않아야 할 텐데.]

곰 부장의 응답은 잠시 간격을 두고 왔다. 마음이 복잡한 모양이었다.

7년을 함께 지내는 동안, 해루는 곰 부장에게 정말로 딸 같은 존재가 되었고 그에겐 정말로 동생 같은 존재가 되었다.

늘 바지런히 움직이며 무언가를 해 먹이고 보살피기 좋아하는 녀석이었다. 곁에 있으면 항상 편안한 기분이 들었고, 가족 같은 온기가 느껴졌다.

년에 한 번 찾을까 말까 하던 곰 부장의 집을 달마다 드나들었던 건 어쩌면 그 때문이었을 것이다.

부모에 의해 세상을 떠난 그의 동생도 무사했더라면 꼭 해루의 나이가 되었을 것이다. 그래서 더욱 정 많은 그 아이에게 마음이 갔다. 곰 부장이 50이 넘은 나이에도 아직 현역에서 물러나지 않고 있는 것 또한 모르긴 몰라도 해루 때문일 것이었다.

[걱정 마세요. 상처는 좀 받겠지만 끄떡없을 겁니다. 보기보다 강단 있는 녀석이니까.]

기륜은 그렇게 답을 보내고 폰을 닫았다. 스스로가 보낸 메시지였지만 확신은 없었다. 다만 그러기를 바랄 뿐.

택시가 쇼핑몰 앞에 멈춰 섰다. 그는 태연스레 차에서 내려 수많은 인파에 섞여 들었다. CCTV 위치를 살피는 그의 눈길이 바쁘게 움직였다. 노랗게 작열하던 오후의 해가 서서히 기울어 가고 있었다.

❀

추적사는 하루 사이에 세 곳에서 더 변화를 보였다. 모두 프라하 외곽의 호숫가였다.

마룡도 부분적으로는 용의 속성을 지닌지라 물이 풍족한 곳을 선호할 수밖에 없었다.

바다가 닿지 않는 내륙에선 더더욱 물 근처를 떠나기가 어려울 터였다. 놈들이 아무리 진화했다 한들 근본적인 속성은 바뀌기가 힘든 모양이었다.

「호수 밑에서 발견된 건 없었나.」

추적사를 살피던 지슈카가 흉을 돌아보며 물었다. 이 지역에 뿌려 둔 추적사가 특히 넓은 범위의 변화를 보였다는 보고에 직접 확인을 나온 참이었다.

「예. 아직 특별한 보고는 없었습니다.」

멀리 호수 건너편을 바라보던 흉이 담담히 대답해 왔다.

프라하에서 규모가 제법 되는 호수 12곳에 군사들을 보내 둔 터였다. 물속이며 바닥까지 샅샅이 살피라 명해 두었으니, 결과가 나오려면 제법 시간이 걸릴 것이다.

그렇게 해서도 나오는 것이 없다면 드넓은 블타바강을 샅샅이 뒤지는 수밖에 없었다.

「저곳은 무엇이지?」

흉의 시선을 따라 호수 건너를 바라보던 지슈카가 물었다. 빨간 지붕의 집들이 드문드문 늘어서 있는 이곳과는 달리, 건너편에는 궁전처럼 웅장한 건물 한 채가 독점하듯 호숫가를 온통 차지하고 있었기 때문이다.

「모르겠습니다. 규모가 상당하다는 것밖에.」

흉은 큰 의미를 두지 않고 무심히 고개를 저었다. 드라클이 많이 모여든다는 정보가 있는 곳도 아니니 당연한 일이었다.

하지만 지슈카는 시야를 확장해 건물을 세세히 살펴보았다. 철문에 걸린 간판이 시선을 끌었기 때문이다.

Pearly Shells

the antique & jewelry store

작은 간판에 장식적인 글씨체로 쓰여 있는 이름은 그랬다. 펄리 셸즈. 진주조개란 뜻이었다.

언제나 가벼이 넘겨지지 않는 그 단어, 진주.

흔들리는 눈으로 뒤돌아서던 자그마한 얼굴이 뼈아프게 뇌리를 스쳤다.

자신의 선택을 후회하는 건 아니었지만, 그럼에도 못내 가슴에 걸리는 것이 사실이었다. 다른 방법은 없었을까. 좀 덜 아프게 할 수도 있지 않았을까.

만약에 그 순간 반가이 해루에게 손을 내밀었더라면. 아니, 최소한 팔찌만큼은 알아보게 해 줬더라면…….

자꾸만 다른 가능성을 떠올리는 스스로가 한심하기 짝이 없었다.

「저곳은 한 번 돌아볼 필요가 있겠다.」

지슈카는 그렇게 말하며 앞장서서 그 건물로 향했다.

사실 필요 따윈 전혀 느끼지 못했다. 그저 진주가 보고 싶었다. 그에게 진주가 뜻하는 존재는 꼭 하나였고, 아마도 평생을 그럴 테니까.

6시. 해루는 시간을 확인하며 마지막 병원을 나왔다.

숨이 차도록 서둘러 뛰어다닌 까닭에 인근의 병원은 문 닫기 전에 모두 돌아볼 수 있었다. 하지만 성과는 전혀 없었다.

차 선생의 몽타주와 유주의 사진을 보여 주며 일일이 확인했지만, 의료진들 누구도 알아보는 사람은 없었다. 아무래도 륜이 구해 올 쇼핑몰 CCTV 영상에 기대를 걸어 보는 수밖에 없는 듯했다.

해루는 도로변에 털썩 주저앉아 지친 다리를 두드렸다. 노란 햇살에 물든 이국의 풍경을 바라보고 있자니 모든 게 막막해지고 있었다. 프라하에 도착할 때까지만 해도 금방 차 선생을 찾을 수 있을 것 같았는데.

이젠 무얼 더 해 봐야 하지.

저도 모르게 긴 한숨이 흘러나왔다. 너무 기대가 컸는지 벌써부터 맥이 풀리고 있었다.

도로변에 피어난 이름 모를 꽃들이 바람에 소리를 내며 흔들렸다. 도로 건너로 보이는 넓은 호수엔 새들이 한가로이 떠다니고 있었다. 아무 걱정 없는 듯 그저 여유롭고 평화로운 풍경이었다.

해루는 따사로운 바람을 맞으며 가만히 호수의 풍경을 눈에 담았다. 조급한 마음에 우울해져 버린 기분을 그렇게 달랬다. 머리가 너무 아프고 속도 좋지 않아서 더욱 기분이 가라앉는 듯했다.

숲으로 둘러싸인 호수는 그 자체로 그림 같았다. 햇살에 반짝이는 물결이 보석처럼 빛을 내며 일렁거렸다. 그 앞엔 궁전처럼 웅장한 대저택이 자리하고 있었다. 마치 중세시대의 대귀족이 살고 있을 것만 같은 화려한 건물이었다.

멍하니 바라보고 있자니 이 풍경을 어디선가 본 것 같은 기분이 들었다. 어디서 보았는지는 전혀 기억나지 않았다. 프라하로 오기 전에 자료를 찾아보느라 워낙 수많은 웹페이지들을 정신없이 살피고 다녔기 때문이다.

"젠."

문득 궁금해져서, 그녀는 귀에 이어폰을 꽂으며 젠을 불렀다.

- 네, 유니.

"저기는 무얼까."

해루는 핸드폰을 들어 궁전 같은 저택을 비추며 물었다.

- 펄리 셸즈. 그 외의 정보는 전혀 없습니다.

"아아. 뭐 하는 곳인지도 안 나와?"

- 네. 위치 정보가 전부군요.

젠이 찾지 못할 정도면 인터넷에 돌아다니는 정보가 전무하다는 뜻이었다. 요즘 세상에 그런 곳이 있는 것이 신기할 정도였다.

폰에 뜬 화면을 바라보니, 위치가 찍힌 맵과 함께 'Pearly Shells'라는 글자가 보였다. 맵에 이름이 등록되어 있는 걸 보면 그냥 일반 주택 같지도 않은데.

진주조개.

그런데 왠지 그 이름이 마음에 걸렸다. 진주라는 단어가 그냥 지나쳐지지가 않았다. 차 선생이 사진에 찍혔던 그 동네와 그리 멀지 않은 것도 그렇고.

어쩌면 그 남자와 조금이라도 관련 있는 곳이 아닐까.

그런 의문이 찾아들자, 뭐라도 확인해 봐야겠다는 생각이 갑자기 찾아들었다.

해루는 벌떡 일어나 옷에 묻은 먼지를 털었다. 그리고 멀리 보이는 횡단보도를 찾아서 서둘러 도로를 건넜다. 그렇게 호숫가를 정신없이 달려서 문제의 건물 앞에 도착했다.

눈앞에 펼쳐진 것은 르네상스풍으로 지어진 고풍스러운 대저택이었다. 지어진지 몇백 년은 될 것 같았지만, 워낙 웅장한 옛 건물이 많은 프라하라 그런지 특별하게 느껴지지는 않았다.

건물 앞엔 나무들이 우거진 너른 정원이 펼쳐져 있었고, 외곽은 높은 철제 울타리로 둘러싸여 있었다. 출입구는 흑색의 거대한 철제문이었는데, 활짝 열린 문 가운데에 자그맣게 간판이 걸려 있었다.

Pearly Shells
the antique & jewelry store

펄리 셸즈. 앤티크 앤 주얼리 스토어. 골동품점과 보석점을 겸하고 있는 모양이었다.

그녀는 정원을 가로질러 빠르게 걸음을 옮겼다. 조각상들이 길게 늘어선 건물 입구엔 제복 차림의 경비원 둘이 서 있었다.

건장한 체격에 총까지 소지하고 있어서 조금 긴장했지만, 그녀를 의아하게 훑어보긴 했어도 딱히 제지하지는 않았다.

안으로 들어서자, 중세시대에서 온 것 같은 아름다운 옛 가구들이 시선을 사로잡았다. 섬세하게 조각된 식탁과 진열장, 책장과 침대 같은 것들이 드넓은 홀을 가득 메우고 있었고, 한쪽 벽면은 가죽 장정된 빛바랜 고서적들로 빼곡히 채워져 있었다.

매장엔 손님들이 제법 많았다. 얼핏 보아도 다들 부유층 인사처럼 보였는데, 정장풍의 유니폼을 갖춰 입은 직원들이 친절하게 안내하고 있었다.

혹시나 손님들 중에 차 선생 비슷한 사람이 있을까 해서 꼼꼼히 훑어보았지만, 동양인처럼 보이는 사람은 어디에도 없었다.

그녀는 서둘러 1층을 돌아보고 중앙의 나선형 계단을 올랐다. 2층은 식기와 시계, 다양한 소품들을 파는 곳인 듯했다.

진열장과 선반마다 영화에서나 보던 중세풍의 화려한 식기들이 놓여 있었고, 한쪽엔 괘종시계와 회중시계를 비롯한 다양한 시계들이 보였다. 옛날식 단검과 권총도 꽤 많이 진열되어 있었고, 카펫과 태피스트리며 뮤직박스와 장신구 같은 것들도 보였다.

한쪽에서는 '시음 행사'라는 푯말과 함께, 크리스털 식기 세트를 펼쳐 놓고 와인을 시음하고 있었다.

우아하게 차려입은 손님들이 테이블에 앉아 있었고, 직원들이 잔에 와인을 따라 건네는 것 같았다. 화려하게 세공된 크리스털 잔은 붉은 와인이 담겨서 더욱 아름다운 빛을 발했다.

해루는 지끈거리는 머리를 누르며 슬며시 주위를 두리번거렸다. 가뜩이나 속이 안 좋은데, 어디선가 희미하게 이상한 냄새가 흘러드는 것 같았기 때문이다.

그것은 금속 냄새 같기도 했고 피 냄새 같기도 했다. 아마도 단검이나 시계 종류가 많으니 금속에서 흘러드는 냄새인 듯했다.

『실례합니다, 레이디.』

속이 너무 울렁거려서 그냥 나갈까 고민하던 순간이었다. 직원 하나가 다가와 영어로 말을 걸었다. 붉고 긴 머리에 특이한 붉은 눈을 가진 아름다운 여자였다.

『와인 시음행사 중인데, 한 잔 드셔 보시는 건 어떠세요?』

『감사하지만 와인은 괜찮습니다.』

해루는 가만히 고개를 저었다. 좋지 않은 속에 와인까지 마셨다간 더 안 좋아질 것 같았기 때문이다. 하지만 직원은 상냥하게 계속 권했다.

『보통의 와인과 많이 다르답니다. 저희 매장 지하에 중세 때부터 사용해 오던 와인 저장 동굴이 있는데, 그곳에서 숙성된 와인이에요.』

『근사한 와인이겠군요. 그런데 제가 속이 좀 안 좋아서…….』

조심스레 거절하다 문득 물어보아야겠다는 생각이 들었다. 그래서 가방에서 차 선생의 몽타주를 꺼내 보이며 슬쩍 물었다.

『혹시 이런 사람을 보신 적이 있나요?』

직원은 그녀가 내민 몽타주를 유심히 바라보았다. 그리고 이내 잘 모르겠다는 얼굴로 고개를 저었다.

『글쎄요, 본 적이 없는 것 같습니다.』

『그럼 이런 여자는 혹시 못 보셨을까요?』

해루는 유주의 사진을 내밀어 보았다. 하지만 이번에도 역시 직원은 고개를 저었다.

『모르는 얼굴이에요. 혹시 한두 번 오셨더라도 손님이 워낙 많이 드나드는 곳이라 기억하긴 힘들 것 같네요.』

『아무래도 그렇겠죠.』

해루는 시무룩하게 고개를 끄덕였다. 어차피 큰 기대는 하지 않았지만 그래도 찾아드는 실망은 어쩔 수가 없었다.

금방 돌아서 갈듯하던 직원이 그녀를 유심히 쳐다보았다. 그러더니 갑자기 찬탄 어린 미소를 머금으며 말했다.

『그런데요, 레이디. 머리핀의 진주가 몹시 특이하군요. 저희 매장에도 세계의 내로라하는 진주들이 많이 진열되어 있는데, 한 번도 본 적 없는 빛깔의 진주예요.』

『아, 그런가요?』

해루는 어색하게 머리핀을 매만졌고, 직원의 찬탄은 계속 이어졌다.

『네. 굉장한 진주가 분명합니다. 형태도 광택도 천연 진주가 확실한데 어쩜 그런 빛깔이……. 엄청난 고가품일 듯하네요.』

『아, 네에.』

해루는 얼떨떨하게 말을 흐렸다. 그저 몹시 아름다운 진주라고 생각했을 뿐, 7년이 지나도록 가격은 한 번도 생각해 본 적이 없었으니까.

직원은 그런 고급스러운 진주와 전혀 어울리지 않는 그녀의 셔츠와 청바지 차림을 한 번 더 눈에 담더니 싱그럽게 웃으며 다시 말했다.

『저희 매장도 한 번 구경해 보세요. 3층이 보석 매장이거든요. 창가 쪽의 7번 룸이 진주 매장입니다.』

『예. 시간이 되면요. 감사합니다.』

해루는 꾸벅 고개를 숙였다. 직원은 그녀에게 친절히 웃어주며 이내 다른 손님에게로 이동해 갔다.

진주 매장이 궁금하기도 했으나, 한가롭게 보석 구경 같은 걸 할 시간은 없었다.

그녀는 다른 직원들을 붙들고 부지런히 차 선생의 몽타주를 보여 주었다. 하지만 그 남자를 보았다는 사람들은 아무도 없었다.

유주의 사진 역시 마찬가지였다. 진주라는 이름에 끌려서 들어왔지만, 아무래도 차 선생과는 전혀 관련이 없는 곳인 듯했다.

해루는 더 이상 물어볼 직원이 없을 때까지 홀을 돌아다니다 와인 시음 테이블에 잠시 앉았다.

섬세한 조각이 돋보이는 고급스러운 원목 테이블은 세월의 향기가 그윽하게 느껴지는 게 무척 고가품 같았다. 하지만 어차피 시음용으로 놓아둔 것이니 잠깐 앉아 있어도 무방할 듯했다.

그렇게 조금 쉬었다가 3층으로 올라가볼 생각이었다. 보석 매장 직원들에게는 미처 몽타주를 보여 주지 못했다는 게 뒤늦게 생각났기 때문이다.

그런데 문득 사람들이 그녀를 흘끗거리는 것 같은 기분이 들었다. 차림 때문인 걸까. 정장 일색인 이곳 손님들과 달리 티셔츠에 청바지 차림이라 유독 눈에 띄는 듯했다. 유럽인들은 남의 차림이나 행동이 어떻든 별 신경 쓰지 않는다고 들은 것 같은데.

모두가 여유롭게 움직이고 있었고, 주위에선 간간이 화사한 웃음소리가 들렸다. 그리고 화려한 와인 잔을 쟁반에 받쳐 든 직원 하나가 그녀의 앞을 지나던 순간이었다.

륜의 연락이 없었는지 확인하려 핸드폰을 꺼내 드는데, 갑자기 머리 위에서 와인 잔이 떨어져 내렸다. 미처 상황을 깨닫기도 전에 크리스털 잔이 폰에 부딪쳐 깨지며 파편이 크게 튀었다.

"아……!"

순간적인 고통과 함께 손에서 힘이 풀리며 폰이 바닥에 떨어졌다. 정신이 들고 보니, 투명한 파편이 손 여기저기에 박혀서 피가 멍울지고 있었다.

『죄송합니다, 손님! 죄송합니다!』

당황한 직원이 하얗게 질린 얼굴로 연신 고개를 숙였다. 해루는 어찌할 바를 몰라서 그저 손을 붙들고만 있었다.

『손님, 의무실로 가시죠. 응급처치를 하고 구급차를 불러 드리겠습니다.』

나이 지긋한 직원이 황급히 다가와 말했다. 가슴에 달린 표찰에서 'Manager'라는 글씨가 언뜻 보였다. 그런데 기분 탓일까. 그에게서 희미하게 검은 연기 같은 것이 스며져 나오고 있는 것 같았다.

『아, 아뇨. 괜찮습니다.』

어쩐지 기분이 이상해져서 해루는 얼른 고개를 저었다. 빨리 이곳을 나가는 게 낫겠다는 생각이 들었다. 주위의 시선도 몹시 불편하게 느껴졌다.

지리도 잘 모르는 낯선 곳이긴 했으나, 젠이 있으니 응급실 정도는 혼자서도 충분히 찾아갈 수 있었다.

매니저는 그냥 물러나지 않았다. 안타까운 얼굴로 다시 말을 건넸다.

『아닙니다. 저희 책임이니 치료는 모두 책임지겠습니다. 보상도 해 드려야 할 테고요.』

『괜찮습니다. 여행자 보험을 들어 두었으니까요. 보상 문제는 나중에 보험사 통해서 말씀드리죠.』

해루는 그렇게 말하며 벌떡 일어났다. 무사한 손으로 피 묻은 폰을 집어 드는데, 다친 손이 아무래도 이상한 것 같았다. 어디가 잘못된 건지 손에 전혀 힘이 들어가지 않았다.

『그럴 수는 없습니다. 책임 소홀로 나중에 문제가 커지게 되면 저희도 난감하니까요.』

정중하게 말한 매니저가 직원들에게 눈짓을 했다. 이내 건장한 남자 직원 두 명이 그녀에게 다가와 어깨를 감싸고 가방을 받아 들었다. 그들에게서도 검은 연기가 보이는 것 같아, 해루는 황급히 손길을 뿌리치며 외쳤다.

『괜찮다고 말씀드렸잖습니까!』

가방을 빼앗아 드는 그녀의 손을 직원이 단단히 잡았다. 해루는 몹시 긴장했다. 이 모든 상황이 친절이 아니라 강압에 가깝게 느껴졌기 때문이다.

몰려든 손님들이 안쓰럽게 그녀를 쳐다보고 있었으나, 누구도 말려 줄 생각은 없어 보였다. 매장에서 발생한 일이니, 매장에서 책임지는 것이 당연하다고 생각하는 듯했다. 오히려 히스테릭하게 구는 그녀를 이상하게 쳐다보고 있었다.

『잠깐만요. 일행에게 연락부터 해야겠습니다. 금방 와 줄 거예요.』

해루는 그렇게 말하며 다급히 폰을 열었다. 하지만 화면이 켜지지 않았다. 유리에 부딪친 게 문제인지 떨어진 게 문제인지는 몰라도 고장이 난 것 같았다. 이제 어쩌지.

『핸드폰이 고장났나 보군요. 의무실에 전화가 있으니 거기서 통화하시죠. 빨리 치료하지 않으면 덧날 겁니다.』

직원이 그렇게 말하며 그녀의 팔을 단단히 잡았다. 손에선 피가 뚝뚝 떨어져 내리고 있었고, 말려 줄 사람은 아무도 없는 듯했다.

『됐다고요! 제가 싫다잖아요! 됐으니까 이만 가시라고요!』

해루는 밀려드는 공포를 누르며 거칠게 소리쳤다. 하지만 직원들은 더 강압적으로 그녀를 이끌 뿐이었다.

『레이디, 진정하시고…….』

『그만하시죠. 제 일행입니다.』

묵직한 목소리가 낮게 끼어든 것은 그때였다. 해루가 강경하게 몸을 움직여 직원들의 팔을 뿌리치고 있을 때. 몰려든 구경꾼들을 헤치며 누군가가 앞으로 나서고 있었다.

미친 듯이 팔을 휘두르던 해루는 당황으로 눈을 휘둥그렇게 뜨고 말았다. 동시에 날카로운 안도감이 저도 모르게 밀려들었다. 이런 낯선 땅 낯선 곳에서 낯익은 사람을 마주하다니.

선글라스를 끼고 있는 장신의 그 남자는 분명 어제 보았던 그 이사라는 사람이었다.

지슈카. 심장을 울리던 그 이름이 머릿속을 하얗게 스쳐 지났다. 저 남자가 어떻게 여기에 있는 걸까.

그녀가 멍하니 쳐다보고 있는 사이, 그는 건장한 직원의 팔을 떼어 내며 그녀의 어깨를 부드럽게 감쌌다. 다른 직원에게서 그녀의 가방을 뺏어 들며 매니저를 향해 고고하게 말했다.

『친절에 감사드립니다. 하지만 아무 병원에나 갈 수 없어서요. 추후에 별도의 책임을 추궁할 일은 없을 테니, 자세한 건 이쪽으로 연락하시죠.』

그가 포켓에서 명함을 하나 꺼내 매니저에게 건넸다.

웅성거리던 주위의 사람들은 흥미로운 얼굴로 고요하게 그를 지켜보고 있었다. 하지만 해루는 도저히 당황을 감출 수 없었다. 그 모든 행동이 몹시도 세련되고 우아해서 도무지 어제의 그 남자처럼 느껴지지 않았기 때문이다.

매니저는 정중히 명함을 받아 들었고, 이내 어쩔 수 없겠다는 듯 고개를 끄덕이며 수긍했다.

『예, 잘 알겠습니다. 문제가 생기면 꼭 연락 주십시오.』

『그러도록 하죠. 그럼 상황이 급해서 이만.』

짧게 말을 마친 그가 그녀를 향해 태연스레 말했다.

『이제 나가지, 해루.』

『네. ……이사님.』

그녀는 어색하게 호응했고, 그는 고개를 끄덕이며 그녀를 천천히 계단으로 이끌었다.

해루는 통증도 잊은 채 당혹스러운 기분으로 멍하니 계단을 내려왔다. 왠지 모르게 이마가 뜨끈해 왔다. 어깨를 감싼 그의 손길은 따뜻했고, 행동은 더없이 부드러웠다. 어제의 삭막했던 그 모습이 마치 착각이었던 것처럼 생각될 만큼.

1층 홀을 가로질러 밖으로 나오고 나서도 그는 그녀를 놓아주지 않았다. 정원에 자리한 벤치에 그녀를 앉히고 나서야 어깨를 감쌌던 손을 떼었다.

시간이 많이 흘렀는지 해가 벌써 기울어 가고 있었다. 시원하게 펼쳐진 호수 위로 장밋빛 노을이 평화롭게 내려앉고 있었다.

『상처 좀 봅시다.』

벤치 옆에 나란히 앉은 그가 그녀의 다친 손을 들어 올리며 말했다. 잠시 잊었던 고통이 크게 밀려들었고, 힘이 들어가지 않는 손이 덜덜 떨리고 있었다.

『아뇨. 택시만 좀 불러 주세요. 바로 병원으로 가면 되니까요.』

더 이상의 도움은 받고 싶지 않아서 해루는 얼른 고개를 저었다. 하지만 그는 전혀 신경 쓰지 않았다. 조심스레 그녀의 손을 감싼 채 유리 파편을 하나씩 뽑아내고 있었다.

『차를 불렀으니 곧 올 겁니다. 병원까지 함께 가죠.』

언제 차를 부른 건지는 알 수 없었다. 하지만 그녀는 더 말하지 못했다. 언젠가도 이런 일이 있었던 것 같은 기분이 들었기 때문이다.

그녀의 팔다리에 유리 파편이 끔찍하게 박혀 있었고, 누군가가 이렇게 조심스런 손길로 파편을 빼 주었다. 언제, 어느 때의 기억인지는 생각나지 않았다. 다만 몹시 다정했던 그 사람의 손길과 이 남자의 손길이 비슷한 것 같은 느낌이 찾아들 뿐이었다.

『손 좀 움직여 봐요. 힘이 안 들어가는 것 같은데.』

손가락을 매만지던 그가 문득 말했다. 그녀의 손을 받친 그의 손에도 피가 짙게 배어 있었다. 그런데 물들기 시작한 노을빛 때문일까. 피가 마치 보석이라도 섞인 것처럼 반짝이고 있는 것 같았다.

해루는 천천히 손에 힘을 주었으나, 손가락을 움직일 수는 없었다. 아무래도 어딘가가 잘못된 모양이었다.

『힘 준 것 맞습니까.』

그가 다시 물었고, 그녀는 한숨을 내쉬며 고개를 끄덕였다.

『······네.』

『그럼 상태가 심각하군요.』

『병원에서 치료받으면 괜찮아지겠죠.』

『태평하군요.』

그가 피식 웃으며 말했다. 부드럽게 올라간 입꼬리가 어울리지 않게 상냥한 느낌을 주었다.

『호들갑 떨어 봐야 달라질 건 없으니까요. 병원에서 이 정도도 치료 못 할 리는 없을 테고.』

생각보다 담담히 흘러나온 그녀의 말에, 그가 찬찬히 고개를 끄덕였다.

『그렇죠. 곧 괜찮아질 겁니다.』

『영어······ 할 줄 아시는군요.』

문득 떠오른 생각이 그대로 입 밖으로 나왔다. 그런데 어제는 왜 체코어로 말했을까. 대화하기 싫다는 뜻이었을까.

『못 한다는 말은 한 적이 없는 듯한데.』

그는 태연스레 웃으며 말을 받았다. 그리고 포켓에서 손수건을 꺼내 그녀의 손을 감싸며 꾹 눌러 지혈을 해 왔다. 뭔가 의아한 듯 손을 유심히 바라보긴 했지만 더 말하지는 않았다.

노을에 물든 그 얼굴이 몹시 아름다웠다. 새하얀 피부에 귀족적인 선을 그리는 또렷한 이목구비가 더없이 신비롭게 느껴지고 있었다. 마치 꼭 오래전의 그 남자를 연상시키는 것만 같은.

남자의 팔목이 눈에 들어온 것은 그 순간이었다. 그가 손수건을 풀면서 지혈이 되었는지를 확인하고 있을 때. 조금 올라간 소매 아래로 언뜻 무지갯빛이 비쳤다.

해루는 숨도 쉬지 못하고 그 빛깔을 눈에 담았다. 그가 그녀의 손을 놓아주던 그 순간, 소매가 더욱 올라가며 검은 고래가 온전히 모습을 드러낼 때까지.

고래는 곧 사라졌다. 따뜻하던 남자의 손도 그녀에게서 멀어져 갔다. 하지만 이미 떨리기 시작한 심장은 더욱더 격렬히 뛰어 대며 그녀의 이성을 앗아가 버리고 있었다.

『……이사님.』

그녀는 조용히 그를 불렀다. 뭐라고 말하고 있는 지도 알 수 없었다. 그의 시선이 이내 그녀에게로 향했고, 눈을 가린 까만 선글라스에 노을빛이 말갛게 반사되고 있었다.

해루는 긴장이 밀려드는 손을 가만히 문질렀다. 다친 손도 고통도 저 멀리 아득하게 잊혀 갔다. 그가 어떻게 생각하든 상관없었다. 그저 지금 이 순간 반드시 확인해야겠다는 생각뿐이었다.

『할 말 있는 거 아니었습니까.』

그가 의아하게 물었다. 그 순간 미미하게 남아 있던 망설임마저 사라져 버렸다.

긴장으로 떨리던 손이 저절로 움직였다. 바람만큼이나 빠르게 다가간 손이 그의 얼굴로 향했다. 그리고 한 번 더 생각할 겨를도 없이 덜컥 선글라스를 빼내 버렸다.

"아……!"

해루는 무얼 더 어쩌지 못하고 자그맣게 비명을 내뱉고 말았다. 하얗게 비어 버린 머릿속에 그토록 바랐던 그 눈동자만 또렷이 들어와 박혔다.

북해를 닮은 얼음처럼 차갑고 푸른 눈동자. 영롱한 은빛이 휘감아 도는 푸르디푸른 그 눈동자. 한 순간도 잊은 적 없는 보석 같은 눈동자가 눈앞에서 신비로운 빛을 발하고 있었다.

모든 것이 한 순간에 멈춰 버린 듯했다. 예상치 못했던 상황에 지슈카는 당혹으로 하얗게 굳어 버리고 말았다.

렌즈에 가려졌던 세상이 환하게 밝아지면서, 선명하게 드러난 해루의 모습이 시야를 온통 점령해 버렸다. 붉게 타오르는 노을 속에서 그리움을 가득 담은 까만 눈동자가 격하게 일렁이고 있었다.

오래전의 눈보라가 스쳐 지나고, 그 얼굴을 지켜보던 무수한 시간들이 스쳐 지났다.

언제고 이런 순간이 올 거라는 생각을 하지 못한 것은 아니었다. 어떤 식으로든 해루와 정면으로 마주할 수밖에 없게 되는 순간이.

다만 스스로가 이토록 당황하게 되리라고는 전혀 예상치 못했다. 꼬마를 더 이상 꼬마로 볼 수 없게 되는 난감한 순간이 찾아오리라는 것 또한.

『궁금한 건 이제 풀렸습니까.』

그는 한참 만에야 무겁게 말을 뱉었다.

해루는 천천히 고개를 저었다. 일렁이던 까만 눈동자가 더욱 크게 흔들리고 있었다.

"정말로…… 저를 보신 적이 없는 거예요? 단 한 번도?"

절박한 목소리가 애틋하게 귀를 울렸다. 간절함을 담은 시선이 맨눈에 따갑게 박혀 들었다.

잠시 망설임이 일었으나 지슈카는 무감한 얼굴로 침착하게 대꾸했다.

"글쎄요. 본 적이 있다 한들 달라질 건 없겠죠."

"그렇겠죠. 달라질 건 없겠죠. 하지만……"

충격 어린 얼굴로 해루가 멍하니 말했다. 동그랗게 커진 눈에 파란이 일고, 말갛게 벌어진 입술이 파리하게 떨렸다. 그녀는 막막한 표정을 애써 다잡으며 다시 입술을 뗐다.

"한 번만이라도 제대로 만난다면 꼭 말하고 싶었어요. 정말로 감사했다고, 덕분에 이렇게 잘 살아가고 있다고. ……늘 그리웠다고, 언제나 기다렸다고."

떨리는 눈이었지만, 시선은 무섭도록 곧게 그를 향해 있었다. 애타게 말을 쏟아 내는 붉은 입술이 미치도록 사랑스러웠다.

당장이라도 품에 끌어안고 싶은 충동을 어렵사리 떨치며 지슈카는 겨우 한 마디를 뱉었다.

"그렇습니까."

"네."

불편한 침묵이 흘렀다. 해루는 그에게서 시선을 떼지 않았고, 지슈카는 그 시선을 피하지 못했다. 눈길이 한참을 뒤얽힌 후에, 먼저 입을 연 것은 그였다.

"……볼일이 끝났으면 그건 이제 돌려받고 싶은데."

지슈카는 그녀의 손에 들린 선글라스를 턱짓으로 가리켰다.

"아……."

해루는 그제야 생각난 듯 당혹스런 얼굴을 했다. 가만히 그에게로 몸을 기울이더니, 조심스러운 손길로 다시 선글라스를 씌워 주었다.

가느다란 손가락이 눈가를 스치고 귓가를 스쳤다. 그 미미한 접촉에도 심장이 펄떡대고 혈관이 꿈틀거렸다.

해루는 선글라스가 자리 잡고 나서도 손을 떼지 않았다. 갑자기 뺨으로 내려온 작은 손이 머뭇머뭇 살결을 쓸고 지나자, 그는 흠칫 숨을 삼키고 말았다.

"무얼 하는 겁니까."

"……진짜 사람이 맞나 싶어서요. 금방 또 사라져 버리는 건 아닐까 해서."

탄식처럼 흘러나온 목소리가 허공에 바람처럼 흩어졌다.

자그맣게 벌어진 입술이 코앞에 있었다. 고개를 숙이면 그대로 닿아 버릴 만큼 가까운 거리, 청량한 산을 닮은 싱그러운 향기가 유혹처럼 흘러들었다.

저도 모르게 뻗어 가려는 손길을 다잡는 사이, 해루는 금방 손을 내리며 뒤로 물러나 앉았다. 그 입술에서 눈을 떼지 못한 채 그는 의미 없이 물었다.

"그래서. 사람이 맞는 것 같습니까."

"네, 아주."

"찾는 이가 누구인데 이렇게까지 합니까."

무심코 흘러나온 말에 그는 아차 싶었다. 그녀가 그의 눈을 또렷이 바라보고 있었다. 원망과 기대가 뒤섞인 복잡한 눈빛이었다.

"생명의 은인이랄까, 수호천사랄까. 그리고…… 첫사랑이죠."

해루는 마지막 단어에 특히 힘을 주어 말했다. 작심한 듯 야무지게 다물린 입술이 아프도록 빛났다.

"……첫사랑."

그는 그 한 마디를 가만히 곱씹었다. 흔하디흔한 인간의 단어가 어처구니없게도 심장을 세차게 울리고 있었다.

"말이 첫사랑이지, 그냥 짝사랑이에요. 아주 오래 끝나지 않을 것 같은."

덧붙이는 해루의 목소리가 아련하게 흘러들었다.

"안타까운 일이군요."

"네. 그러니까요."

해루가 흔들리는 눈으로 그를 보며 담담한 척 말했다. 그 모습에 못내 가슴이 아렸다. 하지만 그는 끝내 다른 말을 해 주지 못했다. 먹먹해 오는 심장만 늪처럼 무겁게 가라앉았다.

「전하.」

횰의 전음이 들려오자, 그는 그제야 까맣게 잊고 있었던 경계를 다시 펼쳤다. 우연히 발견한 이곳은 뜻밖에도 적진의 한가운데였고, 상황을 알리는 횰의 보고가 간간이 전음으로 흘러들고 있었다.

「말하라.」

「건물에 군사 다섯을 은밀히 잠입시켰습니다. 적시에 추적사를 뿌렸으니 마기를 드러냈던 놈들은 모조리 추적할 수 있을 겁니다.」

「알겠다. 차는 어찌 되었나.」

「짊어지고 순간이동 해 오라 했으니 금방 모습을 드러낼 겁니다.」

지슈카는 전음으로 몇 가지 명령을 더 내렸다. 그리고 상처

352

로 가득한 해루의 손을 눈에 담았다.

온전히 치료하고 싶은 마음은 굴뚝같았으나, 치명적인 상처만 눈에 띄지 않게 회복시켜 두었다. 인간의 영역을 벗어난 상황은 만들고 싶지 않아서였다.

곧 정원 옆의 주차장으로 은색 세단이 미끄러져 들어왔다. 그는 해루의 백팩을 둘러메며 작은 어깨를 가만히 잡아 일으켰다.

"이만 갑시다. 차가 도착했으니."

"네."

그녀는 고개를 끄덕이고 순순히 일어섰다. 천천히 걸음을 내딛으며 문득 생각난 듯 말했다.

"그런데 역시나…… 한국말도 할 줄 아시는군요."

지슈카는 잠시 멈칫했다. 정신을 어디에 두었었는지, 그제야 자신이 한국어로 말하고 있다는 사실을 깨달았다.

차에 오르기 전, 슬며시 스쳐 본 해루의 얼굴엔 아무 표정이 없었다. 노을을 머금은 붉은 바람이 둘 사이를 무겁게 스쳐 지나고 있었다.

「그래, 여기까지 찾아왔단 말이지.」

창을 통해 정원을 내려다보던 금테 안경의 남자가 쓴웃음을 지으며 말했다.

린덴바움이 노랗게 꽃을 피운 정원 너머로, 날렵한 은색 세단이 유유히 철문을 빠져나가고 있었다.

「예, 마스터. 틀림없이 그 아이였습니다.」

제복 차림의 매니저가 굳은 얼굴로 고개를 숙이며 대답했다.

금테 안경의 남자는 그의 주위를 찬찬히 걸으며 여유롭게 물었다.

「누가 미끼라도 던진 것인가? 부르기도 전에 알아서 제 발로 찾아오다니.」

「어찌 된 영문인지는 모르겠습니다. 마스터의 몽타주를 들고 왔다는 것밖에는.」

「몽타주라. 그런 깜찍한 짓을 하고 다녔단 말이지.」

금테의 남자는 재미있다는 듯 화사하게 소리 내어 웃었다. 하지만 매니저는 더욱 긴장어린 얼굴을 했다.

「예. 하지만 아무것도 알아간 것은 없습니다. 마족을 제외한 인간들의 기억은 이미 모두 지워 두었으니까요.」

「그런 건 상관없다. 그보다, 허락도 없이 그 아이의 피를 흩뿌린 자가 누구지?」

「버, 벌써 알고 계셨습니까. 7족의 부족장 가브리엘입니다. 하나, 분명 실수였을 것입니다.」

더듬더듬 말을 쏟아 내는 매니저의 눈에 공포가 일었다. 동시에 탁자에 놓인 커다란 수정구에서 아까의 상황이 영화의 장면처럼 연이어 흘러나왔다.

크리스털 와인 잔이 떨어지고 파편이 튀었다. 피 묻은 손을 붙든 인간 여자의 얼굴과 함께, 본능적으로 마기를 드러낸 혈족들의 모습이 선명히 비쳐들고 있었다.

「실수라. 천하의 마룡이 고작 컵 하나를 어쩌지 못해 그런 실수를 범한다? 와인 잔 하나가 떨어져서 그리 많은 파편을 흩뿌렸다는 것도 참으로 신비스럽군.」

비꼬듯 흘러나온 마스터의 말에 매니저는 거의 엎드리다시

피 몸을 숙였다. 빳빳한 제복을 걸친 그의 등이 사시나무 떨리듯 크게 흔들리고 있었다.

「트, 틀림없이 변화를 확인하기 위해서였을 것입니다. 어찌 다른 뜻이 있었겠습니까.」

「그래, 그랬겠지. 7족이 그동안 그 아이에게 숱한 드라클을 보냈던 것도 단지 변화를 확인하기 위해서였을 테고.」

금테 안경의 남자는 무심히 대꾸하며 탁자 위의 검은 검을 가뿐히 집어 들었다. 부드럽게 검날을 매만지는 그 모습에, 매니저는 경악 어린 얼굴로 다급히 외쳤다.

「아, 아시잖습니까, 마스터! 충심이었을 것입니다.」

「과도한 충심은 언제나 화를 부르지.」

마스터는 싱긋 웃으며 매니저를 향해 몸을 돌렸다. 공포에 질린 그의 목에 가벼이 검을 가져다 대며 부드럽게 물었다.

「그래, 그 아이의 피에 자제력을 잃고 마기를 드러낸 자들이 있었다지? 그대를 포함해서 말이야.」

「그, 그것은 마스터. 어쩔 수 없는 상황이었습니다. 워낙 강력한 유혹이 작용해…….」

매니저는 더 말을 잇지 못했다. 목을 맴돌던 날카로운 검이 그대로 그의 몸을 가르고 지났기 때문이다.

순간의 일격에 매니저는 본체를 소환해 볼 겨를도 없이 그 자리에 고꾸라졌다.

곧 독기를 뿜어내는 검붉은 피가 사방으로 번져 가며 카펫과 바닥을 태우기 시작했다. 까맣게 타들어 간 자리마다 시뻘건 불길이 빠르게 돋고 있었다.

「바욘.」

일렁이는 불길을 무심히 바라보던 금테 안경의 남자가 구석을 향해 말했다. 그림자처럼 몸을 숨겼던 검은 형체가 빠르게 모습을 드러냈다.

「예, 마스터.」

「율법에 따라 가브리엘을 처단해라. 오늘 마기를 드러내 정체를 흘린 자들 모두와 함께.」

「7족의 반발이 만만치 않을 것입니다.」

「주군의 것을 탐낸 자들이다. 백 번을 죽여도 시원치 않지.」

냉혹하게 흘러나온 남자의 말에, 검은 형체가 절도 있게 복종의 예를 취했다.

「따르겠습니다, 마스터. 불은 어떻게 할까요?」

벽까지 옮겨 붙기 시작한 불길을 보며 바욘이 물었다.

금테 안경의 남자는 놀이하듯 마력을 불어넣어 천장이며 커튼까지 불덩이를 띄워 올렸다.

「이대로 두어라. 어차피 발각됐으니 이곳은 이제 쓸모없을 터, 태워 없애는 게 효율적이다.」

「하지만 수백 년이나 근거지로 사용해 온 곳입니다.」

「그러니 더더욱 말끔히 태워야지. 일을 망치는 것은 언제나 사소한 미련이니까. 근거지는 여기가 아니라도 많지 않은가.」

「예, 마스터.」

불길에 무너지기 시작한 룸을 바라보며 금테의 남자는 유유히 문을 열고 나왔다. 검은 형체가 곧바로 그 뒤를 따랐다. 룸에서 흘러나온 검은 연기가 복도까지 길게 퍼져 나가고 있었다.

「추적은 가욘과 파욘이 하고 있던가?」

「예. 하나, 그 남자가 천룡일 가능성은 없을 듯합니다. 용력도 전혀 느끼지 못했고, 만약 천룡이라면 굳이 불편을 감수하며 차로 이동할 리도 없을 테니까요.」

「그것은 모를 일이지. 확실한 건 신중에 신중을 기해야 하는 시기라는 거다. 1만 년을 기다려온 성스러운 하지夏至가 한 달밖에 남지 않았으니까.」

「예, 마스터. 명심하겠습니다.」

둘은 곧 복도에서 모습을 감췄다. 불길은 더욱 맹렬하게 타올라 삽시간에 복도를 내달려 아래층까지 휩쓸어 버렸다.

웅장한 건물 한쪽이 와르르 무너져 내리기 시작했고, 사람들이 비명을 지르며 밖으로 쏟아져 나왔다. 어둑한 밤하늘 아래 검은 연기가 자욱하게 번져 가고 있었다.

「추적이 붙었군.」

차창 밖을 살피던 지슈카가 운전석의 하벨을 향해 전음을 보냈다. 그림자처럼 움직이는 두 형체가 도로변 양쪽을 달리며 빠르게 따라붙고 있었다.

「뒤따르는 차는 비밀리에 여자분을 경호하는 헌터들일 겁니다.」

「아니, 차 말고 도로변 말이다.」

「움직임은 마룡인데, 형체는 인간의 몸 같군요. 어찌할까요.」

지슈카는 곁에 앉은 해루의 얼굴을 잠시 살폈다. 놈들을 처리하는 건 문제가 아니었지만, 그녀가 알게 하고 싶지는 않았다. 한데 마땅한 방법이 떠오르지 않았다.

「일단은 계속 달려라. 공격이 아니라 추적이 목적인 듯하니.」

하지만 인간의 차로 마룡들을 따돌리기란 애초에 불가능한 일이었다. 공간 이동을 하면 간단한 일이지만 그리 되면 어차피 해루가 알아차릴 수밖에 없었다. 결국 잠시 의식을 잃게 하는 수밖에 없는 건가.

"해루 씨."

그는 가만히 그녀를 불렀다.

창밖을 내다보던 동그란 눈동자가 총총히 그에게로 향했다. 그리고 그가 말을 꺼내기도 전에 경계 어린 목소리로 말했다.

"이사님, 아무래도 이상한 게 따라오고 있는 것 같아요."

"무슨……."

"분명 사람 모양이긴 한데, 시커먼 데다 차만큼이나 빨라요. 제가 지금 뭘 보고 있는 건지. 이사님은 안 보이세요?"

뜻밖의 말에 지슈카는 몹시 당황했다. 인간의 눈으로 볼 수 있는 것이 아니었기 때문이다.

"그것이 어디에 있습니까."

"저기 도로변이요. 차도하고 인도 사이에."

그녀가 가리킨 것은 정확히 그가 보는 그 형체였다. 마룡이 분명한 그 형체.

이것은 무엇의 영향인 걸까. 그가 심은 용의 비늘 때문에 용력의 일부가 전이된 걸까.

자세한 것은 그도 알 수 없었다. 인간에게 보호의 맹세를 할 수 있다는 건 알았지만, 그것이 어떤 영향을 미치는 지는 아무런 기록도 남아 있지 않았으니까.

"손은 좀 어떻습니까."

그는 슬며시 다른 주제로 말을 돌렸다. 그러면서 그녀의 이마에 가만히 손을 짚었다.

"아까보단 많이 괜찮아졌어요. 그런데 이마는 왜……."

이마에 손을 댄 그를 해루가 의아하게 쳐다보았다.

당황한 것은 지슈카였다. 용력이 전혀 통하지 않고 있었기 때문이다. 동그란 이마에 자그맣게 새겨진 7각의 별만 맹세를 상기시키듯 푸른빛을 발하고 있었다.

"열이…… 있는 것 같아서."

"아뇨. 이마가 좀 뜨끈하긴 하지만 문제될 정도는 아니에요."

지슈카는 이마에서 손을 떼지 않은 채 여러 번 시도를 계속했다. 하지만 전혀 먹히지 않았다. 이것도 용의 비늘의 영향인 걸까.

방법은 하나였다. 일단은 여기를 피하고 나중에 기억을 지우는 수밖에. 기억조차 지워지지 않을 수 있다는 가능성이 떠올랐지만, 그는 애써 무시했다.

「하벨, 갈라지는 것이 좋겠다. 성으로 먼저 갈 테니, 저들을 처리하고 와라.」

지슈카는 운전석의 수하에게 전음을 보냈다. 곧 명을 따르겠다는 응답이 왔고, 그는 이내 해루의 팔을 잡으며 짧게 말을 던졌다.

"해루, 놀라지 마라."

"무슨……."

까만 눈동자가 의아하게 그를 올려다보았다. 그 눈에서 의아함이 채 가시기도 전에, 그는 그녀를 감싸며 성으로 공간을 옮겼다.

푸르른 빛과 찰나의 바람. 그녀가 느낄 수 있는 건 그것이 전부일 터였다.

"이사님, 갑자기 왜……."

얼결에 품에 파묻혔던 해루가 그를 밀어내며 얼굴을 들었다. 그러다 낯선 풍경을 마주하고는 눈을 휘둥그렇게 뜨고 말았다.

아니, 그 정도를 넘어서 경악이 가득한 얼굴을 하고 있었다. 당연한 일일 것이다. 주변의 풍경이 일시에 완전히 바뀌어 버렸을 테니.

"차는 어디…… 어떻게 된 거예요?"

그녀가 벌떡 일어나며 주위를 두리번거렸다. 앉아있던 침대와 탁자, 책상과 책장, 수많은 책들과 소파며 벽난로를 정신없이 눈에 담더니, 기막힌 얼굴로 그를 쳐다보았다. 모두 400년 전 그가 쓰던 그 물건들이었다.

답을 구하듯 황망하게 그를 응시하는 그녀를 바라보며, 지슈카는 난감하게 말을 골랐다.

"그러니까…… 잠시 공간을 옮겼을 뿐이다."

"고, 공간을 옮겨요? 그런 게 가능해요? 대체 어떻게……."

"그대를 위험에 처하게 하고 싶지 않았다."

그는 시선을 피하며 그렇게만 답을 주었다. 해루는 잠시 말이 없었다. 천천히 방을 서성이며 놀란 가슴을 쓸어내리고 있었다.

"여기는 어디인데요."

"프라하 끝자락. 안전한 곳이다."

"현대이기는 한 거예요? 중세나 그런 시간대로 온 건 아니

360

고요?"

그녀를 더욱 당혹케 한 건 클래식한 가구들이었던 모양이었다.

"공간만 옮겼다. 시간을 옮겨 가는 건 아주 복잡한 일이니. 잘못될 가능성이 더욱 높고."

지슈카는 떠오르는 대로 적절히 답을 주었다. 인간의 사고를 넘어서지 않는 범위 내에서.

"그게 무슨……. 마법이라도 쓰시는 거예요? 아니면 아직 알려지지 않은 첨단과학?"

해루가 더욱 놀란 눈을 하며 물었다. 그는 가만히 고개를 저으며 침착하게 말했다.

"둘 다 아니다. 그저 인간 이상의 능력을 가지고 있을 뿐."

그 말에 무슨 일인지 해루가 굳어진 얼굴로 뚫어져라 그를 응시했다. 선글라스 너머로 또렷이 눈을 마주쳐 오며 흔들림 없는 목소리로 말했다.

"역시…… 그분이 맞는 거군요. 저한테 진주 핀을 주신."

"그것은……."

복잡하게 흐르던 해루의 표정이 차츰 다른 빛깔로 뒤바뀌고 있었다. 잠시 침묵을 지키던 그녀가 조용히 다시 말했다.

"모르는 척하셔도 괜찮아요. 내가 아니까. 난처하게 하고 싶지는 않으니까."

이해한다는 듯 고개를 끄덕이는 그 모습에 7년 전의 그 모습이 겹쳐졌다. 뭐든 나름의 이해를 하며 자연스레 그를 받아들였던 꼬마 해루가.

그 집의 풍경이 스쳐 지나고, 수없이 먹었던 감자가 스쳐 지났다. 아늑하던 식탁과 맑게 울리던 새소리, 매 순간이 평화로웠던 그리운 나날들.

"손부터 좀 보지."

추억의 말들을 꺼내는 대신, 그는 먼저 해결해야 할 일을 언급하며 그녀를 이끌어 침대에 앉혔다. 피로 물든 손수건에 감싸인 손을 조심스레 받치고 차근차근 천을 풀었다.

해루는 그가 하는 대로 가만히 앉아 있었다. 하지만 시선은 손에 있지 않았다. 아련함을 담은 눈동자가 끊임없이 그에게로 떠돌아다녔다.

첫사랑.

지슈카는 저도 모르게 떠오른 그 단어를 곱씹으며 상처를 감싸고 용력을 흘려보냈다. 푸른 공기가 상처를 휘감아 돌고, 치유의 기운이 따스하게 그 손에 스며들었다.

"……이런 굉장한 능력도 있으신 거군요."

곳곳에 파였던 상처가 금세 아무는 것을 보며 해루가 찬탄의 말을 흘렸다. 그리고는 이내 우울한 얼굴을 했다.

그 모습이 마음에 걸려서 그는 조심스레 물었다.

"무슨 생각을 하는 거지?"

"그냥…… 못 오를 나무를 겁도 없이 마음에 담았다는 생각 같은 것?"

해루가 머쓱하게 웃으며 그의 눈길을 피했다. 상처가 사라진 손을 쥐었다 폈다 하며 더 이상 그를 보지 않았다.

손을 내려다보느라 곱게 숙여진 뒤통수가 못내 예뻤다. 그 끝에서 꼬리처럼 묶여 달랑대는 머리도.

"이를테면 첫사랑 같은 걸 말하는 건가."

"그건 그냥 잊어 주세요. 이사님이 괜히 모른 척하는 것 같아서 심통 부린 거니까. 부끄럽다고요."

그녀는 고개를 들지도 않고 말했다. 가라앉은 목소리에서 씁쓸함 같은 것이 느껴졌다.

그 모습에 가슴이 아려 와, 그는 가만히 손을 들어 그녀의 머리를 쓸어 주었다. 야무지게 꽂힌 진주 핀을 매만지다 저도 모르게 속내가 흘러나왔다.

"만약에 짝사랑이 아니었다고 한다면."

"……네?"

해루는 그제야 의아한 눈을 들어 그를 바라보았다.

그는 진중한 얼굴로 또박또박 말해 주었다.

"나는 이사 같은 것이 아니다. 인간이란 존재는 더더욱 아니고. 그럼에도 그대의 첫사랑은 여전히 유효한가를 묻는 것이다."

"무슨……."

그녀의 눈동자가 크게 떨렸다. 반쯤 벌어진 장밋빛 입술이 눈앞에서 유혹적으로 흔들리고 있었다.

"그대에게 준 것이 정녕 머리핀뿐이라고 생각하는가."

무겁게 흘러나온 그의 말에 해루가 당혹스러운 얼굴을 했다. 어찌할 바를 모르겠다는 듯 주섬주섬 이말 저말을 주워 섬겼다.

"아뇨. ……목숨도 여러 번 구해 주셨고, 상처도 치료해 주셨고, 또……."

오밀조밀하게 움직이는 그 입술을 그가 가만히 쓸었다. 그 순간 해루가 말을 멈췄다. 숨도 쉬지 못한 채 일렁이는 눈으로 그를 바라보고만 있었다.

그는 조막만한 그 얼굴을 손으로 감싸며 자그마한 뺨을 쓸고 애처로운 눈가를 쓸었다. 그리고 참고 참았던 그 마음을, 누르고 눌렀던 속내를 마침내 바닥까지 토해 놓았다.

"그 모든 게 내 마음이었다. 그대가 통째로 가져가 버린."

해루는 말이 없었다. 커다란 눈망울을 빛내며 금방이라도 눈물을 쏟을 것처럼 그의 옷깃을 부여잡았다. 그리고 이내 와락 그에게로 안겨 들었다. 가느다란 팔을 목에 감으며 절박하게 그의 몸을 끌어안았다.

그는 더 이상 참지 못했다. 고혹적으로 벌어진 그 입술에 그의 입술을 부비고, 달콤한 그 입술을 빨아 삼켰다. 젖혀지는 작은 머리를 커다란 손으로 움켜 받치며 보드라운 그 입술을 탐하고 또 탐했다.

갈증은 그것으로 해갈되지 않았다. 뜨겁게 부풀어 오른 입술 사이로 절박하게 혀를 밀어 넣었다. 입안 가장 깊은 곳까지 남김없이 휘저으며 달콤한 타액을 모조리 빨아마셨다.

어찌할 바를 모르는 작은 혀를 전쟁처럼 휘감고 부비며, 그 모든 감촉을 미치도록 생생하게 느끼고 탐했다.

부정맥이라도 생긴 것처럼 심장이 끊임없이 요동을 쳤다. 제 존재를 알리며 꿈틀거리기 시작한 용맥이 온몸의 피를 뜨겁게 달구며 펄떡이고 있었다.

아득해져 가는 이성을 다잡으며 겨우 입술을 떼었을 때, 해루가 나른한 목소리로 속삭인 것 같았다. 어느 시인이 그랬다던가. 고래라는 말속에는 첫사랑이 있다고.

어쩌면 그는 시인이 아니라 예언가일 지도 몰랐다. 지슈카는 진심으로 그렇게 생각했다.

해루가 팔찌의 고래에 담아 건넨 것은 분명 첫사랑의 마음이었으니까. 7년을 매일같이 고래를 눈에 담았던 그의 마음 또한 돌이켜보면 분명 그랬다.

7. 마르가리타 (1)

천년의 역사를 간직한 프라하성은 그 명성에 걸맞게 고풍스럽고 아름다운 풍경으로 가득한 곳이었다.

고전적인 건축물들이 조화를 이룬 성내는 어느 곳을 보아도 유려했고, 600년에 걸쳐 완공되었다는 성 비투스 대성당은 웅장함을 넘어서 경이롭기까지 했다.

오랜 세월을 품은 정원들은 그 자체로 운치가 가득했으며, 성벽 위에서 내려다보는 프라하 시내의 풍경 또한 한 폭의 그림처럼 아름다웠다.

하지만 해루는 그 무엇에도 온전히 집중하지 못했다. 부사장과 함께 걸으며 부지런히 테스트를 진행하고는 있었지만, 마음이 허공을 떠다니고 있어서 무얼 보아도 눈에 제대로 들어오지 않았기 때문이다.

머릿속은 온통 지슈카의 모습들로 가득했고, 귓가에는 그의

367

목소리만 내내 울렸다.

'그 모든 게 내 마음이었다. 그대가 통째로 가져가 버린.'

생각지도 못했던 그의 마음이 무겁게 쏟아지던 순간, 세상이 그대로 멈추는 것 같았다. 아니, 온 세상이 그녀에게로 쏟아져 내리는 것만 같았다.

늘 닿을 수 없는 존재라고 생각했었다. 언제나 그는 바람처럼 나타났다 안개처럼 사라지는 존재였고, 그를 만났다는 사실조차 매번 환상처럼 느껴지곤 했으니까.

그래서 그 모든 순간들이 더욱 꿈만 같았다. 오래도록 마음에 품었던 그 사람을 마침내 만났고, 그토록 격정적인 키스까지 나누었다는 사실이.

만약 누군가가 갑자기 방문을 두드리지 않았더라면 믿기 힘든 그 시간들은 좀 더 오래 이어졌을 것이다. 하지만 급한 일이 생긴 듯 지슈카는 아쉽게 그녀를 보았고, 이내 공간을 옮겨서 순식간에 숙소로 데려다주었다.

정신이 든 것은 그가 돌아가고 나서도 한참이 지난 뒤였다. 상처 하나 없이 말끔해진 손과 어느새 새것처럼 멀쩡히 되돌아와 있는 핸드폰을 바라보면서.

언제 다시 만나자는 약속 같은 건 없었다. 그가 데려갔었던 중세풍의 그 방 또한 어디에 있는 곳인지 알지 못했다. 그래서 또다시 만날 수 있으리란 확신조차 서지 않았다.

그럼에도 알아 버리고 말았다. 이 마음이 결코 끝나지 않으리란 걸. 다른 이에게로는 향할 수조차 없는 마음이란 걸.

인간이 아닌 존재.

그는 그렇게 말했었다. 어쩌면 어렴풋이 알고 있는 사실이었다. 그리고 그런 건 이미 아무런 장벽도 되지 못했다.

그가 설사 외계인이나 초능력자 같은 불가사의한 존재라 해도, 혹은 인간의 모습을 띤 그 어떤 참혹한 존재라 해도.

"……해루 씨?"

갑자기 부사장이 어깨를 툭 치며 불쑥 눈을 마주쳐 왔다.

"네?"

해루는 깜짝 놀라 그를 쳐다보았다. 부사장이 무어라 말을 건 것 같았으나, 생각에 빠져 있었던 탓에 제대로 듣지 못했다.

"잘 안 들렸습니까? 로브코비츠 궁전에 잠깐 들렀다 가자고요. 거기 카페 전망이 아주 좋습니다. 뮤지엄도 꽤 괜찮고."

"아……네, 좋아요. 점심도 먹어야 할 것 같고요."

해루는 얼른 고개를 끄덕이며 젠의 안내가 이어지던 이어폰을 귀에서 뺐다.

메신저에서 팀장의 메시지도 계속 들어오고 있었다. 작업 파일을 독촉하는 내용이었기에, 어디든 들어가서 빨리 파일을 보내야 하기도 했다.

"무슨 일 있어요? 얼굴이 좀 안 좋아 보이는데."

부사장이 그녀를 유심히 쳐다보며 물었다.

"아뇨, 아무 일도 없어요. 그냥 머리가 좀 아파서요."

해루는 멋쩍게 웃으며 적당한 말로 얼버무렸다. 그저 핑계이긴 했지만, 요 며칠 머리가 많이 아프고 속이 계속 안 좋은 것도 사실이었다. 시차 부적응 때문인지 몰라도 오늘은 특히 더했다.

부사장은 그녀의 말을 흘려듣지 않았다. 갑자기 이마에 손을 짚어 오더니, 걱정스러운 얼굴을 했다.

"열이 있군요. 오후엔 좀 쉬는 게 어떻겠습니까. 어차피 굵직한 문제들은 거의 잡아냈으니, 계속 세세하게 테스트할 필요까진 없을 듯한데."

심각하게 들려온 그의 말에 해루는 조금 당황했다. 아마도 아파서 오른 열이 아닐 테니까.

어젯밤의 키스로 부어오른 입술이 아직도 화끈거리고 있었다. 생전 처음 경험해 본 키스라는 건 정신을 차릴 수 없을 정도로 뜨겁고 격렬한 행위였다.

막연히 이럴 거라 생각했던 수준을 완전히 넘어 있어서, 그저 떠올리기만 해도 심장이 쿵쿵거리고 온몸에서 열이 오르는 것만 같았다.

"아뇨. 쉬어야 할 정도로 심하진 않아요. 뭘 좀 먹고 나면 괜찮아질 거예요."

"그래요, 그럼."

곧이곧대로 듣는 것 같진 않았지만, 부사장은 알겠다는 듯 고개를 끄덕였다. 그리고 이런저런 설명을 들려주며 길옆의 고풍스러운 건물로 그녀를 이끌었다. 그가 말했던 로브코비츠 궁이었다.

안으로 들어선 그들은 홀을 가로질러 바깥의 테라스에 자리를 잡았다.

부사장의 말처럼 전망이 아주 근사한 곳이었다. 새파란 하늘 아래 끝없이 펼쳐진 빨간 지붕의 집들과 초록의 숲들, 멀리서 반짝이는 블타바강과 클래식한 다리들이 모두 한눈에 들어왔다.

풍경을 구경하면서 음식 주문을 마치고, 해루는 가방에서 노트북을 꺼냈다. 팀장이 독촉해 온 파일을 메신저로 보내고, 빨리 답을 달라는 온라인 투표에도 이것저것 체크를 했다.

"식사하러 와서도 일입니까? 좀 쉬엄쉬엄 해요."

부사장이 물을 따라 밀어주며 빙그레 웃었다. 연이어 계속되는 팀장의 메시지에 응답하면서, 해루는 노트북 화면 너머로 멋쩍게 그를 보았다.

"팀장님이 급하게 보내 달라는 게 있어서요. 시연회 관련한 온라인 투표도 있고요."

"그렇습니까. 시연회 장소는 어디로 투표했습니까?"

"저는 프라하로 했어요. 몰타로 표가 몰리는 것 같긴 했지만."

곧 젠투어 앱의 최종 수정작업을 위해 팀 합숙이 진행될 예정이었다.

그와 병행해 사내 관계자들이 모두 참석하는 시연회가 계획되어 있는데, 그 장소를 선정하는 투표가 온라인으로 진행 중이었다.

"프라하는 많이 봤으니까 다른 곳이 낫지 않습니까?"

"아뇨. 저는 프라하가 좋아요. 다른 일도 있고 해서요."

해루는 그저 웃으며 말했다. 차 선생을 찾기 전까진 프라하를 떠날 생각이 없었다.

그래서 되도록 팀 합숙과 시연회도 이곳에서 진행했으면 하는 마음이 컸다. 그러면 다른 곳으로 갔다가 다시 오는 번거로

움을 피할 수 있을 테니까.

"그렇군요. 그럼 나도 프라하에 한 표 보태죠. 엘리자베스도 설득해 보고."

부사장이 선심 쓰듯 말하자, 해루는 기분 좋게 웃음을 터뜨렸다.

"와. 사장님도요? 두 분이 많이 가까우신가 봐요."

"간단한 부탁 들어줄 정도는 되죠. 리즈가 나한테 빚진 게 좀 있어서."

사장이 무슨 빚을 졌을까 궁금했지만, 그는 말해 줄 생각이 없어 보였다. 바깥의 풍경을 흘끗 보며 여유롭게 웃고 있었다.

해루는 문득 생각나서 새벽에 수정 작업한 파일을 열었다. 그리고 그를 향해 조심스레 물었다.

"코드 수정작업을 했는데, 한 번 보시겠어요? 오늘 저녁엔 드레스덴으로 가신다면서요."

"그러죠."

부사장은 흔쾌히 고개를 끄덕이며 그녀의 옆자리로 옮겨 앉았다. 그리고 노트북에 펼쳐진 코드를 빠르게 스크롤해가며 한눈에 슥 훑어보았다.

"이미지 추출 방식을 변경했군요. 각도 조절 기능도 보완하고, 맵 연동도 조금 부드럽게 바꿨고. 다 좋습니다."

연동파일까지 모두 열어 보고 나서 곧바로 그가 꺼낸 말은 그랬다.

해루는 흠칫 놀랐다. 대단하다는 말은 많이 들었지만 이 정도일 줄은 몰랐기 때문이다. 그 방대한 양의 코드를 살펴보는 데 채 2분이 걸리지 않았다.

"네. 근데 서버 부하가 많이 걸릴 것 같아서 우려되는 건 있어요. 괜찮을까요?"

"그건 걱정할 것 없습니다. 알래스카에 새로 데이터센터를 구축 중이니까. 거의 마무리 단계고."

"네? 그렇게 소리 소문 없이요?"

금시초문인 부사장의 말에 해루는 조금 당혹스러운 얼굴을 하고 말았다. 다른 것도 아닌 수만 대의 서버가 들어가는 데이터센터였다. 그런 굉장한 시설을 직원들도 전혀 모르게 구축하고 있었다니.

부사장은 별일 아니라는 듯 빙그레 웃으며 다시 입을 열었다.

"경쟁 앱 출시가 얼마 안 남았는데, 미리부터 그런 정보를 노출시킬 필요는 없죠. 차세대 양자컴퓨터를 선보이는 신호탄이 될 예정이기도 하고. 극비사항이니까 혼자만 알고 있어요."

"네. 비밀은 꼭 지킬게요. 그런데 차세대 양자컴퓨터라니, 정말 엄청나네요."

"시작일 뿐입니다. 애초에 리즈와 내가 꾸었던 꿈은 훨씬 원대한 거니까."

그는 그렇게 말하며 빠르게 손을 움직여 코드에 무언가를 계속 추가해 나갔다.

새로운 함수를 몇 개 더 도입하고 서버 연동 파일을 손보는 것 같았는데, 입력이 너무 빠르고 내용이 복잡해서 그 의미를 다 따라가기 힘들었다.

"한 번 볼래요?"

몇 분간 무섭도록 작업에 몰입하던 그가 싱긋 웃으며 물었다. 그리고 그녀가 고개를 끄덕이기 무섭게 바로 실행창을 띄웠다.

"와⋯⋯!"

해루는 저도 모르게 탄성을 내뱉고 말았다. 화면에 뜬 것은 기존의 젠투어 맵과 전혀 다른 품질의 맵이었다.

모든 건물이 실제보다 훨씬 화려하게 살아 움직이는 것 같았고, 방향 전환이며 모든 작동이 물 흐르듯 매끄러웠다. 이것에 비하면 기존의 맵은 애들 장난처럼 보일 정도였다.

"이건 무슨 맵이죠?"

"리즈가 내게 빚진 거죠. 젠의 목소리도 들어 봐요. 기존과 조금 다르게 들릴 겁니다. 음역대가 훨씬 풍성해졌을 테니까. 새로운 서버의 힘이죠."

"아, 네."

해루는 바로 귀에 이어폰을 꽂았다. 젠과 몇 마디를 나눠 봤는데, 부사장이 말한 그대로였다. 진짜 사람과 대화하는 것처럼 훨씬 더 매끄러웠고, 목소리도 더욱 깊이 있게 들렸다. 그저 듣고 있기만 해도 최면에 빠져들 것만 같은.

"어떻습니까."

부사장이 여유만만하게 웃으며 물었다. 해루는 더 생각할 것도 없이 감탄을 쏟아 내었다.

"굉장해요. 젠투어가 몇 배는 업그레이드 된 것 같은 느낌이에요."

"다행이군요. 사용자 반응도 좋아야 할 텐데 말입니다."

"틀림없이 잘될 거예요. 기존 앱들도 다 히트를 쳤잖아요. 젠케어, 젠스쿨, 젠쇼핑 모두 다요. 젠투어는 그보다 훨씬 더 공들인 앱이고요."

"그렇죠. 젠투어는 완전히 다른 차원의 앱이 될 겁니다. 인간의 마음을 폭풍처럼 뒤흔들어 버리는."

그렇게 말하는 부사장의 푸른 눈에 미묘한 광채가 일었다. 톱클래스 개발자의 충만한 자신감이랄까, 천재들만이 뿜어내는 독특한 아우라랄까, 혹은 그런 것들을 넘어선 알 수 없는 무언가.

주위의 기류가 그를 중심으로 흐르는 것만 같아 괜스레 압도되는 기분이었다.

"네. 꼭 그렇게 될 거예요."

해루는 갑자기 숨이 막혀 오는 듯한 느낌을 누르며 그렇게 답을 주었다.

그가 고개를 끄덕이며 부드럽게 웃었다. 눈에서 비치던 묘한 광채도 금세 사라져 갔다. 바다 빛의 푸른 눈동자가 햇빛을 머금어 은은하게 빛나고 있었다.

그림 같은 식사였다. 환한 햇빛 아래 싱그러운 바람이 불어들었고, 곁으로 펼쳐진 프라하 특유의 화보 같은 풍경도 아름답기 그지없었다.

전망으로 유명한 곳이 분명한 듯, 앞쪽에선 관광객들이 끊임없이 테라스로 나와 사진을 찍었다.

아마도 이상하고 끔찍한 그 광경을 목격하지 않았더라면 그곳에서의 기억은 그저 좋은 추억으로 남았을 것이다.

하지만 한참 식사에 집중하다 바깥으로 시선을 돌렸을 때, 그녀는 너무 당황한 나머지 숨도 제대로 쉬지 못했다.

기괴한 움직임을 보이는 시커먼 형체가 인근의 빨간 지붕

위를 빠르게 내달리고 있었다.

사람의 모양을 하고 있었지만 이목구비가 전혀 없는 시커먼 형체. 머리부터 발끝까지 검은 연기로 뒤덮인 듯한 그 형체는 무언가를 정신없이 뒤쫓고 있었다.

흠칫 놀라 부사장을 쳐다보았지만, 그는 아무것도 보지 못한 듯했다.

사진을 찍는 관광객들도 마찬가지였다. 분명 눈앞에서 시커먼 괴물이 아른거리고 있는데, 같은 풍경을 보면서도 이상한 기색 하나 보이지 않았다.

"프라하가 한때 연금술의 성지였다는 건 알고 있어요?"

그를 쳐다본 게 대화가 필요하다고 생각해서였는지, 부사장이 문득 웃으며 말을 꺼냈다. 온 신경이 바깥으로 가 있었지만, 해루는 그에게 시선을 맞추며 가만히 고개를 저었다.

"아뇨, 저는 처음 들어요. 그런 역사가 정말 있었던 거예요?"

"물론이죠. 프라하엔 다른 곳엔 없는 연금술 박물관도 두 곳이나 있어요. 전설적인 골렘의 이야기가 탄생한 곳도 바로 프라하고요. 아마도 골렘에서 영감을 얻은 것 같은데, 로봇이란 말도 체코의 작가에게서 탄생되었죠."

"와. 신기하네요."

해루는 그의 이야기에 흥미롭게 호응했다. 하지만 귀에 들어오는 것은 거의 없었다. 지붕 위를 날아다니는 검은 형체가 어젯밤에 차를 뒤쫓던 그 존재를 꼭 닮았다는 생각이 들었기 때문이다.

'그대를 위험에 처하게 하고 싶지 않았다.'

지슈카가 그렇게 말했던 것이 문득 기억났다. 그때는 경황이 없어서 그 말의 의미를 제대로 이해하지 못했다. 하지만 그가 공간을 옮겼던 것은 분명 저 존재를 발견하고 난 직후였다.

저것이 대체 무엇이기에.

"아무튼 연금술에 심취했던 신성로마제국의 괴짜 황제가 있었는데, 제국의 수도를 프라하로 옮길 정도로 이곳을 사랑했답니다. 그가 바로 루돌프2세죠."

부사장의 이야기는 계속 이어지고 있었다. 낯익은 이름이 등장하자, 해루는 재빨리 웃으며 고개를 끄덕였다.

"아. 루돌프2세 얘기는 젠에게 얼핏 들었어요. 천문학자인 티코 브라헤와 요하네스 케플러를 후원했던 황제잖아요."

"맞습니다. 하지만 브라헤와 케플러는 당대엔 점성술사로 이름이 훨씬 높았죠. 루돌프2세가 그들을 후원했던 것도 점성술 때문이었고요."

"아아, 그랬군요."

"특히 브라헤는 망원경도 없던 시절에 맨눈으로 하늘을 관찰하고 정밀한 천체도를 만든 귀재죠. 초신성까지 발견했고요. 지금의 기준으로 시력이 5.0쯤 되었답니다."

"시력이 5.0이요? 그게 정말 가능할까요?"

"가능하죠. 지금도 이탈리아의 황새치 잡이 어부들 중에는 시력이 6.0에 달하는 사람도 있으니까. 저 멀리 블타바강에 떠다니는 유람선의 글씨까지 보일 정도쯤 되려나요."

부사장이 테라스 너머로 아득히 흐르는 블타바강을 바라보며 말했다.

해루는 되도록 검은 형체를 보지 않으려 애쓰며 그를 따라 블타바강을 쳐다보았다. 그러다 몹시 당황해서 눈을 몇 번이나 깜빡이고 말았다.

"왜 그래요, 해루 씨. 설마 거기서 유람선의 글씨가 보이는 건 아니겠죠?"

부사장이 농담을 던지며 싱긋 웃었다. 해루는 어떻게 말해야 할지 몰라 멋쩍게 웃었다.

"그게…… 보이는 데요, 정말로요. 재즈 보트. 그렇게 쓰여 있어요."

전혀 말도 안 되는 일이었지만, 글씨가 보였다. 족히 몇 킬로미터는 떨어져 있을 블타바강에 작은 점처럼 떠다니는 유람선이었다. 그 중간에 새겨진 JAZZ BOAT라는 파란 글씨가 어렵지 않게 보였다. 그것도 아주 선명하게.

"예? 정말입니까? 또 다른 유람선은요."

"클래식 리버. 프라하 보트."

스스로도 몹시 의아했지만, 해루는 보이는 대로 유람선에 적힌 글자들을 읽어 주었다. 당황이 역력한 부사장의 얼굴을 바라보며 곰씨 아저씨가 해 주었던 말을 살짝 덧붙이기도 했다.

"아마 제가 태어나서부터 청정지역에 살아서 그런 것 같아요. 친척 아저씨도 가끔 그랬거든요. 눈도 밝고, 귀도 밝고, 냄새도 동물처럼 잘 맡는다고. 그래도 이 정도일 줄은 몰랐어요."

"정말 놀랍군요."

부사장은 굉장한 일이라는 듯 연신 감탄을 보였다.

흥미 가득한 그 시선을 피해 다시 바깥을 보았을 땐 검은 형체 외에 또 다른 형체가 나타나 있었다. 피부색도 몸도 분명 사람인 것 같았는데, 등 뒤로 무언가가 까맣게 돋아 있었다. 그럼 사람이 아닌 걸까.

곧 무슨 일이 벌어질 것만 같아서, 그녀는 몹시 긴장했다. 사람 같은 형체는 도망치듯 엄청난 속도로 지붕 위를 날고 있었고, 검은 형체는 그 뒤를 바짝 쫓으며 붉은 불길을 뿜어내고 있었다.

바깥의 험악한 상황과는 상관없이, 부사장은 섬세한 손길로 슈니첼을 썰며 유유히 이야기를 이어갔다.

"루돌프2세는 프라하를 유례없는 연금술의 성지로 만든 장본인입니다. 그 자신이 뛰어난 연금술사이기도 했고요. 전 세계의 내로라하는 연금술사들을 모두 프라하로 불러들여 대대적인 연구를 진행했었죠. 영국의 존 디라든가 흑마법사로 유명한 에드워드 켈리라든가……."

"아, 네에."

그의 말에 적당히 고개를 끄덕이던 순간이었다. 검은 형체가 뿜어낸 불길이 결국 사람 같은 형체를 무섭게 휘감아 돌았다. 사람의 형체는 시뻘건 불길에 뒤덮여 미친 듯이 발버둥 치고 있었다.

그리고 사람 형체의 등에 돋았던 뾰족한 것이 갑자기 크게 자라나기 시작했다. 불길을 뚫고 박쥐의 날개 같은 것이 무시무시하게 자라나면서, 인간의 모습을 하고 있던 그 몸도 단숨에 거대한 흑뱀의 형체로 탈바꿈하고 있었다.

해루는 소름 끼치는 그 광경을 더 보기 힘들어 음식에 시선을 고정했다. 이름도 생경한 굴라쉬를 열심히 떠 넣으면서 맛에 집중하려 애썼다.

바깥에서 벌어지고 있는 것은 알 수 없는 괴물들의 전쟁인 듯했고, 훔쳐보는 것 자체가 몹시 고역이었기 때문이다.

다행히 그 끔찍한 존재들은 다른 사람의 눈에는 전혀 보이지 않는 듯했다. 부사장도, 옆 테이블의 커플도, 테라스를 오가는 그 어떤 사람도 저 괴물체들의 싸움을 보지 못하는 것 같았다.

그런데 대체 왜 내 눈엔 저런 게 보이는 거지. 혹시 환각이라도 보는 걸까. 설마 조현병의 전조 증상 같은 것?

"그런데 몸이 많이 안 좋습니까, 해루 씨?"

문득 부사장이 걱정스러운 얼굴로 물었다.

"아뇨, 그렇게 보였나요? 신기한 이야기를 너무 열심히 듣다 보니 그렇게 보였나 봐요. 그래서요?"

해루는 얼른 표정을 갈무리하며 딱 잡아뗐다. 다른 사람들 눈에는 보이지 않는 걸 혼자 본다고 하면 이 사람은 어떻게 생각할까. 아마 미친년처럼 쳐다보겠지.

그런 취급은 절대 받고 싶지 않았다. 그것도 업계 최고의 프로그래머이자, 절대 잘리고 싶지 않은 회사의 2인자에게.

"그렇다면 다행이고요. 궁금하다니까 하는 말인데, 프라하가 지닌 연금술의 역사는 400여 년이 지난 지금도 끝나지 않았습니다."

다행히 부사장의 이야기는 무리 없이 계속되었다. 부드럽게 웃으며 말을 이어가는 것이, 경악 가득한 그녀의 상태는 눈치

채지 못한 듯했다.

"은밀히 전해져 온 이야기지만, 지금도 프라하 지하에는 발굴되지 않은 연금술 유적이 가득하답니다. 땅속 아주 깊은 곳에 어마어마한 규모의 지하도시가 있는데, 그 연결망이 세계 각국으로 뻗어 있다고 하죠."

"정말요? 믿을 수 없는 이야기네요."

이미 이야기에 대한 흥미는 사그라져 버렸지만, 해루는 바깥을 보지 않기 위해서라도 애써 그의 말에 호응했다.

"내가 알기론 그렇습니다. 연금술 또한 현대과학의 발달에 힘입어 더욱 극적으로 발전했다고 하죠. 그리고 그들이 궁극적으로 추구한 것은 절대 금이 아닙니다. 금은 목표의 아주 작은 일부일 뿐이었죠."

"금이 아니면 무엇을 추구한 거죠? 실험도 엄청 많이 한 것 같던데요."

"인간의 한계를 초월한 인간."

부사장은 단정적으로 말했다. 확신에 찬 그 얼굴이 또다시 주위에 묘한 기류를 형성하고 있었다.

"인간의 한계를 초월한다면……."

"말 그대롭니다. 신에 가까운 인간이 되고자 했죠. 악마에게 영혼을 팔아서라도."

해루는 갑자기 속이 답답해져서 물을 들이켰다. 괴물체들이 싸움을 벌이는 바깥의 상황과 맞물려, 부사장의 말은 몹시도 오싹하게 들렸기 때문이다.

"아아. 어떻게 보면 무서운 이야기네요."

"글쎄요. 영혼을 파는 사람들은 생각보다 많아요. 파우스트

이야기는 괴테가 만들어 낸 게 아닙니다. 당시 유럽 전역에 만연했던 일들을 이야기로 옮긴 것뿐이죠."

부사장은 그저 싱긋 웃으며 어깨를 으쓱했다. 너무 태연스레 얘기하는 바람에 소설 같은 그 말들이 마치 진짜처럼 느껴지기도 했다.

밖에서 엄청난 붉은 빛이 느껴진 것은 그때였다. 그와 동시에 왠지 모르게 속이 뜨거워지는 기분이 들었고, 피가 맹렬하게 혈관을 돌아 얼굴마저 화끈거리는 듯했다.

결국 해루는 이상한 기분을 참지 못하고 바깥으로 시선을 돌렸다. 그리고 아까보다 더욱 끔찍한 광경에 숨을 멈추고 말았다.

운동장만큼이나 거대한 날개를 펼쳤던 흑뱀의 형체가 태양처럼 시뻘건 빛에 타들어 가고 있었다. 고통으로 몸부림치는 그 모습에 무섭도록 소름이 끼쳤다.

기괴한 검은 형체는 그 주위를 유유히 맴돌며 최후의 순간을 즐기고 있는 듯했다. 그 모습이 부사장이 말한 악마처럼 끔찍하기 짝이 없었다.

"밖에 뭐가 있습니까?"

의아한 얼굴로 밖을 쳐다보던 부사장이 문득 물었다. 해루는 얼른 표정을 갈무리하며 아무렇지 않은 척 눈을 비볐다.

"아, 아뇨. 그저 눈이 좀 부셔서."

"햇빛이 강해서 그런가 보군요. 상태가 안 좋아 보이는데, 오늘은 그만 숙소로 돌아가서 쉬어요."

"네. 아무래도 그래야 할 것 같아요."

그편이 낫겠다는 생각이 들었다. 속이 계속 안 좋은 것도 그렇고, 이상한 것들을 자꾸 보는 것도 그렇고, 컨디션이 너무 저조한 상태였다. 륜이 추가로 해킹해 온 파일들을 살펴볼 시간이 필요하기도 했다.

"해루 씨, 줄 게 하나 있는데."

식사가 거의 끝나 갈 즈음이었다. 그녀를 바라보며 싱긋 웃던 부사장이 무언가를 건네 왔다. 우아한 광택이 도는 검은빛의 봉투였다.

"전에 말했던 그 클럽의 초청장입니다. 버터플라이 연주를 들을 수 있는 곳. 꼭 같이 가고 싶었는데, 아무래도 내가 시간 여유가 없네요. 프라하 같이 온 친구랑 함께 가면 좋을 것 같아서요."

"와. 감사합니다. 꼭 가서 볼게요. 무척 기대되네요."

사실 한가롭게 클럽 구경을 할 여유 같은 건 없었다. 하지만 그의 친절을 무시하고 싶지 않아서 해루는 기꺼운 얼굴로 초청장을 받아 들었다.

"그런데 제약이 하나 있어요. 초청장으로 입장 가능한 건 매주 수요일뿐입니다. 저녁 7시, 화약탑 앞에서 그 초청장을 들고 있으면 안내인이 알아서 다가올 겁니다."

"뭔가 흥미진진한데요. 첩보작전 같은 초청이네요."

"특별한 곳이니까요. 마침 내일이 수요일이니까 한 번 가 봐요. 틀림없이 좋을 겁니다."

"네, 감사해요."

흔쾌히 받아 든 검은 봉투에는 아무것도 쓰여 있지 않았다. 대신 도안 같은 그림이 하나 그려져 있었는데, 레몬 조각이 꽂힌 마티니 잔에 연노란 빛깔의 액체가 담긴 칵테일 그림이었다.

이 칵테일이 뭐더라. 어디서 본 것 같긴 한데 잘 기억은 나지 않았다.

"마르가리타입니다."

부사장이 친절하게 웃으며 말해 주었다.

"아, 네. 마르가리타."

해루는 고개를 끄덕이며 칵테일 그림을 다시 한번 눈에 담았다. 그 클럽의 대표 메뉴쯤 되는 모양이었다. 칵테일을 주로 판매하는 곳일까.

초청장을 가방에 챙겨 넣는데, 문득 바깥의 풍경이 눈에 들어왔다. 이상한 느낌이 들어서 쳐다보니, 괴물체들이 전쟁을 벌이던 그 자리에 뜻밖에도 푸른빛이 일렁이고 있었다. 시야를 온통 다 가릴 정도로 거대한 푸른빛이었다.

선명한 사파이어색의 아름다운 빛. 언젠가도 보았던 찬란한 그 빛.

해루는 저도 모르게 자리에서 벌떡 일어서고 말았다. 분명 지슈카의 빛이라는 생각이 들었기 때문이다. 끔찍하던 검은 형체는 눈부신 빛에 가려져 더 이상 보이지도 않았다.

그가 온 걸까. 어쩌면 그 괴상한 존재들을 처리하러 온 걸까.

하지만 아무리 보고 또 봐도 눈앞엔 빛만 가득할 뿐 그의 모습은 보이지 않았다. 이마가 일렁거리는 듯한 이상한 느낌만 잠시 찾아들었을 뿐이었다.

"해루 씨, 무슨 일입니까."

부사장이 의아한 얼굴로 묻고 있었다.

"……아는 사람이 지나간 것 같았는데, 아니었나 봐요."

해루는 멍하니 대답하며 아쉽게 자리에 앉았다. 뭔가 확인할 게 있었다는 얼굴을 하며 후식으로 나온 커피를 태연한 척마셨다.

하지만 기대가 너무 컸는지 실망을 감추기가 힘들었다. 그리 큰 기대를 한 것도 아니었는데. 그저 잠깐이라도 그를 볼수 있길 바랐을 뿐인데.

카페의 사람들은 여전히 테라스에서 사진을 찍고 풍광을 눈에 담았다. 하지만 그 누구도 푸른빛을 보지 못한 듯, 전혀 놀라거나 의아해하지 않았다.

해루는 시리도록 아름다운 푸른빛을 눈에 담으며 생각했다. 왜 다른 사람이 보지 못하는 걸 그녀는 보고 있는지. 시력이남다르게 좋아서 그런 건지, 아니면 다른 이유가 있는지.

마음 깊은 곳에서 전에 없던 의심이 자라나기 시작했다. 스스로에게 뭔가 커다란 문제가 생긴 게 아닐까 하는. 어쩌면 보통과 다른 이상한 존재가 아닐까 하는.

지슈카가 몹시 보고 싶었다. 헤어지던 그 순간부터 그가 그리웠다. 차라리 만나지 못했다면 모를까, 한 번을 만나고 나니참고 참았던 그리움이 둑 터지듯 한꺼번에 터져 나오는 것 같았다.

"완전히 불타 버렸던데."

저녁 늦게 들어온 륜이 굳은 표정으로 허탈하게 말했다. 그녀가 이상하다고 얘기했던 펄리 셸즈에 다녀온 다음이었다.

"불타 버리다니."

해루는 식탁에 간식거리를 늘어놓으며 의아하게 물었다. 륜이 기막힌 얼굴로 고개를 절레절레 저었다.

"펄리 셸즈. 시커멓게 다 타서 완전 잿더미야. 아무것도 남은 게 없다고."

"말도 안 돼. 어젯밤만 해도 멀쩡했는데. 건물이 엄청 커서 다 타기도 힘들걸."

"근처 사람들 말로는 밤새 걷잡을 수 없이 탔다더라. 소방차도 몇 대나 왔는데 모두 소용없었다 하고"

갑자기 오싹한 기분이 들었다. 검은 연기를 내뿜던 그 사람들은 다 어떻게 된 걸까. 륜에게 그런 이야기까진 하지 않았지만, 그 외의 말들만으로도 륜은 충분히 수상하다고 했었다.

"CCTV 파일은 좀 살펴봤어?"

식탁에 놓인 우유를 벌컥벌컥 마시며 륜이 물었다.

"차 선생이 쇼핑센터로 들어가는 장면까진 찾았는데, 이전 행적을 파악하려면 아직 한참 더 봐야 돼."

"그렇겠지. 반경 3킬로미터 정도는 모두 훑어 왔으니, 며칠은 족히 봐야 할 걸. 근데 너 손……."

륜이 갑자기 손을 덥석 잡는 바람에, 해루는 흠칫 놀랐다.

"응? 손은 왜."

"거기서 손을 다쳤다고 하던데."

그녀의 손을 앞뒤로 훑어보더니, 륜이 미심쩍은 얼굴로 그녀를 쳐다보았다. 늘 태평하던 눈동자가 차갑게 굳어 있어서 무섭게 느껴지기까지 했다.

"누구한테 들었는데?"

"매장 안에서 본 사람이 말해 주던걸. 와인 잔이 떨어져서 동양인 여자 하나가 크게 다쳤다고. 몽타주 들고 사람 찾던 까만 머리의 여자. 그거, 너 아니야?"

"그게…… 다치긴 했는데, 금방 나았어."

해루는 당황을 감추며 얼른 말했다. 스스로도 말이 안 되는 변명 같았지만, 그렇게 답할 수밖에 없었다. 아니면 지슈카가 인간이 아닌 특별한 존재라는 얘기까지 털어놓아야 했으니까.

"피까지 흘렸다면서."

"약이 굉장해서 자고 일어나니까 다 아물었더라고. 도와준 사람이 좋은 약을 구해 주어서."

"도와줬다는 그 남자는 누군데?"

누구에게 무슨 얘기를 들었는지 모르겠지만, 륜은 다 알고 묻는 것 같았다. 도와준 사람이 남자라는 얘기는 한 적도 없는데.

"그…… 륜도 봤잖아. 카를교에서 카린 씨랑 같이 있던 이사라는 분."

"뭐, 그 재수탱이? 그놈이 거기 있었어? 근데 그놈이 왜 너를 도와줘."

"카린 씨랑 나랑 아는 사이인 거 뻔히 아는데, 모르는 척하기 그랬겠지."

"문제가 생겼으면 나를 먼저 불렀어야지."

"그게…… 핸드폰도 고장났었어."

해루는 말을 하다 아차 싶었다.

륜이 멀쩡해진 그녀의 핸드폰을 눈에 담고 있었다. 그리고 조용히 그녀를 응시했다. 7년을 보아 왔지만, 한 번도 한 적 없는 무섭도록 날 선 눈을 하고서.

"윤해루, 너 지금 아주 이상한 거 알아?"

"어, 어?"

"피투성이 된 손을 하룻밤 만에 아물게 하는 특효약이 있다? 흉터 하나 없이? 그게 말이 된다고 생각해?"

"……있으니까 내 상처가 이렇게 아문 거잖아."

어설픈 변명에 그의 얼굴이 더욱 굳어졌다. 그녀의 손을 놓아주지도 않은 채, 한없이 차가운 얼굴을 하고서 딱딱하게 물었다.

"하나만 물을게. 너, 어릴 적에 혹시 피 맛 나는 음료 같은 거 마신 적 없어? 엄마나 아빠가 준 적 없냐고."

"……피 맛? 상처에서 나오는 그 피?"

왜 그런 걸 묻는지 몰라서 해루는 더욱 당황하고 말았다. 륜은 날카로운 눈으로 그녀를 살피며 짧게 답했다.

"그래, 블러드."

"말도 안 돼. 피 맛이라니, 그런 음료를 누가 먹겠어? 오바이트 쏠려서 다 토해 버릴 텐데."

"잘 생각해 봐. 정말로 없어? 단 한 번도?"

"없어. 절대로."

해루는 단호하게 고개를 저었다. 하지만 륜은 무서운 눈길로 그녀를 쏘아볼 뿐이었다.

다음 순간 그가 그녀의 손을 놓아주며 식탁 위에 놓인 과일칼을 불쑥 집어 들었다.

388

"좋아, 그럼 이건."

무슨 상황인지도 모르게 그가 짧게 말했다. 그와 동시에 그가 거침없이 칼로 자신의 손바닥을 그었다.

"류, 륜! 왜 이래!"

해루가 다급히 그의 팔을 잡았지만 이미 늦은 뒤였다. 붉디 붉은 핏방울이 긴 상처에 짙게 배어 들더니, 곧 뚝뚝 떨어져 내리기 시작했다.

해루는 얼른 옷을 펼쳐 그의 손을 감싸려고 했다. 하지만 그가 단호히 손을 쳐내며 다친 손을 그녀의 눈앞에 들이밀었다.

"륜, 뭐 하는 거야? 얼른 지혈해야 된다고!"

"괜찮으니까 똑바로 봐. 피야, 사람 피. 아주 붉고 향긋하지."

륜의 목소리는 흔들림 없이 무겁고 스산했다. 고통조차 내비치지 않은 채 그녀의 눈을 무섭도록 또렷하게 응시하고 있었다. 해루는 그의 손을 잡으며 정신없이 소리쳤다.

"륜, 이러지 마! 륜은 손이 생명이잖아. 어쩌려고 이래!"

"먹어도 돼. 참지 않아도 되고."

그가 그녀의 손을 거칠게 떼어내며 코앞까지 손을 들이밀었다. 짙붉은 피가 왈칵 쏟아져 내려 팔까지 온통 적시고 있었다.

짙은 피 냄새가 공기를 가득 메워 속이 메슥거리는 것만 같았다. 아니, 그보다 륜에 대한 걱정이 더욱 컸다. 갑자기 왜 이러는 건지. 그녀더러 뭘 어떻게 하라는 건지.

"륜, 미쳤어? 나더러 지금 피를 먹으라는 거야? 뱀파이어처럼?"

"그래, 뱀파이어처럼. 할 테면 해 보라고."

륜은 거칠게 말하며 스산한 눈으로 거침없이 그녀를 쏘아보았다. 해루는 그 눈길을 피하지 않은 채 미동도 없이 그를 바라보았다.

주위는 몹시도 고요했다. 무거운 침묵 속에서 노트북의 팬돌아가는 소리만 공기를 가득 메웠다.

한참이 지난 후에 먼저 입을 연 것은 륜이었다. 부엌이 온통피 냄새로 가득 차고, 떨어진 피가 바닥에 고여 흥건한 얼룩을만들어낸 뒤에.

"정말 내 피에 관심 없어? 아무런 느낌도 없고?"

"륜이 걱정돼! 그만해, 제발. 그러다 쓰러진다고!"

해루는 결국 화를 내며 그의 손을 양손으로 힘껏 움켜쥐었다. 어떻게든 그를 말려야 했으니까.

그가 뿌리치면 더 세게 나갈 작정이었는데, 다행히 륜은 뿌리치지 않았다. 복잡한 눈으로 그녀를 바라보며 가만히 서 있기만 했다.

그녀는 서둘러 옷으로 손을 감싸고 꾹꾹 눌러 지혈을 했다. 얼마나 깊이 베였는지, 피는 멈출 기미가 보이지 않았다. 차라리 약국에 나가서 지혈제를 사 오는 것이 빠를 것 같았다. 하지만 그동안 륜이 또다시 사고를 쳐 버리면.

결국 이러지도 저러지도 못한 채, 해루는 있는 힘껏 그의 손만 꾹꾹 눌렀다. 셔츠를 흥건히 적신 핏빛에 괜스레 서러운 기분이 들었다. 이런 상황에 아픈 티도 내지 않는 륜이 무섭도록 걱정되었다.

"왜 이런 거야?"

조심스레 흘러나온 그녀의 물음에 륜이 담담히 말했다.

"확인할 것이 있어서."

"무얼?"

"됐어. 그 남자한테 연락이나 해 봐. 약 좀 가져오라고."

륜이 심드렁하게 말하며 그녀의 머리를 쓸어 주었다. 화해하자는 뜻인 듯했지만, 해루는 더욱 당황하고 말았다.

"응? 무슨 약?"

"그 상처 잘 아무는 약, 내 눈으로 직접 봐야겠으니까."

"여, 연락처가 없는데."

그녀가 난감해하는 걸 뻔히 보면서도 륜은 물러서지 않았다. 대수롭지 않게 웃으며 간단히 말을 던졌다.

"카린한테 알아보면 되잖아. 프라하에서 두 번이나 마주쳤으니 어차피 이 근처 사는 것 같고."

"륜, 그게……"

해루는 몹시 당황해서 할 말을 찾지 못하고 말았다. 무어라 말해야 륜이 이해를 할까. 답도 없고 해결책도 없었다.

"약이 필요한 겁니까, 내가 의심스러운 겁니까."

뒤쪽에서 갑자기 묵직한 목소리가 들려온 것은 그때였다. 절대 잘못 들을 리 없는 낮은 목소리.

소스라치게 놀라서 돌아본 현관 앞에 뜻밖에도 지슈카가 있었다.

천천히 걸어 들어온 그가 조용히 륜을 응시했다. 언제나 거침없던 륜도 이번만큼은 조금 당황한 듯 잠시 말이 없었다. 그녀를 한 번 쳐다보고 지슈카를 한 번 쳐다보더니 어깨를 으쓱하며 입술을 뗐다.

"양쪽 다."

이윽고 륜이 굳은 얼굴로 말을 뱉어 내자, 지슈카가 희미하게 웃는 듯했다. 그리고 말없이 선글라스를 벗었다.

푸르디푸른 그 눈이 차가운 얼음처럼 맑게 빛났다. 북해의 바람처럼 시린 공기가 집안을 청명하게 휘감아 돌았다.

"이사님."

해루는 다급히 그를 불렀다. 생각지도 못하게 그를 보게 된 것은 기뻤지만 상황이 좋지 않았다. 옷과 바닥은 피투성이였고, 륜은 적의 가득한 얼굴로 지슈카를 쳐다보고 있었다.

"문이 열려 있었던가? 갑자기 집 안에 나타난 것도 설명이 필요할 것 같은데."

륜이 삐딱하게 말했다. 해루는 얼른 그의 앞을 막아 나서며 고개를 저었다.

"륜, 이러지 마. 손님이잖아."

"그렇지, 손님. 접대가 필요하겠군. 해루 너는 나가서 뭐라도 좀 사 와. 맥주나 뭐 그런 거."

"뭘 어쩌려고 그래, 륜."

"걱정 마. 내가 언제 쓸데없는 일 벌인 적 있어?"

"……아니. 그건 아니지만."

해루는 한숨을 내쉬며 가만히 고개를 저었다. 보통의 륜이라면 그랬겠지만 오늘의 륜은 평소와 너무도 달랐기 때문이다. 하지만 혹여 륜이 무모한 일을 벌인다 한들 지슈카가 조용히 무마시킬 거란 믿음은 있었다.

"그럼 걱정 말고 나갔다 와."

"그래도……."

"나갔다 와요, 해루 씨. 여긴 내가 알아서 할 테니까."

지슈카가 피범벅이 된 그녀의 옷을 바라보며 말했다.

해루는 그제야 제 꼴이 생각나 머쓱하게 욕실로 향했다. 손과 팔을 씻고 옷도 좀 갈아입어야 했다. 륜의 상처를 치료할 약 때문에라도 약국에는 다녀와야 했으니까.

"문은 열려 있었고, 해루 씨의 손도 내가 치료했습니다. 답이 됐습니까?"

세면대에서 팔을 닦고 있자니 바깥에서 지슈카의 목소리가 들렸다.

"무슨 수로 피투성이가 됐던 손을 하루 만에 아물게 했지?"

"궁금하면 직접 보여 드리죠."

설마 여기서 바로 상처를 낫게 해 줄 생각인 건가. 해루는 당혹스러운 마음에 서둘러 밖으로 나왔다.

륜의 상처가 아무는 것은 좋았지만, 지슈카가 그 이후의 상황을 어떻게 수습할 건지 걱정이 되었다. 그가 륜에게 이상한 존재로 오해를 받는 것도 원치 않았고, 혹여 그런 이유로 그가 또다시 모습을 감추게 된다면 견딜 수 없을 것만 같았기 때문이다.

"한국말을 쓰는군. 어제는 전혀 모르는 듯하더니."

말을 던진 륜이 갑자기 소파 뒤로 몸을 날린 것은 그 순간이었다. 해루가 거실로 나와 막 식탁 쪽으로 향했을 때.

그리고 륜의 손에서 시커먼 그것이 보였다. 어제 소파 밑에서 그가 꺼내 들었던 그것. 말은 액체가 나온다고 했지만 정말은 권총처럼 생긴 무시무시한 그것.

해루는 더 생각할 것도 없이 지슈카에게로 몸을 틀었다. 그리고 온힘을 다해 달려가 그를 감쌌다.

푸슉. 푸슉. 푸슉.

희미한 소리와 함께 무언가가 날아든 것은 아주 찰나의 순간이었다. 그와 동시에 푸르고 푸른빛이 안개처럼 그녀를 휘감은 것도.

그리고 타닥타닥 소리와 함께 무언가가 우수수 바닥에 떨어져 내렸다.

"흐음. 역시 적이 맞았군."

륜의 목소리가 들렸지만, 해루는 눈앞을 가린 푸른빛 때문에 상황을 파악하기 힘들었다. 바닥에 떨어져 내린 것이 혹여 탄환이 아니기만을 바랄 뿐.

하지만 푸른빛 사이로 이미 희미한 연기가 스며들고 있었다. 게다가 코끝을 강하게 찌르는 화약 냄새.

일순 시간이 정지한 것 같았다. 심장이 미친 듯이 뛰어 대고 머릿속이 하얗게 비어 버렸다.

해루는 공포에 질린 얼굴로 천천히 고개를 들었다. 총알이 빗나갔기를 간절히 바라며 지슈카에게로 두려운 시선을 어렵사리 향했다.

"괘, 괜찮아요, 이사님?"

"윤해루! 너 뭐 하고 있어? 이쪽으로 와!"

그녀의 물음과 동시에 륜의 목소리가 크게 울렸다. 하지만 해루는 지슈카의 몸을 감싼 채 꼼짝도 하지 않았다.

"윤해루! 이쪽으로 오라고! 그놈 제거해야 돼!"

"제거라니, 륜? 미쳤어?"

"빨리 와! 인간들 피 빨아먹고 다니는 놈이야. 네 피를 탐내고 있는 거라고!"

"말도 안 되는 소리 하지 마. 륜, 오늘 왜 이래. 정신 좀 차려!"

"제길!"

륜의 욕설과 동시에 그의 손이 불쑥 어깨로 다가들었다. 그리고 그녀의 몸을 지슈카에게서 억지로 떼어 놓았다. 해루는 온힘을 다해 버텼지만 그의 힘을 당해 내기란 역부족이었다.

"무모한 헌터로군."

지슈카는 그 모든 상황에서 미동도 없이 서 있었다. 륜에게 순순히 그녀를 내주며 묵묵히 푸른빛을 거뒀다.

푸른빛이 사라지자 해루는 정신없이 지슈카의 몸을 살폈다. 다행히 피가 흐르는 곳은 없는 듯했다. 어쩌면 당연한 일이었다. 아마도 푸른빛의 안개는 그가 펼친 보호막일 테니까.

그런데 헌터라니. 륜이 무엇을 사냥한다는 뜻일까.

그 순간 공항에서 했던 륜의 말이 귓가를 스쳤다.

'무시가 아니라, 너 여기선 진짜 엄청 조심해야 한다니까. 드라큘라 전설이 왜 동유럽에서 시작됐는데.'

드라큘라라니 설마.

"적아 구분 못 하는 헌터는 그 자체로 치명적이지."

생각은 지슈카의 목소리와 함께 끊겼다. 입술도 움직이지 않은 채 들려온 나직한 목소리.

그리고 다음 순간, 멀찍이 떨어져 있던 그가 륜의 곁에 있었다. 륜에게 붙들렸던 그녀를 떼어 놓으며 조용히 그의 팔을 잡았다. 그리고 또다시 푸르고 푸르른 그 빛. 찬란하고 눈부신 사파이어빛.

그 모든 것이 아주 순식간에 일어난 일이었다. 지슈카가 륜의 팔을 잡음과 동시에 상처가 아문 그 모든 일들이. 찰나라고 하기에도 짧은 순간, 마치 륜의 손엔 처음부터 상처가 없었던 것처럼.

해루는 눈을 비비고 또 비볐다. 륜의 손을 확인하고 또 확인하며 상처의 흔적을 찾았다. 하지만 조금 전까지만 해도 깊게 파여 피범벅이던 상처는 이미 사라지고 없었다.

"드라클의 능력이 이 정도였던가."

륜이 분한 얼굴로 지슈카를 쏘아보고 있었다.

해루는 상황을 제대로 이해하지도 못한 채 그저 둘을 지켜볼 수밖에 없었다. 그나마 륜의 상처가 단번에 아문 것이 위안이라면 위안이랄까.

"드라클이라. 무례하군. 나를 그런 하찮은 존재로 취급하다니."

지슈카가 냉소적으로 웃으며 답했다.

"히긴, 피에 흥분하지 않는 드라클이란 들어 본 적도 없지. 탄환까지 막아 내는 드라클 또한. 그럼 당신은 대체 무엇이지?"

륜이 총을 빙글빙글 돌리며 물었고, 지슈카는 여유로운 눈으로 그를 바라보았다.

"인간들이 알면서 알지 못하는 존재. 아니, 안다는 착각을 하고 있는 존재라 해야 옳겠지."

"적인가."

"굳이 따지자면 아군이라고 해 두지."

"해루와의 관계는?"

륜의 질문에 지슈카가 잠시 그녀를 쳐다보았다. 보석 같은 눈동자에 푸른 일렁임이 일었다.

"……첫사랑."

시간이 짧고도 길게 흘렀다. 해루가 심장의 떨림을 감추는 동안 륜이 오래도록 그녀를 바라보았다.

"그럼 그때는 왜 모른 척한 거지?"

"이렇게 될까 봐."

"당신이 고래의 남자인가."

륜의 물음에 지슈카가 손목을 들어 보였다. 재킷의 소매를 올리자 무지갯빛 바다에 검은 고래를 수놓은 오래전의 팔찌가 고스란히 그 모습을 드러내었다.

"소원을 이루어 준다는군."

팔찌를 보여준 그가 나직이 말했다.

내내 굳은 얼굴을 하고 있던 륜이 그제야 희미하게 웃었다. 조금 올라간 소매 아래로 륜의 팔찌가 보였다. 파란 바다에 노란 문어를 새겨 넣은 소원 팔찌가.

"비밀은 지켜 줄 거라 믿도록 하지. 그대에게도 해루는 귀한 존재일 테니까."

담담히 들려온 지슈카의 말은 그랬다. 그는 륜이 뭐라 할 겨를도 없이 그녀의 어깨를 짚었다. 그리고 그대로 공간을 옮겨 버렸다. 검보랏빛 밤하늘의 야경이 찬란한 그 어딘가로.

높디높은 첨탑 아래로 수많은 불빛이 찬연하게 빛나고 있었다.

지슈카가 해루를 데려온 곳은 프라하 전역의 야경이 한눈에 들어오는 언덕 위의 성이었다. 위치는 알 수 없지만, 멀리 프라하성이 자그맣게 보이는 것으로 보아 프라하 외곽에 자리한 곳인 듯했다.

"여기는 어디예요?"

"비블리체 성. 보통의 인간 눈에는 보이지 않는다."

지슈카가 그녀에게서 눈을 떼지 않으며 답했다.

"왜 여기로 온 거예요?"

"글쎄. 둘만 있을 만한 곳을 찾다 보니."

둘만. 해루는 괜스레 콩닥거리기 시작한 심장을 다잡으며 머쓱하게 머리를 쓸어 올렸다. 아까까지만 해도 단단히 묶여 있던 머리는 어느새 느슨해져 이마 위로 몇 가닥이 빠져나와 있었다.

"아까는 죄송해요. 륜이 원래 그런 사람이 아닌데, 저 때문에 신경이 곤두서서……."

해루는 말을 다 마치지 못했다. 남자의 커다란 손이 그녀의 이마에 넌지시 닿아 왔기 때문이다.

"알고 있다."

따뜻한 밤바람이 불었고, 어디선가 장미 향기가 아련하게 흘러들었다.

"이마에 뭐가 묻었어요?"

"아니. 머리카락."

그의 손이 천천히 매만진 것은 그녀의 머리카락이었다. 바람과 함께 이마에서 흩날리던 머리카락들.

"다시 묶을까 봐요. 다 흐트러져서."

"그것이 아니라."

기다란 손가락이 흩날리던 머리카락을 가만히 잡았다. 그리고 찬찬히 귀 뒤로 쓸어 넘겨 주기 시작했다.

해루는 숨도 제대로 쉬지 못한 채 미동도 없이 멈추어 있었다. 보랏빛을 띤 까만 하늘이 꿈인 듯 일렁이고 있었다.

"소독."

섬세한 손길이 그녀의 귀 뒤에서 오래도록 움직였다. 그리고 의미를 알 수 없는 단어로 끝을 맺었다.

"소독이요?"

"다른 손이 닿았던 것을 보았다."

그의 말을 곰곰 생각하다 해루는 그제야 부사장이 머리카락을 넘겨 주었던 것을 떠올렸다. 어쩌면 그가 보고 있었던 걸까.

"혹 몸이 아픈 건 아닌가. 열이 있는 듯한데."

이마를 짚어 보던 지슈카가 다시 물었다. 해루는 얼른 고개를 저었다. 종일 열이 오르고 몸이 힘들긴 했지만 그에게만큼은 들키고 싶지 않았기 때문이다.

"전혀요. 아마 심장이 빠르게 뛰어서 그럴 거예요. 너무 좋아서."

"좋아서?"

"이사님이 찾아와 주실 줄 몰랐거든요."

해루는 수줍게 웃으며 말했다. 이렇게 속내를 다 드러내고 싶지는 않았지만 기쁜 마음에 저절로 흘러나오는 말들을 스스로도 어쩔 수가 없었다.

지슈카는 웃지 않았다. 그녀의 머리에 꽂힌 진주 핀을 묵묵히 바라보며 무겁게 답해 왔다.

"오지 않을 수 없었다. 걱정이 되어서."

"무슨 걱정이요?"

"타액이 섞이는 일. 인간의 몸에는 무리가 갈 수 있는 일이다. 어제는 내가 뒷일을 생각지 못하고 그만."

"그럴 수도 있군요. 그런데 저는 괜찮아요. 엄청 튼튼하거든요. 키스 정도는 10번이고 100번이고 끄떡없을…… 아."

해루는 그제야 제 말뜻을 깨닫고 민망함에 고개를 숙이고 말았다. 자꾸 왜 이렇게 되는지 알 수 없었다. 부끄러움도 모르고.

"말이 그렇다는 거지, 그렇게 하고 싶다는 뜻은 아니에요. 이사님을 만난 게 그저 꿈만 같아서……."

"만약 그대가 인간이 아니었더라면 내가 멈추지 못했을 것이다. 100번이고 1000번이고. 어쩌면 그대로 보내지 않았을지도 모르지."

그가 가만히 어깨를 쓸어 주며 말했다. 푸르디푸른 그 눈에서 다른 빛이 비치자 해루는 그대로 굳어 버리고 말았다. 어쩌면 키스와는 다른 욕망 같은 것. 가늘게 떨리는 숨이 자신의 것인지 그의 것인지도 알 수 없었다.

따지고 보면 몇 번 만나지도 못한 사이였다. 7년 전에 한 번 혹은 두 번, 그리고 근래에 두 번. 그런데도 거리감 같은 것은 전혀 느껴지지 않았다. 한스러울 정도로 그리웠던 그 사람을 이제야 만난 듯 심장이 격렬하게 반응하고 있었다.

"그런데 궁금하지 않은가. 왜 물어보지 않지?"

문득 그가 물었다. 아름다운 눈동자에 잠깐 떠올랐던 욕망의 빛은 이미 사라지고 없었다.

"뭐가요?"

해루는 조금 아쉽게 생각하며 되물었다.

"아까의 일에 대해서. 혹은 나에 대해서."

"……물어보면 이사님이 사라질까 봐. 이제 못 보게 될까 봐요."

망설이듯 흘러나온 말에 그가 가만히 그녀를 쳐다보았다. 그리고 또다시 흘러내린 이마의 머리를 넘겨 주며 찬찬히 귓바퀴를 쓸었다. 그 손길이 따스해 저도 모르게 눈물이 나올 것만 같았다.

"그럴 일은 없을 거다. 그대가 부르면 언제든 달려올 테니."

"와. 정말 부르면 나타나 주시는 거예요?"

뜻밖의 말에 해루는 커다랗게 반색을 했다. 믿어지지 않았다. 이 신비로운 존재를 그렇게 쉽게 볼 수 있다니. 그녀가 원하면 언제든 달려온다니.

지슈카는 간단히 고개를 끄덕였다. 그리고 대수롭지 않은 얼굴로 덧붙였다.

"그보다 내 이름을 알려 주었던 것 같은데."

"……이름으로 불러도 돼요?"

"듣고 싶다."

해루는 괜스레 긴장되어 크게 숨을 들이켰다. 소리 없이 몇 번을 연습해 보다 어렵사리 목소리를 내었다.

"……지슈카."

그가 입가에 희미하게 미소가 걸린 듯했다. 그것이 좋아서 해루는 다시 한번 불렀다.

Z로 시작하는 그 이름. 늘 궁금했던 그 이름. 꼭 한 번만이라도 불러 보고 싶었던 그리운 이름.

"이름을 세 번 부르면 보고 싶다는 뜻으로 알겠다."

그는 갑자기 그렇게 신호를 정했다. 그리고 뭐라 답할 사이도 없이 다음 순간 홀쩍 사라져 버렸다.

"아……."

해루는 깜짝 놀라 주위를 두리번거렸다. 하지만 이미 그의 존재는 사라진 뒤였고, 그녀는 장미가 만발한 정원에 홀로 남겨져 있었다.

원래부터 장미가 있었던가. 그의 얼굴만 쳐다보느라 주변은 보지 못했기에 생각은 잘 나지 않았다.

하지만 곳곳에 불빛이 밝혀진 하얀 성은 몹시 아름다웠고, 높다란 성벽까지 넝쿨이 우거진 장미는 그 자체로 향기로웠다.

아마도 존재를 감춘 건 불러 보라는 뜻이겠지.

해루는 잠시 눈을 감았다. 그리고 몹시도 고결하게 들렸던 그 이름을 조심스레 불러 보았다.

"지슈카. 지슈카. ……지슈카."

셋을 세고 눈을 떴을 땐 정말로 그의 모습이 곁에 있었다. 마치 처음부터 사라진 적이 없었던 것처럼.

"연습이 되었나."

지슈카가 태연하게 웃으며 말했다. 해루도 빙긋 웃으며 커다랗게 고개를 끄덕였다.

"아주요. 그런데…….."

"그런데?"

"지슈카는 본래 어떤 존재인 거예요? 정말로 마법사나 외계인인 거예요?"

"용."

지슈카는 외마디 단어로 간단히 답을 해 왔다. 하지만 믿기지 않는 그 단어에 해루는 숨을 멈추고 말았다.

"와! 정말이요? 전설로만 듣던 그 용신이신 거예요?"

"그렇다. 정확히는 천룡이라고 하지."

용. 당골 할머니에게 숱하게 들었던 바로 그 용. 마을 사람들이 그토록 치성을 드렸던 그 용. 눈보라가 칠 때마다 혹시나 하고 하늘을 쳐다보게 만들었던 바로 그 용.

'아가는 산만 떠나지 않으면 평생 무탈하게 잘 살아가겠구먼. 용신이 지켜 주실 테니께.'

오래전 당골 할머니가 해 주셨던 그 말이 귓가를 맴맴 돌았다. 그 용신은 어쩌면 지슈카를 뜻하는 말이 아니었을까. 할머니는 그의 존재를 알고 계셨던 걸까.

둘은 천천히 성안을 걸었다. 그러면서 지슈카는 여러 가지를 설명해 주었다.

그의 본신은 푸른 비늘을 가진 천룡이라는 것, 드라클은 본디 마룡에게 바쳐진 인간 제물을 뜻하는 말로 드라큘라는 거기에서 유래된 말이라는 것, 인간 제물이 죽지 않고 살아남으면 드라클이 되는데 그들은 동족의 피를 빨며 살아가는 참혹한 존

403

재라는 것, 륜은 드라클을 사냥하는 헌터로 전 세계에 수천 명의 헌터가 존재한다는 것 등등.

"대부분의 용은 인간에게 마음을 주지 않는다. 마룡들이 주로 그 틈을 노리기 때문이지."

"틈이요?"

"오래전에 졸졸 따라다니던 꼬마 하나가 있었다. 놈들은 그 아이를 드라클로 만들어 버렸지."

400년 전의 이야기라고 했다. 약초를 모으던 붉은 머리의 여자아이. 배를 좋아하고 노을을 좋아했던 프라하의 열 살배기 꼬마아이. 이름이 루였다던가.

"그래서 어떻게 하셨어요?"

"내 손으로 베었다. 죽느니만 못한 존재로 살게 할 수는 없었으니까."

그는 표정 없는 얼굴로 말했다. 목소리 또한 흔들림 하나 느껴지지 않았다. 그 모습이 몹시도 냉혹하게 보여서 해루는 저도 모르게 섬뜩함을 느끼고 말았다.

"다른 방법은 없었을까요?"

"무슨 방법. 인간의 피를 갖다 바치는 방법? 혹은 눈감아 주는 방법?"

그의 말이 틀린 것은 아니었지만, 왠지 수긍이 되지 않았다. 그래서 해루는 쓸데없는 말을 덧붙이고 말았다.

"아주 만약이지만, 혹시라도 제가 드라클이 되면 어떻게 하실 거예요?"

"절대 그럴 일은 없을 거다. 내가 곁을 지키는 한."

그의 말은 확고했으며, 표정은 언제 그랬냐는 듯 상냥하고 부드러웠다. 해루는 저도 모르게 발개진 뺨을 감추느라 고개를 숙여 버렸다.

"륜이 헌터라는 건 어떻게 아셨어요?"

"내내 지켜보았으니까."

지슈카가 아주 당연한 어투로 말했다. 그것은 계속 그녀를 지켜봐 주었다는 뜻일까. 정말로 그녀에게 내내 용신의 가호가 있었다는 뜻일까.

다시 고개를 들었을 땐 그가 굳은 눈빛으로 그녀를 쳐다보고 있었다. 그와 동시에 이마 가운데가 뜨끈해 왔다. 마치 작은 회오리 같은 것이 눈썹 사이에서 빠르게 돌고 있는 것처럼.

해루는 무의식중에 이마를 문질렀다. 왜인지는 모르겠지만 그의 시선이 닿을 때마다 이마에서 불길이 이는 것만 같았다.

"다행이다, 그대가 튼튼해서."

어느 순간 낮은 목소리와 함께 따뜻한 손길이 뺨을 감쌌다. 그리고 이내 입술이 부드럽게 다가들었다. 눈을 감으며 든 생각은 튼튼해서 정말로 다행이라는 생각이었다. 그렇지 않았다면 첫사랑을 눈앞에 두고도 키스조차 해 보지 못했을 테니까.

느리게 포개진 입술이 뜨거웠다. 높디높은 첨탑도, 황홀했던 야경도 잊히고 감각이란 감각은 모두 눈앞의 남자에게로 향했다.

그는 파도처럼 밀려들었다. 뜨겁게 밀어붙이는 입술도, 거칠게 뒤얽히는 혀도 모두가 세찬 격랑 같았다.

구름 위를 떠다니는 기분이 이럴까, 열대바다를 유영하는 기분이 이럴까. 지슈카라는 바다에 폭 잠겨 버린 산호처럼 그의 전부에 빠져들고 있는 것만 같았다.

그리고 온몸을 해일처럼 휘감는 에너지 같은 것. 색깔로 치면 꼭 바다 빛일 것만 같은 청명한 에너지가 머리끝에서 발끝까지 내내 꿰뚫고 지났다.

그리고 그때마다 몸이 뜨거워졌다. 숨결이 제멋대로 흩어지며 호흡이 가빠졌다. 몸속 깊은 곳에서부터 전율이 일고, 저릿한 감각이 등줄기를 타고 온몸으로 퍼져 나갔다.

어느 순간 시간도 공간도 모두 멈추어 버린 것 같았다. 느껴지는 것은 오로지 맞닿은 입술의 열기와 미친 듯이 뛰어 대는 심장 소리 뿐.

"카라 마르가리타 메아Cara margarita mea."

의식이 사라지기 전, 귓가에 속삭이듯 들려온 그의 말은 그랬다.

해루는 그대로 의식을 잃고 그의 품에서 잠이 들었다. 아름다운 장밋빛의 밤이었다.

수요일 저녁, 해루와 륜은 화약탑 앞에 있었다. 부사장이 주었던 칵테일이 그려진 초청장을 들고서 안내인이 오기를 기다리는 중이었다.

부사장이 초청장을 건넸을 때까지만 해도 클럽에 대해선 전혀 관심이 없었다. 하지만 가 보지 않을 수 없었다. 이름이 마음에 걸렸으니까.

부사장이 알고 있었는지 모르고 있었는지는 몰라도, 마르가리타는 라틴어로 진주라는 뜻이라고 했다.

'카라 마르가리타 메아Cara margarita mea.'

나의 소중한 진주.

잠에서 깨어난 뒤에 지슈카가 알려 준 바에 의하면 그가 해 주었던 말은 그런 뜻이라고 했다.

그리고 아주 굳은 얼굴로 숙소로 바래다줬었다. 그녀가 키스 정도로 의식을 잃을 줄 몰랐기에 몹시 당혹스러워하는 것 같았다.

더욱 당황한 것은 그녀였다. 잠에서 깨어난 곳은 화려한 중세 가구들이 가득한 아름다운 방이었고, 지슈카가 곁에서 지켜보고 있었으니까.

잠버릇도 험한데. 잠꼬대를 했을지도 모르는데. 들키고 싶지 않은 모든 것을 가장 들키고 싶지 않은 존재에게 들켜 버린 기분이었다.

"근데 너, 어젯밤엔 어디서 뭘 한 거야?"

난감했던 그 순간을 떠올리는데, 시간을 확인하던 륜이 불쑥 물었다. 해루는 얼굴이 발갛게 달아오르는 것만 같아 얼른 시선을 피했다.

"뭘 하긴. 야경 구경했다니까."

"그 시간에 어디서."

"몰라. 무슨 성이었는데."

"설마 그놈이랑 잔 건 아니지?"

"미, 미쳤어? 지슈카는 그런 존재가 아니라고. 말했잖아. 용신님이라니까."

"용신이고 뭐고, 아닌 놈이 어디 있어? 남자는 다 똑같아. 기회만 있으면 덤비려고 든다고."

륜은 지슈카의 정체를 알려 주었는데도 전혀 놀라는 기색이 없었다. 불신하거나 당혹스러워하지도 않았다. 그저 그의 능력에 관심이 많았고, 그녀에게 뭔가를 하진 않았는지 의심하기 바쁠 뿐이었다.

하긴, 전설속의 기괴한 드라클들을 사냥하고 다니는 헌터이니 그 어떤 불가사의한 존재를 맞닥뜨린다 해도 눈 하나 깜짝하지 않을 것 같았다.

"그보다 륜, 드라클이란 존재들이 진짜 있다며."

해루는 륜이 더 물어보기 전에 얼른 말을 돌렸다. 그가 꼬치꼬치 캐물으면 저도 모르게 엉뚱한 말이 튀어나올 것만 같았으니까.

륜은 뭐가 불만인지 눈을 부릅뜨며 말했다.

"그놈이 말한 거야? 입도 싸기는. 그렇긴 한데 넌 몰라도 돼. 쓸데없이 겁만 잔뜩 먹을 테니까."

"겁은 무슨. 근데 륜은 어떻게 그런 존재들을 알아보는 거야? 인간들은 못 알아본다고 하던데."

"표식이 있어. 검은색인데, 오각별 알지? 그거 거꾸로 뒤집은 모양에 짐승 머리뼈 같은 게 결합되어 있는 문양. 그게 놈들의 표식이야."

"와. 륜은 그런 게 보여? 어떻게?"

"그냥은 당연히 안 보이지. 이게 특수 장비."

륜이 포켓에 꽂아 뒀던 선글라스를 건네며 말했다.

해루는 신기한 마음으로 선글라스를 건네받았다. 그러다 무심결에 흘려들었던 륜의 설명이 머릿속을 번개처럼 훑고 지났다. 갑자기 가슴이 철렁해 와서 해루는 다시 묻고 말았다.

"륜. 지금 오각별이라고 했어? 짐승 머리뼈랑?"

"그래. 뭐 보이는 거 있어?"

해루는 잠시 망설였다. 륜에게 어디까지 털어놓아야 할지 잘 판단이 되지 않았기 때문이다.

"……나, 그냥도 보여. 왠지는 모르겠는데."

"응?"

"선글라스 안 끼어도 보인다고. 근데 표식이 검은색이 아니라 붉은색이야. 저기 저 남자."

말을 하면서도 눈에 보이는 그것이 드라클의 표식이 아니기를 바랐다. 정말로 간절히 바랐다. 엄마 아빠에게서도 보였던 그 문양이 분명했으니까.

하지만 똑똑히 알 것 같았다. 륜이 말한 그 표식이 그녀가 익히 보던 그것이란 걸.

처음엔 붉은색이던 것이 어느 순간 검은색으로 변했던 것까지 모두 또렷이 기억났다. 아마 공항에서 배웅할 때 차 선생이 엄마 아빠를 포옹하고 난 뒤였을 것이다.

그럼 유주는.

엄마 아빠가 그렇게 된 것이 차 선생 때문이라면 우리 유주는 그럼…….

"붉은색?"

륜이 묻고 있었다.

"응. 붉은색. 그런데 그게 어쩌면 검은색으로 변하기도 하는 것 같아."

해루가 차근차근 그간의 일들을 말해 주자 륜의 눈빛이 변했다. 눈동자에 한껏 힘이 들어간 것이, 원하던 뭔가를 낚아챘을 때의 눈빛이었다.

고난이도 해킹에 어렵사리 성공했을 때처럼 의기양양한 눈빛.

"저 남자한테 표식이 있단 말이지. 붉은색으로."

륜이 곧바로 그녀의 손에서 선글라스를 채 가며 말했다. 선글라스를 끼고 남자를 한참이나 쳐다보더니, 핸드폰으로 어딘가에 연락을 취했다. 독일어로 하는 대화라 뜻은 알 수 없었다.

붉은 표식이 있는 남자는 특이하게도 흑록색의 정장에 노란 넥타이를 하고 있었다. 어깨 위로 연기처럼 떠도는 붉은 빛의 문양이 그가 드라클일 가능성을 넌지시 암시하고 있었다.

륜은 선글라스를 낀 채로 그 남자를 유심히 살폈다. 그러다 그의 손에 들린 무언가를 발견하고는 회심의 미소를 지었다.

초청장이었다. 그들의 것과 같이 칵테일이 그려진 클럽 마르가리타의 초청장.

『실례합니다, 레이디. 손에 든 것이 혹시 초청장입니까.』

그때 누군가가 다가와 영어로 물었다. 정각 7시, 말을 건네 온 사람은 정체모를 붉은 머리의 여자였다.

『예. 그런데요.』

『저는 매그라고 합니다. 안내하러 왔습니다. 이쪽으로 오

410

시죠.』

여자는 자신을 소개하며 둘을 어딘가로 이끌었다. 화약탑을 통과해 어느 카페 모퉁이의 골목으로 접어들더니, 지하로 내려가 긴 통로를 한참이나 걸었다.

다시 밖으로 나왔을 땐 계단 앞에 차가 한 대 대기하고 있었다. 어딘가의 박물관에서 빠져나왔을 것만 같은 오래된 디자인의 롤스로이스였다.

『실례지만 안대를 착용해 주셨으면 합니다. 본래 외부 손님들께는 공개되지 않는 곳이라서요.』

대체 얼마나 대단한 클럽이기에 이렇게까지 하는 걸까 싶었다. 하지만 거부했다가 입장을 못 하면 이쪽만 손해였다. 기껏 초청장을 구해 준 부사장한테도 미안할 테고.

해루는 그렇게 생각하며 순순히 안대를 썼다. 륜도 기막힌 얼굴을 하긴 했지만 다행히 안대를 내팽개치지는 않았다.

차는 40분가량을 달려서 어딘가의 외딴 건물 앞에 섰다. 마치 중세의 성처럼 생긴 곳이었다. 첨탑이 12개나 우뚝 솟아 있는.

『이쪽입니다. 안대는 이제 푸셔도 됩니다.』

매그라고 자신을 소개했던 안내인은 성의 출입구로 둘을 안내했다. 돌계단을 올라가 어딘가의 벽을 밀었다. 그러자 벽이 양쪽으로 갈라지면서, 양쪽이 색유리로 둘러싸인 긴 통로가 보였다. 비밀 통로인 모양이었다.

클럽 마르가리타는 그 통로를 지나서 또다시 지하로 내려가고, 그러고도 미로 같은 길들을 한참이나 지나서야 나타났다. 마치 잘 계획된 비밀의 지하 도시를 누비고 다닌 기분이었다.

『이제 즐기시면 됩니다.』

클럽 출입구 옆의 바에 둘을 데려다 놓은 안내인은 그제야 그렇게 말하고 멀어져 갔다. 시계를 보니 8시 30분. 자그마치 1시간 반을 이동하는 데 보낸 셈이었다.

"그렇게 난리를 치며 온 것치곤 별것 없는 것 같은데. 그냥 보통 재즈클럽이야."

륜이 안으로 들어서며 심드렁하게 말했다. 무얼 기대했는지는 몰라도 자못 실망한 목소리였다.

보랏빛 커튼으로 꾸며진 무대엔 흰색의 화사한 그랜드 피아노 한 대가 놓여 있었고, 소규모 오케스트라가 공연을 하고 있었다.

둘은 바에서 주문한 칵테일과 안주를 들고 객석에 앉았다. 음악 자체를 즐기는 손님들이 많이 찾는 듯, 클럽 안은 조용했고 모두가 공연에 집중하고 있었다.

특히 주목을 받는 공연자는 바이올린을 켜는 여자였는데, 붉은 머리에 붉은 눈을 한 미인이었다. 새하얀 피부에 전혀 동양인같이 보이지는 않았지만 어딘지 유주를 닮은.

『그레트헨!』

한 곡의 연주가 끝난 후에 객석에선 커다란 박수 소리와 함께 환호성이 일었다. 그리고 누군가의 이름을 크게 연호하는 듯했다. 예상했던 대로 예의 그 바이올린을 켜는 여자였다.

『그레트헨!』

붉은 드레스를 입은 그 여자는 이런 상황이 익숙한 듯 객석까지 내려와 우아하게 인사하며 환호를 받았다. 그리고 다시 무대 위로 올라가 다음 연주를 시작했다.

"나는 사람들 둘러보고 올게. 너는 이 주변에서 찾아봐."

륜이 자리에서 일어서며 말했다. 해루는 객석을 한 바퀴 돌아보며 고개를 끄덕였다. 다들 영화관에라도 온 듯 자리에서 꼼짝도 않고 연주를 듣고 있었기에 돌아다니는 사람 자체가 없었다.

그리고 무대 위에선 때맞춰 그 노래가 연주되고 있었다. 러브홀릭스의 버터플라이.

노래하는 가수는 없었지만 연주곡의 도입부만으로도 무슨 노래인지 바로 알아차릴 수 있을 만큼 좋아하는 곡.

혹 그 노래를 아는 한국 사람이 있을까 싶어 주위를 두리번거려 봤지만 동양인처럼 보이는 사람은 그녀와 륜 딱 둘뿐이었다.

'……태양처럼 빛을 내는 그대여. 온 세상이 그대를 막아서도-'

해루가 막 연주를 따라 속으로 가사를 흥얼거리고 있을 즈음이었다. 건너 테이블에서 일어서는 남자가 어딘지 낯이 익은 듯했다. 유심히 쳐다보니 아까의 그 남자였다. 흑록색 정장에 노란색 넥타이를 맨 그 남자.

"륜."

해루가 폰으로 전화를 걸어 작게 속삭이자, 저만치 멀리까지 가 있던 륜이 그녀를 돌아보았다.

"아까 그 사람. 붉은 표식. 내 건너편에."

핵심만 띄엄띄엄 말했지만 륜은 바로 알아들었다. 그리고 주춤주춤 자리를 뜨는 그 남자를 조심스레 뒤쫓아 갔다.

해루는 곡의 연주가 끝나고 불이 켜질 때를 기다려 유주의 사진과 차 선생의 몽타주를 꺼냈다. 그러면서 주변 사람들에게 조심스레 묻기 시작했다.

하지만 환호성과 그레트헨을 연호하는 소리에 파묻혀 그녀의 질문은 거의 효과를 보지 못했다. 게다가 동양인이라고는 보이지 않는 이곳에서 둘을 찾는다는 것 자체가 무리인 것 같았다.

그렇게 연주가 끝날 때마다 몇 번을 시도하다 막 포기하려는 순간이었다. 저만치 떨어진 테이블에서 와인 잔을 들고 나가는 남자 하나가 보였다. 그 순간 해루는 너무 놀라서 비명을 지를 뻔하고 말았다.

차 선생을 꼭 닮은 남자였다. 금테는 아니었지만 안경을 쓰고 지적인 얼굴을 한 훈남형의 그 남자. 왜 못 봤을까. 분명 조금 전까지만 해도 저 자리를 둘러봤는데.

그를 알아보기 무섭게 해루는 자리에서 벌떡 일어섰다. 그리고 정신없이 그쪽으로 움직이기 시작했다.

『죄송합니다. 잠시만요.』

한창 연주가 물이 올라있었고 객석은 조용하다 못해 고요했다. 테이블 간격은 몹시도 좁아서 힌 걸음 옮길 때마다 손님들에게 계속 양해를 구해야 했다.

게다가 급한 마음과 상관없이 남자는 빠르게 멀어지고 있었다. 결국 마지막엔 양해도 못 구하고 정신없이 사람들을 헤치며 남자를 뒤쫓아야 했다.

남자는 빠른 걸음으로 출입구 쪽의 바를 지났다. 그리고 클럽 마르가리타를 나와서 지하 통로를 바쁘게 이동하기 시작했다. 미로처럼 생긴 복도를 돌고 돌아서 알 수 없는 어딘가로 향했다.

해루는 거의 숨을 죽이다시피 하며 남자를 뒤쫓았다. 륜과는 위치 찾기 앱으로 연결되어 있으니, 혹여 길이 어긋난다 해도 찾을 수 있을 거라 위안하면서.

"저기요, 잠시만요!"

해루는 남자를 부르며 빠르게 달렸다. 남자에게서 표식 같은 것은 보이지 않았으니 드라클은 아닐 터였다.

그럼 차 선생이 아닌 걸까. 아니면 차 선생이 포옹하고 나서 부모님의 표식이 검은색으로 변한 건 그저 우연의 일치였을 뿐일까.

남자는 멈추지 않았다. 그녀의 목소리를 듣지 못한 듯 어딘가의 문을 열고 불쑥 들어가 버렸다.

해루는 얼른 그리로 다가가 문을 쿵쿵 두드렸다. 중세풍의 현란한 장식이 가득 새겨진 거대한 나무 문이었다. 대체 무얼 하는 곳일까.

하지만 한참을 두드려도 문은 열리지 않았다. 대신 손잡이를 돌려보니, 문이 그대로 열렸다.

해루는 무작정 안으로 들어섰다. 긴 복도를 지나자 오래된 도서관 같은 홀이 나왔다.

몇 백 년은 된 듯한 책과 곤충 박제들로 가득했는데, 오전에 돌아보았던 스트라호프 수도원의 도서관과 비슷한 분위기였다.

하지만 책장들은 그보다 훨씬 높고 거대했으며, 책과 박제들도 그 몇 배는 될 정도로 가득 채워져 있었다. 가운데엔 커다란 수정구와 수많은 실험 도구가 놓여 있었는데, 마치 연금술사의 연구실을 방불케 했다.

남자는 그 안에 홀로 있었다. 중세풍의 책 한 권을 꺼내 들고 무언가를 부지런히 찾는 듯했다. 가까이에서 보니 정말로 차 선생을 꼭 닮아 있었다.

−다음 권에서 계속